Lady Chastity

Jo

BEVERLEY

LES MALLOREN – 1

Lady Chastity

Traduit de l'anglais (États-Unis)
par Catherine Berthet

J'AI LU

J'AI LU
POUR elle

Titre original
MY LADY NOTORIOUS

Éditeur original
Published by arrangement with Berkley,
an imprint of Penguin Publishing Group,
a division of Penguin Random House LLC.

1

La voiture ornée d'armoiries avançait en brinquebalant sur la route de Shaftesbury creusée d'ornières durcies par le gel de novembre. Un jeune homme à l'expression nonchalante était affalé à l'intérieur, ses pieds bottés posés sur la banquette qui lui faisait face. Ses traits étaient réguliers, son teint hâlé, et sa mise plutôt simple. Seul un feston argenté rehaussait le devant de sa redingote bleu nuit, et il ne portait pour tout bijou qu'un saphir à la main droite. Une discrète épingle ornée d'une perle et d'un diamant était piquée dans sa cravate. Ses cheveux roux ondulés n'étaient pas poudrés, mais simplement rassemblés sur la nuque en un catogan attaché par deux rubans noirs.

Cette coiffure était l'œuvre de son valet de chambre, un homme d'âge mûr assis avec raideur à côté de lui, un coffret à bijoux sur les genoux.

La voiture oscilla en grinçant. Lord Cynric Malloren soupira et décida de louer un cheval à la prochaine étape. Il ne supportait plus d'être confiné dans cet habitacle exigu.

Être invalide était mortellement ennuyeux.

Il avait réussi à convaincre son frère, le marquis de Rothgar, qu'il était en état de voyager. Ce dernier n'avait cependant toléré qu'un voyage de deux jours dans le Dorset afin de rendre visite à leur sœur aînée qui venait d'avoir un bébé. Qui plus est dans cette horrible voiture pourvue de couvertures de fourrure pour ses jambes et d'une chaufferette pour ses pieds. Il rentrait donc chez lui à une allure d'escargot, telle une grand-mère fragile.

L'ordre lancé d'une voix forte tira Cynric de sa torpeur. Il mit une seconde à comprendre qu'ils étaient attaqués. Son valet blêmit et se signa en marmottant une prière en français. Le regard de Cyn s'aiguisa.

Il se redressa, jeta un coup d'œil à l'épée rangée dans son fourreau sur la banquette d'en face. Inutile. On n'avait jamais vu des bandits de grands chemins affronter leurs victimes à l'épée pour leur prendre leur or. Il sortit donc un lourd pistolet à double canon de sa cachette près de son siège et vérifia prestement qu'il était chargé.

L'arme était rudimentaire, mais dans cette situation plus efficace qu'une lame.

La voiture s'immobilisa en travers de la route. Cyn étudia la scène. Les jours avaient raccourci, il était déjà tard et l'ombre des sapins s'étirait dans le soleil couchant, mais il distinguait nettement les deux brigands. L'un, sous les arbres, les tenait en joue avec son mousquet. L'autre, plus proche, était armé de deux pistolets de duel à monture d'argent. Volés ? Ou cet homme était-il un vrai gentleman ? Sa monture était racée.

Cynric décida de ne pas tirer tout de suite. Cette aventure était trop distrayante pour être interrompue, et il devait admettre que, même pour lui, l'autre bandit n'offrait pas une cible facile dans la lumière déclinante.

Les deux hommes étaient enveloppés dans des capes noires. Ils étaient coiffés d'un tricorne, et une écharpe blanche dissimulait le bas de leur visage. S'ils s'échappaient, il ne serait pas facile de les décrire, mais Cyn était un joueur dans l'âme, même s'il jouait rarement pour de l'argent. Il décida de prendre un risque.

— Descendez de votre siège, ordonna l'homme le plus proche d'un ton bourru.

Le cocher et le valet obéirent. On leur ordonna de s'allonger face contre terre sur l'herbe gelée. Le deuxième homme s'approcha pour les surveiller.

Les chevaux privés de cocher s'agitèrent et la voiture se balança dangereusement. Jérôme laissa échapper un cri. Cyn s'agrippa à la banquette sans quitter les brigands des yeux. Les chevaux étaient trop fatigués pour prendre la fuite, se dit-il. La suite lui prouva qu'il avait raison, et l'attelage finit par s'immobiliser.

— Vous deux, cria l'homme en pointant son arme vers la portière. Dehors. Et pas d'entourloupe !

Cynric envisagea de tirer sur l'inconnu – à cette distance, il était sûr d'atteindre son œil droit –, mais il se retint. Il risquait de mettre d'autres personnes en danger, et ni sa fierté ni ses possessions ne valaient la peine de supprimer une vie innocente.

Il posa le pistolet à côté de son épée, ouvrit la portière et descendit. Il se retourna pour aider son valet, qui traînait la patte, prit sa tabatière, repoussa la dentelle de son poignet et s'offrit une pincée de tabac. Après avoir rabattu le couvercle, il se tourna vers le brigand.

— Que puis-je pour vous, monsieur ? s'enquit-il posément.

L'homme parut un instant abasourdi, puis se ressaisit.

— Pour commencer, vous pouvez me remettre cette ravissante tabatière.

Cynric dut faire un effort pour rester impassible. Sans doute choqué par son apparente indifférence, le brigand avait oublié de déguiser sa voix. Son accent était distingué et il semblait très jeune. Sa curiosité piquée, Cyn en oublia son désir de faire pendre cette canaille.

Ouvrant de nouveau sa tabatière, il s'approcha de lui.

— Vous voulez essayer ? C'est un mélange acceptable...

Il n'avait pas eu l'intention de lui jeter le tabac à la figure, mais le brigand, qui n'était pas idiot, fit reculer son cheval.

— Gardez vos distances. Je prends la tabatière, ainsi que votre argent, et tous les bijoux et objets de valeur que vous avez sur vous.

— Certainement, répondit Cyn avec un haussement d'épaules désinvolte.

Il prit des mains de Jérôme le coffret qui contenait ses épingles, breloques et autres babioles, et déposa la tabatière à l'intérieur. Il ajouta quelques pièces et billets qu'il avait sortis de sa poche. Avec une pointe de regret, il se sépara de la bague en saphirs et de l'épingle à cravate. Ces deux-là avaient une valeur sentimentale.

— Vous en avez sûrement plus besoin que moi, mon brave. Voulez-vous que je dépose le coffret au bord de la route ? Vous pourrez le ramasser quand nous serons partis.

Un autre silence stupéfait, puis :

— Allongez-vous par terre avec vos domestiques !

Cyn haussa les sourcils, chassa une poussière sur sa manche.

— Oh, non, je ne crois pas ! Je n'ai pas envie de salir mes vêtements. Vous comptez me tuer si je n'obéis pas ? ajouta-t-il calmement en fixant le bandit droit dans les yeux.

Le doigt de ce dernier se crispa sur la détente, et Cyn se demanda si, pour une fois, il n'avait pas trop tenté le diable. Aucun coup ne partit cependant. Le jeune homme lança :

— Posez votre coffret à l'intérieur de la voiture et grimpez sur le siège du cocher. Je prends l'attelage et vous le conduirez, monsieur l'arrogant.

— Intéressant, commenta Cyn en arquant les sourcils. Les attelages volés ne sont-ils pas un peu difficiles à refourguer ?

— Taisez-vous ou je vous fais taire de force !

Cyn eut la nette impression que le brigand perdait patience. C'était là une réaction qu'il connaissait bien pour l'avoir maintes fois provoquée dans sa vie.

— Faites ce que je vous ordonne. Et dites à vos gens de prendre leur temps pour aller chercher de l'aide. Si on nous rattrape, le premier coup de feu sera pour vous.

Cyn se tourna docilement vers ses domestiques.

— Rendez-vous à Shaftesbury et attendez-moi à l'auberge de la Couronne. Si vous n'avez pas de mes nouvelles dans un jour ou deux, envoyez un message au château et mon frère s'occupera de vous. Ne vous inquiétez pas. Ce n'est qu'un de mes jeunes amis qui veut me faire une farce, et j'ai envie de jouer le jeu. Hoskins, ajouta-t-il à l'adresse du cocher, si la jambe de Jérôme le fait souffrir, partez devant et trouvez-lui un moyen de transport.

Puis se retournant vers le bandit :

— Me permettez-vous de revêtir mon pardessus et mes gants, monsieur, ou suis-je censé périr de froid ?

L'homme hésita un instant.

— Très bien. Mais je vous ai à l'œil.

Cyn alla récupérer ledit pardessus et enfila ses gants en chevreau noirs. Ils seraient gâchés en quelques minutes s'il tenait les rênes, songea-t-il en faisant la moue. Il fut tenté de prendre le pistolet, mais renonça, décidé à aller jusqu'au bout de cette comédie.

Protégé de l'air glacé, il grimpa sur le banc du cocher et s'empara des rênes d'une main experte.

— Et maintenant, mon brave ?

Le brigand lui lança un regard noir.

— Pas de doute, vous êtes bizarre.

L'homme amena son cheval à la hauteur de la voiture. Il rempocha un de ses pistolets, et pointa l'autre sur Cyn.

— Je ne sais pas à quoi vous jouez, mais vous ne ferez pas le malin avec moi. Allons-y.

Cyn fit claquer les rênes.

— Je ne ferai pas le malin, mais j'espère que votre pistolet ne partira pas tout seul. La route est très inégale.

Au bout de quelques secondes, le canon du pistolet se détourna légèrement.

— Rassuré ? s'enquit l'homme en ricanant.

— Infiniment. Où allons-nous ?

— Ne vous en faites pas, je vous préviendrai quand il faudra bifurquer. En attendant, tenez votre langue.

Cynric se le tint pour dit. Il percevait chez son ravisseur un mélange de stupeur et de colère, et ne voulait pas le pousser à tirer. En vérité, il ne voulait pas provoquer ce crétin. Il avait plutôt envie de l'embrasser sur les joues pour avoir rompu la monotonie de son existence. Il en avait par-dessus la tête de vivre dans du coton.

Il jeta un regard circulaire et s'aperçut que le deuxième bandit était parti devant. C'était risqué, mais ils devaient penser que la menace d'un pistolet l'inciterait à filer droit.

Possible. Il se sentait bien disposé.

Il aurait toléré d'être couvé par ses proches s'il avait été blessé au combat, mais c'était une simple fièvre qui l'avait abattu ! Et maintenant, personne ne voulait croire qu'il était suffisamment rétabli pour rejoindre son régiment. Il avait envisagé de passer outre les décisions de sa famille et de demander à Hoskins de le conduire à Londres pour y consulter un médecin militaire. Toutefois, ce plan avait peu de chances d'aboutir. Il suffirait d'un mot de Rothgar pour qu'une faiblesse persistante soit décelée par le médecin.

De même qu'un seul mot de Rothgar lui avait procuré un transport rapide jusqu'au château avec des soins médicaux en chemin, tandis que de meilleurs que lui luttaient contre la fièvre ou en mouraient dans les hôpitaux bondés de Plymouth. Ou survivaient dans des conditions rudimentaires en Acadie. C'était peut-être même Rothgar qui avait intrigué pour le faire rapatrier de Halifax.

Maudit soit-il ! Une vraie mère poule.

Aucune personne sensée ne décrirait le frère aîné de Cyn, et redoutable marquis, comme une mère poule. Mais après la mort de leurs parents, Rothgar avait pris ses cinq frères et sœurs sous son aile autoritaire, et Dieu ait pitié de quiconque serait tenté de leur faire du mal. Fût-ce à la guerre.

Rothgar était particulièrement protecteur s'agissant de Cyn. Non seulement parce qu'il était le bébé de la famille, mais aussi en raison de son physique. Il avait beau donner toutes les preuves du contraire, les gens s'obstinaient à le considérer comme un être fragile. Y compris sa famille, qui le connaissait pourtant bien.

Il était le seul à avoir hérité des traits délicats de sa mère, de ses yeux verts pailletés d'or, de ses cheveux blond-roux et de ses longs cils. Ses sœurs, en particulier sa sœur jumelle, s'étaient souvent plaintes d'une telle injustice. Pourquoi lui et pas elles ?

Cyn se posait la même question. Enfant, il avait cru que l'âge lui durcirait les traits. Mais à vingt-quatre ans, vétéran du Québec et de Louisbourg, il était toujours aussi *joli*. Il avait dû affronter en duel presque chaque officier nouveau venu dans le régiment pour prouver sa virilité.

— Tournez dans ce chemin.

La voix du brigand tira Cyn de sa rêverie. Il guida docilement les chevaux dans l'étroit chemin, face au soleil couchant.

Il cligna des paupières pour se protéger des derniers rayons.

— J'espère que ce n'est plus très loin. Il fera bientôt nuit et il n'y aura pas de lune ce soir.

— Ce n'est pas loin.

Dans l'air froid, de la vapeur s'élevait au-dessus des chevaux, aussi épaisse que de la fumée. Cyn fit claquer le fouet pour stimuler les bêtes fatiguées.

Son jeune ravisseur se pencha en arrière et allongea les jambes avec une aisance méprisante, tentant de se faire passer pour un homme âgé et endurci. Ce n'était pas malin. Sa cape s'était ouverte, révélant des jambes minces. Les soupçons de Cyn se confirmèrent. Il avait affaire à un jouvenceau. Le pistolet demeurait toutefois braqué sur lui, et il dut admettre que le gamin n'était pas un imbécile.

Qu'est-ce qui avait bien pu l'entraîner dans cette folle équipée ? Un pari ? Des dettes de jeu qu'il n'osait pas avouer à son père ?

Cyn ne flairait pas de réel danger, or, son don pour repérer le danger était exceptionnel. Soldat depuis l'âge de dix-huit ans, il avait toujours servi en temps de guerre.

Il se rappelait l'affolement dans sa famille quand il s'était enfui pour s'enrôler. Rothgar avait refusé de lui acheter une charge d'officier, aussi s'était-il engagé au service du roi. Le marquis l'avait ramené à la maison. Mais après plusieurs affrontements violents, son frère avait cédé et lui avait acheté un grade d'enseigne dans un bon régiment. Cyn ne l'avait jamais regretté. S'il avait besoin de l'excitation du danger, contrairement à de nombreux rejetons de l'aristocratie, il n'avait aucun goût pour les carnages inutiles.

Il jeta un coup d'œil à son ravisseur. Une carrière militaire conviendrait peut-être à ce lascar. Une pensée bizarre lui traversa l'esprit et son regard glissa sur le jeune homme. Et soudain il comprit. Réprimant un sourire, il se concentra sur l'attelage en réfléchissant à sa découverte. À en juger par l'absence de renflement au creux de ses cuisses, son ravisseur était une femme.

Il se mit à siffloter. La situation devenait intéressante.

— Cessez ce fichu bruit !

Cyn obéit et observa pensivement l'inconnue. Les femmes s'exprimaient rarement sur un ton aussi sec. Et il semblait peu probable que cette créature cache de longues tresses sous sa perruque et son tricorne. Se serait-il trompé ?

L'air de rien, il la balaya de nouveau du regard. Non, il avait vu juste. Elle portait un pantalon corsaire moulant qui ne dissimulait aucun équipement masculin. De surcroît, bien que ses jambes soient minces et musclées, les bas révélaient une rondeur du mollet plus féminine que masculine.

— C'est encore loin ? demanda-t-il en effleurant de son fouet le cheval de tête. Ce chemin est diablement tortueux.

— Le cottage est juste en face. Entrez dans le verger pour cacher la voiture. Les chevaux pourront y brouter.

Cyn observa le portail. Il fallait franchir une déclivité aussi profonde qu'un fossé, et il se demanda si l'attelage y survivrait. Il repoussa aussitôt cette inquiétude, trop pressé de savoir quelle serait la suite de cette aventure.

S'aidant de la voix et du fouet, il fit avancer les chevaux épuisés, se maintenant à grand-peine sur son siège tandis que le véhicule plongeait dans le creux, puis se redressait. L'essieu émit un grincement inquiétant, mais ne se brisa pas. Il conduisit avec satisfaction l'attelage sous les arbres en se demandant si la fille avait remarqué son adresse. Sa passion d'écolier pour la conduite des voitures à chevaux se révélait enfin utile.

— C'est bien, commenta-t-elle d'un ton revêche.

Il commençait à penser que sa mystérieuse lady devait être un remède contre l'amour. Il ne voyait que ses yeux gris au-dessus de l'écharpe, mais ses lèvres étaient probablement minces et pincées.

— Que regardez-vous ? aboya-t-elle.

— Il me paraît raisonnable de garder vos traits en mémoire afin de vous décrire aux autorités.

Elle pointa son pistolet sur son visage.

— Vous êtes idiot, vous le savez ? Qu'est-ce qui m'empêche de vous tirer dessus ?

Sans s'émouvoir, il soutint son regard.

— Le fair-play. Vous seriez du genre à tuer un homme sans raison ?

— Sauver ma tête serait une raison suffisante.

— Je vous donne ma parole que je ne ferai rien pour aider les autorités à vous appréhender.

Elle rabaissa son arme et le dévisagea.

— Qui diable êtes-vous ?

— Cyn Malloren. Et vous ?

Elle faillit tomber dans le piège et répondre. Mais elle se ressaisit.

— Vous pouvez m'appeler Charles. Sin[1] ? C'est un drôle de prénom.

— Cela s'écrit C-Y-N. C'est Cynric, en réalité. C'était le nom d'un roi anglo-saxon.

— J'ai entendu parler des Malloren… De Rothgar, précisa-t-elle en se raidissant.

— Le marquis est mon frère. Ne m'en tenez pas rigueur.

---

1. En anglais « péché ». *(N.d.T.)*

Elle regrettait sans doute de ne pas l'avoir abandonné au bord de la route. Rothgar était le genre d'homme dont il valait mieux ne pas encourir la colère.

— Je vous jugerai selon vos actes, milord. Vous avez ma parole. À présent, dételez les chevaux.

— Oui, monsieur, répondit Cyn avec un salut ironique.

Il descendit de la voiture, ôta son pardessus et sa redingote, coinça la dentelle de ses poignets dans ses manches pour ne pas être gêné, puis se mit au travail.

Le soleil s'était couché et il y voyait à peine. Le froid était humide et pénétrant. Le travail lui prit du temps et elle resta là, le pistolet à la main, sans faire mine de l'aider. À un moment, elle regarda derrière lui et lança :

— Retourne à la maison, Verity. Tout va bien. Nous serons là dans quelques minutes.

Cyn tourna la tête et vit la tache claire d'une robe se diriger vers le cottage. Il parierait qu'il s'agissait de l'autre brigand. La situation l'intriguait de plus en plus.

Que faisaient ces deux jeunes femmes, apparemment de bonne naissance, dans ce cottage ?

Pourquoi s'étaient-elles transformées en voleuses ?

Et au nom du ciel, pourquoi convoitaient-elles cette voiture ?

Il frotta le flanc des chevaux avec de l'herbe sèche et drapa sur leur dos les couvertures que Hoskins gardait dans la voiture.

— Il leur faudrait de l'eau, dit-il.

— Il y a un ruisseau au bout du verger, ils le trouveront. Allons à la maison. Prenez le coffret.

Cyn ramassa ses vêtements et ne prit pas la peine de les remettre. Puis il alla récupérer le coffret dans la voiture. Là, il considéra pensivement le pistolet. Ce serait simple comme bonjour de s'en saisir et de tirer sur l'inconnue. Il le laissa là où il était en se demandant s'il allait le regretter.

Une demi-heure plus tard, la réponse se révéla affirmative.

Allongé sur un lit, les bras et les jambes solidement attachés aux montants de cuivre, il lança un regard noir aux trois femmes qui s'agitaient autour de lui.

— Quand je serai libre, je vous étranglerai toutes les trois.

— C'est pour cela que nous vous attachons, répliqua celle qui persistait à se faire passer pour un homme. Nous n'aurions pas un instant de paix si vous étiez libre.

— Je vous ai donné ma parole que vous n'aviez rien à craindre de moi.

— C'est faux. Vous avez dit que vous ne nous livreriez pas aux autorités. Mais vous pourriez vous en prendre à ma sœur, ou à ma gouvernante.

Cyn l'observa. « Charles » était une énigme fascinante. Elle avait enlevé sa cape, son chapeau et son écharpe en entrant dans le cottage. L'air ailleurs, elle s'était aussi débarrassée de sa perruque. Il la comprenait. Il n'avait jamais aimé porter une perruque et préférait sa propre chevelure.

Même privée de son déguisement, elle pouvait encore passer pour un jeune homme. Son costume de velours brun lui allait parfaitement, et la dentelle de sa chemise cachait assez bien sa poitrine.

Son crâne n'était pas tondu, mais ses cheveux châtain doré étaient courts et lissés en arrière. C'était une coiffure assez extraordinaire pour une femme, et pourtant, elle n'était pas si scandaleuse que cela. Peut-être parce que ses traits manquaient de cette douceur qu'on attribue d'ordinaire aux femmes. Elle offrait l'apparence d'un beau jeune homme.

Sa peau était lisse, si bien qu'elle semblait avoir à peine seize ans, alors qu'elle devait être plus proche de vingt. Sa voix était plutôt grave. Sa bouche aurait été charmante si elle avait souri, mais ses lèvres demeuraient pincées comme si elle était fâchée. Pourquoi diable lui en voulait-elle autant ?

Ses compagnes étaient tout aussi mystérieuses.

Verity, probablement sa sœur, avait de longs cheveux ondulés couleur miel et une bouche douce. Contrairement à Charles, elle avait une silhouette ronde. Charles avait sans doute comprimé sa poitrine, mais même des bandes métalliques n'auraient pu effacer les formes généreuses de Verity, mises en valeur par un large décolleté et un fichu. Néanmoins, sa tenue aurait davantage convenu à une servante qu'à une dame de qualité.

Verity était l'image même de la féminité. Et comme pour le prouver, elle était plus nerveuse et plus gentille que sa sœur.

— Nous ne pourrons pas le garder ainsi indéfiniment, fit-elle remarquer.

— Bien sûr que non. Mais au moins, cela l'empêchera de nous faire du mal pendant que nous dînons et que nous préparons notre départ.

— Mais lad… Mais Charles, se reprit la gouvernante, l'air agitée, vous n'êtes pas autorisée à partir, vous le savez bien.

Cette femme était vieille. Très vieille. Minuscule, voûtée, elle arborait des lunettes en demi-lune et des cheveux argentés. C'était elle qui avait causé la perte de Cyn. Quand Charles avait ordonné de l'emmener sur le lit pour l'attacher, il avait résisté. La vieille femme l'avait alors tiré vers le lit. Il avait eu si peur de briser sa frêle ossature qu'il s'était laissé faire.

Celle-ci avait été sur le point d'appeler Charles « lady », avait-il noté. Une dame de haute naissance, donc, qui pourtant se faisait passer pour un homme, et dont la sœur était vêtue comme une servante.

— Je m'en moque, répliqua lady Charles. Jusqu'à présent, je n'avais aucune raison d'aller où que ce soit, et d'excellentes raisons de me cacher. Mais tout a changé. Je reviendrai en temps voulu. Où irais-je, sans cela ?

— Tu pourras rester avec moi et Nathaniel, suggéra Verity.

Les traits de Charles s'adoucirent.

— Peut-être. Mais il aura déjà beaucoup à faire avec toi et William, ma chérie.

Un petit cri leur parvint de l'étage.

— Il recommence. Quel petit vorace !

Verity se précipita vers l'étroit escalier. Cyn en conclut qu'un des brigands était une mère, sans doute depuis peu, d'où sa silhouette épanouie. L'agacement céda la place à la fascination. Il avait hâte de raconter cette histoire à ses camarades officiers. Une bonne histoire était toujours bien accueillie durant les soirées d'hiver.

La vieille femme disparut dans la cuisine, la seule autre pièce du rez-de-chaussée. Cyn supposait qu'il y avait une chambre sous les toits, où les deux sœurs dormaient avec le bébé. Cette pièce-ci, apparemment réservée à la vieille dame, servait aussi de salon. Elle contenait nombre de paquets, de caisses et de malles.

Pourquoi les deux sœurs vivaient-elles ici ? Et pourquoi Charles n'était-elle pas autorisée à partir ?

Cette dernière fouillait dans un coffre sans faire attention à lui.

— Vous comptez me donner à manger ? demanda Cyn.

— On verra.

— Qu'avez-vous prévu de faire de moi ?

Elle se redressa et s'approcha du lit. Après avoir posé un pied sur le cadre, elle cala le coude sur son genou.

Cyn eut la nette impression qu'elle se réjouissait d'avoir du pouvoir sur lui.

— Nous vous laisserons peut-être ici, comme cela.

— Pourquoi ?

— Pourquoi pas ?

— Je ne vous ai fait aucun mal. J'ai même fait mon possible pour que mes domestiques ne donnent pas l'alerte.

— Pourquoi avez-vous fait cela ?

Il fut surpris qu'elle se méfie autant et, peut-être, ait peur de lui. Cela expliquait qu'elle l'ait ligoté. Elle n'avait pas agi par cruauté mais par peur. Vu son physique trompeusement délicat, Cyn n'avait pas l'habitude que les femmes se méfient de lui.

— J'ai deviné que vous ne me vouliez pas vraiment de mal, répondit-il, prudent. Je ne souhaite pas que vous soyez pendue. En fait, j'aimerais vous aider.

Elle reposa le pied au sol et recula d'un pas.

— Pourquoi ?

— Je vous soupçonne d'avoir une bonne raison d'agir comme vous le faites, et j'attends depuis longtemps un peu d'aventure.

Elle parut exaspérée.

— Votre place est à l'asile.

— Je ne pense pas. Je ne supporte pas l'ennui, tout simplement.

— La monotonie a de bons côtés, croyez-moi.

— Je ne les ai jamais découverts.

— Vous avez de la chance.

Pour la première fois, il se demanda si elle n'avait pas de sérieux ennuis. Il avait d'abord cru à une espèce de farce, mais cette redoutable jeune femme n'aurait pas eu l'air aussi grave.

— Vous êtes en danger, n'est-ce pas ?

Elle arrondit les yeux, mais ne répondit pas.

— Raison de plus pour me faire confiance et me laisser vous aider.

Charles leva vivement le menton.

— Je ne fais pas confiance aux... gens.

Il devina qu'elle avait failli dire « aux hommes ».

— Vous pouvez avoir confiance en moi.

Elle eut un rire bref et amer. Il attendit, cherchant son regard.

— Il y a un pistolet chargé posé sur le siège de la voiture. Je ne m'en suis pas servi, car votre sœur tenait mes gens en joue. Je ne l'ai pas pris non plus quand j'ai récupéré le coffret. Je suis un excellent tireur. J'aurais pu vous désarmer, vous blesser gravement, ou vous tuer si je l'avais voulu.

Elle fronça les sourcils, puis tourna les talons et sortit. Quand il entendit la porte d'entrée claquer, il devina qu'elle était allée vérifier s'il disait la vérité.

Quelques minutes plus tard, la vieille femme entra sur la pointe des pieds, une tasse à la main.

— Je suis sûre que vous avez envie de boire quelque chose, milord.

Elle lui fit boire un thé étonnamment fort. Il n'avait pas l'habitude de le boire ainsi, mais il lui en fut reconnaissant. Quand il eut fini, elle lui essuya le menton avec un linge.

— Ne vous inquiétez pas, dit-elle en lui tapotant la main. Personne ne vous fera de mal. Cha... Charles est un peu tendue, ces temps-ci. Tout cela est terrible, ajouta-t-elle en secouant la tête.

Son regard s'assombrit, et il comprit que la situation était bel et bien grave.

— Comment dois-je vous appeler ?

— Oh, tout le monde m'appelle Nana ! Vous pouvez m'appeler ainsi, vous aussi. Vous avez mal aux poignets ? Je n'ai pas trop serré les liens, j'espère ?

— Non, répondit-il, malgré les fourmillements dans ses doigts.

Il ne voulait pas que Charles revienne et découvre qu'il avait été libéré. Sinon, elle croirait qu'il avait juste cherché un prétexte pour la faire sortir. Il tenta d'obtenir d'autres renseignements.

— Et comment dois-je appeler Mlle Verity ?

— Verity, tout simplement, répondit la vieille dame, qui était loin d'être sotte. Veuillez m'excuser, milord, le repas est sur le feu.

Chastity Ware traversa le verger plongé dans l'ombre en direction de la voiture. Elle s'était arrêtée dans la cuisine pour prendre ses pistolets et le mousquet. Il était temps de les rendre à leur propriétaire avec les chevaux. Mais son but principal était de vérifier si son prisonnier avait dit vrai.

De sombres pensées se bousculaient dans sa tête. Quelle mouche l'avait piquée d'enlever Cyn Malloren ?

Elle avait pris sa décision sur une impulsion, mais la voiture leur serait bien utile. Verity et le bébé voyageraient plus confortablement dans un attelage privé qu'en diligence.

Et elle avait eu une bonne raison pour obliger Malloren à conduire. Elle ne voulait pas lâcher les autres hommes du regard le temps de prendre les rênes. Elle doutait que Verity soit capable de tirer sur quelqu'un, quelles que soient les circonstances.

Cela étant, elle aurait pu abandonner l'homme sur un chemin désert. Elle avait déjà conduit un cabriolet, un attelage de quatre chevaux ne devait pas être très différent.

Elles n'avaient pas besoin de s'encombrer d'un homme.

À vrai dire, c'était son insupportable arrogance masculine qui l'avait poussée à agir comme elle l'avait fait.

Il s'était tenu là, dans son costume bleu et argent garni de dentelle, trop beau pour être honnête, et pas le moins du monde impressionné par ses pistolets. Quand il lui avait offert une pincée de tabac, elle avait été tentée de lui faire mordre la poussière, histoire de réduire sa belle assurance à néant. Cependant, comme il l'avait deviné, elle n'avait pas pu lui tirer dessus. Puis il avait retourné la situation à son avantage en adressant un joli petit discours à ses domestiques. Si ceux-ci suivaient ses consignes, cela retarderait leurs poursuivants. Peut-être même ne se lanceraient-ils pas à leurs trousses.

Elle ignorait à quel jeu il jouait, mais au moins était-il neutralisé pour un temps. Et il détestait cela !

Réprimant un sourire, elle ouvrit la portière. Il faisait sombre, et elle dut tâtonner pour chercher l'arme. Qu'elle trouva. À la faible lueur d'un croissant de lune, elle s'assura qu'elle était chargée. Il se vantait, bien sûr, en prétendant qu'il aurait pu la désarmer, la blesser, ou même la tuer. Elle aussi était armée. Pour autant, s'il avait tenté sa chance, il aurait pu réussir.

Elle avait été follement imprudente, réalisa-t-elle. Elle ferma les yeux, au désespoir. Peut-être n'était-elle pas à la hauteur de la tâche qu'elle s'était assignée, à savoir, mettre sa sœur et son neveu en sécurité.

Si Verity n'était arrivée que la veille, ses problèmes remontaient déjà à quelque temps. Sir William Vernham, son époux bien plus âgé qu'elle, était mort deux mois plus tôt, quelques jours seulement après la naissance de leur fils. Cela avait déclenché une bataille pour la garde de l'enfant entre l'oncle du bébé, Henry Vernham, et le comte de Walgrave, le père de Verity et de Chastity.

Henry avait gagné la première bataille juridique, et avait débarqué à Vernham Park. Verity avait vite craint que son fils ne soit en danger. Henry était un homme auquel on ne pouvait se fier, d'autant moins que seule l'existence de ce petit être l'empêchait d'hériter d'un titre et de la fortune qui allait avec. Ses craintes n'avaient fait que croître quand il avait tenté de l'éloigner de sa famille et de ses amis. Elle s'était alors enfuie avec le bébé pour venir se réfugier ici.

À présent, bien qu'ayant peur de Henry, elle ne voulait pas se mettre sous la protection de son père. Lord Walgrave assurerait certes sa sécurité, mais il l'obligerait à se marier de nouveau sans lui demander son avis. Ayant été tellement malheureuse avec sir William, Verity avait décidé qu'elle ne se remarierait qu'avec le major Nathaniel Frazer, son amour d'enfance. Et Chastity avait décidé de tout faire pour qu'elle y parvienne.

Leur problème, c'était qu'elles n'avaient pratiquement pas d'argent, et que d'énormes moyens avaient été déployés pour retrouver Verity.

Henry Vernham était venu deux jours plus tôt au cottage pour interroger Nana et Chastity – cette dernière avait tout juste eu le temps d'enfiler ses vêtements féminins. Elles n'avaient eu aucun mal à le convaincre qu'elles ignoraient où se trouvait Verity, car celle-ci n'était pas encore arrivée. Leur stupéfaction et leur inquiétude étaient authentiques.

Chastity serra les poings au souvenir de cette confrontation avec Henry Vernham. Non seulement celui-ci persécutait sa sœur, mais il avait aussi détruit sa vie à elle. C'était à cause de lui qu'elle vivait ici, déguisée en homme. Elle avait refusé de lui parler, car la tentation de l'étriper était trop forte. Mais en partant, il avait lancé une remarque perfide qui avait failli avoir raison de sa détermination.

— Je suis sûr que vous regretterez d'avoir refusé ma demande en mariage, lady Chastity. Mais il est trop tard pour revenir sur votre décision. Plus personne ne voudra de vous désormais, vous savez.

La fureur l'avait submergée. Si elle avait eu un pistolet, elle aurait tiré. Cependant, quand Verity était arrivée et lui avait raconté son histoire, sa colère était retombée et elle avait réfléchi. Vernham ne détruirait pas aussi la vie de sa sœur.

Elle n'avait pas eu le temps de faire des plans précis et de penser à tout. Vernham pouvait revenir à tout moment. Mais elles avaient compris qu'il leur faudrait de l'argent pour survivre, et qu'elles devraient le voler. S'emparer aussi de la voiture de leur victime avait été une décision impulsive qui mettait leur vie en danger, réalisait-elle à présent.

Cyn Malloren, bon sang ! Elles qui espéraient tomber sur un gros marchand craintif.

Elle regarda les armoiries peintes sur la portière et maudit le propriétaire de l'attelage avant d'arracher une pierre au mur du verger pour gratter les dorures sur les portières. Elle en éprouva une intense satisfaction, mais cela ne dura pas.

Quand elle eut fini, elle jeta la pierre d'un geste rageur. Elle avait eu raison d'effacer les armoiries, car demain tout le comté serait sans doute à la recherche du carrosse des Malloren. Mais cela ne la consolait en rien. Appuyant la tête contre la voiture, elle lutta pour retenir les larmes qui menaçaient et maudit les hommes qui lui rendaient la vie si dure.

Son père, son frère, et Henry Vernham.

— Qu'ils brûlent tous en enfer ! lâcha-t-elle.

Puis elle se ressaisit. Il fallait qu'elle garde les idées claires si elle voulait déjouer leurs plans.

Après s'être assurée que le cran de sûreté était mis sur le pistolet, elle le glissa dans sa poche. Elle jeta ensuite un coup d'œil à l'épée, puis décida de la laisser là où elle était.

Prenant les chevaux par la bride, elle se dirigea vers sa vraie maison, Walgrave Towers. La grande demeure était plongée dans les ténèbres car aucun membre de la famille n'était présent. Son père et son frère aîné passaient le plus clair de leur temps à Londres, et maintenant ils étaient probablement à la recherche de Verity. Victor, son jeune frère, était en pension. Elle laissa les montures dans l'écurie et se glissa à l'intérieur par une porte dérobée.

Le silence régnait, troublé uniquement par le tic-tac des horloges dans les pièces désertes. Pour Chastity, la maison était pleine de souvenirs douloureux et amers. Des souvenirs récents. Enfant, elle n'avait pas été malheureuse ici. Leur père était généralement absent, et leur mère de nature timide évitait les ennuis. Mais c'était ici que le père de Chastity l'avait amenée, quelques mois plus tôt. Ici, qu'il avait voulu l'obliger à épouser Henry Vernham.

Chastity gagna l'armurerie dans l'obscurité. Elle alluma une bougie à l'aide d'un briquet à silex, vida et nettoya les deux pistolets de duel avant de les remettre dans leur coffret habillé de velours. Son frère aîné serait hors de lui s'il savait que ses leçons de tir avaient aidé sa petite sœur à mener son plan à bien. Chastity se figea en songeant à la dernière fois qu'elle avait vu Fort – sa fureur, ses paroles cruelles et blessantes...

Pinçant les lèvres, elle nettoya le mousquet et le rangea. Elle n'était pas particulièrement discrète. Les domestiques savaient à coup sûr qu'elle était là, et ce qu'elle faisait, mais ils préféraient l'ignorer tant que c'était possible. Elle aurait aimé croire qu'ils l'aimaient un peu, mais elle se disait avec cynisme qu'ils ne tenaient pas à être impliqués dans des disputes de leurs maîtres.

L'atmosphère de la maison l'oppressait, et elle avait hâte d'y échapper. Elle souffla la bougie et s'engagea dans les corridors sombres et froids qui menaient à la porte de la tour ouest. Elle sortit dans l'air froid de la nuit et regagna le cottage de cette démarche masculine qu'elle avait perfectionnée.

Elle avait intérêt à rentrer vite, avant que sa sœur et sa nourrice se laissent attendrir par le joli serpent aux manières doucereuses qu'elle avait pris au piège.

2

Chastity trouva Nana dans la cuisine.

— Le repas sera bientôt prêt, ma chérie, annonça la vieille nourrice. Allez-vous le libérer ou faut-il que je le fasse manger à la cuillère ?

Le ton était doux, mais Chastity perçut la désapprobation.

— Nous ne pouvons pas lui faire confiance, Nana. Et nous avons trop à faire pour le surveiller. Il risque de s'échapper et de ramener les magistrats.

Nana leva les yeux de la casserole.

— Vous auriez peut-être dû y penser avant.

— J'avais besoin d'un cocher, répliqua Chastity.

La vieille femme sortit les assiettes du placard et entreprit de mettre la table. Chastity remarqua qu'elle disposait quatre couverts.

— Je crois que vous pouvez avoir confiance en lui, lady Chastity.

— Charles, lui rappela la jeune femme en soupirant.

Elle décida d'aller retrouver sa sœur. Elle traversa la chambre sans prêter attention au prisonnier, déposa son pistolet sur un coffre et monta d'un pas vif l'escalier raide. Verity habillait son bébé tout en babillant avec lui et en le chatouillant.

— Je ne comprends pas comment tu peux te comporter ainsi avec lui quand tu penses à son père.

— Je ne pense pas à son père, rétorqua Verity.

Elle noua un dernier ruban, souleva l'enfant et le fourra dans les bras de sa sœur.

— Regarde-le. Il n'a rien de sir William Vernham.

Chastity cala le petit paquet de langes sur son bras, captivée malgré elle par le bébé.

— Il ressemble à sir William Vernham, souligna-t-elle en faisant des grimaces au bébé pour le faire sourire.

— Je sais, mais ce n'est pas lui. Ce ne sera pas le même genre d'homme, tu peux me croire, ajouta-t-elle d'un ton farouche. Et maintenant que sir William est mort, ce sera plus facile pour moi.

— Ne dis jamais cela devant quelqu'un d'autre que moi, Verity. Ton beau-frère risquerait de t'accuser de meurtre.

Verity blêmit.

— Il ne peut pas faire cela. William est mort d'un arrêt du cœur dans les bras de sa maîtresse.

— Certes, mais les hommes comme Vernham sont capables de tout pour atteindre leur but. Les juges diraient que tu lui as fait absorber un poison impossible à détecter.

— Tous les hommes ne sont pas cruels, protesta Verity avec douceur. Nathaniel est bon.

— Sans doute. Il n'empêche que si le monde était juste, tu aurais eu le droit de l'épouser.

— Oh, Chastity...

— Père savait que tu aimais Nathaniel, pourtant il t'a obligée à épouser sir William... ce vieux gros esquire, qui avait plus d'argent que de jugeote.

Elle appuya le bébé contre son épaule et lui tapota le dos. Verity se mordit la lèvre.

— C'est le devoir d'une fille d'épouser l'homme que son père lui a choisi.

— Il paraît. Mais j'aimerais au moins comprendre le but d'un tel sacrifice. Non seulement père t'a fait épouser sir William, mais il voulait aussi que j'épouse son frère. Qu'avait-il à gagner d'une telle alliance ?

— Je ne sais pas.

— Une chose est claire. Tu as fait ton devoir. Tu n'as plus besoin de faire plaisir à père, tu peux épouser Nathaniel.

— C'est bien mon intention, même si ma conscience me tracasse. J'aimerais être aussi déterminée que toi.

— C'est de voir ton mariage qui m'a donné la force de résister à père, avoua Chastity en frissonnant. Sir William était un être méprisable, et son frère, bien que plus lisse en apparence, est fait du même bois. Je le crois capable de comploter pour supprimer un enfant.

— J'ignore comment tu as trouvé le courage de t'opposer à la volonté de père. Regarde-moi. Je n'ai d'autre solution que de fuir pour lui échapper.

Chastity déposa délicatement le bébé dans son berceau et rabattit la couverture sur lui. Puis elle s'approcha de la lucarne et contempla le jardin uniquement éclairé par le carré de lumière s'échappant par la fenêtre de la cuisine.

— Je ne suis pas sûre que j'aurais été aussi courageuse que cela, Verity, si j'avais su… Je n'imaginais pas qu'il irait si loin. Mais une fois que j'avais commencé à résister, je ne pouvais plus revenir en arrière.

Verity vint prendre sa sœur dans ses bras.

— Il y a à peine deux ans, nous étions heureuses et pleines d'espoir, murmura-t-elle. Que s'est-il passé ?

Elle se ressaisit toutefois très vite et ramassa le panier de linge sale.

— Il est temps de descendre dîner. Tu devrais peut-être mettre une robe, ma chérie ? Il y a un homme avec nous.

Chastity essuya ses larmes et redressa les épaules.

— Certainement pas. Ce ne serait pas prudent, il comprendrait qu'il n'a affaire qu'à trois femmes.

— Oh, Chastity, c'est un gentleman !

— Et en quoi est-ce rassurant ? Sir William était un gentleman. Henry Vernham et père sont censés être des gentlemen. Du reste, en plus d'être un gentleman, notre prisonnier est un Malloren. Ils sont tous beaux et séduisants, mais ils te trancheraient la gorge plutôt que de te céder la place sur la route. Ne te laisse pas subjuguer par les longs cils de Cyn Malloren.

Verity rit tout bas.

— Ils sont étonnants, n'est-ce pas ? Je ne peux pas avoir peur d'un homme qui a ce visage.

— Je suis sûre que beaucoup de gens ont fait la même erreur que toi. Et que cela leur a été fatal.

— Franchement, Chastity, tu ne crois quand même pas qu'il représente un danger. Le seul sang qu'il a dû faire couler dans sa vie, c'est celui des faisans qu'il a tués à la chasse.

— Il est dangereux, s'entêta Chastity. Je le sens. Essaie de m'appeler Charles tout le temps. Ou au moins Chas. Et ne révèle pas notre nom. Père et Rothgar sont à couteaux tirés depuis des années. Si Cyn Malloren apprend que nous sommes des Ware, ce sera un enfer.

Verity secoua la tête, mais ne protesta pas. Elle jeta un coup d'œil à William dans son berceau, souffla la chandelle. Elle hésita en haut de l'escalier.

— Chas, et s'il essaie encore de te marier ?

Chastity eut un rire dur.

— Père ? Dieu merci, il a détruit ma réputation quand je lui ai tenu tête. Aucun homme ne voudra jamais épouser la tristement célèbre Chastity Ware.

Cyn la regarda traverser la chambre et gravir l'escalier. Elle avait trouvé le pistolet et devait donc être convaincue de ses bonnes intentions. Pour autant, elle ne semblait pas particulièrement radoucie.

Il voulait la voir sourire. Il voulait qu'elle lui parle, qu'elle lui dévoile ses problèmes afin qu'il puisse l'aider à porter son fardeau. Étonnamment, il lui avait fallu peu de temps pour apprécier sa ravisseuse et son allure pas très conventionnelle.

Cette coiffure lisse était étrange, mais elle mettait en valeur la forme magnifique de son crâne. Pourquoi ne s'était-il jamais rendu compte qu'un crâne pouvait être beau ? Il avait envie de caresser cette chevelure courte et soyeuse.

Cette coupe mettait aussi en valeur ses traits bien dessinés – le front haut et arrondi, le nez droit, le menton volontaire. Et ces yeux bleu-gris étaient inoubliables. Ce n'était décidément pas une femme ordinaire. Cela étant, les femmes ordinaires ne l'avaient jamais attiré.

Elle se déplaçait avec l'aisance orgueilleuse d'un homme – dos droit, démarche déterminée. Il trouvait cela étonnamment érotique et regrettait que ce costume masculin n'ait sans doute été revêtu que pour l'attaque sur la route. Il se demandait à quoi elle ressemblerait avec une robe.

Il ne le saurait pas, car lorsqu'elle redescendit, elle était toujours en pantalon.

Comme les deux sœurs traversaient la chambre pour gagner la cuisine, il lança :

— Vous avez compris que je ne vous ferais aucun mal, Charles ?

Elle se retourna et le regarda.

— Tant que vous êtes attaché, milord, j'en suis persuadée.

— Vous avez peur de m'affronter sans mes liens, n'est-ce pas ?

— Pas du tout, répliqua-t-elle en posant les mains sur les hanches. Mais pourquoi prendrais-je la peine d'essayer ?

— Par esprit de justice, hasarda-t-il. Je n'ai rien fait de déshonorant.

Elle sourit.

— Aider des brigands n'est pas vraiment honorable, milord.

— Veuillez m'excuser, rétorqua-t-il avec un sourire tout aussi insincère. J'ignorais que vous souhaitiez être pendu. Je réparerai cette erreur à la première occasion.

— Je sais. C'est pour cela que vous êtes ligoté.

Il réprima un rire. Cela faisait longtemps qu'il ne s'était pas autant amusé. Quelle femme. Cette réponse lui fournit une nouvelle arme.

— C'est une drôle de façon d'attacher un homme. Vous aimez reluquer les corps virils, jeune homme ?

Les joues de Charles s'enflammèrent. Elle redevint en quelques secondes une jeune femme aussi innocente que troublée. Il sentit son sexe durcir.

— Arrêtez, vous deux ! ordonna Verity en s'approchant, un couteau de cuisine à la main.

Elle remarqua son érection et se contenta de hausser brièvement les sourcils.

— Cet homme a raison, enchaîna-t-elle, il n'a rien fait pour mériter un tel traitement. Il peut venir dîner avec nous.

— Verity, ne fais pas cela ! aboya Charles.

Mais elle avait déjà coupé les liens qui le retenaient, et il s'assit en frottant ses poignets engourdis.

— Mon cher monsieur, dit-il, content de pouvoir discuter sur un pied d'égalité, j'apprécie la gentillesse de votre sœur, mais puisque vous êtes le maître de cette maison, ne devriez-vous pas mieux contrôler les femmes qui vivent sous votre toit ?

— Avec un fouet, peut-être ? riposta-t-elle, ses yeux lançant des éclairs.

Cyn adressa un clin d'œil à Verity avant de répondre :

— Votre sœur est à ce point rebelle ?

— Oh, cessez donc, milord ! dit Verity en se retenant de rire. Vous provoquez uniquement pour faire jaillir des étincelles. Si vous continuez ainsi, je vais vous rattacher.

Il leva les mains devant lui en signe de reddition, quitta sa chaise et suivit les deux sœurs dans la cuisine. Combien de temps s'écoulerait avant que quelqu'un commette une bévue, révélant que Charles se prénommait en réalité... comment ? Charlotte ? Il dévisagea la jeune fille à l'expression glaciale. Charles lui allait mieux que Charlotte.

Ravie de le voir libre, Nana voulut l'installer au bout de la table.

— Non, non, protesta Cyn avant de désigner Charles. C'est votre place, monsieur, puisque vous êtes le chef de famille.

Il sourit, faisant ouvertement usage de son charme, qu'il savait considérable.

— Me ferez-vous l'honneur de me révéler votre nom de famille ?

— Non, répliqua Charles avec brusquerie. Soyez déjà reconnaissant de partager notre nourriture.

Nana apporta une marmite contenant du civet de lapin.

— Une nourriture merveilleuse, commenta Cyn avec un sourire béat.

— C'est si satisfaisant de nourrir un homme, avoua Nana, enchantée.

— Les jeunes garçons en pleine croissance sont généralement voraces, dit-il en tournant un regard incrédule vers Charles.

Ce dernier s'empourpra.

— Ma croissance est achevée.

— Pardonnez-moi, cher monsieur. Je sais que certains hommes n'ont pas de barbe avant...

— Permettez-moi de vous servir, milord, intervint vivement Verity, qui déposa une grosse portion de civet dans son assiette.

Cyn s'abstint noblement de les taquiner durant tout le repas.

— À présent, dit-il alors qu'ils buvaient leur thé, vous pourriez peut-être me dire ce qu'il en est afin que je puisse vous aider.

— Pourquoi feriez-vous cela ? s'enquit Charles, imperturbable.

— Je vous l'ai dit, j'aime l'aventure. J'ai besoin du danger pour vivre. J'ai toujours eu envie d'être un chevalier errant.

— Mais pourquoi croyez-vous que je suis une demoiselle en détresse, milord ? demanda Verity.

— Vous ne l'êtes pas ?

— Les demoiselles ne sont pas mariées, dit-elle avec un sourire triste. Je ne suis plus une jeune fille, mais je suis certainement en détresse...

— Verity ! la coupa sèchement Charles. Ne lui fais pas confiance. Si tu lui parles, il prendra leur parti.

— Que faire d'autre ? répliqua sa sœur. Nous avons besoin de quelqu'un pour conduire l'attelage, et je me sentirais davantage en sécurité avec...

Cyn crut entendre le reste de la phrase : *avec un homme pour nous aider*. Les mots semblèrent flotter dans la pièce, et Charles la fusilla du regard. Était-ce un de ces garçons manqués, qui regrettait de ne pas être un homme ? Il espérait que non.

— Vous vous sentiriez davantage en sécurité avec quelqu'un de plus âgé ? suggéra-t-il doucement. Mon cher Charles, il est évident que vous faites de votre mieux pour aider votre sœur, quel que soit son problème. Mais il n'est pas raisonnable de refuser de l'aide. Je dois avoir dix ans de plus que vous, et j'ai l'expérience qui vous manque. Si vous me dites où vous souhaitez aller, je m'efforcerai de vous y conduire sans vous faire courir de danger.

— Nous allons à Maidenhead, avoua Verity. Mon futur mari, le major Nathaniel Frazer, est stationné là-bas.

Était-ce le père de l'enfant ? Elle avait une alliance, mais cela ne voulait rien dire.

— Cela ne devrait pas poser de problème, assura-t-il. Pas de problème du tout.

— Sauf celui de l'argent, lâcha Charles.

— Ah. D'où l'attaque sur la route.

— Tout à fait.

Personne ne semblant prêt à lui fournir plus d'explications, Cyn insista :

— Je comprends que voyager dans mon confortable carrosse soit tentant, mais l'escamoter comportait certains risques. N'aurait-il pas été plus raisonnable de prendre la malle-poste ? Ou même les deux pur-sang que vous montiez ?

— Les chevaux ne nous appartenaient pas, expliqua Verity. Et si nous les avions gardés, cela aurait mis le feu aux poudres. Toutefois, je suis d'accord avec vous, il aurait été plus prudent de voyager en malle-poste.

— Tu as raison, dit Charles brusquement. Demain, nous irons à Shaftesbury en carrosse et nous achèterons des billets pour la malle-poste. Enfin, à condition que nous puissions vous faire confiance, milord, ajouta-t-elle d'un ton glacial.

— Vous pouvez. Mais seulement si vous me permettez de participer à votre aventure. Vous ne parviendrez pas à m'en dissuader.

— Ceci n'est pas un fichu jeu !

— Il y a donc un réel danger ?

— Oui.

— D'où vient-il ?

Charles pinça les lèvres, refusant de répondre.

— Je crois que nous devrions le lui dire, intervint Verity.

— Nous parlerons de cela plus tard, décréta Charles, qui se leva, mettant fin à la discussion. Pour l'heure, la question est de savoir où il va dormir.

Cyn ne put résister à la tentation.

— Pourquoi pas avec vous, monsieur ?

Charles se figea, et Verity s'étrangla avec son thé.

— Cela vous ennuie ? Je vous assure que je ne ronfle pas.

— Moi, si, répliqua-t-elle.

— Ah. Et où dormez-vous, monsieur ?

— À l'étage, répondit-elle sans réfléchir. Nous avons divisé l'espace par un rideau.

— Par chance, votre sœur et le bébé ont un sommeil profond.

Elle le regarda sans comprendre, et il précisa :

— Vos ronflements ne les dérangent pas.

Cyn eut un mal fou à s'empêcher de sourire. Si ses yeux avaient lancé des flammes, il aurait été réduit en cendres. Ces yeux étincelants, ces lèvres fermes, ces joues embrasées par la colère, elle était soudain d'une beauté stupéfiante.

Une vague de pur désir le submergea. Il aurait voulu la déshabiller, découvrir les endroits secrets cachés sous son déguisement masculin, voir ces yeux briller de passion plutôt que de colère. Dieu merci, il n'était plus attaché sur le lit, sans quoi elle aurait piqué une crise en voyant sa réaction. Il baissa les yeux, mais il était résolu à aller au bout de cette aventure.

Il fut décidé qu'il dormirait dans la cuisine, mais une seule couverture était disponible. Comme il apparaissait évident qu'elles allaient devoir lui faire confiance, elles l'autorisèrent à aller chercher sa malle dans la voiture. Avec son pardessus et quelques vêtements, il parvint à se faire un lit acceptable. Bien plus confortable que certains couchages à l'armée, car la cuisine était sèche et chauffée.

Nana et Verity débarrassaient la table. Charles alla chercher de l'eau au puits, puis s'assit avec un livre. Cyn se mit à l'aise.

Il ôta ses bottes et les nettoya avec un chiffon. Qui sait combien de temps elles devraient se passer des soins attentifs de Jérôme ? Il drapa sa veste et son gilet sur le dossier d'une chaise, dénoua les rubans qui retenaient ses cheveux et se peigna. Après une légère hésitation, due à la présence des dames, il ôta sa cravate et déboutonna sa chemise.

Nana et Verity ne firent pas attention à lui, mais c'était la réaction de Charles qu'il guettait. C'est à peine si celle-ci leva brièvement les yeux de son livre. Il allait devoir faire un effort.

Nana se retira, Verity s'attarda quelques minutes, puis monta. Cyn bâilla et se coucha sur sa paillasse improvisée.

Charles referma son livre, s'approcha et se tint au-dessus de lui. Il croisa les mains sous la nuque et lui adressa un sourire enjôleur.

— Vous avez décidé de partager mon lit finalement ?

Elle retint son souffle et recula.

— Que les choses soient claires, milord. Si vous nous jouez un sale tour, je vous tuerai. Si les deux autres ont le cœur tendre, pas moi.

— Vous avez déjà tué quelqu'un, Charles ?

Ses lèvres tremblèrent.

— Non.

— Moi, si.

— J'ai du mal à le croire.

— Vraiment ? Je suis capitaine, dans le 48e régiment d'infanterie. J'ai vu la mort de près. Tuer n'est pas aussi facile que vous le pensez, à moins d'avoir une raison majeure de le faire.

— Dans ce cas, je ne devrais avoir aucun mal à m'y résoudre.

Sur ce, elle souffla les bougies et quitta la pièce que n'éclairaient plus que les flammes dans l'âtre.

Cyn contempla les poutres sombres. Qui lui avait fait du mal au point qu'elle soit prête à tuer ? Pourquoi était-elle là, sans un sou, déguisée en homme et terrifiée ? Sans même connaître les réponses à ces questions, il prit son parti.

Il avait trouvé sa demoiselle en détresse, et ce n'était pas Verity. C'était la belle et inaccessible Charles.

3

Le lendemain matin, Nana entra dans la cuisine sur la pointe des pieds, mit de l'eau à bouillir et alla chercher des œufs dans le poulailler.

— Vous n'êtes pas obligé de vous lever tout de suite, milord, dit-elle vivement en le voyant ouvrir les yeux.

Mais il était déjà debout et remballait son lit de fortune.

Il s'était ramolli depuis qu'il avait quitté l'armée. Autrefois, il trouvait normal de dormir à même le sol, enveloppé dans son seul manteau, puis de se lever pour aller se battre. Là, il se sentait ankylosé, pas reposé, et rêvait d'un bain chaud et de vêtements propres. Plus vite il retrouverait son régiment, mieux cela vaudrait.

— Puis-je avoir un peu d'eau chaude pour me raser ? demanda-t-il.

La vieille dame lui donna ce qu'il demandait, et il se rasa devant un petit miroir fendu accroché au mur de la cuisine. Par chance, sa barbe n'était pas trop drue. Il n'avait pas l'habitude de se raser lui-même. C'était toujours Jérôme qui s'en chargeait, même à l'armée.

Jérôme était le seul luxe qu'il avait accepté de la part de Rothgar quand il avait rejoint son régiment. En six années d'armée, il avait fait son chemin seul. Il avait gagné ses promotions plutôt que de les acheter.

Rothgar lui avait très sérieusement proposé de lui offrir un régiment, mais il avait refusé. Il avait voulu se prouver, et prouver à son frère, qu'il n'avait besoin de personne pour réussir.

Jusqu'à maintenant.

Il adressa une grimace à son reflet, encore dépité d'avoir capitulé devant la pneumonie.

Il se rappelait sa lutte pour tenir debout jour après jour, alors que la maladie gagnait du terrain. Après cela, ses souvenirs étaient flous. Il revoyait ses hommes le soigner, l'hôpital militaire à Halifax. Le voyage en bateau, dans un trou à rats – c'était là qu'il avait décidé qu'il préférait mourir.

Et soudain, comme dans un rêve, il s'était retrouvé à Rothgar Abbey, entouré de sa famille. Rothgar, Brand, Bryght, et sa sœur jumelle, Elfled, la plus inquiète de tous. Faible, se croyant à l'article de la mort, il avait puisé du réconfort dans la maison familiale, retrouvant les bruits, les odeurs, les visages de son enfance.

Toutefois, à mesure qu'il se rétablissait, il avait commencé à trouver irritant que ses frères et sœurs le dorlotent. Seigneur, il ignorait ce qu'ils considéraient comme une bonne santé, mais c'était visiblement un état trop parfait pour qu'un simple mortel puisse l'atteindre. Ils lui avaient suggéré de quitter l'armée et d'embrasser une autre profession.

Jamais de la vie.

Sa main se crispa et il se coupa le menton. Ravalant un juron, il saisit un mouchoir pour essuyer le sang. Il finit de se raser sans autre anicroche et espéra que c'était de bon augure pour la suite de l'aventure. Quand il se retourna, pressant le mouchoir contre son menton, Charles entrait dans la cuisine. Elle le regarda, s'empourpra, baissa les yeux et les releva crânement.

— Votre main tremble, ce matin ? se moqua-t-elle.

— D'habitude, c'est mon valet qui me rase. Je suppose que vous n'avez pas encore ce problème. Profitez-en. C'est d'un ennui. Je regrette parfois le temps où on portait la barbe.

Il jeta le mouchoir de côté et alla prendre une chemise dans sa malle. Tournant le dos à la jeune fille, il ôta tranquillement celle dans laquelle il avait dormi.

Il s'étira et se tourna légèrement pour la regarder du coin de l'œil. Une fois de plus, la couleur de ses joues la trahit et elle en eut conscience. Les yeux baissés, elle s'appliqua à couper en tranches une grosse miche de pain. Soit elle n'en avait pas l'habitude, soit elle n'était pas concentrée sur sa tâche, quoi qu'il en soit, les tranches étaient irrégulières.

S'apercevant qu'il pouvait l'observer par le truchement du miroir, il s'en approcha, toujours torse nu, et fit mine d'examiner la coupure sur son menton. Elle leva prudemment les yeux et le regarda entre ses cils. Il s'étira de nouveau, conscient d'en faire beaucoup trop.

À présent, elle l'examinait ouvertement. Il pouvait sortir l'artillerie lourde. Aucune femme ne pouvait faire semblant d'ignorer la cicatrice qui lui barrait le torse. Quoique superficielle, la longue estafilade faite par un sabre avait laissé une marque impressionnante. Toutefois, avec Nana dans la pièce, ce n'était pas le moment de juger de son effet sur une dame.

Il enfila sa chemise propre et se retourna. Les yeux baissés, Charles beurrait les tartines.

— C'est gentil à vous d'aider les femmes de la maison, dit Cyn en agrafant de nouvelles manchettes de dentelle à ses poignets. Beaucoup de jeunes gens refuseraient de s'abaisser à accomplir ces tâches domestiques.

Ses mains hésitèrent, puis elles se remirent au travail.

— Beaucoup de jeunes gens sont des imbéciles.

Ses mains étaient juste assez anguleuses pour ressembler à celles d'un garçon – tout juste. Mais elle avait raison de porter des gants quand elle partait à l'aventure.

— C'est vrai.

Il attendit une réaction, en vain. Il n'avait jamais vu de jeune femme aussi circonspecte. Il sortit pour satisfaire un besoin naturel et, quand il revint, Verity était dans la cuisine, son bébé dans les bras. Nana faisait frire des œufs et du bacon. En temps normal, Charles devait aider la vieille dame, suspectait-il. Elle n'appréciait visiblement pas de rester inactive. Se comporter en mâle paresseux demandait un certain entraînement.

Cyn alla admirer le bébé. Il avait un peu d'expérience depuis qu'il avait rendu visite à sa sœur aînée, Hilda, dont le nouveau-né faisait la fierté. Cet enfant était presque aussi jeune que son neveu, constata-t-il avec étonnement.

— Il doit avoir à peine deux mois ?

— Neuf semaines, précisa Verity en caressant le duvet blond du bébé.

— Un peu jeune pour voyager.

La main de la jeune femme se figea.

— C'était nécessaire.

Cyn avait du mal à importuner la douce Verity. En revanche, il décida de taquiner Charles en aidant Nana à disposer les assiettes sur la table. N'y tenant plus, Charles vint les aider. Elle remplit la théière, sortit des pots de confiture et de marmelade du placard, et récupéra le pot de lait sur le bord de la fenêtre. Elle accomplit ces gestes avec une aisance due à l'habitude, mais il ne fit aucune remarque.

— Eh bien ? demanda-t-il quand ils furent attablés. Allez-vous me raconter votre histoire ?

Charles échangea un regard avec sa sœur avant de déclarer froidement :

— Nous ne vous dirons que ce que vous avez besoin de savoir. Vous pensez que l'enfant de Verity a été conçu en dehors des liens du mariage, j'imagine.

— Ce n'est pas le cas ?

— Non. Il est parfaitement légitime, né deux ans après des vœux prononcés à Hanover Square.

— Cela doit satisfaire tout le monde.

— Son père est mort.

Cyn observa Verity, qui ne portait pas le deuil et avait hâte de retrouver son fiancé. Il haussa les sourcils.

— Mon Dieu, s'exclama-t-elle, je ne comprends pas pourquoi il est si difficile de raconter une histoire aussi simple ! Mon mari est mort il y a deux mois. Mon beau-frère est le tuteur de mon fils. Quand il est arrivé, je me suis rendu compte que je ne pouvais pas lui faire confiance. Je vais donc retrouver l'homme qui nous protégera tous les deux.

— Vous avez dit que cet homme était votre fiancé. Comment pouvez-vous avoir un fiancé alors que vous venez à peine de perdre votre mari ? s'étonna Cyn.

Verity rougit.

— Nathaniel et moi nous étions promis l'un à l'autre, mais mon père n'a pas autorisé notre union. Notre promesse tient toujours.

— Vous voyez, intervint Charles, il s'agit juste d'emmener Verity et William à Maidenhead.

— Et le tuteur ? s'enquit-il.

— Une fois que Verity et Nathaniel seront mariés, ils déposeront une demande pour que Nathaniel devienne le tuteur de l'enfant.

Cyn la soupçonnait de ne pas tout lui dire.

— Et si le tribunal décide que cette fuite et ce mariage précipité prouvent que Verity et Nathaniel ne sont pas aptes à élever un enfant ?

Verity pâlit et resserra les bras autour de son bébé.

— Ils ne feront pas cela !

— Ils le peuvent. Ce serait plus sage de retourner chez vous et d'envoyer un message à Nathaniel pour qu'il vienne vous aider d'une manière plus conventionnelle.

Les deux sœurs échangèrent un regard. Leur anxiété était palpable.

— Verity ne sera pas autorisée à épouser Nathaniel, dit Charles. Et elle pense que Henry Ve,.. Elle pense que le frère de son mari essaiera de supprimer l'enfant.

Cyn comprit, au regard de Verity, que Charles disait vrai.

— Pourquoi ?

— Parce qu'il hériterait ainsi de tout.

Dans le silence qui suivit, Cyn s'efforça de réfléchir. La cupidité était une force puissante. Et un homme ambitieux devait être furieux qu'une seule petite vie s'interpose entre la fortune et lui.

Cela étant, il savait que certaines femmes étaient un peu bizarres après avoir accouché.

— Comment votre mari est-il mort ?

— Son cœur a lâché, répondit Verity en baissant les yeux.

— Comment s'appelait-il ?

— Ne réponds pas ! s'écria Charles. De quel droit l'interrogez-vous ? Nous vous avons dit l'essentiel. Vous pouvez nous aider ou pas, c'est à vous de décider.

Cyn n'eut aucun mal à prendre sa décision.

— Je vais vous aider, bien sûr.

Cela ne devait pas être bien difficile. Maidenhead n'était qu'à une centaine de miles, ce qui représentait un voyage de trois jours.

— Je suis prêt à vous escorter jusqu'à Maidenhead. J'aimerais cependant savoir à quoi nous devons nous attendre. Le tuteur, Henry, est-il en ce moment à votre recherche ?

— Oui.

— Mais il n'a pas pensé à venir ici ?

Il était ouvertement incrédule et Charles le foudroya du regard.

— Il est venu il y a trois jours. Nous lui avons dit que nous ne savions rien, et c'était vrai. Verity a fait le chemin à pied. Quand elle est arrivée, il était déjà reparti.

Cyn considéra la jeune mère avec respect. Il ne l'aurait jamais crue capable d'effectuer un voyage éreintant, en plein mois de novembre, avec son bébé dans les bras. De toute évidence, le danger était sérieux. Il remarqua son air désespéré.

— Sait-il que vous allez à Maidenhead ?

— Nous ne le pensons pas, répondit Charles.

— Où croit-il que vous êtes allée ? demanda-t-il à Verity.

— J'espère qu'il n'en a pas la moindre idée. Il a tout de suite pensé que je viendrais ici. Mais il peut croire que je suis partie à Londres. Il ne sait rien de ce qu'était ma vie avant que j'épouse son frère.

— Et votre famille ? Elle ne peut pas vous aider ?

Les deux sœurs échangèrent un regard éloquent.

— Que ferais-je dans ce cottage si nous avions une famille prête à nous aider ? répliqua Charles.

— Vous pourriez être tombée en disgrâce ? suggéra Cyn. Renvoyé de l'école ?

Il avait vu juste, devina-t-il, même si elle le dissimulait plutôt bien.

— Nous ne voulons pas demander d'aide à notre famille, car elle n'autoriserait pas Verity à épouser Nathaniel.

Cyn avait une règle de survie qui lui avait plusieurs fois sauvé la mise : comporte-toi comme si le pire était certain. Il se leva et se mit à arpenter la petite cuisine.

— Le tuteur de l'enfant a la loi de son côté. Il a certainement laissé des messages, ou même des affiches, sur son chemin et dans les auberges où il a fait halte. Les routes seront surveillées, vous n'irez pas loin si vous prenez la malle-poste.

— Nous pensions nous déguiser, dit Charles. Verity s'habillera comme une nourrice et se teindra ses cheveux en noir.

— Et vous ?

— Je n'ai pas besoin de déguisement.

Cyn se pencha au-dessus de la table.

— L'horrible Henry va revenir ici. Quand il constatera que vous êtes parti, il se lancera à votre recherche.

— D'ici là, nous serons arrivés à Maidenhead, répliqua-t-elle en soutenant son regard.

Puisque Cyn pouvait escorter Verity jusqu'à Maidenhead, la logique voudrait que Charles reste au cottage. Sauf qu'elle n'accepterait jamais, et qu'il n'y tenait pas non plus.

Il se remit à marcher de long en large.

— Donc, l'horrible Henry cherche une jeune femme blonde avec un enfant. Dès qu'il sera repassé ici, il saura qu'il cherche aussi le jeune homme qui l'escorte.

Il attendit une protestation, qui ne vint pas.

— Quel dommage que vous ne puissiez pas vous faire passer pour une dame…

Il ignora les lèvres tremblantes de Verity et le cri étranglé que poussa Nana.

— Non, je ne crois pas que ce soit possible, continua-t-il en feignant d'examiner Charles. Je ne vous imagine pas en train de minauder.

— Dieu merci ! s'exclama Charles en rougissant.

— Vous pourriez tenir le rôle de palefrenier ?

Charles acquiesça, l'air intéressé.

— Vous êtes sûr ?

— Oui. Je sais m'occuper des chevaux. Et vous, vous serez le cocher ?

— Non. Je me rendrai à Shaftesbury en espérant que Hoskins est toujours à l'auberge de la Couronne. Il nous conduira.

— Il risque de poser beaucoup de questions.

— Sans doute. Surtout quand je lui annoncerai que je vais porter des jupons.

Cyn considéra avec affabilité les trois femmes stupéfaites.

— Nous allons duper vos poursuivants. Je serai la mère du bébé.

— Vous allez vous faire passer pour une femme ? s'écria Charles, incrédule.

— À moins que vous n'insistiez pour tenir ce rôle, dit Cyn en battant des cils. Je pense toutefois qu'il vaut mieux que ce soit moi. Je suis plus joli que vous et je sais minauder.

Son expression furibonde l'enchanta. Quoique piquée au vif par son commentaire sur son physique, elle ne put s'empêcher d'afficher un sourire malicieux - sans doute à l'idée de le voir en corset et jupons.

Il avait raison. Chastity était à la fois déconcertée et agacée par cet homme qui avait fait irruption dans sa vie et semblait en prendre le contrôle. Elle espérait qu'il aurait l'air ridicule vêtu d'une robe.

Quant à la juger incapable de tenir le rôle d'une dame, il se trompait. Les filles du comte de Walgrave avaient reçu une éducation parfaite et maîtrisaient tous les arts féminins. Et pour cause. Leur père espérait renforcer son influence politique par leur mariage.

Lord Cyn n'était *pas* plus joli qu'elle. Elle était considérée comme une beauté lors de ses séjours à Londres. Elle avait eu la moitié de la ville à ses pieds, y compris le frère de Cyn, le marquis de Rothgar, le meilleur parti de l'époque.

Prenant brusquement conscience de l'absurdité de la situation, elle se mordit la lèvre pour ne pas éclater de rire. Elle serait donc le beau garçon, et lui la jolie dame. Elle aurait aimé être seule avec Verity pour rire tout son soûl. Cela faisait si longtemps qu'elle n'avait pas ri.

Cyn vit le tremblement de ses lèvres et la lueur amusée dans ses yeux. Il aurait aimé la voir rire. Elle devait être magnifique.

La première chose à faire était de convaincre ses ravisseuses de le laisser aller à Shaftesbury pour retrouver ses domestiques et acheter des vêtements de femme. Charles alla à contrecœur chercher une monture dans la maison voisine, qui devait être leur demeure familiale.

Elle revint avec deux chevaux.

— Vous m'accompagnez ? s'étonna-t-il. Vous croyez que c'est raisonnable ?

— Je crois qu'il est prudent de vous garder à l'œil, milord.

— On risque de vous reconnaître, si près de chez vous.

— Pourquoi serait-ce un problème ? Je ne suis pas un fugitif.

— Certes, il vaudrait toutefois mieux que personne ne soupçonne de liens entre nous. Il faut vous transformer en palefrenier dès maintenant. Avez-vous des vêtements moins élégants que ceux-ci ?

— Non.

— Voyons ce que nous pouvons trouver dans la voiture.

Il se dirigea d'un pas rapide vers le verger et se figea en découvrant les portes détériorées.

— Était-ce vraiment nécessaire ? demanda-t-il.

— Je pensais que votre carrosse serait recherché.

— Vous êtes un garnement. Vous pensiez m'atteindre en faisant cela ? Cette voiture ne m'appartient pas, c'est celle de mon frère. Si Rothgar apprend ce que vous avez fait, il vous aura rattrapé et fait condamner en moins d'une semaine. Nous allons acheter de la peinture et vous réparerez les dégâts. Une voiture sans armoiries passera inaperçue, en revanche, un attelage vandalisé attirera l'attention.

Sans attendre sa réponse, il grimpa sur le siège du cocher et tira la malle cachée sous le banc. Il en sortit un baluchon qu'il laissa tomber par terre.

— C'est à Harry, le palefrenier, expliqua-t-il en sautant à terre. Il est un peu plus grand que vous, mais pas trop.

Cyn défit le paquet et en sortit une chemise en tissu grossier, un pantalon rapiécé et un foulard.

— Tout est propre, précisa-t-il en lui lançant les vêtements. C'est une chance. Vous devrez garder votre manteau, votre chapeau et vos bottes. Il vaudrait mieux les salir un peu.

— Avec plaisir. Je retourne au cottage me changer.

Cyn s'adossa à la voiture et croisa les bras.

— Vous êtes d'un naturel pudique ou vous nourrissez de vilains soupçons à mon endroit ? Je vous assure, Charles, que mes goûts au lit sont tout à fait... conventionnels.

Chastity se sentit rougir et pesta intérieurement.

— Je n'ai jamais pensé le contraire, rétorqua-t-elle en s'éloignant. Comme vous dites, je suis pudique.

Elle l'entendit lancer dans son dos :

— Vous êtes sûr d'être allé en pension ?

Chastity entra en trombe dans le cottage et claqua la porte.

— J'aurais dû laisser cet homme sur le bord de la route !

Verity leva les yeux de sa malle, le regard malicieux.

— Je pense qu'il nous sera très utile. Personne ne cherchera une dame brune avec son bébé et une nourrice.

— J'aurais pu tenir le rôle de la mère.

— Tu n'es pas assez vieille pour ne pas être confondue avec moi, et tes cheveux sont un problème. Une perruque risque de tomber. La plupart des hommes qui en portent une se rasent le crâne, pas les dames.

Chastity passa la main sur ses cheveux qui, il y a peu, étaient encore des boucles brillantes.

— Oh, Chastity, je n'aurais pas dû dire cela ! Tes boucles vont repousser.

— Elles repoussent déjà. Mais je n'arrive pas à oublier ce que j'ai ressenti quand père les a rasées. Et ce qu'il a dit...

Elle frémit et s'empressa de chasser ce souvenir.

— Au fond, père m'a rendu service. En tant que femme, je suis ridicule, en revanche, je ne fais pas un vilain garçon, et personne ne me soupçonne de ne pas en être un. Qui penserait qu'une femme se coupe les cheveux aussi court ?

— Père reviendra sur...

— Non, l'interrompit Chastity. Ne mentionne pas son nom. Il m'a rejetée et je le renie.

— Je suis sûre qu'il pensait faire pour le mieux, soupira Verity.

— Et moi, je suis sûre qu'il voulait imposer sa volonté, comme toujours.

— Mais ma chérie, c'est notre père...

— Alors, pourquoi n'as-tu pas couru te jeter dans ses bras ?

Verity ramassa une paire de bas et les roula.

— J'avoue que je ne me voyais pas aller vers lui vu la façon dont il t'a traitée.

Chastity s'approcha et l'étreignit. Elle savait combien ce comportement était contraire à la nature de Verity, si conventionnelle. Il en avait fallu beaucoup pour que sa confiance envers le puissant comte de Walgrave soit détruite.

— Tu as pris la bonne décision. Crois-moi, père n'est pas infaillible. Et il est loin d'être aussi incorruptible qu'il veut le faire croire.

— Je crains que tu n'aies raison. J'ai pensé à ce que tu as dit hier. Mon mariage avec sir William n'a pas de sens. Quant à te faire épouser Henry, c'est encore plus absurde. Crois-tu qu'il commence à perdre la tête ?

Chastity s'esclaffa.

— Sûrement pas ! Père a l'esprit très clair. Et il avait sûrement ses raisons, liées comme toujours à sa soif de pouvoir. Tu sais à quel point il est obsédé par cela depuis la mort du prince Frederick, il y a dix ans.

Elle eut un sourire sinistre à cette pensée. Le comte de Walgrave avait le même âge que Frederick, le prince de Galles, dont il était l'ami intime. Il avait placé en lui toutes ses ambitions, attendant que le vieux roi meure et que Frederick monte sur le trône. Frederick avait, hélas, eu la mauvaise idée de mourir avant son père, laissant son jeune fils comme héritier. Ce dernier, qui était aujourd'hui le roi George III, était sous la coupe de sa mère, la princesse Augusta, et du bel Écossais, lord Bute.

Le comte de Walgrave était privé de tout pouvoir.

— Pauvre père, dit Chastity avec une compassion feinte. Il aurait dû accorder plus d'attention à Augusta, tu ne crois pas ?

— Au lieu de s'en faire une ennemie en accaparant son mari. Mais père a toujours eu tendance à tenir les femmes pour quantité négligeable.

Chastity se rembrunit.

— Maintenant que ses plans sont tombés à l'eau, je suppose qu'il n'est pas si étrange que père soit devenu aussi... excessif. Mais cela n'explique pas son alliance avec les Vernham. Je suppose que sir William a dû lui faire miroiter l'influence dont il jouissait.

Verity rangea les bas dans la malle.

— Son influence sur qui ? Pas sur Augusta. Son antipathie pour père est trop profonde et elle est sincèrement attachée à Bute.

— Un attachement immoral selon certains, déclara Chastity en haussant les sourcils, le sourire aux lèvres.

— Chastity !

— Tu n'es pas d'accord ? Tu es bien la seule. Et Bute est un fort bel homme, même s'il a autant d'esprit qu'un lapin.

Verity tenta de réprimer un gloussement. Sans succès.

— Franchement, Chastity, dit-elle. Père est indigné qu'un tel homme soit conseiller du roi, et c'est compréhensible. L'influence de Bute pourrait être désastreuse pour le pays, et pourtant, il tient le jeune roi et sa mère sous son contrôle.

— Et père ferait n'importe quoi pour changer cette situation…

— En quoi sir William – ou Henry – aurait-il pu l'aider à y parvenir ?

— Je ne l'imagine pas. Un jour, j'ai entendu père dire qu'il cherchait la preuve que Bute avait des accointances avec les jacobites et qu'il avait soutenu Bonnie Prince Charlie en 1745. Il paraît que beaucoup de gens avouaient des sympathies pour les jacobites quand ceux-ci semblaient à même de rétablir les Stuarts sur le trône.

Verity fit la moue.

— Avant de devenir de fervents partisans des Hanovre quand le soulèvement a échoué. Je déteste cette hypocrisie.

— Sir William ne faisait-il pas partie des enquêteurs chargés de démasquer les jacobites anglais ?

— Si, confirma Verity en frissonnant. Il jubilait en racontant de si terribles histoires que j'avais pitié de ces malheureux. Il adorait exercer un pouvoir et terroriser les gens. Je le soupçonne aussi d'avoir empoché de belles sommes pour accepter de temps à autre de détourner les yeux. C'est à cette époque-là qu'il est passé du rang d'esquire insignifiant à celui de noble fortuné.

— Quel être méprisable, dit Chastity, pensive. C'est peut-être là l'explication ! Il détenait des preuves contre Bute, et père nous a utilisées pour les obtenir. Bute est écossais, après tout.

Verity réfléchit, puis elle secoua la tête.

— Je ne crois pas. Bute est stupide, mais loyal. Tous les Écossais ne sont pas jacobites, quoi que disent les gens.

— J'ai bien peur que tu n'aies raison, admit Chastity en lui tendant un paquet de langes.

Elle sentit quelque chose de dur dans le linge et en sortit un document scellé.

— Qu'est-ce que c'est ?

— Oh, ça, bredouilla Verity d'un air coupable.

Chastity lui adressa un regard interrogateur.

— Je ne savais pas quoi faire. Il y a quelque temps, sir William m'a montré ce document et m'a fait jurer solennellement que s'il mourait je le remettrais directement au juge Mansfield, le lord juge en chef. Il me l'a fait jurer sur la Bible.

— Verity, tu n'iras pas à Londres avant d'avoir épousé Nathaniel, décréta Chastity.

— Bien sûr que non, confirma Verity, mal à l'aise. Mais après tout, je me dirige vers Londres.

— Certes. De quoi s'agit-il, selon toi ?

— Je l'ignore. Cela dit, dans la mesure où sir William ne semblait pas vouloir que son frère ait ce document, je me suis demandé s'il pouvait s'agir d'un codicille à son testament…

— Pour empêcher Henry de devenir tuteur ? Voyons cela…

Verity lui arracha le document des mains.

— Non ! s'écria sa sœur. Il risque de ne pas être valide si le sceau est brisé.

— À ta guise. Je suppose que cela ne changera rien. Il faut d'abord que tu rejoignes Nathaniel. Nous déciderons ensuite quoi faire de ce document.

— Nous pourrions peut-être demander son avis à lord Cyn.

— Seigneur, non ! Qui sait ce que cette lettre contient ? Pas question d'offrir des munitions contre nous aux Malloren. Cache-la, je monte me changer.

Verity s'exécuta en soupirant. Si elle avait un espoir que son propre sort s'arrange, il n'en allait pas de même de sa sœur. Que le comte de Walgrave lui ait ordonné d'épouser Henry Vernham était déjà étrange. Qu'il s'obstine à ruiner la réputation de sa propre fille défiait la raison.

Verity était à la campagne, quelques semaines avant son accouchement, quand le scandale avait éclaté. Son époux lui avait rapporté toute l'histoire. Furieux que Chastity ait repoussé son frère, il avait dépeint celle-ci sous le pire jour possible. Mais à présent, Verity connaissait la version de sa sœur.

Henry Vernham avait dix ans de moins que son frère. Alors que William était grossier et cupide, Henry était suave et calculateur. Il n'était pas laid, mais sa position à la Cour était insignifiante. C'était un être médiocre, qui n'aurait jamais pu faire la connaissance de lady Chastity Ware sans les liens de son frère avec sa famille.

Or, non seulement il avait fait sa connaissance, mais il avait eu l'audace de demander sa main. Et loin de lui rire au nez, le puissant comte de Walgrave avait ordonné à Chastity d'accepter.

Celle-ci avait refusé, sans prendre l'affaire au sérieux. La fureur du comte l'avait étonnée, pour autant elle n'avait pas cédé. Stoïquement, elle avait enduré de mesquines interdictions et de multiples sermons. Elle avait tenu bon, y compris lorsque son père lui avait interdit d'assister à la grande fête annuelle des Ware si elle n'acceptait pas Vernham comme cavalier.

Chastity avait déclaré qu'elle préférait mille fois être enfermée dans sa chambre plutôt que de supporter les attentions de Henry Vernham toute la soirée.

Elle était allée se coucher tranquillement, mais à minuit, elle avait été réveillée en sursaut quand son père avait fait irruption dans la chambre avec une demi-douzaine d'invités. Affolée, elle s'était redressée et avait alors découvert Henry Vernham allongé à côté d'elle, entièrement nu. Le piège n'avait pu fonctionner que grâce à la complicité de son père, puisque sa porte était fermée de l'extérieur.

Il s'attendait sans doute qu'elle se soumette enfin à sa volonté et accepte ce mariage. Que pouvait faire d'autre une jeune fille ? Toutefois, Chastity avait protesté de son innocence et continué de refuser. L'affaire était alors devenue fort déplaisante. Le monde entier croyait le pire, et le comte ne contrôlait plus sa colère. Cependant, ni le fouet ni la privation de nourriture n'avaient réussi à faire plier Chastity.

Le comte avait fini par renoncer. Il avait chassé sa fille de la maison familiale, l'envoyant vivre dans ce cottage. Pour être sûr qu'elle resterait en exil, il l'avait privée de ressources, ne l'avait autorisée à emporter que des vêtements grossiers et avait rasé sa splendide chevelure.

Ce qui n'était pas vraiment nécessaire, car où aurait-elle pu aller maintenant que sa réputation était détruite ? Les filles du comte de Walgrave n'avaient pas appris de métier, et aucun homme respectable ne lui offrirait son nom désormais. Ce qui était honteux, songea Verity, car Chastity était une fille enjouée, qui aurait fait une épouse et une mère idéale.

Chastity réapparut, transformée. Le pantalon large, attaché avec une ceinture, faisait paraître ses jambes plus fortes. La chemise cachait ses formes, et le foulard dissimulait ce cou mince qui risquait de la trahir. Elle portait une perruque brune et un chapeau cabossé.

— Lord Cyn avait raison ! s'exclama Verity. C'est un déguisement parfait.

— C'est juste ton avis, grommela sa sœur, mais elle affichait un sourire en coin.

— Chastity, tu crois que père sait que j'ai disparu ?

— Forcément. À moins que Henry Vernham ne le lui ait caché pour d'obscures raisons.

— Pourquoi ferait-il cela ? Tout ce qu'il veut, c'est mettre la main sur William afin de contrôler le domaine. Ou peut-être pire, ajouta-t-elle en frissonnant. L'horrible Henry. Ce surnom lui va comme un gant. J'aime bien lord Cyn.

— Tu aimes tout le monde. Il te reste de la place dans cette malle pour mon costume ?

Verity acquiesça.

— Je n'aime pas tout le monde. Je déteste Henry. En revanche, j'aime bien lord Cyn, et qu'il soit officier est rassurant. Si quelqu'un peut nous aider à mener notre plan à bien, c'est lui.

— Il veut juste s'amuser, Verity.

— Tu devrais apprendre à regarder plus loin que le bout de ton nez. N'oublie pas que c'est un soldat, comme Nathaniel. Père m'inquiète, Chastity. Il sait que j'aime Nathaniel et n'aura aucun mal à découvrir où est stationné son régiment.

— Et avec ses relations, il peut faire des dégâts.

— Nous devons absolument dire à lord Cyn qui nous sommes et dans quelle aventure il s'embarque. Père pourrait causer sa ruine.

— Cela signifie qu'il saura qui je suis ! Oh, bien sûr, ce qui compte le plus, c'est ta sécurité, mais...

— Non !

— De toute façon, je suis sûre que nous pouvons aller jusqu'à Maidenhead sans avoir affaire à père…

— Sans doute. Mais si père représente un danger pour lord Cynric Malloren, alors le danger est encore plus grand pour Nathaniel. Sa carrière pourrait être ruinée. Des officiers ont été exclus de l'armée pour avoir voté contre le gouvernement…

Verity agrippa les mains de sa sœur.

— Et le bébé ? Tu crois qu'ils pourraient me prendre William ? J'en mourrais !

— Je suis sûre qu'ils ne peuvent pas faire une chose pareille, déclara Chastity d'une voix rassurante. Nathaniel ne le permettrait pas. Et si tu ne le crois pas capable de sacrifier sa carrière pour toi, c'est que tu as oublié sa vraie nature. Mais nous n'en arriverons jamais là. Nathaniel est un officier très estimé et nous sommes en temps de guerre. Une fois que vous serez mariés, personne ne pourra faire un procès pour vous enlever l'enfant.

En vérité, elle n'en était pas si certaine que cela. Elle tremblait à l'idée de s'opposer une fois de plus au comte de Walgrave. Mais elles n'avaient pas le choix.

Ce qu'il leur fallait, c'était un défenseur au moins aussi puissant que Walgrave.

Autant demander la lune.

4

Chastity se rendit à Shaftesbury avec lord Cyn, guettant le moindre geste sournois de sa part. Il avait beau assurer qu'il voulait les aider, elle n'avait absolument pas confiance en lui. Il était trop désinvolte, et sa façon de faire passer pour raisonnables les choses les plus scandaleuses l'agaçait.

Se rendre en ville, par exemple. Ou lui demander de lui restituer une partie de son argent.

Après tout, avait-il expliqué, il devait acheter des vêtements. Et il aurait paru étrange que ce soit son palefrenier qui règle les factures. Il n'avait certes pas tort, mais elle avait l'impression qu'il lui ôtait habilement le contrôle de la situation, et cela l'inquiétait.

À l'auberge de la couronne, ils trouvèrent le cocher de Cyn dans la salle commune. Hoskins était un homme corpulent, au visage rougeaud, comme souvent les cochers.

— J'ai renvoyé les autres au château, milord.

Il but goulûment la bière que Cyn venait de lui commander et s'essuya la bouche d'un revers de manche.

— J'ai pensé qu'il valait mieux que je reste, au cas où vous auriez besoin d'aide. De toute façon, je pouvais pas rentrer sans mon attelage, pas vrai ?

Il coula un regard mauvais à Chastity, mais rien ne laissait penser qu'il la prenait pour une femme ou pour un brigand. Elle but à son tour une longue gorgée de bière et s'efforça d'adopter l'attitude nonchalante d'un jeune vaurien arrogant.

— Dans ce cas, vous allez approuver mon plan, Hoskins, dit Cyn. Je veux que vous nous conduisiez.

— C'est mon métier, milord, répondit l'homme en étrécissant les yeux. Et de vous éviter les frasques.

— Et comment pensez-vous y parvenir ?

— Dieu seul le sait. Vous êtes du gibier de potence !

Cyn lui flanqua une tape sur l'épaule.

— Haut les cœurs ! La situation n'est pas aussi désespérée que vous le croyez et personne ne sera pendu. Tout d'abord, allez louer un cheval pour faire la route avec nous. Et achetez de la peinture de la même couleur que la voiture. Les portières ont été un peu éraflées. Nous vous retrouverons dans une heure. Mon ami et moi devons faire quelques emplettes.

Cyn entraîna Chastity hors de la salle avant que son cocher puisse poser d'autres questions. Chastity essaya de se libérer, mais il la tenait solidement, et ne la lâcha pas avant qu'ils soient suffisamment loin de l'auberge.

— Croyez-moi, mon garçon, il vaut mieux que vous ne soyez pas obligé de décrire les dégâts sur le carrosse. D'autant que vous en êtes responsable.

— Ce ne sont que quelques éraflures.

— J'ai vu Hoskins se mettre dans tous ses états pour une fiente d'oiseau. Quand il découvrira ce que vous avez fait, il risque de voir rouge.

— Dans ce cas, pourquoi lui demander de nous accompagner ?

— Il nous faut quelqu'un pour conduire la voiture. Ne vous inquiétez pas. S'il essaie de vous fouetter, je vous défendrai jusqu'à la mort.

Il jeta un coup d'œil au nom de la rue, et s'engagea dans une ruelle.

Les dames Walgrave avaient toujours acheté leurs vêtements chez la même couturière de Shaftesbury. Cyn s'était renseigné auprès de l'aubergiste, qui lui avait indiqué le seul marchand de vêtements de seconde main de la ville.

S'aventurer dans un quartier de la ville qui lui était inconnu fascinait Chastity. Elle découvrait d'étroites ruelles avec des petites échoppes, et des rues sinueuses où le linge séchait sur des cordes. Certaines maisons étaient sombres et rébarbatives, d'autres étaient pimpantes. Des hommes sales et grossiers rôdaient devant les premières, tandis que devant les autres des femmes étaient assises et tricotaient en surveillant les enfants ou en bavardant avec leurs voisines.

Certaines rues étaient sèches et propres, d'autres étaient dégoûtantes car les égouts coulaient dans le caniveau central.

Ils passèrent devant un magasin vendant toutes sortes d'objets, puis devant la devanture d'un herboriste. Cyn empêcha Chastity de s'arrêter, et même de ralentir le pas devant une charmante librairie.

— Nous ne sommes pas pressés, protesta-t-elle.

— J'ai dit à Hoskins que nous serions de retour dans une heure. S'il ne nous voit pas, il pensera que vous vous êtes débarrassé de moi. Regardez, nous sommes arrivés.

La devanture étroite de la boutique de Mme Crupley était située à l'entrée d'une ruelle particulièrement repoussante. Chastity jeta un coup d'œil aux tas d'ordures qui encombraient la rue, parmi lesquels elle distingua le cadavre d'un chat. Par bonheur, ils ne seraient pas obligés de s'y engager. À l'évidence, la partie respectable de la ville s'arrêtait là. Et elle doutait qu'ils trouvent quoi que ce soit d'intéressant dans ce genre d'établissement.

Ils entrèrent et Chastity fronça le nez. L'endroit sentait le renfermé et la transpiration. Partout étaient empilés des vêtements, des chapeaux, des chaussures, et divers accessoires. Des objets étaient posés sur les étagères le long du mur, ou entassés dans des boîtes par terre. Mais la plupart des vêtements étaient accrochés à des cordes tendues à travers la pièce.

Mme Crupley était assise dans un rocking-chair près de la porte, à côté du poêle. Un chat était roulé en boule sur ses genoux et elle tenait une tasse à la main. Chastity eut l'impression que celle-ci contenait du gin.

À en juger par sa tenue, la dame semblait aimer ce qu'elle vendait. Elle portait une robe démodée en soie jaune et broderie passablement tachée, et sur ses cheveux gris un bonnet de dentelle qui avait dû être en vogue sous la reine Anne.

— Bonjour, les salua-t-elle gaiement. Que puis-je pour vous, mes chéris ?

Après que Cyn lui eut expliqué qu'il cherchait des vêtements pour une dame de qualité solidement bâtie, elle posa sa tasse, chassa son chat et se dirigea vers le fond de la boutique. Chastity et Cyn lui emboîtèrent le pas.

— Je garde les affaires de qualité ici, précisa la vieille femme. Loin des sales pattes des voleurs.

Elle sortit des étagères toutes sortes de vêtements, vantant leur qualité et guettant du coin de l'œil la réaction de ses clients.

— Ceci est ravissant, dit-elle en leur montrant une robe de soie bleue. La plus grande dame du comté pourrait la porter.

« À condition de ne pas lever les bras », songea Chastity. Car la soie était déchirée et élimée. Toutefois, la robe était assez grande. Immense, en fait. Une fois retaillée, elle ferait une tenue passable pour une femme mince. Elle n'y avait jamais réfléchi, mais les possibilités qu'offraient les habits de seconde main commençaient à l'intéresser. Après tout, elle allait vraisemblablement vivre désormais dans la pauvreté.

Elle s'attendait que Cyn lui demande son avis, mais il l'ignora. Elle se rappela alors qu'il la prenait pour un garçon. De toute façon, il ne semblait pas avoir besoin d'aide. Il rejeta quelques habits de soirée, et d'autres qu'il trouva trop médiocres, et choisit deux robes affreuses quoique d'excellente qualité.

L'une était une robe de voyage marron ornée d'une ganse beige, et l'autre une chasuble bleue à porter sur un jupon gris, avec une pièce d'estomac bleu et noir. Il y ajouta une cape à capuche bleu foncé et un chapeau de paille tout simple.

Mme Crupley n'approuvait visiblement pas son choix et plaignait de tout son cœur la pauvre dame qui serait obligée de porter des habits aussi ternes. Elle fit une dernière tentative.

— Regardez comme il sera joli avec de nouveaux rubans, dit-elle en caressant le chapeau. Jaunes ou vert vif, je pense. Vous aurez le tout pour une guinée et demie, ajouta-t-elle avec un regard rusé.

Cyn marchanda impitoyablement, ramenant la somme à dix-huit shillings et six pence, et l'obligeant à ajouter une vieille perruque noire et un gros manchon de toile. Chastity fut stupéfaite de voir la femme prendre l'argent d'un air satisfait.

— Dix-huit shillings et six pence pour tout cela ! s'exclama-t-elle une fois dans la rue. Vous avez roulé cette pauvre femme.

Cyn s'esclaffa.

— Je lui ai donné bien plus qu'elle ne l'espérait. Elle aurait eu des soupçons si nous avions payé davantage.

Les gens qui achètent des vêtements d'occasion sont pauvres.

Il lui coula un regard indulgent et lui fourra le plus gros des paquets dans les bras.

— Vous ne savez pas grand-chose de la vie, jeune Charles.

Avant que Chastity ait pu répliquer, il s'éloigna d'un pas vif. Elle le suivit prestement en admirant son sens de l'orientation. Elle aurait eu du mal à retrouver son chemin sans aide.

Soudain, il s'arrêta devant une des boutiques qui l'avaient fascinée. Une minuscule mercerie débordant d'articles divers. Des rubans, des chapeaux, des sous-vêtements féminins. Il entra et elle le suivit.

Avec une connaissance choquante de ce genre d'articles, et sans la moindre gêne, il acheta une chemise de nuit, une chemise ornée de dentelle, deux paires de bas en coton, et des jarretières garnies de rubans roses.

L'œil pétillant, il montra les jarretières à Chastity.

— Qu'en pensez-vous, Charles ? Vous croyez que cela plaira à ma sœur ?

Chastity sentit ses joues s'empourprer.

— Tant que ça maintient ses bas, répondit-elle en haussant les épaules. C'est à ça que ça sert, non ?

Cyn adressa un clin d'œil à la fille derrière le comptoir.

— Ces jeunes garçons sont timides.

La fille gloussa et Chastity serra les dents.

Cyn regarda autour de lui et son sourire s'élargit.

— Je vois que vous avez des bas de soie. Montrez-moi une paire, mon petit.

La jeune fille grimpa sur un escabeau pour prendre une boîte sur une étagère. Elle l'ouvrit, révélant une série de bas de différentes couleurs.

— Ils sont d'excellente qualité, monsieur, dit-elle en rougissant sous le regard de Cyn. Admirez ces broderies.

Cyn souleva une très belle paire de bas roses rayés de rouge.

— Je crois qu'il ne faut pas lésiner dans ce domaine. Qu'en pensez-vous, Charles ?

Chastity lui lança un regard noir.

— Ciel ! J'ai offensé ce garçon, dit-il à la vendeuse. Il ne doit pas aimer les bas fantaisie. Dites-moi ce que vous en pensez, ma chère.

Cette jeune fille était incapable d'avoir des pensées qui ne soient pas lascives, songea Chastity, dégoûtée. Comment un homme pouvait-il brandir devant des inconnues des vêtements aussi intimes ?

— Oh, monsieur, je les trouve absolument ravissants !

— Je vais prendre cette paire, décréta Cyn. Et cinq mètres de ruban jaune, s'il vous plaît.

Chastity étouffa un cri.

— Je crois qu'il n'aime pas le jaune, reprit Cyn après lui avoir jeté un coup d'œil. Donnez-moi plutôt ce fauve rayé.

Quand ils sortirent de la boutique, il riait de bon cœur. Chastity le fusilla du regard.

— Vous n'avez aucune pudeur, monsieur !

— C'est vrai. Vous n'aimez pas les bas de soie rayés ? Ils ont pourtant tendance à flatter les chevilles.

— Je ne pense jamais à ce genre de choses, répliqua Chastity, glaciale.

Elle hâta le pas en espérant qu'elle prenait la bonne direction. Cyn la rattrapa et lança en riant :

— Vous ne pensez jamais aux chevilles des dames ? Vous êtes un drôle de type.

Chastity décida de ne pas relever. De toute façon, elle avait besoin de lui pour retrouver son chemin.

Lord Cyn Malloren avait beau marcher vite, rien ne lui échappait. Alors qu'ils approchaient de l'auberge, il entra dans une boutique où l'on vendait du savon et des produits de beauté. Boutique que Chastity connaissait, le château de Walgrave se fournissant depuis des années en savons et onguents chez Travis & Mount. Que diable Cyn voulait-il acheter ?

Toujours très à l'aise, il fit l'acquisition d'un pot de rouge, d'une boîte de poudre claire et d'une petite fiole de parfum. Si elle se fiait à l'expression ravie de M. Mount, ce dernier était coûteux.

— Pourquoi gaspillez tout cet argent si vous voulez vraiment nous aider ? demanda-t-elle lorsqu'ils sortirent.

— Ce n'est pas du gaspillage. Il ne faut négliger aucun détail, et je vous assure que nous avons les fonds nécessaires. Ne vous inquiétez pas, Charles. Vous avez faim ? ajouta-t-il avec un sourire enjôleur. Je parie que vous êtes gourmand.

Chastity ne put nier – à vrai dire, elle adorait les sucreries. Son cœur tressauta quand elle vit où il se dirigeait. Cependant, elle dut protester :

— Nous n'avons ni le temps ni les moyens d'acheter des pâtisseries.

Mais il ouvrait déjà la porte de Dunn & Carr, Confiseurs. Chastity décida que l'arôme qui flottait dans la boutique surpassait celui de la parfumerie.

Ils ressortirent avec une tarte aux prunes et un sachet de biscuits. Jonglant avec ses paquets, Cyn en exhuma deux et lui en tendit un.

Chastity le prit. Cyn ressemblait à un écolier en promenade, et pendant un instant, elle eut l'impression d'être son égale – même sexe, même assurance, même insouciance. Elle sourit en calant ses paquets sur son bras pour pouvoir tenir le biscuit. Il sortait du four et était délicieux.

Cyn ralentit le pas pour rester à sa hauteur. Il croisa son regard, et elle le regarda, captivée, mordre dans le biscuit. Il avait une belle bouche, bien dessinée…

Il passa la langue sur ses lèvres pour en chasser les miettes. Les yeux mi-clos, il sourit.

Chastity sentit son cœur s'emballer.

Ils avaient atteint l'auberge, réalisa-t-elle, mais restaient immobiles, face à face, telles des statues. Elle aurait dû bouger, mais elle avait l'impression d'être prise dans une toile d'araignée. Le goût sucré du sablé persistait sur sa langue.

— Goût, texture, chaleur, dit-il doucement. La vie nous offre tant de plaisirs simples. Goûtez-les avec moi, Charles…

Lentement, il glissa le dernier morceau de biscuit dans sa bouche.

Chastity se rendit compte qu'elle avait obéi docilement. Elle faillit s'étrangler. Non, ils n'étaient pas du même sexe. Non, ils n'avaient pas la même attitude devant la vie.

C'était un homme. C'était son ennemi. Bon sang, il était censé être son prisonnier !

Elle avala sa bouchée, laissa tomber le reste du biscuit par terre et pénétra dans l'auberge.

Cyn la suivit des yeux, dépité, mais nullement découragé. L'espace d'un instant, il avait entraperçu le feu qu'il devinait en elle. Elle devait être merveilleuse au lit, soupçonnait-il, mais pour une raison inconnue elle avait peur des hommes. L'un d'eux l'avait peut-être trahie.

Il lui faudrait de l'habileté et de la patience pour l'amadouer. Il possédait les deux et disposait de trois jours pour en tirer parti, se rappela-t-il en lui emboîtant le pas.

Le jeu serait sans doute plus simple s'il mettait fin à cette mascarade, mais cela dresserait de nouvelles barrières entre eux, à savoir, celles des convenances. Non, les occasions seraient plus nombreuses et plus amusantes si les choses demeuraient en l'état.

Avant de repartir, il songea à se renseigner sur un manoir situé à huit kilomètres au nord de Shaftesbury. Il obtiendrait en quelques minutes le nom de la famille qui y vivait. Il y renonça.

Par prudence – il valait mieux que personne ne se rappelle qu'il s'était intéressé à la famille de cette demoiselle –, mais aussi parce qu'il voulait que ce soit Charles qui lui révèle un jour la vérité.

De préférence dans un lit.

Quand Chastity, Cyn et Hoskins rentrèrent au cottage, Verity était dans tous ses états. Elle était sûre que Henry Vernham les avait attrapés, ou qu'il les avait au moins vus. Pendant que Chastity la rassurait, Cyn emmena Hoskins dans le pré où se trouvaient le carrosse et les chevaux.

Ces derniers avaient de l'herbe et de l'eau en abondance, pourtant le cocher grommela, l'air mécontent. Il fut abasourdi en découvrant l'état des portières.

— Qui diable a fait ça ? marmonna-t-il en passant la main sur les éraflures.

— Je ne suis pas sûr, mentit Cyn.

— Si ce vaurien a détérioré ma voiture, je lui donnerai le fouet.

— Non, vous n'en ferez rien. Laissez-moi régler cette affaire.

L'homme secoua la tête.

— Et qu'est-ce que vous allez dire au marquis ? Vous pouvez pas disparaître comme ça.

— Si, je le peux, Hoskins. Je ne suis pas un enfant. Si les autres ont suivi mes ordres, mon frère doit penser que je me suis lancé dans une nouvelle aventure. Et c'est le cas.

— Une aventure qui me dit rien qui vaille. Qui est cette femme qui doit se rendre à Maidenhead de toute urgence et en secret ?

— C'est une dame, et je me sens l'esprit chevaleresque. Écoutez-moi bien, Hoskins : je prends cette affaire au sérieux. Vous ne devez pas parler à tort et à travers.

— Je sais tenir ma langue, maître Cynric, vous le savez.

Cyn savait surtout qu'il n'était pas dans les petits papiers de Hoskins lorsque celui-ci l'appelait « maître Cynric ».

— Je sais, dit-il d'un ton apaisant. Donc, pendant ce voyage, je me ferai passer pour une femme. La mère du bébé de Verity. Cette dernière sera la nourrice. Et Charles, le palefrenier.

Cyn s'attendait à des objections au sujet de son déguisement, mais le cocher avait d'autres préoccupations.

— Cette canaille s'approchera pas de ma voiture.

— Il ne fera pas d'autres dégâts, je vous le promets.

— Je veux pas qu'il s'approche de mon siège, ni des chevaux, répéta Hoskins, têtu.

Cyn soupira. Il aurait pu insister, mais il craignait que Hoskins ne s'en prenne à Charles. Après tout, il ignorait que c'était une femme.

— Très bien. Il se fera passer pour mon frère. Mais vous serez seul pour faire tout le travail.

— Je me débrouillerai, grommela Hoskins. Où est la peinture ?

Cyn laissa le cocher réparer les dégâts et regagna le cottage. Il trouva les trois femmes dans la cuisine.

— Charles, à votre place, je garderais mes distances avec le cocher. Il a envie de vous tordre le cou.

— Nous ne pouvions pas traîner dans la région avec les armoiries des Rothgar sur les portières !

— Pourquoi pas ? Je me promène dans le pays, et personne ne peut me relier à vous.

Elle afficha l'air buté de quelqu'un qui refuse de reconnaître son erreur.

— Comment puis-je garder mes distances si je suis censée être le palefrenier ?

— Vous ne l'êtes plus. Vous êtes mon jeune frère. Vous feriez donc mieux de trouver des vêtements de meilleure qualité.

Charles bondit sur ses pieds.

— Dois-je vous rappeler, milord, que vous êtes notre *prisonnier* ? Cessez de me donner des ordres.

— Très bien, concéda Cyn en s'asseyant. Je laisse l'affaire entre vos mains.

— Je voyagerai déguisé en palefrenier.

— À votre guise. Toutefois, vous serez sous l'autorité du cocher, et Hoskins n'est pas un tendre. Il a toujours été excessivement fier de l'allure de son carrosse.

— Vous lui donnerez l'ordre de ne pas me toucher.

— Très bien, dit Cyn en haussant les épaules. Mais c'est le cocher de mon frère, pas le mien. Il nous a appris à tenir les rênes, distribuait des taloches au besoin, et il ne se gênera pas pour en faire autant avec vous. Mais peu importe, je suppose. On a déjà dû vous frapper en pension, et Hoskins ne fera pas pire, j'imagine.

— Charles, réfléchis, je t'en prie, intervint Verity. Cela ne servira à rien de contrarier davantage ce pauvre homme.

Charles se laissa tomber sur sa chaise.

— Oh, très bien ! Mais c'est moi qui donnerai les ordres pour le voyage.

Cyn retint une réplique acerbe, se rappelant qu'elle avait sûrement peur. Il devait contrôler son envie lamentable de la taquiner.

— Comme vous voudrez, dit-il d'un ton posé. Mais j'ai plus d'expérience que vous, et Hoskins n'acceptera de recevoir d'ordres que de moi, je le crains. Il me semble en outre que Verity devrait être consultée puisque cette affaire la concerne au premier chef, et qu'elle doit avoir quelques années de plus que vous.

— J'ai prévu de consulter Verity, bien sûr. Qu'est-ce qui vous fait croire le contraire ?

— Les jeunes gens ont souvent tendance à ignorer leurs sœurs.

Il fit la moue. Décidément, il ne pouvait s'empêcher de la taquiner.

— Ce n'est pas mon cas, répliqua Charles en se levant. Je vais chercher d'autres vêtements.

Elle fit une pause sur le seuil et demanda à contrecœur :

— De quoi d'autre aurons-nous besoin, selon vous ? Des armes, ce genre de choses ?

— Je ne crois pas. Nous avons un pistolet dans la voiture et ma rapière. Cela devrait suffire. Après tout, nous ne partons pas à la guerre. Ah si ! Il me manque quelque chose pour mon déguisement. Quelques breloques féminines. Vous pouvez en trouver ?

— Je verrai ce que je peux faire.

Elle revint une heure plus tard avec des chemises et une paire de bottes montantes. Ainsi qu'un coffret recouvert de cuir. C'était un bel objet. Muni d'un cadenas solide, il était visiblement destiné à abriter des bijoux de prix. Étonnamment, Cyn découvrit qu'il ne contenait que des babioles sans valeur.

L'explication était évidente. Elles étaient dans le dénuement et avaient vendu tous les objets précieux qu'elles possédaient. Cela n'expliquait pas les vêtements masculins de bonne qualité, les deux pur-sang et les pistolets à monture d'argent.

Cyn était dévoré de curiosité.

5

Tôt le lendemain matin, ils se préparèrent au départ.

Hoskins alla atteler les chevaux et Cyn commença à se débattre avec ses vêtements de femme. Charles revêtit ses habits de bonne qualité et aida sa sœur jusqu'à ce que Cyn fasse sournoisement remarquer que cela ne semblait pas convenable. À contrecœur, elle vint alors l'aider à s'habiller.

Il veilla à ne pas offenser sa pudeur, et quand elle entra dans la cuisine il avait déjà enfilé ses pantalons, les bas rayés et les jarretières. Elle lui jeta un coup d'œil et éclata de rire. Son rire était très féminin, mais il ne fit aucune remarque.

Elle était délicieuse. En dépit de ses vêtements et de ses cheveux courts, il ne pouvait la considérer autrement que comme une femme. Ce qui était dangereux. Il reporta son attention sur sa chemise.

Quand il releva les yeux, elle ne riait plus et regardait sa cicatrice.

— Que diable vous est-il arrivé ? ne put-elle s'empêcher de demander.

— Un coup de sabre, dit-il d'un air dégagé.

La trace blanchâtre lui barrait la poitrine telle une bandoulière. Toutes les femmes qui l'avaient vue n'avaient pas pu s'empêcher de la toucher, ou d'y poser les lèvres.

— Par chance, la coupure n'était pas profonde.

— Vous êtes donc bel et bien un soldat ?

— Vous en doutiez ?

— Vous n'en avez pas l'allure.

— Je ne suis pas responsable de mon charme enjôleur, soupira-t-il.

Fascinée par la cicatrice, elle fit un pas en avant.

— Vous avez dû beaucoup saigner.

— Comme une outre percée. Mon plus bel uniforme a été ruiné.

Il franchit la distance qui les séparait, et elle dut admettre à regret qu'elle n'allait pas céder à la tentation et toucher la cicatrice qui lui traversait le torse depuis l'épaule gauche jusqu'à la hanche droite.

Il enfila la chemise, noua le ruban à l'encolure, puis se glissa avec difficulté dans la robe. Conçue pour voyager confortablement, elle était faite d'une seule pièce, et surtout, le corsage ne comportait pas de baleines.

Il tenta d'attacher les cordons lui-même, en vain.

— J'ai besoin de votre assistance, Charles. Je ne trouve pas les cordons.

Avec une réticence visible, elle vint se poster derrière lui et releva la jupe.

— Je ne les vois pas non plus, dit-elle. Ils ont dû passer devant.

Elle glissa les mains sur ses flancs, et il frissonna.

— Je les ai, annonça-t-elle. Mais ils sont attachés devant, je pense.

Elle passa les mains à l'avant. Et fit soudain un bond en arrière.

— Je ne peux pas les dénouer, dit-elle d'une voix étranglée. Il faut que vous enleviez la robe.

— Oh, mais je suis sûr que vous le pouvez ! C'est plus simple que de m'extirper de cet amas de tissu.

Il se retenait de rire. Savait-elle précisément où ses doigts s'étaient égarés ? Oui, sans doute. Un silence suivit et il crut qu'elle allait refuser, puis ses bras l'encerclèrent de nouveau. Ses doigts s'emparèrent des cordons et elle les dénoua sans s'efforcer de ne pas le toucher.

Cyn inspira longuement. Pris à son propre piège ! La friponne savait exactement ce qu'elle faisait.

Elle avait fait remonter la jupe et il sentait son ventre se presser contre ses fesses. Ses mains ne cessaient de le frôler tandis qu'elle s'affairait avec les cordons...

Le désir commençait à lui embrumer l'esprit. Il s'imaginait pivoter lentement dans le cercle de ses bras et l'embrasser ; explorer sa bouche, ses seins, les replis moites entre ses cuisses ; se perdre dans son regard assombri alors qu'il la pénétrait...

Un frisson l'avertit qu'il était allé trop loin. Son sexe se dressait comme s'il cherchait le réconfort de ses mains. Lesdites mains se figèrent contre lui et il perçut sa panique.

À moins qu'elle n'ait délibérément cherché à le séduire ? songea-t-il dans un élan d'optimisme.

Il se dégagea et se retourna. Non. Elle était cramoisie. Horrifiée. Effrayée.

Cyn s'efforça de se détendre et de contrôler sa respiration.

— Ne prenez pas cet air effaré, mon garçon. C'est une réaction parfaitement naturelle. N'y voyez rien de personnel.

Il se détourna et souleva sa jupe pour finir le travail.

— Nous aurions dû réaliser que je pouvais m'en charger moi-même, dit-il en ramenant les lacets vers l'arrière. Voilà. Si vous pouviez juste les nouer, et nous en aurons fini.

Elle avait l'air aussi enthousiaste que s'il lui avait demandé de mettre la tête dans la gueule d'un tigre, pourtant elle s'exécuta. Les cordons furent noués en quelques secondes et ses mains s'écartèrent.

Elle pouvait être audacieuse une seconde, et pudibonde la seconde d'après, et il ne savait trop quoi faire de cela.

— Dites-moi, mon petit Charles, vous êtes encore vierge ?

— Oui ! lâcha-t-elle en rougissant de plus belle. Mais cela ne vous regarde en rien !

— Certes. Je pensais simplement vous offrir mes services pour remédier à cela.

— Que voulez-vous dire ? s'exclama-t-elle, stupéfaite.

Il sourit d'un air débonnaire.

— Il arrive souvent qu'un homme plus âgé prenne un jeune garçon sous son aile pour lui montrer comment s'y prendre, lui présenter des femmes. Si nous partons à l'aventure...

Il la vit revenir à la réalité dans un tressaillement – avec un soupçon de déception, espéra-t-il – et afficher sa froideur habituelle.

— L'affaire qui nous occupe est très sérieuse, milord. Elle ne nous laissera pas le temps de visiter les bordels.

— Mais si nous avons le temps ?

Une étincelle malicieuse s'alluma brièvement dans ses prunelles.

— Je serai peut-être intéressée. Pour l'heure, vous êtes censé vous préparer.

Cyn apprécia la réplique coquine. Elle était trop sérieuse, et il devinait que ce n'était pas sa vraie nature. Pour autant, il devait cesser de la tourmenter.

— De quoi ai-je l'air ? demanda-t-il en tournoyant sur lui-même.

— Vous êtes plat, répondit-elle en grimaçant.

Cyn baissa les yeux. Le corsage bâillait sur sa poitrine. De toute évidence, il était destiné à une femme aux formes généreuses. Personne ne croirait jamais que la robe avait été faite pour lui.

— Le jupon gris remplira la jupe, dit-il. Mais je ne sais pas quoi faire pour le corsage. On peut le retailler ?

— Certainement, mais pas en une heure. Attendez un instant.

Elle sortit, et Cyn en profita pour reprendre le contrôle de son propre corps. Il inspira lentement pour se calmer et s'efforça d'avoir des pensées peu ragoûtantes.

Puis il songea à sa rencontre avec cette demoiselle. Était-elle vraiment vierge ? Cela poserait un problème, quoique pas insurmontable. À l'évidence, ce n'était pas une fille conventionnelle.

En attendant son retour, il enfila les jupons gris. Mais une fois les cordons noués, il eut l'impression d'étouffer. Il essaya de marcher, mais le tissu le gênait.

Comme il n'était pas question qu'il porte des souliers d'occasion, il piocha dans sa malle. Il en sortit une paire de chaussures de soirée en cuir noir, avec des talons rouges et des boucles argentées. Les dames portaient rarement ce genre de souliers, mais cela paraîtrait simplement démodé.

Il marcha encore un peu pour s'habituer aux vêtements. Charles avait-elle fait de même, la première fois qu'elle avait mis son déguisement masculin ? Elle avait en tout cas appris à se mouvoir avec une assurance très masculine.

Elle revint avec un panier et lui tendit un foulard.

— Mettez ceci.

C'était un triangle de tissu grossier, qui ne ressemblait pas du tout aux foulards de ses sœurs. Il le drapa docilement sur ses épaules, ne sachant trop quoi faire des extrémités.

— Asseyez-vous ! ordonna-t-elle, exaspérée.

Il obéit, et elle glissa adroitement le tissu dans l'encolure au dos, croisa les pointes sur sa poitrine, et les coinça sous la pièce d'estomac. Quand elle eut fini, il regarda le résultat. Le corsage bâillait encore.

— Que suggérez-vous ? s'enquit-il. Des mouchoirs ? Je n'en aurai pas assez.

— Non, dit-elle, ce sera trop mou.

— Qui risque de s'en apercevoir, selon vous ?

— Tout le monde si vous vous comportez en femme comme vous vous comportez en homme, répliqua-t-elle d'un air dégoûté. Vous êtes du genre impudent, lord Cyn. Prenez plutôt cela, ajouta-t-elle en indiquant les pelotes de laine dans le panier à ouvrage de Nana. Glissez la laine à l'intérieur du corsage.

— Il serait préférable que vous le fassiez. Vous verrez mieux le résultat.

Elle lui coula un regard soupçonneux, mais s'exécuta, tassant la laine sous le tissu.

Cyn savait que ce n'était pas raisonnable de la laisser le toucher ainsi, mais ne pas être raisonnable était chez lui une seconde nature. Il s'adossa à son siège et étudia son visage sérieux.

Elle était belle. Sa peau était aussi lisse que du satin, son nez et son menton aussi parfaits que ceux d'une statue grecque. Ses cils sombres n'étaient pas aussi fournis que les siens, mais ils mettaient merveilleusement en valeur ses yeux gris clair.

Il eut l'impression d'être un goujat d'avoir des pensées aussi lubriques à l'endroit d'un être aussi pur. Elle était concentrée, la bouche entrouverte. Sa langue effleura sa lèvre supérieure. Il prit une courte inspiration.

— Je vous ai fait mal ? demanda-t-elle en levant les yeux.

— Non. Vous me chatouillez.

Elle le considéra d'un air méfiant, et il lui sourit. Elle se remit au travail.

Pourquoi diable se soumettait-il à une telle torture ?

Chastity guettait nerveusement toute nouvelle réaction physique, puis elle se rendit compte que c'était d'elle-même qu'elle devrait se méfier. Elle avait les nerfs à vif, la gorge sèche...

Non, cela ne pouvait pas lui arriver. Pas à elle ! Les hommes étaient des créatures primaires, guidées par le seul désir. Les femmes étaient plus raffinées. Elles ne s'enflammaient pas au moindre effleurement.

Elle s'ordonna de se ressaisir et tenta de donner une forme rebondie aux paquets de laine.

Cyn faisait des efforts surhumains pour afficher un air blasé. Et ce n'était pas facile. La demoiselle était très près de lui, sa respiration était irrégulière, ses lèvres humides...

Elle avait envie d'être embrassée, et il aurait parié qu'elle ne le savait même pas. Ses mains tremblaient, et elle croisa son regard l'espace d'une seconde, révélant son émoi. Elle se redressa aussitôt, s'écarta.

— Voilà. Je crois que c'est crédible.

Cyn poussa un soupir de regret et contempla son torse.

— Bon sang ! Je vais provoquer une émeute.

— Pas si vous lancez des regards furieux à vos admirateurs. Et cela vaudrait mieux, car si l'un d'eux y touche, il verra tout de suite qu'ils sont faux.

— Comment le savez-vous, mon petit Charles, puisque vous n'en avez jamais touché.

Ne trouvant rien à répondre, Chastity rétorqua :

— Vous savez quel est le problème ? Il faudra recommencer demain.

— Il faut souffrir pour être une femme, dit-il en se levant. Et maintenant, qu'en pensez-vous ? demanda-t-il en tournoyant de nouveau devant elle.

— C'est passable, dit-elle en fronçant les sourcils. Mais vous ne faites pas une aussi jolie femme que vous le pensiez.

— Vous voulez que nous échangions nos rôles ?

Elle ne répondit pas, et il alla se regarder dans le petit miroir accroché au mur.

— J'ai oublié d'acheter un bonnet.

— Je vais en chercher un, dit-elle en se dirigeant vers la porte.

Pas jolie ? Cyn reconnut qu'elle avait raison. Son menton était un peu trop carré, ses joues trop creuses. Il appliqua du rouge sur ses pommettes, et constata que, pour une fois, il avait l'air trop viril.

Il saupoudra son cou et ses joues de poudre de riz, se farda les lèvres et détacha ses cheveux qu'il laissa retomber autour de son visage. Après quoi, il déposa une goutte de parfum derrière chaque oreille. La fragrance capiteuse troublerait n'importe quel homme. Il allait devoir défendre son honneur dix fois par jour.

Il avait cependant acheté ce parfum dans l'espoir que sa ravisseuse le porterait. Il s'accorda quelques secondes pour l'imaginer nue dans un lit, le corps luisant de sueur, le parfum de son corps se mêlant à celui-ci...

L'entendant entrer, il se retourna et fit la moue.

— Embrassez-moi, matelot !

Chastity fut décontenancée. Il avait vraiment une allure féminine avec ses boucles et ses joues fardées. Mais il y avait aussi quelque chose dans la façon dont il se tenait et dont il battait des cils. Il avait un don pour l'imitation.

Une fois de plus, elle songea qu'il était dangereux. Elle lui tendit le bonnet en se promettant de garder ses distances. Cyn le prit entre deux doigts et l'inspecta d'un air dédaigneux.

— Pas de volants ? Ni de dentelle ? Affreusement insipide, ajouta-t-il en imitant une voix de femme. Je suppose qu'il est assorti au foulard. À qui appartiennent ces pitoyables effets ?

— C'est tout ce que nous avons, répliqua Chastity avec brusquerie. Verity n'a que les vêtements qu'elle porte sur elle. Si vous le trouvez trop banal, vous pourrez le broder dans la voiture. C'est une occupation convenable pour une dame.

— Ce serait un désastre. Je suis sûr que même vous manieriez l'aiguille mieux que moi, monsieur.

Il se retourna pour poser le bonnet sur sa tête, laissant visibles quelques boucles sur son front. Une fois les rubans noués, le bonnet parut presque seyant.

Chastity avait beau s'être promis de garder ses distances, cela ne suffisait pas. Ils ne se touchaient pas, ne se regardaient même pas, et pourtant elle se sentait presque étourdie.

Elle n'avait encore jamais eu ce genre de réaction. C'était d'autant plus inexplicable que ces derniers temps elle détestait tous les hommes. Elle avait l'impression d'être une jument approchant l'étalon pour la première fois.

Ce n'était pourtant pas la première fois qu'elle rencontrait un homme.

Elle en avait connu beaucoup, surtout à Londres. Certains récitaient des poèmes, d'autres faisaient des allusions inconvenantes. Certains lui baisaient respectueusement la main quand d'autres profitaient de la danse pour la tripoter. Et puis il y avait eu Henry Vernham. Celui-ci avait cru avoir le droit de poser les mains sur elle, mais elle lui avait montré à l'aide d'une paire de ciseaux pointus qu'il se trompait.

Aucun de ces hommes ne lui avait fait ressentir la même chose que Cynric Malloren.

C'était déraisonnable. Impossible. Et dangereux.

Pour l'amour du ciel, elle avait même brièvement flirté avec Rothgar sans éprouver ce genre de sensations. C'était pourtant le type d'hommes contre lequel les mères mettaient leurs filles en garde. Aussi séduisant que Cyn, il émanait de lui une aura de pouvoir assez fascinante.

Elle se rappela l'avoir suivi dans un jardin lors d'un bal. Elle savait que c'était imprudent, mais elle avait été poussée par la curiosité. Souriant, Rothgar lui avait pris le menton et avait simplement effleuré ses lèvres des siennes. Elle avait ressenti l'impression délicieuse de se brûler les ailes. Bien plus que lorsqu'elle avait laissé d'autres hommes l'embrasser réellement.

Et pourtant, elle ne ressentait rien de particulier pour Rothgar, et elle savait que cette indifférence était partagée.

Elle pria en silence pour que Cyn ne découvre jamais qu'elle était une femme, car elle serait alors perdue.

Cyn grimaça en ajustant le bonnet d'étoffe grossière. De même que le foulard, il devait appartenir à Charles. Mais pourquoi possédait-elle des objets aussi laids ?

Détestait-elle sa propre féminité ? En ce moment, son visage était aussi chaleureux qu'un masque mortuaire.

Pourquoi diable l'attirait-elle autant ? Elle le troublait plus que la plus habile des catins, ou la plus jolie des femmes. Ce devait être l'abstinence. Il n'avait pas eu de femme depuis qu'il était tombé malade. Cette réaction était peut-être la preuve qu'il était complètement rétabli.

Dans ce cas, il lui suffirait de trouver une fille complaisante pour que son obsession disparaisse. Sauf qu'il n'imaginait pas éprouver de désir avec une autre femme qu'elle. Ce qui était extrêmement inquiétant.

Fouillant dans la collection de breloques, il choisit une paire de boucles d'oreilles. Il prit quelques bijoux dans son propre coffret, qu'il accrocha aux vêtements. Puis il se concentra sur le chapeau de paille. Il enroula le ruban fauve autour de la coiffe et le fixa à l'aide de son épingle à cravate avant de le nouer sous son menton.

Chastity fut étonnée par son habileté.

— Vous vous habillez souvent ainsi ?

— Non, en revanche, j'ai habillé et déshabillé un grand nombre de femmes au cours de ma vie, répondit-il en battant des cils. Ne vous inquiétez pas, mon petit Charles, votre tour viendra.

Le corps de Chastity réagit malgré elle. L'espace d'un instant, elle imagina ses mains hâlées s'insinuant sous ses vêtements et elle vacilla.

Cyn ne parut pas s'en apercevoir et la poussa gentiment vers la porte.

— Voyons ce que Verity pense de ma transformation.

Quand ils entrèrent dans le salon, Verity leva la tête et écarquilla les yeux.

— Bonté divine, je ne vous aurais jamais reconnu !

— Espérons que ce sera le cas pour tout le monde.

Verity quant à elle était le portrait même de la servante pauvre. Elle portait une chemise toute simple, une jupe de tissu rayé bon marché et un corsage marron. Elle avait ajouté à sa tenue un tablier et un foulard noué sur la poitrine. Un bonnet dissimulait ses cheveux. Ses vêtements étaient curieusement semblables à ceux qu'il portait. Un soupçon surgit dans son esprit.

— Je crains que les gens ne me prennent pour une horrible maîtresse qui habille sa servante avec de vieilles nippes, remarqua-t-il.

Il comprit à l'expression de Verity qu'il était proche de la vérité.

— Nous n'avons pas pu faire mieux, intervint Charles. Vous trouvez la transformation suffisante ?

Les cheveux de Verity, qui dépassaient du bonnet, avaient été foncés avec de la graisse. Le changement était étonnant.

— Cela devrait aller. Sauf si nous nous trouvons nez à nez avec quelqu'un qui connaît bien Verity. Mais les autorités recherchent une jeune femme blonde avec un bébé. Je suis brun, et je parais plus vieux que mon âge avec ce déguisement. Vous ne trouvez pas ?

Verity hocha la tête et sourit.

— Nous réussirons, n'est-ce pas ?

Il lui rendit son sourire, comme si elle était une jeune recrue qui avait besoin d'encouragements avant la bataille.

— Certainement.

Elle lui tendit spontanément les mains

— Merci, dit-elle avant de déposer un baiser léger sur ses lèvres. Je suis contente que nous vous ayons rencontré.

— Capturé, rectifia Charles d'un ton sec.

Cyn se tourna vers elle, lui agrippa les épaules et, avant qu'elle ait pu réagir, l'embrassa brièvement sur les lèvres. Elle recula et s'essuya la bouche.

— Mille excuses, cher monsieur ! s'écria-t-il, se retenant de rire. Je me suis laissé emporter par mon rôle.

— Recommencez cela une fois et je vous étripe, siffla-t-elle.

Sur ce, elle empoigna un bagage et sortit.

Il n'était pas midi que Cyn commençait à s'ennuyer ferme. Où était le danger ? Où se cachaient les dragons qu'il était censé combattre ?

En fait d'aventure, il devait se contenter du balancement de la voiture, du froid piquant de novembre, et de l'inconfort de son déguisement.

Il avait ôté le chapeau dès qu'ils étaient montés dans le carrosse, mais avait préféré garder le bonnet, au cas où ils croiseraient d'autres voyageurs. Tirer les rideaux aurait paru suspect. Il dénoua les cordons qui lui irritaient la peau.

— Quelle idée de faire un bonnet dans un calicot aussi rugueux ? lâcha-t-il à mi-voix pour ne pas réveiller le bébé.

— C'est plus résistant, répliqua Charles. Il s'assouplira après quelques lavages.

— Il aurait mieux valu acheter un tissu plus souple.

— Ç'aurait été plus cher.

— Où avez-vous trouvé ces bonnets ?

— Ils étaient dans la maison, répondit-elle évasivement. Je suis désolé que nous n'ayons rien qui convienne à votre peau délicate, milord.

— Pourquoi n'aviez-vous rien d'autre ?

— Et pourquoi aurions-nous des accessoires luxueux ?

— Parce que vous venez d'une bonne famille. Vos vêtements, quoique démodés, sont de belle facture, je m'attendais donc que les habits de femmes le soient aussi.

Charles rougit, trahissant son agitation.

— Verity s'est déguisée pour s'enfuir, quant à moi, je ne porte pas de bonnet.

— Et donc, d'où proviennent ceux-ci ?

— Nana et moi les confectionnons pour une institution religieuse de Shaftesbury.

Cyn se renfonça dans le siège et s'éventa avec son bonnet.

— Comme c'est charitable, murmura-t-il. Surtout de votre part, monsieur.

Elle se mordit les lèvres. Verity vint à son secours.

— Mon frère se vante. Je suis sûre qu'il s'est contenté de découper le tissu.

La voiture pénétra en cahotant dans la cour d'une auberge, et la conversation en resta là.

Le changement de chevaux fut long car Hoskins n'avait pas de valet pour l'aider. Cyn avait décidé de ne pas utiliser les chevaux de Rothgar qui attendaient dans les relais, et d'éviter les auberges où ils étaient connus.

Pour autant qu'il sache, Rothgar était à Londres, et non au château. Mais dès qu'il apprendrait que son frère avait disparu, il lancerait des recherches. Inutile de le mettre sur leur piste. Cyn ne tenait pas à être « secouru » une deuxième fois par le marquis.

Ils allaient toutefois devoir louer des chevaux à chaque étape, avec des postillons pour s'en occuper. Hoskins grommelait, ne trouvant pas les chevaux à son goût.

En somme, personne n'était content.

Cyn balaya discrètement la cour du regard mais ne repéra rien de suspect. Peut-être ne les recherchait-on pas finalement. Ils avaient donc de bonnes chances d'atteindre Maidenhead en deux jours, sans incident.

Quel ennui.

Alors qu'ils repartaient, le bébé se réveilla et se mit à pleurer. En quelques minutes, ses gémissements se transformèrent en hurlements. Verity s'empourpra tandis qu'elle lui donnait le sein en se cachant sous un châle. Cyn détourna poliment les yeux, bien qu'il n'y eût rien à voir. Toutefois, l'image d'un enfant au sein était fascinante.

Il se demanda ce qu'il éprouverait en regardant la mère de son enfant l'allaiter. Il coula un regard à Charles.

Il battit des paupières, stupéfait. Le mariage ? Les enfants ? Ces choses-là ne faisaient pas partie de ses projets. La vie militaire ne s'accordait pas avec une vie de famille. Les soldats étaient des solitaires.

Mais quitte à penser mariage, il faudrait être fou pour l'envisager avec sa demoiselle en détresse. Elle manquait singulièrement d'attributs féminins. Cela étant, ce serait quelque chose d'avoir une épouse aussi courageuse...

Le bébé cessa de téter et recommença à pleurnicher. Verity le cajola et lui tapota le dos, mais il continua de hurler, rouge et furieux. Verity était presque aussi rouge que lui. Cyn regarda par la fenêtre en s'efforçant d'ignorer le vacarme.

Les cris finirent par diminuer un peu de volume. Charles avait pris William dans ses bras et le tenait avec plus d'assurance qu'on aurait pu s'y attendre de la part d'un jeune homme. L'enfant se calma, émit quelques gémissements qui annonçaient le sommeil. Tout le monde poussa un soupir de soulagement.

Mais soudain, William se mit à agiter les pieds et à crier encore plus fort, comme s'il souffrait terriblement. Cyn craignit de ne le voir expirer sous ses yeux. Les nourrissons mouraient tout le temps de problèmes divers.

Cependant, Verity semblait plus embarrassée qu'inquiète.

Les cris ne cessaient pas. Charles berçait le bébé, l'air aussi anxieuse que Cyn. Verity essaya de le remettre au sein, mais le petit William refusa. Elle l'assit, l'allongea, le tint contre son épaule. En vain.

Cyn décida qu'être confiné dans une voiture avec un bébé hurlant était une forme de torture très efficace. Il aurait avoué n'importe quoi pour faire cesser ce vacarme.

Verity était proche des larmes.

— Je suis désolée. Il doit avoir mal au ventre, mais je ne vois pas quoi faire...

Cyn n'y connaissait rien en bébés, en revanche, il en savait beaucoup sur les chevaux, les chiens et les jeunes recrues. Et il pensait que pour l'heure, Verity faisait plus de mal à l'enfant que de bien.

— Donnez-le-moi, ordonna-t-il plus sèchement qu'il ne l'aurait voulu.

Elle hésita, mais il s'empara d'autorité du bébé. Il fut surpris par la force de cet être minuscule. Et comme il avait agrippé les couvertures plus que l'enfant lui-même, celui-ci faillit lui échapper. Par hasard, il se retrouva à plat ventre sur ses genoux. Il lâcha un rot, bava sur les jupes de Cyn, et se tut.

Les trois adultes le regardèrent, s'attendant que les cris reprennent, mais le silence se prolongea, et William parut se satisfaire de sa nouvelle position. Cyn le retourna avec précaution. C'était un vrai chérubin, et il parut esquisser un sourire de gratitude avant de s'endormir.

Verity se pencha pour éponger la robe de Cyn en s'excusant.

— Il est très sage, d'ordinaire. C'est ma faute, j'ai tellement peur…

— Vous n'avez aucune raison d'avoir peur, mon petit. Nous approchons de Salisbury, et personne ne semble être à notre poursuite. Nous nous sommes mis dans tous nos états pour rien.

— Je l'espère.

— Nous nous arrêterons pour déjeuner, décida Charles en défiant Cyn du regard. Pensez-vous que nous atteindrons Basingstoke ce soir, milord ?

— Il faudrait accélérer l'allure. Mais la route n'est pas très bonne, et je ne vois pas de raison de nous presser.

— Où ferons-nous halte dans ce cas ?

— Entre Andover et Basingstoke, la route est mauvaise, il vaut mieux ne pas l'emprunter après la tombée de la nuit. Il y a une auberge à Worting et une autre à Whitchurch. Les deux sont confortables. Nous verrons jusqu'où nous pouvons aller sans danger.

— Comment se fait-il que vous connaissiez si bien cette route ? demanda Charles d'un air suspicieux.

— Je l'ai empruntée il y a quelques jours. Il n'y a pas grand-chose à faire pour un voyageur solitaire à part étudier la carte.

Il sortit une carte d'une poche placée à la droite de la banquette et la lui tendit. Charles l'examina et repéra Salisbury.

— Vous veniez de Rothgar Abbey ?

— Oui.

— Où est-ce exactement ?

— Pas très loin de Farnham.

— Donc, à partir de Basingstoke, vous vous détournerez de votre destination ?

— Oui.

— Nous atteindrons Maidenhead demain ? voulut savoir Verity.

— Tout dépend des routes. Je vous suggère de virer au nord après Basingstoke pour prendre la direction de Bath à Reading. À partir de là, nous serons sur une route à péage, qui devrait être en meilleur état que celle-ci.

Les deux femmes ne semblaient pas enclines à discuter, ce qui le surprit. Charles commençait-elle à se radoucir ?

Il baissa les yeux sur l'enfant endormi dans ses bras. Il avait vu souvent la fille de Hilda, mais étant un homme, on ne la lui avait jamais confiée. Le petit corps souple, le souffle régulier, les bruits de succion qui lui échappaient dans son sommeil, tout le charmait chez ce bébé.

Et pourtant, ce n'était pas un enfant parfait. Sa joue était rouge, peut-être à cause du frottement de la couverture, et il émanait de lui une odeur âcre, quand bien même Verity l'avait changé. Cyn ignorait qui était son père, mais ce bébé ne ferait jamais fortune par sa beauté.

Néanmoins, l'enfant qui dormait avec confiance dans ses bras s'insinua dans son cœur et, une fois de plus, il songea à sa future famille…

— Halte !

Tous trois sursautèrent. Charles tendit la main vers son pistolet. Verity fit mine de reprendre son enfant, mais Cyn l'en empêcha.

Ils avaient sans doute affaire à une patrouille militaire.

La portière s'ouvrit brusquement.

— Ne faites pas de bruit, chuchota Cyn. Le bébé vient de s'endormir.

Le jeune officier parut déconcerté. Sans doute cherchait-il une mère et son enfant.

Le problème, c'était que Cyn connaissait très bien le lieutenant Toby Berrisford.

6

— Désolé, madame, dit doucement Toby en rougissant.

Ayant la peau claire et les cheveux roux, il était affligé de rougissements intempestifs.

— J'ai l'ordre d'ouvrir l'œil pour retrouver une jeune mère accompagnée d'un bébé de deux mois. Je dois vous demander votre identité.

— Je suis Sarah Inchcliff, répondit aimablement Cyn. Mme Richard Inchcliff de Goole, dans le Yorkshire. J'avoue que mon bébé a à peine plus de deux mois, mais je suis flattée que vous me pensiez jeune, ajouta-t-il avec un sourire taquin. J'ai plus de trente ans et cet enfant est mon sixième. Pourquoi les recherchez-vous ?

Toby fronça les sourcils, l'air davantage perplexe que soupçonneux.

— La femme a perdu l'esprit après la mort de son mari, et elle s'est enfuie avec l'enfant. On craint qu'elle ne lui fasse du mal.

Verity émit un léger gémissement, et Cyn s'écria vivement pour couvrir le son de sa voix :

— Mon Dieu, c'est horrible ! Mais si elle a l'esprit dérangé, comment pourrait-elle voyager dans une voiture privée ?

— Elle aurait pu se lier avec une personne qui, dans ce cas, serait elle-même en danger. Qui sait de quoi une folle serait capable ? Pardonnez-moi, madame, mais nous sommes-nous déjà rencontrés ?

Cyn afficha un visage inexpressif.

— Je ne pense pas, lieutenant. Mais il paraît que je ressemble beaucoup à mes cousins. Mon nom de jeune fille est Malloren.

Le visage de Toby s'éclaira.

— C'est cela ! Vous me faites penser à lord Cyn, vous savez.

— Je suis flattée. Il est extrêmement beau.

— N'est-ce pas ? Toutes les femmes en sont folles. Aucune ne lui résiste. Madame Inchcliff, je suis désolé d'avoir interrompu votre voyage. Si jamais vous croisez cette malheureuse, confiez-la au magistrat local. Son père et le tuteur de l'enfant sont dans les environs. Ils s'occuperont d'eux.

Le lieutenant Berrisford claqua la portière et William poussa un petit cri. Cyn vit son ami retourner en rougissant vers sa monture. Il rendit le bébé à Verity, la voiture s'ébranla, et il fit un petit signe de la main aux soldats en passant.

Les pupilles dilatées par la peur, Verity remit son enfant au sein.

— Père et Henry sont dans les parages ! Doux Jésus…

— Ces soldats ne suspectent rien, la rassura Cyn.

— Et si nous tombons sur mon père et Henry dans une auberge ? Nous ne devons pas nous arrêter !

— Nous n'avons pas le choix, déclara Cyn posément. D'une part, Hoskins ne peut pas faire le voyage d'une traite. D'autre part, nous avons tous besoin de manger et de nous reposer. Je vous protégerai. Et si vous vous agitez, vous allez encore faire pleurer William.

Verity se détendit un peu, lui adressa un sourire tremblant et reporta son attention sur son bébé.

Cyn observa Charles, qui avait une expression étrange. Était-ce à cause de ce que Toby avait dit sur les relations de lord Cyn avec les femmes ?

— J'aurais voulu pouvoir demander à Toby où nos poursuivants se sont installés.

— Vous le connaissez donc ?

— Très bien. Mais nous ne nous étions pas vus depuis trois ans. Ne vous inquiétez pas, il ne fera pas le rapprochement. J'ai réellement une cousine qui s'appelle Sarah Inchcliff et qui vit près de Goole.

Elle hocha la tête, et continua de contempler le paysage d'un air renfrogné.

Par chance, le bébé, épuisé, se rendormit. Le regard de Cyn s'arrêta sur une pile de journaux. C'était ceux dans lesquels Mme Crupley avait enveloppé leurs achats. Par esprit d'économie, Nana les avait gardés et déposés dans la voiture, au cas où. Cyn s'en empara et lissa le papier.

— Quel merveilleux mélange. Trois pages de la *Gazette*, deux du *Morning Post* – toutes de dates différentes. Et une page du *Grub Street Journal*. Je doute qu'elles contiennent des nouvelles intéressantes, mais connaissez-vous ce nouveau jeu ? Chacun lit quelques lignes au hasard prises dans les colonnes qui sont côte à côte et on obtient une charmante sottise. Parfois, le résultat est très amusant. Prenons chacun une page.

En distribuant les papiers, il s'aperçut que Charles était tendue comme un arc. Elle prit une page du *Morning Post*, jeta un coup d'œil à la date et se détendit aussitôt.

— Seigneur, ces journaux sont anciens ! Celui-ci est de 1759.

Donc, il risquait d'y avoir des révélations dans un journal plus récent, en déduisit Cyn. Quelque chose sur Verity, ou sur sa sœur ? Il examina son propre feuillet.

— Voyons voir… *C'était une dame vertueuse connue pour être… la meilleure laitière du comté.*

— J'en ai une autre ! s'exclama Verity. Sur trois colonnes. *Wentworth, le bandit de grands chemins… ayant conçu une profonde affection… a fait augmenter la population.*

— C'est plus que probable, commenta Cyn en souriant. Des dizaines de femmes ont dû suivre ce Wentworth jusqu'à la potence en pleurant toutes les larmes de leur corps.

— Une autre, annonça Charles. *Un enfant de trois ans… s'est emparé du navire d'un marchand…* Si je triche et que je saute deux lignes, j'ajoute : *par un usage judicieux de sel volatil !*

— La marine devrait se renseigner sur cette méthode, commenta Cyn, content de la voir s'amuser un peu.

S'il était raisonnable, il descendrait de la voiture et s'enfuirait à travers bois avant de perdre complètement la tête.

Ils atteignirent bientôt Salisbury que dominait la célèbre flèche de la cathédrale.

— Nous pourrions faire une halte ici, proposa Cyn. Cela dit, j'avoue que si je devais établir mon quartier général dans la région, je choisirais Salisbury. C'est central, et quiconque se rendant à Londres ou Maidenhead depuis la région est obligé de passer ici. Nous ferions donc bien de nous renseigner d'abord.

Hoskins était entré dans la cour du Cheval Noir, une auberge très fréquentée où ne se trouvaient pas les chevaux des Malloren. Cyn fit signe à un valet d'écurie et lui montra un shilling.

— Oui, milady ? dit l'homme, les yeux brillants.

— Il y a beaucoup de monde à l'auberge aujourd'hui. Pourrions-nous avoir un salon privé ?

— C'est habituel pour nous, milady, se vanta-t-il. N'ayez crainte, vous aurez un salon pour vous.

Il tendit la main, mais Cyn ne lâcha pas la pièce.

— C'est le genre d'auberge où séjournent les personnes de qualité ?

— Beaucoup de nos clients réguliers sont des gens importants, répondit fièrement le valet. Le duc de Queensbury fait souvent étape ici, ainsi que le comte de Portsmouth. Le comte de Walgrave, surnommé l'Incorruptible, était là hier soir. Il est parti il y a moins de trois heures.

L'homme afficha une expression grave pour ajouter :

— Il est à la recherche de sa fille. La pauvre femme a perdu l'esprit et s'est enfuie complètement nue avec son bébé mort dans les bras.

— Elle ne sera donc pas très difficile à retrouver, commenta Cyn, pince-sans-rire, avant de lui donner la pièce.

Dès que l'homme se fut éloigné, il se tourna vers ses compagnes de voyage. Leur père était donc le comte de Walgrave, connu pour sa fortune, son pouvoir, et sa droiture digne des puritains. Pas étonnant qu'il ait appelé sa fille Verity. Charles ne s'appelait peut-être pas Charlotte, mais Constance ?

Mais pourquoi les deux sœurs ne se mettaient-elles pas sous la protection de ce parangon de vertu ?

Quoi qu'il en soit, ce nouvel élément rendait l'affaire beaucoup plus intéressante. Le comte de Walgrave pouvait facilement mobiliser les autorités et l'armée pour rechercher sa fille. Cyn doutait que le mariage de Verity avec le major mette fin au problème. La carrière d'un officier pouvait être brisée pour moins que cela. Celle de Cyn lui-même serait en péril si son rôle dans l'affaire venait à être connu.

Il y avait autre chose – un détail concernant Walgrave –, mais Cyn ne parvenait pas à mettre le doigt dessus. Il haussa les épaules. Les dés étaient jetés, et le danger ne l'avait jamais fait reculer. Il sourit à ses compagnes.

— Votre poursuivant est reparti depuis longtemps. En avant, mes enfants.

Le valet avait dit vrai. Bien que bondée, l'auberge disposait encore de salles privées. Cyn réserva un salon et une chambre.

— Nous aurions dû vous raconter tout, déclara Verity. Je suis désolée.

— Cela n'aurait fait aucune différence. Mais vous avez un adversaire redoutable. Si tant est qu'il s'agisse d'un adversaire.

— Ça l'est. Je crains que père ne soit en route pour le cottage afin d'interroger Nana. J'espère qu'elle gardera le silence à votre sujet, milord. Je n'aimerais pas que mon père devienne votre ennemi.

Cyn lança un regard en coin à Charles. Son visage était pâle et ses traits tirés. S'il savait désormais de qui elle avait peur, il aurait aimé comprendre pourquoi. Le comte ne serait certes pas ravi que sa fille se soit fait passer pour un homme, mais était-ce tout ce qu'il avait à lui reprocher ?

— Le comte de Walgrave pourrait vous protéger de l'Horrible Henry, William et vous, dit-il à Verity. Pourquoi le fuyez-vous ?

— C'est vrai, reconnut-elle. Je devrais peut-être aller le voir… Je ne peux pas risquer que William…

— Balivernes, la coupa Charles. Père est reparti dans la mauvaise direction, et il ne sait même pas ce qu'il cherche. Henry Ve… L'Horrible Henry en sait encore moins que lui. Tu auras retrouvé Nathaniel avant que père puisse t'en empêcher. Il a déjà interdit à Verity d'épouser Nathaniel, expliqua-t-elle à Cyn, et il recommencerait.

— Ah. Et qui voulait-il vous faire épouser ?

Les deux sœurs hésitèrent, puis Verity répondit :

— Sir William Vernham. Son frère est Henry Vernham.

— Je n'ai jamais entendu parler de ces gens, déclara Cyn avec l'arrogance de la haute noblesse. Et pourquoi sir William Vernham lui paraissait-il un meilleur parti que votre major ?

— Nous l'ignorons.

— Il est riche ?

— Assez, mais je ne pense pas que cela pèse dans la balance. La fortune de père est énorme. Ce qu'il recherche, c'est l'influence politique. Le pouvoir. Il pense que lui seul possède les qualités nécessaires pour apporter la gloire à la nation.

— Sir William possédait cette influence politique ?

— Non. Si mon mariage avait de l'importance aux yeux de mon père, il n'avait aucun sens pour moi. Pas plus que…

Les deux sœurs échangèrent un regard entendu, et Cyn devina qu'elles lui cachaient quelque chose. Il n'insista pas, quand bien même il avait encore quantité de questions.

— Ne vous inquiétez pas pour votre père, Verity. Comme l'a fait remarquer Charles, il est parti dans la mauvaise direction. Vous avez le droit d'épouser qui vous voulez. Et comme nous semblons maintenant en sécurité, vous devriez aller vous occuper du petit William.

Apparemment réconfortée par son assurance, Verity passa dans la chambre. Cyn ôta son bonnet et versa du vin dans un verre.

— Je vous sers, monsieur ? s'enquit-il.

Charles se détourna de la fenêtre et refusa.

Il remplit son verre malgré tout. Comme elle lui adressait un regard interrogateur, il expliqua :

— J'ai l'intention d'avaler la moitié de cette bouteille. Il faudrait donc que vous ayez l'air de m'avoir accompagné.

— Vous pensez à tout ?

— Vous ne trouvez pas cela admirable ? Mon cher Charles, d'ordinaire, je suis officier, en charge de la vie de mes hommes. Je ne peux me permettre la moindre imprudence.

— Vous me considérez comme un enfant, rétorqua-t-elle, vexée, avant de détourner les yeux.

— Non. Je vous trouve courageux, vu les circonstances. Je voudrais que vous me fassiez confiance et me considériez comme un ami.

Elle croisa son regard, l'air un peu radoucie.

— Vous ne savez rien de moi.

— J'ai cru deviner que vous n'étiez pas proche de votre père.

Elle laissa échapper un rire bref.

— C'est le moins qu'on puisse dire !

— Je n'étais pas proche du mien non plus, mais je l'admirais. Que ressentez-vous pour le comte ?

— Cela ne vous regarde pas !

Elle avait sa peur. C'était un sentiment qu'il connaissait bien. Que diable lui avait fait Walgrave ?

Avant qu'il puisse la questionner davantage, les servantes apportèrent le repas. Verity les rejoignit. Ils dînèrent, bien que Verity eût très peu d'appétit.

— Père nous reconnaîtra au premier coup d'œil, murmura-t-elle en tripotant sa nourriture du bout de sa fourchette.

Cyn posa une main rassurante sur la sienne.

— Les gens voient ce qu'ils croient voir. Prenez un air stupide, et avec votre déguisement, vous pourriez croiser votre père dans la rue sans qu'il vous reconnaisse.

— Nous devrions peut-être rester cachés ici et écrire à Nathaniel ?

— Je ne pense pas. Les auberges seront régulièrement inspectées, et à en croire Toby, votre père et l'Horrible Henry ont répandu de drôles de bruits à votre sujet. Et comme le comte connaît le major Frazer, il a dû lui raconter la même histoire. Le major risque d'y croire.

— Jamais ! protesta Verity.

— Nous ne pouvons prendre aucun risque. Dès que votre major vous verra, il saura la vérité.

— Mais père va faire surveiller Maidenhead et Nathaniel, objecta Charles.

— Certes. Mais vous avez un atout dans votre manche, et c'est moi. Le comte espère sans doute mettre la main sur Verity lorsqu'elle entrera en contact avec le major. En revanche, le capitaine lord Cynric Malloren peut croiser le major Nathaniel Frazer dans la rue et lui parler sans que cela éveille le moindre soupçon. Je n'aurai qu'à redevenir moi-même. J'ai mon uniforme dans ma malle.

Les deux sœurs parurent abasourdies.

— Vous devriez aller vous reposer, conseilla-t-il à Verity. Pousser jusqu'à Basingstoke aujourd'hui ne serait pas raisonnable, nous avons donc du temps devant nous.

Avec un pâle sourire, Verity se retira dans la chambre.

Cyn était conscient de s'être arrangé pour se retrouver en tête à tête avec Charles. Ses nobles intentions étaient en conflit avec ses désirs charnels. Il voulait connaître la vérité sur elle afin de l'aider. Il voulait aussi l'explorer corps et âme, briser sa réserve, et lui faire l'amour jusqu'à ce qu'il n'y ait plus de barrière entre eux. Dans des moments comme celui-ci, il aurait aimé qu'elle porte des jupes et se réfugie derrière les convenances.

Une pensée le frappa soudain. L'objet de son désir était la fille d'un des hommes les plus puissants du pays. Que diable faisait la fille du comte de Walgrave dans un cottage, déguisée en homme ?

Il remplit son verre dans l'espoir que le vin lui délierait la langue.

— Comment allons-nous passer le temps, Charles ? Les cartes ? Des histoires de guerre ? Des anecdotes de bordels ?

— Comme vous le savez, je ne peux pas partager ce genre d'histoires avec vous.

— Et les cartes ?

— Je n'ai jamais joué pour plus de quelques pence.

— Alors, nous avons une chose en commun. Je ne mise jamais gros.

— Vraiment ? s'étonna-t-elle. Pourtant tout le monde le fait.

— Cela ne m'amuse pas. Je n'aime pas donner mon argent, et je n'ai aucun plaisir à prendre celui des autres. Surtout quand ils n'ont pas les moyens de payer.

Charles se détendit et but une gorgée de vin.

— Racontez-moi vos aventures. Dans l'armée, précisa-t-elle. Où avez-vous servi ?

— Principalement en Amérique. Pendant la guerre de Sept Ans.

— Vous avez connu le général Wolfe ?

— Oui. Vous êtes un de ses adorateurs ? C'était un homme difficile, mais un soldat remarquable.

— Vous étiez au Québec ?

— Oui, et à Louisbourg. L'endroit le plus paumé de la terre. Je crois que les soldats français n'étaient pas fâchés de nous le laisser.

— Quelle a été la pire bataille ?

— Aucune. Nous les avons gagnées toutes les deux.

— Mais il y a eu tant de morts et de blessés.

— *Le sang est la livrée du dieu de la Guerre,* cita-t-il. Marlowe, précisa-t-il comme elle haussait les sourcils.

— Vous aimez l'armée ?

— Je ne serais pas soldat si je ne l'aimais pas.

— Étant un homme et un Malloren...

— Vous êtes de bonne naissance, et vous serez bientôt un homme. Vous devriez peut-être entrer dans l'armée vous aussi.

Chastity trouvait très étrange cette conversation avec une dame qui ingurgitait une inquiétante quantité de vin. Lord Cynric Malloren avait le don de lui embrouiller les idées. Cela étant, cette situation bizarre aurait troublé n'importe qui.

— Je ne crois pas avoir le goût du sang, dit-elle.

— Ce dont nous sommes capables face au danger est extraordinaire.

— J'ai du mal à vous considérer comme dangereux.

— Mettez-moi à l'épreuve quand vous voudrez.

Le vin lui embrumait l'esprit, elle le voyait dans son regard. Et ce message la mit sur ses gardes. Le danger qu'elle avait perçu ce matin lui revint en mémoire. Elle se leva d'un bond.

— Je vais faire un tour en ville.

Elle sortit avant que Cyn ait pu la retenir. Il maudit le vin qui avait ralenti ses réflexes. Charles n'avait rien à faire dans la rue. Elle avait négligé de prendre sa perruque et son chapeau, et sa tête nue allait attirer l'attention. C'était sa faute. Des pensées lascives l'avaient envahi, comme chaque fois qu'ils étaient ensemble. Elle s'en était rendu compte et avait pris la fuite.

S'il se lançait à sa poursuite, la situation ne ferait qu'empirer. Ils seraient deux à attirer l'attention. Il coiffa son affreux bonnet et son chapeau, et alla voir Verity. Elle s'était endormie, de même que son bébé. Il récupéra la perruque et le tricorne de Charles, les glissa dans son manchon et sortit. Les yeux modestement baissés, il s'efforça de marcher à petits pas. Si, au début, il avait trouvé amusant de se déguiser en femme, cela devenait diablement ennuyeux.

Dans le hall de l'auberge, un gentleman corpulent toucha le bord de son chapeau en lorgnant sa poitrine. Cyn eut envie de lui flanquer son poing dans la figure.

La rue principale de Salisbury était large, mais il ne vit la jeune femme nulle part. Il s'arrêta devant une marchande de marrons.

— Avez-vous vu passer un jeune homme tête nue ?

— Il est parti vers la rivière.

Cyn s'engouffra dans la ruelle qu'elle lui avait indiquée. Il se retrouva au milieu d'un dédale de chemins sinueux, bordés de cottages, de jardins et d'écuries. Jetant un coup d'œil par-dessus le mur d'un jardinet, il aperçut Charles, et derrière lui la rivière Avon.

Il se dirigea vers elle, mais ces chemins étroits formaient un véritable labyrinthe, et il la perdit de vue. Il avait toutefois l'intention de ramener Charles à l'auberge avant qu'elle fasse une mauvaise rencontre. C'est alors qu'il surprit l'expression ahurie d'un ouvrier dans une grange. Il se rendit compte qu'il avait oublié son déguisement et avançait à grandes enjambées. Il s'obligea à continuer à petits pas.

Au bout d'un moment, il repéra Charles au bord de la rivière, jetant des feuilles mortes dans l'eau. Il y avait dans sa posture une tristesse et une solitude qui lui donna envie de la réconforter. Elle se mit en marche et il la perdit de vue. Si seulement elle acceptait de lui confier ses soucis...

Il fut tiré de ses réflexions par des voix qui approchaient.

— Je vous dis que j'ai vu cette garce.

Cyn se faufila derrière le portail d'un jardin.

— C'est pas la sœur qu'on cherche, monsieur, répondit une voix moins raffinée à l'accent londonien.

— Morbleu ! Il n'y a pas de raison que l'une soit ici et l'autre pas ! Et après avoir été ainsi déshonorée, elle n'est pas mieux lotie qu'une prisonnière.

L'homme qui venait de parler devait être Henry Vernham. Mais à quoi faisait-il allusion ?

Les deux compères semblaient s'être arrêtés sur le chemin.

— On a fouillé le cottage il y a quelques jours, monsieur, et on a trouvé aucune trace de lady Verity.

— Les habitants mentaient, ou bien ma belle-sœur est arrivée plus tard. J'ai vu la fille se diriger vers la rivière. Va de ce côté, j'emprunterai l'autre chemin. Avec un peu de chance, nous l'attraperons discrètement. Je ne veux pas de scandale. Quand nous aurons mis la main sur elle, nous tiendrons lady Verity.

Cyn envisagea plusieurs solutions, l'esprit aussi clair et aiguisé que lorsqu'il était au combat.

— Comment je saurai que c'est elle, monsieur ? Elle ressemble à lady Verity ?

— Pas du tout. Elle est hautaine. Enfin, elle l'était, ricana Henry Vernham. Mais tu ne peux pas te tromper. Elle n'a pas de cheveux.

— Pas de cheveux ?

— Son père lui a rasé la tête quand il l'a prise en flagrant délit.

Rasé la tête ? En flagrant délit ?

Avec qui avait-elle été surprise ? Et au nom du ciel, pourquoi cet homme ne l'avait-il pas défendue ? Sa main chercha l'épée qui ne se trouvait pas à sa ceinture. Il se rappela son déguisement, et son objectif.

— Elle porte un costume d'homme. Mais avec ces cheveux, tu ne peux pas te tromper. Elle est affreuse. Walgrave pensait ainsi la garder prisonnière aussi sûrement que derrière des barreaux. En outre, il ne lui a laissé que des hardes. Aucune femme n'oserait se montrer dans cet état.

Cyn avait serré spontanément les poings. Il n'avait qu'une envie : frapper l'Horrible Henry jusqu'à ce que son visage ne soit plus qu'une bouillie sanglante.

Il se retint cependant, empoigna ses fichues jupes et courut jusqu'à l'extrémité du jardin. Là, il découvrit qu'escalader un mur avec de lourdes jupes n'était pas aisé. Il entendit le tissu se déchirer, mais y parvint tout de même. Le jardin suivant avait un portail donnant sur la prairie au bord de la rivière. Il l'avait presque atteint lorsqu'une femme l'interpella, les poings sur les hanches. Cyn feignit d'avoir peur.

— Oh, je vous en prie, madame ! Mes frères…

Il s'approcha, lui glissa une pièce dans la main.

— Dieu vous bénisse, ma chère, murmura-t-il avant de franchir le portail.

Il se précipita vers Charles, lui agrippa le bras.

— L'Horrible Henry est là !

Il l'entraîna vers un banc tout proche, la fit asseoir avec lui, et l'embrassa.

Il se contenta de presser les lèvres sur les siennes, mais elle se raidit. Au moins, elle ne se débattit pas. Cyn prit le temps de lui remettre sa perruque et son chapeau. Personne ne serait surpris de les voir dans cette position, songea-t-il en regardant par-dessus l'épaule de Charles.

Un type maigre au teint jaunâtre émergea d'une ruelle, tandis qu'un homme élégant sortait d'une autre. Ils regardèrent autour d'eux, puis fixèrent Cyn.

Celui-ci reporta son attention sur sa compagne. Il posa son large manchon sur ses épaules afin de cacher l'arrière de sa tête, et l'embrassa longuement. Sa conscience lui fit quelques reproches qu'il étouffa prestement. Après tout, l'occasion de l'embrasser ne se représenterait sans doute pas de sitôt.

Charles essaya de pincer les lèvres, puis sa bouche se fit douce, si douce. Son parfum lui faisait l'effet d'un aphrodisiaque.

Il la vit fermer les yeux, sentit le mouvement subtil de son corps contre le sien, ses mains qui lui agrippaient les épaules. Il la serra contre lui et se laissa submerger par le plaisir.

Il mourait d'envie d'explorer sa bouche, mais savait qu'elle résisterait, pour la bonne raison qu'elle était censée être un homme. Elle se crispa. Le plaisir de Cyn s'évanouit et il eut honte de profiter de la situation. Quelqu'un se racla la gorge, et il interrompit leur baiser.

L'Horrible Henry les dominait de toute sa taille.

Cyn poussa un cri aigu et pressa la tête de Charles contre sa poitrine.

— Adrian ! Nous sommes découverts ! Non, mon cher garçon, restez dans mes bras. Ils ne vous feront pas de mal.

Dardant sur Vernham un regard sombre, il déclara d'un ton mélodramatique :

— Seule la mort nous séparera, monsieur !

— Morbleu, femme, vous ne nous intéressez pas ! Auriez-vous vu passer une jeune femme ? Une jeune femme avec des cheveux très courts ?

Cyn jaugea son ennemi. Il était grand, très brun, et assez beau dans son genre. Il étrécit les yeux. Il n'avait rien de stupide.

— Le roi aurait pu passer devant nous sans que je m'en aperçoive, monsieur, répondit-il en minaudant. Mais vous dites vrai ? Vous n'êtes pas là pour me prendre mon Adrian ?

Henry Vernham eut un ricanement dégoûté, tourna les talons et s'éloigna au pas de charge. Son compagnon leur lança un regard oblique et le suivit. Cyn garda la jeune femme dans ses bras jusqu'à ce qu'ils aient disparu.

Il savoura la douceur de son corps lové contre le sien, le goût de ses lèvres qui s'attardait sur les siennes, son parfum, plus entêtant que le plus subtil des parfums français.

Il décela le délicat renflement de ses seins tandis qu'elle respirait. Il ne put résister à l'envie de glisser la main sous sa perruque pour caresser ses cheveux soyeux.

Elle frissonna.

Il se rappela les paroles de Henry. Walgrave lui avait rasé la tête et l'avait obligée à porter ces vêtements grossiers de pénitente parce qu'il l'avait surprise dans le lit d'un homme. Pas étonnant qu'elle préfère les vêtements masculins. Mais cela signifiait aussi qu'elle n'était plus vierge.

Cela ne lui plaisait pas. Malgré le désir qu'elle lui inspirait, il ne voulait pas qu'elle soit une dévergondée...

— Ils sont partis ? chuchota-t-elle.

Cyn se rendit compte qu'il lui caressait la nuque pour la réconforter. D'instinct, il la croyait innocente. Elle avait dû céder par amour.

Mais qu'était-il arrivé à son amant ?

Il la lâcha lentement, à regret. Elle se leva en chancelant, sans le regarder, et rajusta sa perruque et son chapeau.

— Vous pouvez m'expliquer ? s'enquit-elle.

— Je les ai entendus comploter pour vous enlever. Vernham vous avait repérée. J'ai décidé que vous aviez une chance de passer pour le jeune Adrian. Apparemment, la ruse a fonctionné.

Principalement parce qu'ils cherchaient une femme, songea-t-il. Il fallait absolument mettre un terme à cette mascarade qui les mettait tous en danger.

— Nous ferions mieux d'aller chercher Verity et de partir, décréta-t-elle.

— Oui, mais soyons prudents. Henry vous connaît bien ?

Son visage se ferma.

— Très bien.

« Il a partagé votre lit ? » faillit-il demander.

— Donc, s'il vous voit, il vous reconnaîtra.

Cyn remonta le col de sa chemise et rabattit son chapeau sur ses yeux. Le tricorne ne cachait toutefois pas vraiment ses traits.

— Nous allons regagner l'auberge bras dessus bras dessous, et vous ferez mine de me parler. Cela dissimulera un peu votre visage.

Elle obéit, nerveuse. Ils rentrèrent à l'auberge aussi vite que possible, serrés l'un contre l'autre, la tête inclinée comme s'ils échangeaient des secrets. Cyn vit l'homme de main de Henry arpenter la rue, en revanche, ce dernier n'était nulle part en vue. Ce n'était pas bon signe. Peut-être était-il déjà en train d'explorer l'auberge.

Son cœur s'emballa, non de peur, mais d'excitation. Voilà ce qui lui avait manqué durant ces sinistres mois de convalescence. L'action, le goût du danger.

Ils retrouvèrent leur salon privé sain et sauf, et il ne put s'empêcher de rire.

— Arrêtez ! s'écria Charles. Ce n'est pas une plaisanterie, espèce de nigaud. La vie de ma sœur et celle de mon neveu sont en jeu !

Cyn eut du mal à recouvrer son sérieux.

— Je fais tout pour les protéger. Et nous ne serions pas dans ce pétrin si vous n'étiez pas sortie sans raison.

Elle leva le menton.

— Très bien, j'admets que je suis responsable. À présent, il faut partir.

— Peut-être.

Cyn alla jeter un coup d'œil par la fenêtre, mais rien dans la rue principale ne retint son attention.

— Il vaudrait peut-être mieux attendre que Henry ait quitté la ville.

— S'il a décidé d'établir son quartier général à Salisbury, il reviendra et passera l'auberge au peigne fin, répliqua-t-elle.

— J'apprécie votre analyse de la situation, avoua Cyn, admiratif. Allez réveiller Verity. Nous continuerons de nous faire passer pour Adrian et son amoureuse, et nous ferons semblant de quitter la ville pour échapper à nos familles respectives.

Rougissant un peu, elle alla ouvrir la porte de la chambre. La main sur la poignée, elle se retourna.

— Comment avez-vous pu faire cela ? demanda-t-elle, en évitant son regard. Un homme embrassant un autre homme...

— Ce n'était qu'un baiser, mon garçon. Sur le continent, les hommes s'embrassent librement. Du reste, vous avez déjà dû expérimenter cela en pension. Ne vous inquiétez pas, j'ai décidé il y a longtemps que je n'étais pas adepte des relations entre hommes.

Rouge comme un coquelicot, elle se hâta d'entrer dans la chambre.

7

Chastity referma doucement la porte et s'adossa au battant. Verity et William dormaient, et elle hésitait à les réveiller. Ou peut-être avait-elle juste besoin d'un moment pour réfléchir.

Elle s'approcha de la coiffeuse, enleva son chapeau et sa perruque, et étudia son reflet. Elle ne se regardait pas souvent ces temps-ci – cela lui rappelait le passé et ce que son père lui avait fait.

Au début, avec son crâne rasé, elle avait évité les miroirs et porté volontiers les hideux bonnets de tissu. Quand ses cheveux avaient commencé à repousser, elle s'était résignée à accepter son apparence. Tout était devenu plus facile quand elle avait eu l'idée de porter les vieux vêtements de son frère Victor.

Si son père avait débarrassé Walgrave Towers de tous les vêtements leur ayant appartenu, à sa sœur et à elle, il n'avait pas pensé aux habits de ses frères. Ceux de Fort, lord Thornhill, étaient trop grands, son frère de vingt-huit ans étant solidement bâti. À dix-huit ans, en revanche, Victor était plus mince.

Mais elle détestait être habillée ainsi.

Elle avait envie de porter des robes de soie, des cerceaux et de jolies mules en satin. Elle voulait sentir ses longues boucles lui caresser les épaules et tenir de nouveau un éventail à la main. Elle s'empara du peigne de Verity et imagina que c'était un éventail qu'elle ouvrait et refermait. *M'aimez-vous ? Vous êtes cruel.* Elle le posa contre ses lèvres, ce qui signifiait : *Vous pouvez m'embrasser.* Puis elle le fit glisser sur sa joue. *Je vous aime, lord Cyn.*

Elle lâcha le peigne. Non, pas cela ! Comment en était-elle arrivée là, elle qui avait cru ne plus jamais pouvoir accorder sa confiance à un homme ? Peut-être était-ce à cause de son expression quand il tenait William dans ses bras. Ou de sa gentillesse à l'égard de Verity. Ou du susceptible Charles.

Peut-être était-ce son humeur joyeuse, l'entrain avec lequel il affrontait la vie, son goût du défi...

Elle se détourna du miroir. Il n'y avait pas de place pour les rêves en cette période dangereuse, et de toute façon cela ne pouvait que se terminer avec le cœur en miettes. Si elle avouait qu'elle était une femme, il la verrait comme un monstre au crâne tondu. Elle serait obligée de lui avouer qu'elle était Chastity Ware, une femme perdue. Et même s'il s'intéressait à elle, ce ne serait que pour un bref intermède au lit.

Seigneur, elle devait être une traînée, car cette idée la faisait frissonner de désir.

C'était à cause de ce baiser.

Elle n'avait jamais trop apprécié les baisers. Quand Henry Vernham l'avait embrassée de force, elle avait eu l'impression d'étouffer. Elle l'avait dit à son père, s'attendant que Vernham soit puni de son audace, mais Walgrave lui avait enjoint de ne pas faire sa mijaurée avec son futur mari. Quand Vernham avait fait une seconde tentative, Chastity lui avait enfoncé ses ciseaux à broder dans la chair.

À ce souvenir, un sourire satisfait lui incurva les lèvres. Ensuite, elle avait dû endurer une des fameuses crises de rage de son père, mais Vernham n'avait pas recommencé.

Elle devait reconnaître qu'elle n'avait pas eu envie de repousser Cyn Malloren quand il l'avait embrassée. Au contraire. Une douce chaleur l'avait enveloppée, et elle avait eu envie d'approfondir ce baiser.

Elle plaqua les mains sur ses joues. Même si par miracle il s'intéressait encore à elle après qu'elle lui aurait dit la vérité, elle ne pourrait l'encourager car cette relation le détruirait. Le scandale et les quolibets les empêcheraient de trouver le bonheur. Cyn ne tolérerait pas qu'elle soit insultée. Tôt ou tard, il y aurait un duel. Elle serait la cause de sa mort.

Chastity prit une résolution. Elle devait mettre ses sentiments de côté et se concentrer sur leur objectif, à savoir conduire Verity et William à Maidenhead. Ensuite, elle laisserait Cyn Malloren reprendre le cours sa vie.

Elle réveilla doucement sa sœur et lui exposa le problème. Tout en apaisant ses craintes, elle l'aida à préparer le bébé.

— Ne t'en fais pas, dit-elle, nous serons sortis d'ici en un clin d'œil, et Henry croira que son imagination lui a joué des tours.

Verity sourit courageusement, et elles rejoignirent lord Cyn.

— Prêtes ? s'enquit-il. La voiture nous attend, et j'ai raconté à une servante que je m'enfuyais avec mon amoureux. Elle a trouvé cela très romantique, dit-il en battant des cils. Je crois qu'elle m'enviait un peu. Une vieille poule avec ce jeune coq ! Allez ! Dirigeons-nous tête baissée vers l'attelage.

Ils descendirent l'escalier, traversèrent le hall et gagnèrent la cour.

— Passez devant, dit Cyn. Je vous rejoins.

Chastity se demanda ce qu'il manigançait, mais ce n'était pas le moment de discuter. Elle grimpa dans le carrosse avec Verity et guetta anxieusement l'arrivée de Cyn.

Elle se rencogna dans l'angle de la banquette en voyant Henry Vernham approcher de l'auberge. Cyn sortit à ce moment-là et elle faillit crier pour le mettre en garde. Il se figea. Vernham fit de même.

Cyn interpréta à la perfection le rôle de la femme coupable et terrifiée. Il eut un mouvement de recul et se cacha à demi le visage derrière les papiers qu'il tenait à la main. Puis il passa d'un pas pressé devant Vernham et s'engouffra dans la voiture. Vernham pénétra dans l'auberge en ricanant.

Cyn s'assit, un valet referma la portière, Hoskins fit claquer son fouet et le carrosse s'ébranla.

Recroquevillée dans un coin, Verity serrait le bébé à l'étouffer.

— Il m'a vue ?

— Bien sûr que non, répondit Cyn en jetant le papier froissé sur la banquette.

— Mais il va nous poursuivre !

— Pourquoi ? Il croit avoir aperçu Charles, il est donc persuadé que vous êtes dans les parages. Il va se renseigner dans toutes les auberges de Salisbury et ne trouvera pas de Charles, ni de jeune femme correspondant à votre description.

— Il risque de demander s'ils ont vu un bébé ? observa Charles.

— Bonne remarque. Il saura bientôt que la dame rencontrée au bord de la rivière avait un bébé. Il pourrait alors faire le rapprochement. Cet homme est-il intelligent ? demanda-t-il à Verity.

— Ce n'est pas un imbécile. Il ne pense qu'à lui, mais son cerveau fonctionne bien quand il décide de s'en servir.

Cyn ouvrit la trappe qui donnait sur le siège du cocher.

— Plus vite, Hoskins !

Les chevaux partirent au galop. Verity était blanche comme un linge.

— Nous ne pourrons pas lui échapper ! S'ils nous rattrapent, promettez-moi de ne pas les laisser prendre William, lord Cyn.

— Nous leur échapperons, je vous le garantis. Et je vous promets qu'il n'arrivera rien à votre fils. Faites-moi confiance.

Chastity éprouva une douleur dans la poitrine. Si seulement Cyn pouvait la regarder dans les yeux et lui promettre de la protéger.

Il lui avait dit qu'en tant qu'officier il était responsable de la vie de ses hommes. Il savait les encourager et leur remonter le moral, tout en agissant avec courage et efficacité, elle en était sûre.

Son regard se posa sur le papier qu'il avait posé à côté d'elle. Son cœur fit un bond. Il avait acheté la *Gazette* du jour et elle vit le titre en première page : *La veuve du baronet et son fils ont disparu.*

Oh, bonté divine !

Les noms étaient masqués de la façon habituelle. *La veuve de sir W... m V... m, du Gloucestershire...*

Mais tout le monde savait de qui il était question. Le journal faisait-il mention d'autres scandales dans la famille ? Probablement. Quelle gazette renoncerait à des rumeurs aussi croustillantes ?

Cyn n'avait pas fait le rapprochement entre le comte de Walgrave et Chastity Ware, devinait-elle. Il était malade à l'époque où le scandale avait éclaté. Il avait toutefois dû entendre des choses depuis son retour en Angleterre, et si le nom de Ware apparaissait, il ferait sûrement le rapprochement.

Les colporteurs de ragots et les caricaturistes avaient vite établi un lien entre Chastity Ware et les catins de Haymarket. Son prénom les amusait beaucoup. Dès que Cyn lirait ce journal, il saurait. Il la mépriserait... ou, pire, il la considérerait comme une proie facile.

Le journal était comme un pistolet chargé prêt à laisser partir le coup au premier cahot. Elle chercha désespérément une excuse pour le jeter par la fenêtre.

— Charles !

Elle tressaillit en entendant la voix de Cyn.

— Oui ?

— Il faut vous ressaisir. Je comprends que Verity soit chamboulée, mais je vous croyais d'une autre trempe. Nous devons dresser un plan d'action.

Pendant ce temps au moins, il ne lirait pas le journal.

— Bien, dit-elle d'un ton crispé. Que devons-nous faire ?

— Je pense que même si Vernham se lance à notre poursuite, il ne nous rattrapera pas avant la fin de l'après-midi. Il devra s'arrêter dans chaque auberge pour vérifier que nous n'y sommes pas et cela le ralentira. Nous pouvons nous détendre et réfléchir.

— Et s'il alerte les militaires ?

— C'est un danger. Toutefois, ceux-ci auront un retard considérable sur nous. Malgré notre bonne avance cependant, si Vernham a des soupçons, nous ne pourrons pas atteindre Maidenhead sans être arrêtés en route. Si nous faisons halte pour la nuit, il nous rattrapera, et il fait trop sombre par ces nuits sans lune pour voyager.

— Que faire dans ce cas ? intervint Verity.

— Je suggère de quitter la route de Londres et d'aller à Winchester.

Les deux sœurs échangèrent un regard de stupeur.

— Winchester ? Pourquoi ?

— Parce que personne ne s'attend que vous preniez cette direction. J'ai un ami là-bas qui nous accueillera. Les auberges sont trop dangereuses avec tous ces gens à nos trousses.

— C'est vrai, en convint Verity. Mais Henry pourra nous traquer dans chaque relais.

— En effet, répondit Cyn avec un petit sourire. Mais il cherchera une dame, un jeune homme et une nourrice avec un bébé. S'il soupçonne peut-être Adrian d'être Charles, il est peu probable qu'il ait compris que j'étais un homme. Je vous propose donc de nous transformer pour constituer un nouveau groupe.

— Quel genre de groupe ? s'enquit Chastity, emballée par cette idée.

Cet homme était décidément malin.

— Un militaire voyageant avec son épouse.

— Et je serais censée être votre femme ?

Malgré elle, elle éprouva un frisson à cette idée.

— Vous, monsieur ? répliqua-t-il en haussant les sourcils. Pourquoi compliquer la situation ? Verity pourra jouer ce rôle. Et nous nous débarrasserons du bébé.

— Quoi ? s'écrièrent les deux femmes à l'unisson.

— Pas vraiment, concéda-t-il avec un sourire amusé. Mais si sir William veut bien coopérer, nous le cacherons dans ma malle quand nous serons en public. Sinon, je suis sûr que personne ne s'étonnera qu'un militaire et sa femme aient un enfant.

— Et moi ? dit Chastity, blessée d'être exclue de cette charmante famille.

— Je suppose que vous pourrez vous faire passer pour le valet. Le chapeau à large bord cachera suffisamment vos traits.

— Je vais devoir voyager avec le cocher ?

— Non. Vous seriez trop visible, là-haut.

Verity se rembrunit.

— Je ne vois pas comment cela va me permettre de rejoindre Nathaniel. Je ne renoncerai pas à mon projet, milord.

— Bien sûr que non. Mais il est clair que les routes autour de Londres et de Maidenhead sont surveillées. Je ne suis pas sûr que vous puissiez approcher de votre major quel que soit votre déguisement. J'irai voir Frazer pour lui dire ce qu'il en est, et il viendra vous retrouver à Winchester.

— C'est merveilleux ! s'exclama Verity en riant. Je suis sûre que votre plan va fonctionner.

— Bien entendu, répondit-il avec assurance. Je vais revêtir mon uniforme avec un certain soulagement, je l'avoue. Vous serez mon épouse, et Charles notre valet. Nous ne donnerons pas d'explications sur votre présence à l'intérieur de la voiture, Charles.

Le plan était ingénieux, mais Chastity lui trouva une faille.

— Comment effectuer ce changement sans que quiconque le remarque ? Si une famille entre dans une auberge et qu'une autre en ressort, cela ne passera pas inaperçu.

Cyn arqua les sourcils.

— Mon cher Charles, avec un tel souci du détail, vous devriez envisager une carrière de quartier-maître. Nous ne pouvons pas arrêter la voiture et nous changer sur le bord de la route, car les postillons verraient tout...

— Nous devrons le faire à l'intérieur, déclara-t-elle lentement. À la prochaine étape, nous sortirons le nécessaire du coffre, ce qui n'éveillera pas les soupçons. Nous devrons tirer les rideaux et opérer la transformation au cours des quinze kilomètres suivants. Hoskins dira aux nouveaux postillons qu'il transporte un militaire et sa famille. Et quand nous écarterons les rideaux, le tour sera joué.

— Brillant ! s'esclaffa Cyn. La vilaine dame et son Adrian, ainsi que la nourrice et le bébé auront disparu de la surface de la terre. Vu la circulation sur cette route, je doute que l'Horrible Henry y comprenne quelque chose, mais avec un peu de chance, il se creusera la cervelle durant quelques jours. Je vous félicite, mon petit Charles. Si vous voulez faire carrière dans l'armée, je vous trouverai une place dans mon régiment.

Chastity éprouva une pointe de fierté. Il lui fallut un moment pour se rendre compte que son plan contenait aussi une faille : elle serait contrainte de se changer en présence de Cyn.

Elle chassa cette préoccupation d'un haussement d'épaules. Il lui suffirait d'enfiler les habits de valet par-dessus ceux de son frère. Cela aurait l'avantage de développer sa silhouette.

Ce problème étant réglé, elle reporta son attention sur la *Gazette*. Elle fut tentée de s'asseoir dessus, mais Cyn risquait de s'en apercevoir. Pour l'heure, il semblait avoir oublié le journal.

Ils firent halte dans une auberge à Norton et mirent leur plan à exécution. Cyn expliqua tout à Hoskins, après quoi Chastity dut aider ce dernier à sortir la malle du coffre.

L'homme lui lança un regard noir.

— Je sais pas à quoi tu joues, mon garçon, mais si mon maître a des ennuis par ta faute, je te tordrai le cou.

— Qu'est-ce qui vous fait croire que je suis responsable ? C'est lui qui prend les décisions à présent.

— Sauf que si vous l'aviez pas entraîné dans vos bêtises, il serait tranquillement à Rothgar Abbey à l'heure qu'il est.

— Ce n'est pas un bébé.

— Non, mais il a failli passer l'arme à gauche cet été, et s'il rechute, vous aurez les Malloren sur le dos.

Sans compter que le marquis s'est certainement déjà lancé à ses trousses.

Ils chargèrent la malle dans le carrosse. Hoskins adressa un dernier regard d'avertissement à Chastity avant de remonter sur son siège.

Elle ne savait plus ce qui devait l'inquiéter le plus. La santé de Cyn, le journal ou le fait que le redoutable marquis de Rothgar soit à leur recherche.

— Hoskins pense que Rothgar est à vos trousses, lâcha-t-elle lorsqu'ils se remirent en route.

Cyn lui lança un regard impénétrable et ôta son bonnet.

— Il ne sait peut-être pas encore que je me suis enfui.

— À vous entendre, on dirait qu'il vous garde enchaîné.

— Les liens d'affection sont aussi solides que des barreaux.

— Le pouvoir du marquis pourrait être un atout.

— À condition d'être sûrs qu'il prenne notre parti.

Cette remarque fit réfléchir Chastity. Avoir Rothgar comme ennemi serait désastreux.

— Nous ferions mieux de mettre notre plan à exécution, déclara fermement Verity. Ferme les rideaux, Charles, et prends William.

Chastity obéit, et sa sœur aida Cyn à dénouer les infâmes cordons. Elle sourit en pensant à ce qui s'était passé entre eux, à cause de cette robe – un souvenir qu'elle chérirait...

Elle reporta son attention sur le bébé, qui semblait de bonne humeur. Elle lui donna le journal pour jouer dans l'espoir qu'il en fasse de la charpie. Méprisant ce morceau de papier gris, il tendit la main vers l'épée de Cyn dans son fourreau. Chastity s'en empara et agita devant lui la poignée dorée et les rubans.

— Ne le laissez pas toucher la lame, dit Cyn.

Que William tire sur les rubans ne semblait pas le déranger. Il ferait sans doute un père merveilleux…

« Arrête ! » s'ordonna-t-elle.

Cyn ôta sa robe, sa chemise, ses bas et son pantalon de batiste. Chastity n'avait pas songé que *lui aussi* devrait aussi se changer devant elle.

Elle observa ses jambes, son torse, puis détourna vivement les yeux. Il sortit son uniforme de la malle et enfila son pantalon blanc, ce qui l'obligea à tendre la jambe vers Chastity. Elle remit William à Verity de crainte qu'il ne reçoive malencontreusement un coup de pied.

— Bon sang, c'est plus dur que je ne le pensais. Charles, faites glisser le tissu sur ma cheville, s'il vous plaît.

La bouche sèche, soudain, Chastity obéit. Elle dut agripper son mollet, puis son pied nu, ce qui ne calma en rien les battements de son cœur.

Cyn lui tendit son deuxième pied et elle renouvela l'opération, soupirant de soulagement quand ce fut fini.

Il se leva à demi et remonta le pantalon jusqu'à sa taille.

— Merci. Vous pourriez peut-être m'aider aussi à enfiler les bas.

Il lui tendit les bas de soie blanche. Rougissante, elle fit glisser le fin tissu sur son pied et son mollet.

— Lissez-les un peu, ordonna-t-il d'un ton bourru.

Chastity lui lança un bref regard, mais il semblait concentré sur sa chemise. Elle oublia toute prudence. Quand aurait-elle de nouveau l'occasion de le toucher ? Les yeux baissés, elle lissa méticuleusement les bas de soie.

Une vague chaude se répandit dans son ventre, et elle se sentit étourdie. Au bout d'un moment, elle se rendit compte qu'il avait posé le pied droit sur elle, et que son talon était pressé entre ses cuisses. Elle résista à l'envie de se plaquer contre lui et repoussa fermement son pied.

— Voilà, dit-elle.

— Merci, mon cher Charles. J'en ferai volontiers autant pour vous si l'occasion se présente, croyez-moi. Ah, je me sens mieux ! ajouta-t-il en rentrant les pans de sa chemise dans son pantalon. J'ai l'impression d'avoir retrouvé l'usage de mes jambes.

Il enfila la longue veste blanche, glissa les huit boutons d'argent dans les boutonnières et noua la ceinture rouge.

Il tira ensuite de la malle son manteau militaire rouge orné de galons dorés et de deux rangées de boutons. Après quelques contorsions et grommellements, il finit par endosser le vêtement ajusté. Il ressemblait vraiment à un soldat à présent.

— Je me sens enfin moi-même ! déclara-t-il. Je préfère attendre le prochain arrêt pour enfiler mes bottes. J'ai peur de vous donner un coup de pied sans le vouloir.

Il ouvrit un coffret et se servit de l'eau contenue dans un petit flacon pour nettoyer ses joues fardées. Puis il sortit un peigne, un miroir et un ruban.

— Tenez-moi cela, mon garçon, dit-il en passant le miroir à Chastity.

Elle le regarda peigner ses boucles cuivrées et les attacher sur la nuque. Elle s'était toujours moquée des jeunes filles qui se pâmaient à la vue d'un uniforme, mais désormais elle les comprenait. Le capitaine Cyn Malloren était magnifique dans son manteau rouge. À vrai dire, elle l'aurait trouvé magnifique dans n'importe quel costume.

Cependant, il avait perdu toute apparence de douceur. Il apparaissait autoritaire, capable de gérer n'importe quelle situation d'urgence, et prêt à affronter le danger. C'était un soldat, et le danger faisait partie de son métier. Qu'avait-il dit ? *Le sang est le dieu de la Guerre...*

Dans un jour ou deux, ils se sépareraient. Cyn oublierait vite ce jeune homme irascible, il ne saurait même jamais que Charles était une femme. Une femme qui... éprouvait de doux sentiments pour lui.

Elle, en revanche, ne l'oublierait jamais. Sa vie durant, elle lirait les journaux dans l'espoir d'y voir son nom cité. Elle scruterait les listes de victimes de batailles en redoutant qu'il n'y figure...

La voix de Cyn la tira de ses pensées.

— Maintenant, c'est le tour de Verity.

— Vous ne pouvez pas participer à sa transformation, décréta Chastity. Ce serait indécent.

— Je ne pense pas que votre sœur soit aussi chatouilleuse que vous dans ce domaine, monsieur.

— Je...

— Assez ! s'exclama Verity, amusée. Je garderai ma chemise, et je suis capable de m'habiller seule. Si vous voulez bien vous occuper de William, lord Cyn.

Elle lui remit le bébé, qui parut d'emblée fasciné par les galons dorés.

— Je ne pense pas qu'il bave sur votre splendide uniforme, mais je ne peux vous le garantir.

— J'ai toujours trouvé qu'un uniforme impeccable avait quelque chose de suspect. Rothgar trouvait que mon vieil habit de soldat n'était pas digne d'un Malloren. D'autant qu'il avait été lacéré. Il a insisté pour m'en offrir un neuf il y a quelques semaines. Il faut que je l'étrenne sans quoi j'aurai l'air d'un bleu.

Nullement embarrassée, Verity ôta ses habits de servante et enfila ceux que Cyn venait de quitter. Chastity noua les cordons et se débrouilla très bien pour le reste.

Sa poitrine volumineuse de jeune mère remplissait le corsage, et Cyn fourra les pelotes de laine dans sa malle.

Verity rassembla ses cheveux en un chignon serré sur la nuque. Avec le bonnet et le chapeau, elle apparaissait digne et sévère. Néanmoins, aucun membre de sa famille n'aurait été dupe.

— Montrez-vous le moins possible, lui conseilla Cyn. En public, gardez la tête baissée. Les gens cherchent une fugitive, pas une respectable mère de famille. Et les gens voient ce qu'ils s'attendent à voir. À vous à présent, mon petit Charles !

Chastity enleva sa veste de velours, puis enfila le pantalon et la chemise sur les vêtements de son frère. Elle noua un vieux foulard autour de son cou et enfonça le chapeau mou sur sa perruque.

— Et voilà, dit-elle.

Cyn eut un sourire narquois.

— Un de ces jours, votre excès de pudeur vous causera des ennuis, mon garçon.

Chastity entassa tous les vêtements dans la malle.

Le silence retomba, et le bébé s'endormit dans les bras de Cyn. Tous deux semblaient remarquablement à l'aise.

Chastity s'adossa à la banquette et feignit de somnoler. En réalité, elle observait Cyn Malloren entre ses paupières mi-closes. Elle lui enviait ses longs cils et aurait aimé que ses futurs enfants aient les mêmes.

Cesse de rêver, ma fille.

Mais elle ne pouvait s'empêcher de le regarder pour garder un souvenir précis de lui lorsqu'il aurait déserté sa vie. Elle étudia son profil et, à sa grande surprise, décela une ressemblance avec Rothgar. Dans une dizaine d'années, Cyn serait-il aussi intimidant que son frère ? C'était peu probable. Rothgar n'avait sans doute jamais eu ce côté téméraire et désinvolte qui faisait le charme de Cyn.

Ses mains qui tenaient délicatement le bébé étaient belles, nota-t-elle, fortes et douces à la fois. Elle se rappela la façon dont il lui avait caressé la tête et la nuque, et elle aurait voulu qu'il la touche de nouveau. Un frisson de désir la traversa à cette pensée.

Cyn sentait le regard de Chastity sur lui. Elle l'examinait comme un artiste faisant un portrait.

Une partie de lui, la plus coquine, aimait cela. C'était un avant-goût du jour où ils pourraient enfin explorer mutuellement leur corps. Mais son côté noble l'incitait à lui avouer qu'il savait qu'elle était une femme, pour qu'elle se comporte de nouveau avec la pudeur d'une jeune fille.

Sauf qu'elle n'était plus une jeune fille.

D'emblée, il l'avait soupçonnée de n'être ni froide ni dépourvue de sensualité. Il savait désormais qu'il ne s'était pas trompé. Un instant plus tôt, elle l'avait touché comme l'aurait fait une amante et il avait eu du mal à garder son sang-froid. Sans la présence de Verity, il l'aurait prise dans ses bras pour l'embrasser, et même davantage.

Ils s'arrêtèrent pour changer de chevaux. Cyn et Verity descendirent du carrosse, histoire que tout le monde voie le capitaine et son épouse. Personne ne posa de questions, mais Chastity repéra un homme dont le regard lui parut aiguisé. Toutefois, il ne semblait pas soupçonneux.

Quand ils repartirent, elle demanda à Cyn :

— Vous avez vu…

— Oui. Mais ce n'est peut-être rien. Une chose est sûre cependant : nous ne pouvons prendre le risque de nous arrêter en route. Il serait impossible de cacher la présence d'un bébé dans une auberge.

— Le jour commence à décliner, fit remarquer Verity, pâle de fatigue.

— Nous nous débrouillerons avec les lanternes de la voiture. Nous ne sommes plus très loin, à présent. À Winchester, nous nous perdrons dans la foule et nous aurons un logement privé.

Il était d'une gravité inhabituelle. Chastity savait qu'il partageait son inquiétude. Les mailles du filet étaient serrées dans tout le sud de l'Angleterre. Il s'agissait moins de rechercher une personne disparue que de traquer une fugitive. Son père avait activé ses réseaux, elle en était sûre.

Le bébé se réveilla, et Verity lui donna le sein. Chastity aurait aimé rassurer sa sœur, mais rien ne lui venait à l'esprit. Ils faisaient de leur mieux et avaient une chance de réussir grâce à Cyn. Sans lui, on les aurait attrapées depuis des heures.

Cyn observait les deux sœurs et se demandait laquelle mentait, à quel sujet, et pourquoi.

Après un moment d'agitation, il devint évident que William avait besoin d'être changé. Ils s'étaient déjà arrêtés une fois pour permettre à Verity de le changer en plein air. Mais à présent, ils étaient pressés par le temps et ne voulaient pas que les postillons sachent qu'il y avait un bébé dans la voiture. Il fallut donc accomplir cette tâche à l'intérieur, fenêtres ouvertes, Verity ne disposant que d'une petite bouteille d'eau pour nettoyer l'enfant.

L'un dans l'autre, la vie de famille n'était pas très romantique, songea Cyn en s'efforçant de réprimer une grimace. Il faudrait être fou pour songer à fonder une famille en étant sous les drapeaux.

Sa tâche achevée, Verity considéra les langes sales d'un air dépité.

— L'odeur va rester dans la voiture.

— Jetez les langes par la fenêtre, suggéra Cyn. Les postillons ne s'en apercevront même pas.

Comme elle hésitait, il soupira.

— Donnez-les-moi.

Il s'empara du paquet à l'odeur âcre et le lança par-dessus une haie.

— Si nous voulons qu'il dorme bien, dit Verity, nous avons intérêt à jouer avec lui.

Elle fredonna en aidant William à frapper dans ses mains. Le bébé gloussa, aux anges. Cyn décida dans un moment d'enthousiasme qu'il était pour la perpétuation de l'espèce. Charles contemplait le spectacle avec un sourire doux et maternel. Elle serait une bonne mère, un jour.

Son cœur se serra. Il ne voulait pas qu'elle ait des enfants avec un autre homme que lui. Bon sang, comment avait-il pu se fourrer dans un tel pétrin ?

Ma chère lady Charles, j'ai très envie de vous épouser et de vous emmener à la guerre avec moi. Vous passerez beaucoup de temps loin de moi, dans des cantonnements à l'étranger, mais je vous retrouverai aussi souvent que je pourrai entre deux batailles. Bien sûr, rien ne vous empêche d'accompagner le régiment, si la boue et les puces ne vous gênent pas et que vous ne voyez pas d'inconvénient à soigner les malades et les blessés…

Il soupira. Il pouvait quitter l'armée. Rothgar l'y poussait à cause de ces stupides médecins, mais il n'en avait aucune envie. Ses camarades lui manqueraient, ainsi que l'attrait du danger, et les pays étrangers. Mener une vie oisive à Londres, ou faire pousser des navets à la campagne, serait d'un ennui mortel et le pousserait à faire des sottises.

Après tout, c'était l'ennui qui l'avait incité à se lancer dans cette aventure.

Charles rit avec le bébé et son visage s'illumina. Il n'y avait rien de froid ni de dur en elle.

Peste.

Cyn posa les yeux sur le journal froissé. La lumière déclinait, et il alluma une des lanternes, avant de s'emparer de la *Gazette*, cherchant aussitôt les pages consacrées à de la guerre.

Les Américains se tenaient tranquilles et apparemment les Français avaient été écrasés. Il y avait des troubles dans les colonies au sujet des nouvelles taxes. Cela se calmerait bientôt. La plupart des nouvelles concernaient la scandaleuse tsarine Catherine de Russie, et la progression des Prussiens contre l'Autriche. Il finirait sans doute en poste à Hanovre. Ce qui serait insipide après les étendues sauvages du Nouveau Monde.

— Vous voulez que je vous fasse la lecture ? demanda-t-il à ses compagnes de voyage.

— Oui, s'il vous plaît ! s'exclama Verity.

— Non ! répondit Charles.

Intéressant. Que diable avait-elle bien pu faire pour attirer l'attention de la presse ? Il se mit à lire à haute voix. Un article sur la Russie, un autre sur l'industrie de la métallurgie.

Il finit par trouver celui se rapportant à la demoiselle.

Il lut d'abord quelques lignes sur un incendie qui avait éclaté à Douvres. Puis sur le procès d'un homme qui avait empoisonné toute sa famille. Il lisait lentement, parcourant du coin de l'œil l'histoire qui l'intéressait.

Cela concernait la disparition de Verity, et n'était pas en contradiction avec ce qu'elles lui avaient raconté. Mais alors, quel était le problème ?

D'après le journal, le sort de la veuve et de l'enfant de sir W***m V***m suscitait de vives inquiétudes. On craignait que lady V***y V***m n'ait perdu l'esprit après la mort de son époux, et la naissance de son fils, héritier du titre. Le père de la jeune femme et la famille de son mari offraient une forte récompense à qui leur fournirait des renseignements susceptibles de les aider à retrouver la pauvre femme

Lady V***y était, avant son mariage, lady V***y W***e, fille du comte de W***e, et sœur de lady C***y W***e…

Cyn interrompit sa lecture. Tout lui revint soudain en mémoire, et il n'eut aucun mal à ajouter les lettres manquantes.

La demoiselle déguisée en homme était Chastity Ware.

La tristement célèbre Chastity Ware.

8

Cyn se remit très vite à lire, choisissant un article au hasard. Il tomba sur un essai traitant d'une traduction de Shakespeare en allemand. Il n'en comprit que la moitié, car son esprit était presque complètement absorbé par sa découverte. Sa lecture terminée, il proposa le journal aux deux sœurs, qui le refusèrent. Il le posa à côté de lui, non sans remarquer l'expression soulagée de Charles.

Ou plutôt de Chastity Ware.

Il lui faudrait du temps pour s'habituer à ce nom, mais il lui allait très bien, en dépit de sa réputation. En fait, que devait-il penser de cette réputation ?

Henry Vernham avait dit que Walgrave l'avait tondue après l'avoir trouvée au lit avec un homme. Mais cela ne concordait pas avec ce qu'il savait d'elle. Il ne la voyait pas comme une gourgandine passant d'un lit à l'autre.

C'était pourtant ce que le monde entier croyait.

Quand il était malade, son frère Bryght était venu de Londres avec quelques magazines satiriques pour le distraire. Un certain nombre d'entre eux visaient lord Bute et la mère du nouveau roi. D'autres accusaient les Écossais de profiter de l'Angleterre tout en continuant de soutenir les Stuarts. Une caricature très drôle se moquait du tsar de Russie, qui selon certains n'avait jamais couché avec sa femme, Catherine, alors que tous les hussards étaient passés dans le lit de celle-ci.

Et l'un des papiers relatait le grand scandale de l'été, l'affaire lady Chastity Ware.

Cyn supposait que le comte de Walgrave, dit « l'Incorruptible », avait des ennemis qui cherchaient à lui nuire à travers sa fille. Un dessin le représentait, le visage cramoisi, penché sur un lit dans lequel sa fille était allongée, nue, sous son amant. *Non, père, je ne l'épouserai pas, je veux juste coucher avec lui*, était-il écrit sous le dessin en question.

Il lança un coup d'œil aux traits purs de la jeune femme assise en face de lui. Ils ne présentaient aucune ressemblance avec la caricature. L'illustrateur ne l'avait sans doute jamais vue. Son but était simplement de porter un coup à la réputation du puissant comte.

Il y avait probablement eu toutes sortes de caricatures, affichées dans les vitrines à la vue de tous et disponibles pour un penny, ou deux pence en version colorée. Ces torchons passaient de main en main, et faisaient rire les badauds.

Les avait-elle vus ? Il espéra que non.

Il avait entendu toute l'histoire avec des détails sordides, de la bouche de Bryght. Apparemment, son père avait interdit à lady Chastity d'assister à une grande fête de famille. Lady Trelyn, la coqueluche de la bonne société, avait si bien plaidé la cause de la jeune fille que lord Walgrave était monté dans sa chambre, accompagné d'un groupe d'invités, pour la libérer.

Là, ils l'avaient surprise en « flagrant délit », comme l'avait dit Vernham. Avec de si nombreux témoins, il n'était pas question d'étouffer l'affaire. Le scandale aurait pu être évité si elle avait accepté de se marier au plus vite avec son amant. Sauf que lady Chastity avait catégoriquement refusé. Naturellement, elle avait été mise au ban de la société, non pour avoir commis un péché, mais pour ne pas s'être pliée aux règles.

Lord et lady Trelyn, connus pour leur intégrité, l'avaient longtemps soutenue, refusant de confirmer cette histoire. Ils avaient fini par céder, exprimant leur commisération pour le père affligé.

Un autre souvenir lui revint. L'amant était son beau-frère, Henry Vernham ! Chastity avait donc renoncé à sa vertu pour un homme comme lui ? La seule explication à ce comportement était une de ces passions irraisonnées qui s'emparaient de certaines femmes. Mais il n'avait rien décelé de tel chez Chastity Ware.

Il ne l'aurait jamais prise pour une dévergondée. Et il ne l'avait certes jamais crue stupide. Si elle avait joué à ce jeu et s'était fait prendre, la seule chose raisonnable à faire était d'épouser son amant.

Elle n'était pas ce genre de femme, lui semblait-il. Soupçons et raisonnements contradictoires se bousculaient dans sa tête.

Un autre souvenir remonta à la surface. Contrarié par cette caricature grotesque, Rothgar l'avait jetée au feu. Rothgar et Chastity Ware avaient dû se rencontrer avant le scandale. Rothgar s'était probablement rendu compte que le dessin n'avait rien à voir avec la réalité.

Avait-il, lui aussi, couché avec elle ? Cyn réprima un tressaillement. Il avait beau faire, des pensées déplaisantes lui envahissaient l'esprit.

Certes, Chastity était impliquée dans une affaire scandaleuse. Il avait constaté de ses propres yeux que le comte lui avait rasé le crâne, l'obligeait à vivre en recluse dans le cottage de sa nourrice et à porter des vêtements de pénitente.

Et pourtant, elle avait trouvé le moyen d'échapper aux restrictions qu'il lui imposait ! En se faisant passer pour un homme. C'était rusé, et sacrément téméraire.

Il voulait bien compatir avec le père de Chastity Ware, mais seulement si elle était vraiment aussi dévergondée qu'il le prétendait.

Chastity vit Cyn reposer le journal et faillit pleurer de soulagement. Elle avait eu l'impression d'avoir la tête sur le billot, s'attendant à tout moment qu'il tombe sur l'article la concernant. Elle s'était préparée à endurer ses ricanements et son mépris.

Les vêtements possédaient un étrange pouvoir. Elle avait l'impression que Mme Inchcliff aurait pu la comprendre, lui accorder le bénéfice du doute, alors que le capitaine lord Cynric Malloren la condamnerait sur-le-champ. Et alors, son cœur se briserait.

Cyn se pencha soudain et frappa au plafond du carrosse. Hoskins arrêta la voiture.

— Je vais m'asseoir un moment sur le banc, maintenant que je suis redevenu un homme, expliqua-t-il aux deux sœurs. J'en profiterai pour exposer notre plan à Hoskins. Les voyageurs qui croiseront notre route ne manqueront pas de remarquer ma redingote rouge, ce qui nous évitera d'être pris en chasse.

Il enfila ses bottes, sortit et claqua la portière derrière lui.

— Bonté divine, dit Verity, tu ne trouves pas cela étrange ? Il paraît différent depuis qu'il a remis son uniforme.

Chastity aussi avait remarqué une certaine brusquerie dans ses manières.

— C'est certainement un très bon officier, répondit-elle, prenant sa défense.

Son absence lui pesait déjà. Elle avait intérêt à s'y habituer, car il sortirait bientôt définitivement de sa vie.

— Je vais cacher cela avant qu'il revienne, dit-elle en ramassant le journal. Regarde, Verity.

Sa sœur parcourut l'article et se mordit la lèvre.

— Seigneur, toute l'Angleterre doit être à nos trousses ! Et bien sûr, il a fallu qu'ils te mêlent à cette histoire. J'étais pourtant persuadée que ce scandale s'éteindrait de lui-même.

— Il ne s'éteindra jamais, soupira Chastity. En tout cas, une chose est sûre : je ne prêterai plus jamais foi aux commérages.

— Ce ne sont pas que des commérages, ma chérie, reconnais-le. Un groupe de gens dignes de foi t'a vue dans un lit avec Henry. C'est pure malchance que les Trelyn aient été présents. Leur parole est indiscutable.

— Mais je n'ai pas invité Vernham dans mon lit ! J'étais endormie.

— Cela n'a guère d'importance aux yeux du monde.

— Tu veux dire que j'aurais dû épouser Vernham ?

Verity soupira.

— Je n'en sais rien, ma chérie. À ta place je l'aurais fait, je le crains, mais j'ai toujours été plus faible que toi. Je commence tout juste à comprendre à quel point ta situation est difficile. En partie grâce à lord Cyn.

Chastity se raidit.

— Qu'a-t-il à voir avec cela ? s'exclama-t-elle.

— Tu ne peux nier qu'il y a quelque chose entre vous. Je le sens. Il est à coup sûr perplexe car il croit que tu es un homme. Mais dès qu'il saura que tu es une femme, il s'intéressera à toi. Quel dommage que rien ne puisse sortir de cette rencontre.

— Parce qu'il n'y a rien à en attendre. Et il ne saura jamais que je suis une femme. Tu divagues, Verity.

Il était presque 17 heures et la nuit tombait lorsqu'ils franchirent la porte nord de la vieille cité de Winchester. Les attelages étaient rares, mais un grand nombre de passants encombraient encore les trottoirs.

Verity et Chastity demeuraient cachées derrière les rideaux. Cyn ouvrit la trappe et leur annonça depuis le banc du cocher :

— Nous allons éviter les auberges à la mode et faire halte au Trois Boules. L'endroit est convenable, mais trop modeste pour Vernham ou votre père d'après Hoskins. Restez sur vos gardes. Rappelez-vous vos rôles et veillez à cacher le bébé.

Chastity ouvrit le bagage. Verity y déposa une couverture pliée sur laquelle elle allongea le bébé. Elles le recouvrirent d'un drap de coton qu'elles laissèrent entrouvert.

La voiture se balança sur les pavés, elles entendirent des éclats de voix, des paroles de bienvenue, et virent qu'elles étaient dans la cour d'une petite auberge éclairée par des lanternes. Le bâtiment était ancien et pittoresque, mais ne devait pas attirer la haute aristocratie.

La portière s'ouvrit, et Cyn leur fit signe de descendre. Il était sage de se montrer, comprenait Chastity, ne serait-ce que pour donner corps à leur fable aux yeux des postillons. Cyn aida Verity à descendre, et ignora Chastity. Celle-ci envisagea d'aller aider à s'occuper des chevaux, mais elle craignait d'être démasquée.

Le petit aubergiste grassouillet vint les accueillir. Tandis que Cyn s'entretenait avec lui, Verity garda la tête modestement baissée. De temps à autre, il lui adressait une remarque, l'appelant « ma chère » et la touchant avec une douce familiarité. Adossé à la voiture, le chapeau rabattu sur les yeux, Chastity songea qu'ils formaient un beau couple.

Un jeune homme à la mine blasée passa la tête dans l'embrasure de la porte d'entrée et parut en arriver à la même conclusion. Leur père avait-il placé un guetteur dans chaque auberge du sud de l'Angleterre ? Pourquoi ? Ce dispositif semblait excessif.

Cyn paya les postillons qui repartirent avec les chevaux. Puis il négocia une place à l'écurie pour la voiture et loua un cheval pour explorer la région en laissant entendre qu'il cherchait une maison à louer. Puis il réserva une chambre pour lui et une à l'écurie pour son cocher. Sa femme, dit-il, séjournerait chez une amie.

Tout se déroula sans anicroche.

Ils quittèrent la cour, Cyn portant le bagage dans lequel le bébé dormait.

— Tout va bien. Nous ne devrions pas avoir de souci avec Mary Garnet, dit-il, confiant. Elle aurait voulu rester au Canada, mais à l'arrivée de leur deuxième enfant, Roger a insisté pour qu'elle retourne en Angleterre. Elle vit ici avec les enfants et son père, un vieil érudit.

En effet, Mary Garnet fut enchantée d'avoir une invitée, et son père se montra tout aussi accueillant. Ils se retrouvèrent très vite autour d'une tasse de thé dans un petit salon douillet.

Mary avait des joues vermeilles et le sourire facile. Ses deux enfants, une robuste fillette de cinq ans et un petit garçon, se montrèrent d'abord timides. Puis la fille fut attirée par le bébé, et le garçon par l'uniforme de Cyn.

— Papa est soldat, dit-il à Cyn d'un air grave.

— Je sais. Je le connais très bien. Nous nous sommes battus ensemble contre les ennemis du roi.

— Avec des épées ?

— Des épées et des fusils qui font du bruit.

L'enfant s'appuya contre ses genoux, les yeux écarquillés.

— Vous avez un grand cheval ?

— Tout à fait. Tu veux jouer au cheval ?

L'enfant hocha la tête. Cyn le hissa sur ses genoux et se mit à fredonner :

— *Au trot, au trot, au galop...*

Il souleva le garçon à bout de bras, puis le laissa retomber entre ses jambes, effleurant presque le sol. Le garçonnet poussa des cris de joie.

Ils recommencèrent ce manège plusieurs fois, et Chastity les regarda, le cœur serré. Cyn aimait vraiment les enfants. Il ferait un père merveilleux, ferme quand nécessaire et attentionné.

La petite Caroline les regardait avec envie. Quand Cyn décida de faire une pause pour que le petit garçon se calme un peu, Caroline s'approcha de lui.

— On va avoir un bébé, nous aussi, dit-elle.

Cyn regarda Mary Garnet, les yeux pétillants.

— J'en déduis que Roger a eu une permission ?

— Bien sûr, voyons ! Je vous rappelle qu'il vous a ramené chez vous.

— Chez moi ? répéta Cyn, sans comprendre.

— Vous ne vous en souvenez pas ? Il disait qu'à certains moments vous étiez parfaitement cohérent.

Cyn secoua la tête.

— C'est à peine si je me souviens du voyage. Je vais devoir le remercier de m'avoir sauvé la vie.

— Oh, je ne sais pas s'il vous a sauvé la vie, mais il sera content d'apprendre que vous êtes rétabli ! Il s'est rendu chez vous avant de reprendre la mer, mais on lui a dit que vous n'étiez pas en état de le recevoir.

Cyn se rembrunit.

— Bon sang, j'aimerais bien savoir à combien de mes amis mon cher frère a fermé sa porte.

— Allons, Cyn, vous étiez malade. Roger dit qu'ils avaient perdu tout espoir lorsque Rothgar était apparu et avait pris les choses en main.

— Rothgar ? Où cela ?

— Vous ne vous en souvenez pas non plus ? Cela prouve bien que vous étiez vraiment au plus mal. Il était sur le quai, à votre arrivée. Roger était impressionné de le voir là, comme s'il avait été averti avant tout le monde.

Cyn grimaça un sourire.

— Je vous assure que mon frère n'a pas de boule de cristal. Juste de très bons informateurs. Donc, il m'a ramené d'entre les morts ? Je devrais être follement reconnaissant. Il faudra que je m'en souvienne, la prochaine fois que je le verrai.

Puis, avec un sourire éblouissant, il se remit à jouer avec le petit garçon. Caroline s'approcha de lui.

— C'est mon tour, déclara-t-elle fermement.

— Tu es sûre que c'est convenable pour une jeune dame ?

— Oui. Papa joue ainsi avec moi. Et regardez, je serai correcte.

Elle souleva ses jupes de mousseline pour lui montrer son pantalon. Mary poussa une exclamation horrifiée, mais Cyn éclata de rire.

Il souleva la fillette, la déposa sur ses genoux et joua avec elle comme avec son frère.

— C'est tout pour aujourd'hui, annonça-t-il au bout d'un moment. J'ai des choses à faire. Mais je reviendrai et nous recommencerons. Je ne vois pas pourquoi les garçons seraient les seuls à avoir le droit de s'amuser.

Il partait. C'était la fin. Chastity ne put supporter cette idée. Elle le suivit dans le hall.

— Je crois que je devrais vous accompagner.

— Pourquoi ?

— Je ne peux pas rester ici, la maison est trop petite. D'autre part, vous aurez besoin d'aide pour trouver Nathaniel ; après tout, vous ne le connaissez pas. Et vous aurez besoin de quelqu'un à vos côtés. Vous n'imaginez pas de quoi père est capable.

Chastity savait que tout cela n'était qu'un fatras de sottises, mais le dernier point était valable. Cyn ne prenait pas assez au sérieux le comte de Walgrave.

— Vous êtes sûr que venir avec moi est raisonnable, mon petit Charles ?

— Oui.

— Entendu. Prévenez Verity.

Chastity alla retrouver sa sœur et lui donna les mêmes explications qu'à Cyn. Le regard de Verity s'assombrit.

— Tu es sûre que c'est très sage, ma chérie ?

— Non. Mais je ne peux pas le laisser partir seul. Il prend les choses trop à la légère.

Verity soupira et embrassa sa sœur.

— Prends soin de toi, ma chérie, murmura-t-elle, les larmes aux yeux. Que Dieu te protège.

— Nous reviendrons bientôt avec Nathaniel, je te le promets.

Un instant plus tard, Chastity remontait la rue sombre à côté de Cyn. Elle avait l'impression d'avoir rompu avec sa vie d'avant et de s'embarquer dans une aventure aussi mystérieuse qu'effrayante.

— Vous aimez les enfants, n'est-ce pas ? dit-elle.

— Pas vous ?

Elle avait encore oublié qu'il la prenait pour un homme. Les hommes n'étaient pas censés s'intéresser aux enfants. Un jour, elle ferait une erreur et mettrait fin à cette illusion. Et le pire, c'était qu'elle le souhaitait. Se tenir devant lui en tant que femme, même s'il devait découvrir qu'elle était Chastity Ware.

— Je ne connais pas grand-chose aux enfants, avoua-t-elle.

— Moi non plus. Je suis le plus jeune de la famille. Si j'avais une ribambelle de petits frères et sœurs, je ne les aimerais peut-être pas autant, mais je trouve les bambins rafraîchissants.

— Oui, comme une brise printanière, ou l'eau d'une fontaine par un jour d'été. Vous ne devez pas en voir beaucoup sur les champs de bataille.

— Je préférerais ne pas en voir. Nous croisons des hordes de gamins affamés, et dans le fond, ils ne sont pas différents des enfants de Mary, ou de ce garçon qui balaie la rue.

Chastity jeta un coup d'œil au gamin qui balayait le passage et attrapait au vol les pièces que les passants lui lançaient. Il devait avoir huit ans, mais avait déjà un regard rusé.

— Votre cœur saigne ? demanda Cyn avec flegme.

Le garçon examina la pièce que lui avait donnée un pasteur à l'allure prospère, puis il fit un geste grossier dans son dos.

— Non. Mais je n'aime pas trop ce pasteur non plus.

— Le monde est plein d'enfants, observa Cyn en se dirigeant vers le garçon. Tout va bien ? lui demanda-t-il en passant à sa hauteur.

— Oui, capitaine, répondit-il en balayant devant eux.

Cyn lui lança une pièce.

— Voilà pour avoir deviné mon grade.

— Dieu vous bénisse, milord !

Cyn lui lança une deuxième pièce et s'éloigna avec Chastity.

— C'est si tentant de faire ce genre de choses. Et si facile. Mais est-ce de la générosité, ou juste une façon de se sentir aussi miséricordieux que Dieu lui-même ?

— Pour l'enfant, cela n'a pas d'importance. Il mangera mieux ce soir, et c'est tout ce qui compte.

— Il ne m'a pas semblé mal nourri. Je crois plutôt qu'il s'achètera du gin.

Chastity se demanda s'il plaisantait et craignit que ce ne soit pas le cas. Il s'arrêta en chemin et frappa à une porte. Un panneau signalait qu'il s'agissait de la banque Darby.

— C'est fermé, fit-elle remarquer.

— Il y a du monde à l'intérieur, dit-il en frappant de nouveau.

Un employé à la mine renfrognée vint ouvrir.

— Lors Cynric Malloren, dit Cyn. Darby est là ?

On les fit entrer aussitôt. Un homme de haute taille, aux cheveux argentés, vint saluer Cyn et l'introduisit dans un bureau cossu. Sans doute M. Darby en personne. Apparemment, la noblesse avait ses entrées partout – les hommes en tout cas.

Chastity s'adossa au mur, et les employés baissèrent le nez sur leurs colonnes de chiffres, non sans lui avoir lancé un regard réprobateur. Au bout d'un moment, Cyn ressortit du bureau. Sa mauvaise humeur était palpable.

Ils se dirigèrent vers l'auberge.

— Que se passe-t-il ? s'enquit Chastity. Ils ne vous ont pas donné d'argent ?

— Ils m'ont donné les clés de ce maudit coffre. Parfois, je déteste être un Malloren. Mais je ne devrais pas passer ma mauvaise humeur sur vous.

— Comment connaît-il votre nom ?

— Mon nom ? Bon sang, le vieux Darby m'a fait sauter sur ses genoux. Le château n'est qu'à quelques kilomètres d'ici, et mon frère fait partie du conseil d'administration.

Plusieurs questions vinrent à l'esprit de Chastity, mais elle comprit à son ton qu'il valait mieux garder le silence.

Pourquoi Cyn Malloren perdait-il son insouciance chaque fois que le nom de son frère était prononcé ? Si le château était tout près, n'aurait-il pas été plus simple de s'y réfugier ? Cyn craignait-il que son frère ne les livre à Walgrave ?

S'ils rentrèrent à l'auberge sans qu'elle ait trouvé de réponse à ces questions, elle se promit néanmoins de les obtenir. Ce désaccord avec son frère semblait être le seul nuage dans la vie de Cyn Malloren.

L'aubergiste discutait avec le jeune homme qui les avait observés à leur arrivée. Il lui sourit, inclina la tête, mais dès que l'homme fut sorti, il cracha dans la cheminée.

— Ces limiers ne causent que des problèmes.

— Il est sur la piste d'un brigand ? s'enquit Cyn.

— Oh que non, milord ! Juste sur celle d'une pauvre jeune femme qui a perdu l'esprit. Il a passé la journée ici, à guetter. Il ne pense donc pas que si je l'avais vue, je le lui aurais dit ? Sans parler de la récompense, ce serait un service à rendre à cette malheureuse, vous ne croyez pas ? Votre chambre est prête, monsieur. Le repas sera servi dans un moment. Ma femme est bonne cuisinière, je vous le garantis, ajouta-t-il en les précédant dans l'escalier.

— J'ai décidé de garder mon valet auprès de moi. Vous avez une chambre pour lui ?

— Il y a de la place au-dessus de l'écurie, avec votre cocher, milord.

— Je préfère qu'il reste ici. Il me sert aussi de valet de chambre quand j'en ai besoin.

— Oh, bien, monsieur ! Il y a un lit de camp sous votre lit.

Chastity s'efforça de demeurer inexpressive. Mais elle n'avait pas songé à une telle éventualité.

— J'aimerais autant des chambres séparées, reprit Cyn. Il ronfle.

— Seigneur, milord, je n'ai pas de chambre libre, dit l'aubergiste, désolé. L'auberge n'en a que trois. Vous devrez vous contenter du lit de camp, ou l'envoyer à l'écurie.

Cyn lança un coup d'œil à Chastity comme pour lui demander de choisir. Mais elle se retrouva à court de mots. Elle savait qu'elle ne devait à aucun prix dormir dans la chambre d'un homme – surtout cet homme-là...

— Non, il prendra le lit de camp. Et mettez deux couverts. Charles mangera avec moi.

Un instant plus tard, ils pénétrèrent dans une petite chambre mansardée.

— Essayez de ne pas ronfler, mon petit Charles. Si vous me réveillez, je vous le ferai payer.

Chastity inspecta la chambre exiguë. Une femme raisonnable aurait refusé une telle promiscuité. Mais la chambre était charmante, et un bon feu crépitait dans la cheminée. Les draps étaient propres. Il n'y avait pas un grain de poussière sur les meubles et sur le parquet de chêne ciré. Un vase contenant des fleurs séchées était posé sur un guéridon devant la fenêtre, et un pot-pourri diffusait un léger parfum. Une table de toilette était dissimulée par un paravent, et le couvert était déjà mis devant la cheminée.

Avec le lit de camp, il n'y aurait plus un brin de place. Chastity s'efforça d'imaginer ce que ce serait de passer sa nuit de noces ici. Ce serait parfait. Idéal.

Mais si lady Chastity Ware en venait à épouser lord Cynric Malloren, ils passeraient la nuit dans un endroit plus luxueux. Ici, ils étaient simplement maître et valet.

L'aubergiste et une servante apportèrent le repas. C'était un dîner de roi. Il y avait du potage, une sole, une tourte de viande et du poulet. En dessert, du fromage et de la tarte aux pommes. Chastity s'aperçut qu'elle avait faim.

— L'aubergiste a dit vrai, constata Cyn. Sa femme est une excellente cuisinière.

— En effet. Et l'auberge semble bien tenue.

— C'est une perle. Je devrais en parler à Rothgar. Il pourrait la promouvoir auprès de ses amis.

— Pourquoi semblez-vous à cran quand vous évoquez Rothgar ? D'après la rumeur, c'est un frère dévoué.

— Extrêmement dévoué, reconnut-il d'un ton neutre.

— Alors pourquoi parlez-vous de lui comme si vous le détestiez ?

Il la transperça du regard.

— Vous êtes un effronté, dit-il. Je ne déteste pas mon frère.

Chastity planta sa fourchette dans un morceau de viande.

— Mais vous êtes en colère contre lui.

Cyn laissa ses couverts retomber dans son assiette, et elle crut qu'il allait poser la main sur elle. Il se contenta de prendre son verre et de boire une longue gorgée de vin.

— Il ne veut pas que je rejoigne mon régiment. Il se mêle de tout, mais je ne suis plus un enfant. Je dois le persuader que je suis en bonne santé.

Chastity goûta également au vin. Elle avait beau avoir les nerfs à vif, elle tenait à poursuivre cette conversation.

— Je comprends qu'il soit anxieux si vous avez été aussi malade que le dit Mme Garnet.

— Je suppose que c'était grave, mais je ne m'en souviens pas. Je suis tout à fait rétabli à présent. L'armée est toute ma vie, et il ne m'empêchera pas d'y retourner.

Chastity éprouva un élan de sympathie pour le marquis de Rothgar. Elle aussi garderait Cyn à la maison si elle le pouvait. Sauf qu'il n'était pas du genre à devenir fermier, prêtre ou notaire.

— Il n'a sûrement pas le pouvoir de vous tenir éloigné de l'armée, si vous êtes déterminé à y retourner.

Il laissa échapper un rire bref.

— Vous ne connaissez pas Rothgar ! Entre sa richesse, son charme et sa détermination, peu de gens en Angleterre sont prêts à le contrarier. Tant qu'il dira aux horse-guards que je ne suis pas apte à reprendre, je n'aurai aucun espoir de retourner au feu.

— S'il est aussi inquiet que vous le dites, il doit être à votre recherche.

Cyn remplit leurs verres.

— Savoir Hoskins avec moi le rassure, je suppose. Mais vous avez sans doute raison, nom de nom !

— L'Horrible Henry, ses hommes de main, mon père, et maintenant Rothgar. Je suis stupéfaite qu'aucun d'eux ne nous ait encore rattrapés.

Il sourit et leva son verre.

— C'est pourtant le cas, et j'ai bien l'intention que cela continue ainsi. Ne vous inquiétez pas, mon petit Charles, nous réussirons.

Ils trinquèrent, burent, et se remirent à manger. Chastity était pensive. Que se passerait-il si Rothgar les retrouvait ?

Cyn se mit à évoquer sa vie de soldat. Ses histoires complétèrent l'image qu'elle avait de lui. Il n'était pas fanfaron, mais elle était consciente de son courage et de sa compassion. Il la fit rire, et faillit aussi la faire pleurer.

Puis il passa à des récits sur le Nouveau Monde où il était question de forêts profondes et de rivières magnifiques, d'Indiens et de vie sauvage.

Cette intimité était dangereuse. Chastity le savait, et pourtant elle ne pouvait résister. Elle avait l'impression qu'ils étaient mariés, à l'aise l'un avec l'autre. Son regard glissa vers le lit.

« Arrête », s'ordonna-t-elle pour la énième fois.

Impossible. Elle était fascinée par ses mains bronzées, par leur force. Elle remarqua qu'une fossette lui creusait la joue quand il souriait et que ses yeux verts viraient au doré selon son humeur.

Ses propres sens étaient plus aiguisés que jamais, lui semblait-il soudain. Elle percevait tout avec une acuité nouvelle : l'odeur du bois dans le feu, le cliquetis des roues dans la rue, les chants dans la salle de l'auberge. La voix chaude et agréable de Cyn…

Celui-ci s'interrompit brusquement au milieu d'une phrase.

— Vous ne mangez pas, Charles. Vous n'avez plus faim ?

— Non, dit-elle en contemplant ses couverts.

— Et le dessert ? protesta-t-il en s'emparant d'une part de tarte. Vous ne pouvez pas laisser passer cela.

Il lui mit le gâteau sous le nez.

— Ouvrez la bouche.

Chastity regarda la tarte aux pommes. Elle s'humecta les lèvres, puis les entrouvrit.

— Mordez.

Il soutint son regard, et elle se rappela le biscuit de Shaftesbury. Dès qu'elle planta les dents dans la pâte friable, ce fut une explosion de saveurs. Incapable de détacher ses yeux des siens, elle mâcha lentement.

Entre un homme et une femme, ç'aurait été un flirt. Une forme de séduction.

Essayait-il de séduire *Charles* ?

— C'est très bon, dit-elle nerveusement.

— Vraiment ?

Il fit tourner la tarte et mordit dedans à son tour.

— Mmm… Une œuvre d'art.

Il prit une autre bouchée, et lui tendit le gâteau, le regard interrogateur.

Chastity pensa à Adam et Ève, à la pomme, et au paradis…

Elle secoua la tête, se leva et, tournant le dos à la tentation, elle alla à la fenêtre.

— Ce dîner était excellent, mais j'ai assez mangé.

— En certaines occasions, il faut savoir s'accorder des plaisirs déraisonnables, mon cher Charles.

— Ce serait mal.

— Et vous ne faites jamais rien de mal ?

Elle avait beau ne pas le regarder, il ne perdait rien de son pouvoir sur elle.

— J'essaie, dit-elle d'une voix étouffée.

Cyn la contemplait, presque étourdi de désir. Quand elle avait insisté pour l'accompagner, et avait accepté de partager sa chambre, il avait été persuadé que c'était une femme légère. Il était plus que prêt à jouer le jeu si elle le souhaitait. Un bref passage dans un lit le débarrasserait peut-être de ce béguin qu'il avait pour elle.

Quand et comment lui révélerait-elle sa féminité ? Telle était la question. Il avait décidé de la laisser prendre les choses en main. Toutefois, entre le bon repas et le vin, il s'était un peu trop détendu. Sans s'en rendre compte, il lui avait dévoilé son âme et s'était mis à flirter ouvertement.

Et maintenant, il était perplexe.

Il craignait que sa première impression n'ait été la bonne. C'était une innocente qui avait commis une erreur désastreuse. Mais dans ce cas, pourquoi avait-elle accepté de venir ici avec lui cette nuit ? Son innocence, une fois de plus ?

Cela fit naître en lui un désir brutal. En même temps, il s'interdisait de la toucher. La main tremblante, il s'empara de son verre et l'examina.

Malgré les couches de vêtements, il la voyait aussi distinctement que si elle avait été nue. Le dos droit, les fesses rondes, les jambes bien tournées. Il mourait d'envie de la déshabiller lentement, d'explorer chaque parcelle de sa peau de soie, d'inspirer le parfum entêtant des parties les plus intimes de son corps.

Il se leva brusquement.

— Nous ferions mieux d'aller dormir si nous voulons nous mettre en route tôt. Je vais utiliser les commodités dans la cour.

Chastity se retourna pour voir la porte se refermer sur lui. Surprise, elle battit des paupières, puis soupira.

Elle l'avait échappé belle et aurait dû en être reconnaissante. Ce qu'elle n'était pas. Elle était dévorée par le désir.

Elle portait un nom prédestiné apparemment. Verity était incapable de mentir. Et Chastity ne serait sans doute jamais une dévergondée.

Elle carra les épaules. Le danger était écarté et elle devait faire en sorte que cela ne se reproduise pas. Si elle se sentait incapable de l'accompagner sans révéler qu'elle était une femme, alors elle devait retourner sur-le-champ chez Mary Garnet.

Mais tout irait bien. Cette nuit serait la dernière qu'ils passeraient sur la route, car ils atteindraient Maidenhead demain.

Elle passa derrière le paravent pour soulager un besoin naturel. Puis elle ôta sa tenue de valet, ne gardant que la chemise et le pantalon de son frère. Enfin, elle tira le lit de camp, se pelotonna sous les couvertures, et fit semblant de dormir.

Un long moment s'écoula avant que Cyn revienne. Elle commença à s'inquiéter, mais quand il entra, tout semblait normal. Les yeux mi-clos, elle le regarda se préparer pour la nuit. Il se glissa derrière le paravent, se lava et réapparut en chemise. Lorsqu'il fut couché, elle écouta son souffle régulier.

Elle avait souvent dormi avec Verity et savait combien c'était confortable de se presser contre un corps tiède durant la nuit. Elle imagina le corps de Cyn près du sien, son odeur masculine. Ces pensées ne l'incitaient certes pas à dormir...

Cyn avait un sixième sens. Il avait deviné qu'elle ne dormait pas et s'était changé prudemment. À présent, il tendait l'oreille, espérant et redoutant à la fois une invitation. Il savait que le plus léger encouragement suffirait à balayer tous ses scrupules...

L'atmosphère était pesante. Chastity percevait avec acuité sa proximité. Il fallait mettre un terme à cela avant qu'elle fasse une bêtise. S'efforçant de penser à autre chose, elle s'imagina de retour dans le cottage de Nana, faisant le ménage, nourrissant les poules, lisant pour passer le temps. Elle avait découvert des récits de voyageurs qui l'enchantaient et lui permettaient de s'évader dans des pays lointains…

Cyn comprit qu'elle ne ferait pas un geste, et n'en fut finalement pas mécontent. Il ignorait ce qui sortirait de tout cela, mais il voulait davantage de sa demoiselle en détresse qu'une brève bouffée de désir.

Elle devait dormir, se dit-il, et il devrait en faire autant. Il se détendit. Après tout, en campagne, il avait appris à s'endormir à peu près n'importe où.

Une douce tranquillité se répandit dans la chambre.

9

Chastity s'éveilla dans la lumière grise du petit jour. L'espace d'un instant, elle se demanda où elle était et pourquoi elle avait dormi avec ses vêtements. Puis tout lui revint.

Verity, Winchester, Cyn...

Elle entrouvrit les yeux et jeta un coup d'œil au lit, mais d'où elle était, elle ne distinguait pas son occupant. Elle repoussa doucement ses couvertures, pressée de faire sa toilette avant qu'il se réveille, posa les pieds sur sol...

... et découvrit Cyn assis près de la fenêtre, les pieds sur le rebord.

— J'allais vous réveiller, mon garçon. J'ai commandé le petit déjeuner, nous devons nous remettre en route.

— Très bien.

Chastity se faufila derrière le paravent, fit discrètement ses besoins, remit sa seconde couche de vêtements, sa perruque et son chapeau. Quand elle ressortit, Cyn sembla vouloir faire une remarque, mais l'arrivée de l'aubergiste avec le petit déjeuner l'en empêcha. Haussant les épaules, il fit signe à Chastity de s'asseoir à la table.

L'aventure devait aiguiser l'appétit, car elle fit honneur aux œufs au bacon, aux rognons et au pain grillé.

— Nous devrions atteindre Maidenhead aujourd'hui, n'est-ce pas ?

— Oui, si tout va bien et que le temps se maintient.

Une demi-heure plus tard, ils quittaient Winchester. Les chevaux de location n'étaient pas des pur-sang, mais ils étaient robustes et semblaient endurants. Ce qui était une bonne chose, car ils allaient devoir faire plus de quarante kilomètres.

L'air était humide, le soleil se cachait derrière les nuages gris, et les arbres nus se détachaient tels des squelettes sur le paysage désolé. Chastity espéra que ce temps lugubre n'était pas un mauvais présage.

— Courage, dit Cyn d'un ton guilleret. Tout va s'arranger. Nous allons trouver Frazer et mettre fin aux problèmes de Verity. Ensuite, nous nous occuperons des vôtres.

— Quoi ? s'exclama Chastity en tirant brutalement sur les rênes.

— Attention. Votre cheval est résistant, mais ce n'est pas une raison pour le malmener. Je ne peux quand même pas vous renvoyer dans votre cottage sans faire un geste pour vous aider. Je suis un chevalier errant dévoué, vous vous souvenez ?

— Je n'ai rien d'une demoiselle en détresse.

— J'aimerais quand même vous aider. Quel crime avez-vous commis pour être envoyé en exil ?

— J'ai désobéi.

— Votre père est diablement sévère.

— En effet.

— Combien de temps est censée durer cette punition ?

— Mes problèmes ne vous regardent en rien, répondit-elle froidement. Quand Verity sera en sécurité, je retournerai chez Nana, et vous serez libre.

Il ne protesta pas, mais le regard qu'il lui lança ne lui plut qu'à moitié. La chevauchée la réchauffa, mais rien ne pouvait chasser le froid qui s'était emparé de son cœur à l'idée que leur association prendrait bientôt fin.

Résolue à ne plus penser au passé ni au futur, elle décida de profiter de ces quelques heures en compagnie de Cyn. Il lui sourit, et elle lui rendit son sourire.

Il avait un don pour se repérer. Ils quittèrent plusieurs fois la grande route pour emprunter des chemins de campagne en se dirigeant toujours vers le nord de Londres.

Cyn ne menait certes pas un train d'enfer, mais Chastity était contente d'avoir profité de son exil pour apprendre à monter à califourchon, sans quoi elle n'aurait pas pu suivre. Quand ils s'arrêtèrent, à midi, elle put entrer dans l'auberge d'une démarche normale.

Ils déjeunèrent dans la salle commune, à la même table qu'un charretier, un vieux médecin et un clerc de notaire au teint jaunâtre. Chastity se demanda pourquoi Cyn prenait le risque de manger en public alors qu'ils auraient pu louer une salle privée, mais elle trouva l'expérience intéressante. Elle n'avait jamais dîné en pareille compagnie et ne tarda pas à comprendre pourquoi Cyn avait opté pour la salle commune. C'était à cause des commérages.

— Il y a beaucoup de soldats dans la région, dit le charretier en lorgnant l'uniforme de Cyn. Les Français nous causent des ennuis ?

— Pas que je sache, répondit Cyn. Il ne se passera rien sur la côte sud. Vraisemblablement, les combats reprendront en Irlande avec les jacobites.

— N'empêche, j'ai vu des patrouilles tout le long de la route. Il se passe quelque chose.

— Je peux vous dire ce que c'est, intervint le médecin. Une pauvre dame a perdu l'esprit et erre dans la campagne. Elle est veuve et a emmené son bébé, l'héritier de son pauvre mari.

Le charretier se renfrogna en mastiquant un énorme morceau de bœuf.

— Ça fait beaucoup de soldats pour une pauvre femme. J'en avais jamais vu autant, même pas en 1745.

— Vous exagérez, répliqua le médecin. À l'époque, personne ne pouvait voyager sans être interrogé. Non que j'y trouve à redire. Si cela n'avait tenu qu'à moi, tous les sympathisants des Stuarts auraient été éliminés. Je suis profondément choqué que ceux qui se trouvaient sous la bannière de Charles Edward Stuart soient encore libres. Mais il est vrai que le bras droit de notre roi est un Écossais !

Le clerc de notaire protesta. Sa mère était écossaise et tous les Écossais n'étaient pas des traîtres ! La conversation dégénéra. Quand le médecin se retira, le charretier cracha par terre.

— C'est le genre d'homme qui livrerait sa grand-mère au bourreau sans remords. Surtout s'il avait de l'argent à gagner dans l'affaire.

— Il est de notre devoir de nous opposer à la trahison, lui rappela Cyn.

Le charretier considéra son uniforme d'un air embarrassé, mais dit ce qu'il avait sur le cœur :

— Oui, mais il y a toujours des gens qui aiment faire du mal aux autres. Nombre de fortunes changent de mains pendant les temps difficiles.

— C'est vrai, dit le notaire d'un ton aigre. Et les vainqueurs sont souvent aussi des traîtres. Prenez les Campbell, par exemple.

L'homme se leva à son tour et épousseta ses vêtements.

— Ouvrez l'œil pour retrouver cette dame disparue, capitaine. J'ai moi-même l'intention de le faire. Il y a une belle récompense à la clé. Et il vaudrait mieux pour cette malheureuse qu'elle soit retrouvée.

— C'est vrai, reconnut le charretier. Pour autant, avec tous ces soldats à sa recherche, il faudrait qu'elle ait les pouvoirs d'une fée pour s'échapper. C'est triste à dire, mais on la repêchera sans doute dans une rivière avec son bébé.

Il s'en alla atteler ses chevaux pour continuer son long voyage en direction du Somerset.

Cyn et Chastity retrouvèrent leurs montures.

— J'ai rêvé ou vous avez de la sympathie pour les jacobites ? demanda Cyn. Votre cœur est touché par Bonnie Prince Charlie et ses beaux Highlanders ? Si c'est le cas, nous appartenons à des camps ennemis.

— Non, je ne suis pas jacobite. Mais pour autant que je sache, les Highlanders étaient courageux et fidèles à leur cause. Les représailles ont été trop brutales. Des familles ont été ruinées, et quand je vois toutes les têtes qui pourrissent encore sur les gibets… Comme l'a dit notre ami le charretier, beaucoup de traîtres sont passés entre les mailles du filet. Ceux qui attendaient de voir dans quel sens le vent allait tourner. Alors que les plus courageux ont payé le prix fort.

— Vous êtes plein d'illusions, mon garçon. La plupart des jacobites espéraient gagner. La vérité, c'est que la plupart des hommes sont récompensés pour ce qu'ils font.

— Même les chevaliers errants ? demanda Chastity en enfourchant sa monture.

— Même eux.

Alors qu'ils filaient vers le nord sur la route d'Exeter, le ciel se couvrit de nouveau, annonçant la pluie. La nuit tombait tôt en novembre, mais aujourd'hui il faisait particulièrement sombre.

Cyn accéléra l'allure, et Chastity l'imita. Peu de temps après, son cheval perdit un fer.

Cyn laissa échapper un chapelet de jurons.

— Il faut le conduire au village le plus proche, en espérant que nous trouverons un maréchal-ferrant. J'aperçois la flèche d'une église. Allons-y.

Une pluie drue s'était mise à tomber, et ils rabattirent leur capuche sur leur tête.

— Je doute que nous arrivions à Maidenhead ce soir, grommela-t-il. Avec l'orage qui se prépare, nous ferions mieux de nous arrêter. En fait, c'est même préférable. Nous nous ferons moins remarquer en passant la nuit dans un village reculé qu'en arrivant tard à Maidenhead, où la surveillance doit être serrée.

— Vous avez raison, reconnut Chastity.

Une autre nuit sur la route. Oh, Seigneur !

Quand ils atteignirent le village d'East Green, le sang lui battait aux tempes. Ils firent halte à l'auberge de l'Ange, dans la rue principale. Le bâtiment carré était flanqué d'une petite écurie. Quand ils ouvrirent la porte, la lumière se répandit dans la cour, accompagnée du bruit des bavardages. L'aubergiste leur assura qu'il avait des chambres disponibles et qu'ils trouveraient un maréchal-ferrant au bout de la rue. Son valet pourrait y conduire le cheval.

S'ils ne virent pas de guetteur dans la salle, Chastity repéra une affiche. Un dessin au crayon de Verity était surmonté des mots : *Disparue* et *Récompense*. Le dessin avait été fait d'après son portrait de mariage. Il était ressemblant, mais la représentait comme une grande dame, avec une coiffure compliquée, un corsage décolleté, et un collier de diamants. Chastity était sûre que sa sœur aurait pu se tenir à côté du dessin, dans sa tenue actuelle, sans que quiconque la reconnaisse.

L'aubergiste ayant plusieurs chambres de libres, elle ne serait donc pas tentée de faire une bêtise.

Tout allait bien se passer.

Ils discutaient avec l'aubergiste quand une voix tonna :

— Cyn Malloren ! C'est bien vous ! Par tous les saints, quel plaisir de vous voir. Je croyais que vous aviez passé l'arme à gauche.

Ils pivotèrent et virent un officier émerger de la salle commune. Les joues rubicondes, les yeux bleus, il était bâti comme une montagne. Quand il abattit la main sur l'épaule de Cyn, Chastity craignit de ne voir ce dernier s'écrouler.

— Gresham ! Que faites-vous dans ce trou perdu ?

— Ah, ah ! C'est votre jour de chance, mon vieux. Aubergiste, mon ami n'aura pas besoin de chambres. Le capitaine Malloren vient à Rood House avec moi.

— Rood House ? répéta Cyn. C'est votre demeure ?

— Non, c'est celle de Heather.

Il passa un bras sur les épaules de Cyn et l'entraîna vers la salle commune.

— Apportez-nous de votre punch, aubergiste !

Chastity les suivit en levant les yeux au ciel. Cyn était-il connu et aimé dans toute l'Angleterre ? Les deux officiers s'assirent près du feu. Chastity prit place sur un banc. Après lui avoir jeté un bref coup d'œil, Cyn l'ignora tandis que son ami et lui échangeaient des nouvelles.

Une poignée de villageois buvaient la bière locale. Ils lancèrent des regards bienveillants aux jeunes officiers avant de poursuivre leur partie de dominos.

L'aubergiste entra avec un bol de punch fumant. Chastity le regarda avec inquiétude. Le géant avait-il déjà ingurgité la même quantité de rhum et de brandy ? Il ne faudrait pas longtemps avant que les deux hommes roulent sous la table.

Gresham remplit deux verres avec le liquide brûlant.

— Il est avec vous ? s'enquit-il en indiquant Chastity du menton. Il en veut aussi ?

— Oui, aux deux, répondit Cyn en se calant confortablement dans son fauteuil. Mais ne lui en donnez pas trop. Il n'y a pas longtemps, il était encore dans les jupes de sa mère.

Chastity fit la moue, mais n'en savoura pas moins la délicieuse boisson épicée. La chaleur de l'alcool l'aida à se détendre, et elle s'adossa au mur, refusant de s'inquiéter pour le moment.

Avoir la paix, des amis, une vie ordinaire…

Elle prêta une oreille distraite à la conversation, n'entendit que des nouvelles de guerre et des anecdotes sur des gens qu'elle ne connaissait pas. Les deux hommes riaient à gorge déployée de choses qu'elle ne trouvait absolument pas drôles.

Elle se sentait à l'écart, coupée du monde de Cyn. Une larme roula sur sa joue, et elle se redressa en considérant son verre d'un œil suspicieux. Était-elle ivre ?

À cet instant, deux hommes firent irruption dans la salle.

— N'ayez crainte ! s'exclama l'un d'eux d'un ton mélodramatique. Nous allons vous transporter dans le domaine des dieux !

Le brun ne portait pas d'uniforme, mais un magnifique costume de satin vert orné de dentelle. Il devint vite clair qu'il s'agissait de Heather – lord Heatherington –, le propriétaire de Rood House. Son compagnon était le lieutenant Toby Berrisford.

— Cyn ! s'exclama celui-ci. J'avais entendu dire que vous étiez rétabli, mais je suis heureux de le constater de mes propres yeux !

Lord Heatherington, visiblement ivre, plissa les yeux.

— Nom de nom, c'est ce fou de Malloren. Quel jour béni ! Nous avons une raison de plus de faire la fête.

La scène dégénéra alors en chaos. Les villageois souriaient, mais Chastity se renfrogna. Cyn Malloren ne pouvait-il garder son sérieux ? Elle avait eu raison de l'accompagner, finalement.

Au bout d'un moment, il fut décidé que Cyn passerait la nuit à Rood House afin d'aider lord Heatherington à célébrer la mort de son grand-père. Un événement attendu depuis longtemps, qui plaçait le vicomte et ex-capitaine à la tête d'une fortune considérable.

Cyn attira Chastity à l'écart.

— Si je refuse l'invitation, cela fera jaser. Il vaut mieux que vous restiez ici.

— Non !

Dieu seul savait quand il réapparaîtrait, et dans quel état.

— Vous n'avez rien à craindre. Le village est à l'écart des grandes routes.

— Vous avez besoin de quelqu'un de sobre à vos côtés.

— Connaissant Heather, ce sera le chaos chez lui. Vous restez ici, décréta Cyn d'un ton autoritaire.

— Oh, oh ! Qu'avons-nous ici ? s'exclama lord Heatherington en s'approchant. Votre valet ? Qu'est-il arrivé à Jérôme ?

— Il se repose. Sa jambe le fait souffrir. Ce garçon me sert de valet en attendant. Autant qu'il reste ici.

— Pas question ! Il y a de la place pour tout le monde, et mon personnel a aussi organisé une fête de tous les diables ! Venez, mon garçon ! Nous vous collerons des poils sur le torse et de l'amidon là où c'est nécessaire !

Chastity fut poussée jusqu'au carrosse de lord Heatherington. Elle lança un regard affolé à Cyn, mais celui-ci haussa les épaules, l'air vexé. Cependant, comme il l'avait dit, faire des histoires attirerait l'attention. Toby Berrisford, par exemple, risquait de reconnaître le jeune homme qui accompagnait Mme Inchcliff et son bébé.

Ils étaient à l'étroit, à cinq dans la voiture, avec Gresham et Heatherington qui étaient assez imposants.

— J'aurais dû laisser Charles monter à côté du cocher, déclara Cyn avant de flanquer Chastity par terre. Restez là, mon garçon, et essayez de ne pas nous gêner.

Chastity grimaça, mais elle devait être prudente. Berrisford n'était pas idiot et il n'avait apparemment pas bu. Au moins la voiture était-elle dotée d'un luxueux tapis, plus confortable que la paille des attelages de location.

Heatherington entonna une chanson à boire, aussitôt imité par les autres.

Amusée, Chastity jeta un coup d'œil à Cyn. Mais celui-ci ne faisait pas attention à elle et buvait avec ses compagnons.

Les hommes semblaient avoir une réserve inépuisable de chansons paillardes. Les airs étaient monotones, les paroles manquaient de poésie et les sujets étaient obscènes. Par chance, Chastity n'y comprenait rien.

Tous ces mots ridicules n'avaient aucun sens. Les hommes parlaient d'avoir cinq femmes à la fois. Chastity s'interrogea. Comment était-ce possible ? Il fut aussi question d'épaules lisses, de fesses fermes et de seins énormes.

Qu'avait-elle à offrir ? Ses seins n'étaient pas ronds comme des melons, ses fesses étaient discrètes, elle n'avait pas de buisson entre les cuisses.

À présent, il était question d'embrasser un derrière rose – comme s'il avait reçu... une fessée ?

Elle fut soudain soulevée, poussée hors de la voiture, et découvrit qu'ils étaient arrivés à destination. Cyn avait l'air grincheux. Et même furieux.

— Écoutez-moi bien, siffla-t-il. Je vais vous trouver un endroit tranquille, et vous devrez à tout prix y rester. Sinon, je vous promets que vous aurez le derrière rose.

— C'est donc ce que cela signifiait ?

Il leva brièvement les yeux au ciel.

— Fermez les paupières et bouchez-vous les oreilles.

Il lui agrippa le bras et ils entrèrent dans la maison.

Rood House était une belle demeure de style jacobéen, avec pignons et fenêtres à meneaux. Si la façade était élégante, à l'intérieur régnait le chaos.

Le bel escalier de chêne n'était éclairé que par deux lampes, mais il était bondé. Certains étaient affalés sur les marches, épuisés par l'alcool ou par la luxure. D'autres le gravissaient d'un pas chancelant. À en juger par les cris, les chants, et la musique discordante, des bacchanales se déroulaient dans la vieille demeure. L'air était chargé de fumée et de parfums capiteux.

Le bruit était assourdissant, et l'odeur lui fit tourner la tête. Elle s'appuya contre Cyn, qui la soutint.

Berrisford et Gresham disparurent immédiatement, avalés par la foule. Heatherington sourit en balayant ses invités du regard.

— Belle fête, n'est-ce pas ? Le garçon peut aller s'amuser chez les domestiques.

— Non. Je préfère le garder avec moi.

Heatherington lui adressa un regard étrange, puis haussa les épaules.

— Venez donc voir le théâtre.

Cyn ne bougea pas.

— Vous n'aviez pas dit que c'était une orgie, Heather.

— Vous devenez prude en vieillissant, Cyn ? rétorqua leur hôte d'une voix pâteuse.

— Je suis inquiet pour mon uniforme. Il est neuf. Il y a une chambre où je pourrais me changer ?

— Il doit y en avoir une..., répondit vaguement Heatherington.

Une rousse aux formes voluptueuses s'était accrochée à son bras et se frottait contre lui. Ses seins étaient dénudés, mais le haut de son visage disparaissait derrière un masque argenté. Ses caresses firent chavirer leur hôte.

— Il doit y avoir... des chambres..., bredouilla-t-il.

Chastity réprima un rire nerveux. Si quelqu'un essayait de la tripoter ainsi, elle aurait un problème ! Bizarrement, cette femme lui était familière. La plupart étaient masquées, sans doute parce qu'il y avait parmi elles des dames de la haute société cherchant des aventures amoureuses.

— Une seconde, ma belle ! dit leur hôte en donnant une tape sur la main qui le tourmentait. Cyn, vous n'avez qu'à monter et prendre la chambre qui vous plaira. Et... tout ce que vous voudrez.

Il se tourna vers sa compagne et les oublia aussitôt.

Chastity se rapprocha pour tenter d'identifier l'inconnue, mais Cyn la tira en arrière.

— Vous êtes un voyeur ? Dans ce cas, je vous ai emmené au bon endroit.

Il fendit la foule éméchée, refusant trois propositions avant même d'avoir atteint l'escalier, mais assurant à chaque femme qu'il la rejoindrait bientôt.

— Ciel, vous allez être très occupé, commenta Chastity, les dents serrées.

Il lui serra le bras à lui faire mal.

— C'est pour la bonne cause. Nous ne voulons pas que les gens nous posent des questions embarrassantes, pas vrai ?

Ils enjambèrent un couple affalé sur le tapis et gravirent l'escalier.

Une jeune femme en descendait. Son maquillage ne parvenait pas à dissimuler les marques de la petite vérole sur son visage, mais sa silhouette était magnifiquement plantureuse. Elle tira sur son corsage en ondulant des hanches.

— Mon Dieu, qu'avons-nous là ? Deux superbes amants pour Sally... Quelle chance !

Elle s'humecta les lèvres et les dévisagea d'un œil professionnel. Puis elle se pressa contre Chastity. Une odeur de sueur mêlée à celle de son parfum émanait d'elle.

— Je les aime jeunes, chuchota-t-elle. C'est ma spécialité. Laisse Sally te montrer, mon petit.

Elle tendit la main. Chastity se déroba et se pressa contre Cyn. Celui-ci l'enlaça.

La prostituée secoua la tête.

— Ah, c'est donc ça ? Quel gâchis. Les gens comme vous sont dans la bibliothèque, mes chéris.

Elle se remit en marche à la recherche d'autres partenaires.

Cyn entraîna Chastity à l'étage.

— Vous êtes en train de ruiner ma réputation, grommela-t-il. Je vais être obligé de coucher avec toutes les femmes présentes, pour prouver que je ne suis pas un sodomite.

— C'est vous, qui nous avez mis dans le pétrin ! riposta-t-elle. Vous avez des amis peu recommandables.

Il la regarda comme s'il avait envie de l'étrangler.

À l'étage, la foule était moins bruyante mais pas plus convenable. Des cris, des gémissements et des soupirs s'échappaient des chambres les plus proches. Certains n'avaient pas dû arriver jusqu'à la chambre, car des vêtements jonchaient le sol. Chastity vit des chaussures dépareillées, des bas pendant sur l'encadrement d'un tableau, une cravate de dentelle accrochée à une applique. Un verre avait été renversé sur un buffet de chêne, et le vin avait séché par terre.

— Depuis quand dure cette petite sauterie ? demanda Chastity.

Cyn se passa la main dans les cheveux en regardant distraitement autour de lui.

— Dieu seul le sait...

Un grand bruit suivi d'une rafale d'air glacé les incita à regarder en bas. Un nouveau groupe venait d'arriver.

— Il y a sans cesse de nouveaux venus. Le bruit a dû se répandre aux quatre coins du comté et tout le monde veut en être. Cela va sans doute ralentir les recherches. Toby ne doit pas avoir la tête à...

Chastity n'écoutait plus. Elle s'était figée d'effroi. L'un des nouveaux venus était son frère, Fortitude Harleigh Ware, lord Thornhill. Il la reconnaîtrait au premier coup d'œil malgré son déguisement.

— Que se passe-t-il ? demanda Cyn d'un ton sec.

Ils durent se plaquer l'un contre l'autre pour éviter d'être renversés par un couple – une jeune femme masquée tentait d'échapper à un homme au visage rougeaud. Elle riait, hurlait et ne courait pas très vite. Elle s'engouffra dans une chambre en face de Chastity, et son poursuivant l'imita.

— Je t'ai attrapée, friponne !

La femme, qui avait des seins de la taille appréciée par les messieurs et les montrait au monde entier, le repoussa en battant des cils.

— Oh, monsieur, je crois que vous avez...

L'homme déboutonna son pantalon et sauta sur elle.

Cyn claqua la porte en marmonnant. Il avait visiblement oublié sa question.

Chastity était étourdie par ce qui se passait autour d'elle, mais c'était la présence de Fort qui l'emplissait de terreur. Que ferait son frère s'il la trouvait ici ?

Il la tuerait. Il lui avait reproché de ne pas épouser Vernham, alors s'il la découvrait dans cette maison, habillée en homme…

Il se pourrait aussi qu'il se batte avec Cyn. Et celui-ci n'était pas de taille. En plus d'être immense, Fort savait manier l'épée et le pistolet.

— Venez ! ordonna Cyn. Il faut vous trouver une chambre.

L'entraînant dans le couloir, il ouvrit toutes les portes qui n'étaient pas fermées à clé. Elles étaient toutes occupées. Dans certaines, elle ne vit que des couvertures agitées de mouvements bizarres, dans d'autres des pieds dépassaient du lit – plus de quatre paires, aurait-elle juré.

Elle étouffa un rire. Tout cela était ridicule.

Cyn marmonnait toujours.

Enfin, il dénicha une pièce vide. Il la poussa à l'intérieur, ferma la porte à clé et s'adossa au battant.

— Qu'ils aillent tous au diable.

En proie à un fou rire nerveux, Chastity tomba à la renverse sur le lit. Le temps qu'elle se ressaisisse, il était appuyé à un montant du lit et lui souriait bizarrement.

— Si je ne me trompe pas, dit-il en regardant autour de lui, cette chambre est celle de Heather.

Il posa son sac par terre, en sortit son costume bleu et le secoua.

— Jérôme aurait une crise de nerfs s'il me voyait dans un habit aussi froissé. Mais ici, personne ne fera attention.

— Non, on vous l'aura sans doute arraché au bout de cinq minutes, commenta Chastity d'un ton neutre.

— C'est probable. Ces harpies veulent du sang frais. Elles adoreraient s'occuper de vous. Vous êtes sûr de ne pas vouloir profiter de l'occasion pour faire votre éducation, mon garçon ?

— Jamais de la vie. C'est un terrain trop fertile pour la petite vérole.

— Pas si naïf que cela finalement. Les prostituées étaient certainement propres en arrivant, mais je ne vous garantis pas qu'elles le seront encore en partant...

Haussant les épaules, il se débarrassa de son uniforme.

— Les femmes masquées ne sont pas des catins, n'est-ce pas ? interrogea Chastity.

— Cela dépend de votre définition du mot « catin ».

Il agrafa le pantalon de velours, enfila le gilet, et le lissa.

Chastity ne put s'empêcher de le regarder, fascinée. Les larmes lui piquèrent les yeux. Pourquoi diable était-elle aussi malheureuse ? Il y avait Fort, bien sûr. Une complication dont elle se serait bien passée. Il lui faisait peur, mais il ne lui brisait pas le cœur.

Cela, c'était Cyn qui s'en chargeait. Il enfila sa redingote et étudia son reflet dans le miroir, histoire de s'assurer qu'il plairait à l'une de ces catins. Chastity aurait sans doute pu révéler qu'elle était une femme, elle aussi. Mais à quoi bon ? Il y en avait pour tous les goûts dans cette maison. Toutes consentantes. Comparée à elles, elle était un monstre.

Cyn noua une cravate de dentelle autour de son cou et la fixa avec son épingle ornée d'un saphir.

— Cela ira, je crois.

Puis il alla vers la table de toilette et prit un large ruban bleu pour attacher ses cheveux en catogan. Après quoi, il inspecta les pots et les coffrets de Heatherington. Il mit de la poudre sur ses joues, ouvrit une boîte contenant des mouches et regarda Chastity en haussant les sourcils.

— Qu'en pensez-vous ?

Il se transformait en une nouvelle créature. Ni aventurier ni soldat. Une créature de la haute société.

— Vous n'avez pas poudré vos cheveux, répliqua froidement Chastity.

— Vous avez raison, admit-il dans un soupir. Je déteste la poudre.

Il renifla les différents parfums de Heatherington, en choisit un et en versa quelques gouttes sur un mouchoir brodé qu'il accrocha à sa boutonnière. Puis il mit ses chaussures noires aux talons rouges, et salua d'un geste théâtral.

— Comment me trouvez-vous ?

— Est-ce qu'elles vous regarderont avant de vous arracher vos vêtements ?

— Sans doute pas, mais on a ses exigences.

Il fit tourner la clé dans la serrure de la porte donnant sur la chambre voisine.

— En fait, je n'ai pas l'intention de participer aux festivités. D'une part, nous avons tous deux besoin de sommeil avant la journée qui nous attend demain. D'autre part, je ne tiens pas à attraper la petite vérole. Mais il faut que je me montre un peu. Je vais essayer de dire un mot à Toby afin de savoir où en sont les recherches. Je remonterai dès que possible. Fermez la porte à clé et n'ouvrez à personne d'autre que moi. D'accord ?

— D'accord. Je n'ai aucune envie de partager ce lit avec qui que ce soit.

— Malheureusement, mon cher Charles, je crains que vous ne soyez obligé de le partager avec moi.

Chastity n'avait pas pensé à cela.

— Je dormirai donc par terre.

— Vous m'offenseriez, jeune homme, dit-il avec un sourire nonchalant. Le lit est grand et je n'ai pas de poux.

— C'est une de mes faiblesses, lord Cyn. J'aime dormir seul.

— Nous verrons, lança-t-il avant de disparaître.

Chastity se précipita vers la porte et tourna la clé. Elle n'ouvrirait à personne, peut-être même pas à lui.

Cyn attendit d'entendre la clé tourner dans la serrure. Jusque-là au moins, elle lui avait obéi. Toutefois, rien ne lui assurait qu'elle continuerait. Seigneur, songea-t-il en secouant la tête, elle avait du courage, mais ce dernier avait été mis à rude épreuve. Tiendrait-elle jusqu'à ce qu'il ait mis fin à cette mascarade et soit en mesure de la protéger convenablement ?

Un rugissement lui parvint du rez-de-chaussée. Il préférait ignorer de quoi il retournait. S'il avait su ce qui se déroulait ici, il aurait trouvé une excuse pour rester à l'auberge.

Cela étant, il pouvait se détendre maintenant que la demoiselle était en sécurité. Quoi qu'il se soit passé au printemps dernier, elle était innocente. Sa réaction à ce qu'elle venait de voir en était la preuve.

Il aurait aimé rester avec elle. Aucune femme ici ne le séduisait comparées à elle. Il voulait en finir avec cette aventure, l'obliger à révéler la vérité et organiser leur avenir. Il descendit se mêler aux autres, déjà impatient de retrouver Chastity.

Chastity arpenta nerveusement la chambre. Elle imaginait Cyn dans les bras de ces furies, caressé, agrippé, déshabillé pour satisfaire leurs appétits charnels. Elle serra les poings. Ce n'était pas juste ! Elle aussi avait été belle à une époque, et s'il avait pu le voir, il ne l'aurait pas quittée aussi aisément.

Elle ôta sa perruque et se regarda dans le miroir. Un monstre au visage dur. Elle se débarrassa fébrilement de ses vêtements d'homme et déroula la bande de coton qui lui écrasait la poitrine.

Une fois nue, elle laissa échapper un soupir tremblant.

Ses mains glissèrent sur son corps. Elle savait qu'elle n'était pas une beauté comme Nerissa Trelyn, mais elle n'était pas vilaine. sauf que Nerissa avait des boucles blondes soyeuses, de grands yeux bordés de cils plus épais que ceux de Cyn. Et des seins comme des melons – dans la bonne société, on disait « un beau décolleté ».

Les mains de Chastity s'immobilisèrent. Nerissa Trelyn : fille de l'évêque de Peterborough, épouse de lord Trelyn, la bienséance incarnée ; la coqueluche du Tout-Londres et la reine de l'élégance ; l'une des personnes qui l'avaient vu au lit avec Henry Vernham, et l'avaient condamnée.

Nerissa Trelyn était la femme qui aguichait Heatherington !

Chastity regarda autour d'elle. Elle repéra une robe de chambre de satin, la ramassa et l'enfila. Puis, pelotonnée dans un fauteuil au coin du feu, elle prit la carafe sur le guéridon tout proche et se servit un verre de vin.

Se pouvait-il qu'elle se trompe ? se demanda-t-elle en sirotant son vin. Cela paraissait incroyable, et pourtant elle était sûre d'avoir vu juste. Principalement à cause de la voix. L'inconnue portait une perruque rousse, mais c'était elle, Nerissa. La grande lady Trelyn était là et se comportait comme une catin.

Avait-elle reconnu Chastity ?

Non, elle avait visiblement la tête ailleurs.

Dans le fond, Chastity n'était guère étonnée que Nerissa Trelyn ait des amants. Tout le monde savait qu'elle avait épousé lord Trelyn pour son argent, et que c'était un homme froid et sec.

De là à participer à ce genre d'orgies...

Et elle avait eu le toupet de condamner Chastity Ware !

Combien d'autres hypocrites étaient là ce soir ?

Chastity vida son verre et se leva. Il fallait qu'elle sache. Elle commença à enfiler ses vêtements, puis s'interrompit. Son frère. Si elle se retrouvait nez à nez avec lui, il la reconnaîtrait.

Il lui fallait un masque. Seules les femmes en portaient. Donc, si elle s'habillait en femme, avec une perruque et un masque, personne ne la reconnaîtrait. C'était sa voix qui avait trahi Nerissa, il faudrait donc qu'elle déguise la sienne.

Elle hésita. Elle avait désespérément envie de rester en sécurité dans cette chambre. Mais elle voulait tout aussi désespérément avoir la confirmation que Nerissa Trelyn était bel et bien en train de participer à une orgie. Parce que si c'était le cas, elle pourrait utiliser cette information à son avantage.

C'était décidé. Elle ne ferait qu'une brève et prudente apparition.

Elle ouvrit les portes de l'armoire et constata qu'elle ne contenait que des vêtements masculins. Elle pourrait reconstituer une tenue de femme en ramassant les diverses pièces éparpillées dans la maison, mais elle n'osait pas sortir.

La chambre voisine. Elle aurait parié que c'était celle d'une femme.

Elle s'y rua. Oui ! C'était visiblement la chambre d'une femme. Un coup d'œil dans l'armoire lui confirma que les vêtements lui conviendraient. Elle ne put réprimer un rire ravi en contemplant les robes. Cela faisait si longtemps qu'elle n'avait rien vu d'aussi joli. Elle troqua la robe de chambre pour une chemise de soie blanche aux manches bordées d'une dentelle mousseuse. Elle frissonna de plaisir lorsque le tissu aérien glissa sur sa peau. Elle choisit ensuite un jupon de satin blanc garni d'un ruban jaune. Elle noua les cordons à la taille, puis ajouta une pièce d'estomac de brocart – elle eut un peu de mal à attacher les lacets dans le dos.

Elle se contempla dans le miroir. Ses mamelons étaient à peine cachés et ses seins étaient mis en valeur. Elle n'avait jamais rien porté d'aussi audacieux, pourtant cela lui plut. Après cette longue mascarade, elle trouvait merveilleux de redevenir une femme.

Elle choisit dans l'armoire une robe de soie rayée, la passa, et l'attacha à la pièce d'estomac. La robe s'ouvrait devant, révélant le jupon. Les manches au coude laissaient dépasser la dentelle de la chemise.

Elle tourbillonna en riant, enchantée d'entendre le froissement de la soie. De toute évidence, Chastity était un peu plus grande que la personne à qui appartenait cette robe, car les jupes ne traînaient pas par terre.

Cette chambre était peut-être celle de Nerissa Trelyn, songea-t-elle soudain. Elle fureta, mais elles ne trouva rien pour confirmer ses soupçons. Mettant ses scrupules de côté, elle effectua une recherche plus complète. Rien dans les tiroirs.

Puis elle trouva une petite boîte en ivoire dans laquelle étaient cachées deux lettres d'amour enflammées. Elle eut un soupir agacé. Elles étaient de la main de lord Heatherington, mais elles s'adressaient à Désirée. Ce qui ne voulait rien dire, car l'usage voulait qu'un homme donne un faux nom à sa bien-aimée. Chastity avait été Bella pour l'un de ses soupirants et Clorinda pour un autre.

Où diable Heatherington cachait-il ses lettres d'amour ?

Elle alla fouiller sa chambre. Après avoir ouvert sans succès un grand nombre de boîtes et de tiroirs, elle finit par en dénicher une au fond d'une poche de veste.

La prose de la dame était plus recherchée mais pas moins choquante. Chastity rougit en lisant le message lubrique. Si celui-ci était adressé à Hercule, et signé Désirée, il était certainement écrit de la main de son auteure. Était-ce l'écriture de lady Trelyn ?

Chastity glissa la lettre dans la poche de son gilet. Elle avait hâte de continuer son enquête et de démasquer d'autres hypocrites au rez-de-chaussée.

Pour cela, il lui fallait une perruque et elle n'en trouvait pas. Un instant, elle crut qu'elle allait devoir s'en tenir là et éprouva un soulagement coupable. Puis elle songea à la perruque noire que Cyn avait achetée chez Mme Crupley. Était-elle encore dans son bagage ?

Elle y était. C'était un grossier modèle de crin, mais cela ferait l'affaire. Elle la saupoudra d'une poudre rose parfumée qui la fit tousser et obtint l'effet désiré, à savoir adoucir le noir trop intense.

Elle se farda les joues, passa sur ses lèvres un peu de rouge, se poudra le visage et colla au coin de ses lèvres une mouche en forme de cœur – une invitation au baiser.

Elle étudia son reflet avec satisfaction. Une belle dame se tenait devant elle, apprêtée pour un bal, quoiqu'un peu trop maquillée pour un bal à la Cour. Ainsi parée, elle paraissait plus âgée et plus audacieuse. Toby ne la reconnaîtrait jamais, et Fort non plus.

Et elle était fière de son allure. Sa taille était fine, ses épaules rondes et blanches. Et si ses seins n'étaient pas volumineux, ils étaient cependant à leur avantage grâce à ce corsage.

Elle n'était pas censée se faire admirer, se rappela-t-elle. En fait, ce costume attirerait peut-être plus d'admirateurs qu'elle ne le désirait. D'un autre côté, vu l'endroit, une robe trop modeste aurait été aussi voyante qu'une cerise dans un bol de petits pois. Elle remonta légèrement son corsage en se promettant de ne pas rester longtemps et d'être très prudente.

Que se passerait-il si elle croisait Cyn ? La reconnaîtrait-il ? Sûrement pas. L'admirerait-il ? Elle chassa ces questions. Pour ce soir, elle veillerait à garder ses distances avec Cyn Malloren.

Quant aux autres hommes, ils étaient tous ivres, elle ne devrait donc avoir aucun mal à les repousser. D'autant que les femmes bien disposées ne manquaient pas.

Enfin, le masque. Elle mit un loup en velours noir, qui avait l'avantage de maintenir sa perruque, et s'examina. Elle ne se serait pas reconnue elle-même.

L'armoire ne contenait qu'une paire de chaussures et elles étaient trop petites. Nerissa Trelyn était d'ailleurs très fière de ses pieds minuscules.

Chastity décida de s'en passer. Personne dans cette maison ne s'étonnerait qu'elle soit pieds nus. Pour la touche finale, elle s'empara d'un flacon de parfum, mais l'odeur de rose lourde et sucrée la fit grimacer.

Où était passé le parfum que Cyn avait acheté ?

Elle retourna dans la chambre de Heatherington, ferma la porte à clé et fouilla dans le bagage de Cyn. Le flacon s'y trouvait. Elle inspira avec délice le complexe mélange d'épices et de fleurs, relevé d'un voluptueux soupçon de musc. Elle hésita. N'était-ce pas dangereux de porter un tel parfum ici ? Il serait étouffé par toutes les autres odeurs, se rassura-t-elle. Et elle voulait le porter pour elle, parce qu'en plus d'être merveilleux il lui donnait une impression de puissance féminine.

Elle en appliqua une touche au creux de ses coudes et entre ses seins. L'arôme se répandit dans la pièce, enivrant. Cyn Malloren avait un goût exquis. Quel dommage que leurs chemins soient amenés à se séparer !

Elle devait admettre que si elle souhaitait désespérément découvrir qui était là ce soir, c'était dans l'espoir de glaner des informations qui lui permettraient de restaurer sa réputation. Alors, elle pourrait se montrer franche avec Cyn.

C'était presque sans espoir, songea-t-elle en ravalant ses larmes, mais elle ne renoncerait pas. Elle avait appris à se battre et c'était sa seule chance de se procurer les armes nécessaires.

10

Chastity eut besoin d'un autre verre de vin pour rassembler son courage. Puis, rassurée par un dernier coup d'œil à l'inconnue dans le miroir, elle ouvrit prudemment la porte. Le corridor était désert, mais il était clair que les chambres étaient toujours occupées. Elle ferma la porte à clé, glissa celle-ci dans son corsage, frissonnant au contact du métal froid.

À moins qu'elle ne soit nerveuse.

Il fallait qu'elle se mêle à la foule, mais elle ne voulait pas emprunter l'escalier principal où tout le monde la verrait. Elle partit à la recherche de l'escalier de service, le dénicha sans peine. Elle ne croisa qu'un couple de domestiques avant d'atteindre le rez-de-chaussée. Après avoir traversé un petit couloir, elle se retrouva dans le hall.

Celui-ci était plus silencieux qu'à leur arrivée. Seules une demi-douzaine de personnes ivres sommeillaient, affalées dans des fauteuils ou à même le sol. Elle se faufila entre elles avec précaution. Cinq d'entre elles étaient des hommes, et la sixième était une femme sans masque, abandonnée entre les bras d'un homme. Chastity ne reconnut personne.

Des rires, des bavardages et de la musique provenaient d'un peu partout, dominés par des chants à l'arrière de la maison. Ceux-ci étaient accompagnés d'applaudissements, de trépignements et, de temps à autre, de rugissements approbateurs.

Ayant déjà dû supporter les chansons paillardes de Heatherington et de ses amis, elle ne tenait pas à recommencer, elle partit donc dans la direction opposée.

Si cette maison était restée telle qu'à l'époque de sa construction – celle du roi James –, les salles devaient se succéder sur trois côtés du hall.

Elle entra dans une petite salle à manger où deux couples roulaient au sol. Elle ignorait qui ils étaient et n'avait aucune envie de s'approcher pour le découvrir. Elle passa directement dans la pièce suivante, qui était plus peuplée.

C'était une salle de jeu, et il y régnait une extrême fébrilité. Des hommes et des femmes, masqués ou pas, misaient des fortunes, les yeux brillants. Chastity frissonna. Elle avait toujours considéré le jeu comme un fléau.

Pourtant, après avoir pris une profonde inspiration, elle entreprit de faire le tour de la salle en dévisageant les joueurs. Seigneur, la vieille lady Fanshaw était là. Le monde entier savait qu'elle adorait les cartes et serait allée jusqu'en enfer pour jouer. Elle ne constituait donc pas une arme intéressante. En fait, elle ne trouverait rien ici. Révélerait-elle au monde que la reine elle-même était présente aux tables de jeu que les gens bâilleraient d'ennui.

Alors qu'elle passait dans la pièce suivante, une main lui agrippa le poignet.

— Seule, *cara* ?

Elle se retrouva assise sur les genoux d'un gentleman d'âge mûr.

— Viens me porter chance, dit-il en posant ses gros doigts sur ses seins.

Chastity résista à l'envie de se débattre, ce qui aurait éveillé les soupçons. Elle s'appuya contre l'inconnu et noua les bras autour de son cou. Il rit et reporta son attention sur le jeu. Chastity le surveilla, et quand elle vit à son expression que le moment crucial approchait, elle se tortilla contre lui d'un air provocant et l'embrassa sur la joue.

Comme elle l'espérait, il la repoussa.

— Bon sang, tu m'empêches de voir mes cartes !

Elle fit la moue et glissa de ses genoux. En fait, elle commençait à s'amuser. À l'abri de son déguisement, elle ne s'était jamais sentie aussi en sécurité. Elle n'était plus lady Chastity Ware. Elle n'était pas une femme déchue. Elle n'était même pas Charles. Elle venait de naître.

Intriguée par des éclats de rire, elle s'arrêta auprès d'une autre table. Là, l'enjeu n'était pas de l'argent.

Une femme noire proposait des dés à tous ceux qui s'arrêtaient devant elle. Seuls les hommes lançaient les dés, mais quelques femmes s'étaient regroupées pour regarder. Si un homme obtenait moins de huit avec les dés, la femme prenait les pièces qu'il avait misées. S'il obtenait davantage, il gardait son argent, mais elle baissait un peu son corsage, et relevait ses jupes de quelques centimètres. Son corsage de soie rose laissait voir le bout de ses seins ronds. Sa jupe était remontée à mi-cuisses.

L'ambiance était fébrile. Chastity était captivée, attendant comme les autres que le corsage tombe. Trois hommes jouèrent et perdirent. La femme éclata de rire.

— À qui le tour, messieurs ? Dans dix minutes l'heure sonnera, je remettrai mes vêtements et nous recommencerons de zéro.

Deux hommes se précipitèrent pour lancer les dés. Ils perdirent aussi.

Une longue main blanche, portant une chevalière ornée d'un rubis, ramassa les dés.

— Ton destin est scellé, Sable.

Chastity réprima une exclamation.

C'était le marquis de Rothgar.

Il venait sans doute d'arriver, car son costume de soie pourpre était encore impeccable. Une dentelle d'un blanc neigeux ornait son cou et ses poignets. Ses cheveux noirs n'étaient pas poudrés. Ses beaux traits réguliers semblaient sculptés dans le marbre.

Sable lui sourit.

— Quoi qu'il arrive, je serai gagnante, milord. Car si je perds, vous me gagnez.

— Charmant, commenta Rothgar avec un sourire froid.

Il jeta les dés. Une paire de six lui donna la victoire. Des cris retentirent.

Sable glissa ses gains dans une bourse attachée à sa ceinture puis se leva. Elle ondula des hanches et la soie rose du corsage glissa sur sa taille, arrachant un grognement collectif aux hommes massés autour de la table. Ses seins étaient aussi gros que des melons, songea Chastity. Rothgar demeura impassible.

Sable fit lentement remonter sa jupe, et la coinça dans sa ceinture. Elle était nue jusqu'à la taille. Elle tournoya devant les spectateurs, et alla vers Rothgar. Elle posa la main sur son torse, la fit remonter jusqu'à sa mâchoire.

— Eh bien, milord, savez-vous que vous avez gagné le droit de me tenir compagnie toute la nuit ?

— Votre pied, Sable, dit-il en sortant sa tabatière.

Sable recula et étendit la jambe devant elle. Il déposa une pincée de tabac sur son pied, et lui prit le talon. Puis il inspira le tabac, dans une narine, et dans l'autre.

Quand il releva la tête, il garda le talon dans sa main. Sable ne parut éprouver aucune gêne. En fait, sans doute sur un signe de Rothgar, elle se renversa en arrière, prit équilibre sur ses mains, et se releva souplement face à lui. Cette manœuvre offrit à chacun une vue plongeante sur ses parties intimes.

Chastity se rendit compte qu'elle était bouche bée et se ressaisit.

Rothgar applaudit lentement, tendit la main à Sable et l'escorta hors de la pièce comme s'il s'agissait d'une dame convenablement vêtue.

Chastity prit une brève inspiration. Elle n'aurait jamais pu imaginer une chose pareille. Son assurance s'évapora d'un coup. Elle mourait d'envie de regagner la chambre, de se cacher sous les couvertures et de ne plus bouger jusqu'au matin.

Mais elle avait encore une mission à accomplir. Si elle ne pensait pas que Rothgar puisse la reconnaître, elle savait en revanche que Cyn n'aimerait pas tomber sur son frère ici.

Malheureusement, elle ne pourrait avertir Cyn sans mettre à mal son déguisement.

Les spectateurs du numéro de Sable semblaient calmés pour le moment. Chastity n'eut aucun mal à en repousser deux tandis qu'elle se dirigeait vers un bureau dans un angle de la salle.

Elle trouva du papier, une plume et de l'encre. La plume était usée et l'encre pâteuse, mais elle parvint à griffonner : *Rothgar est là.* Elle replia la lettre, la glissa dans son corsage. Si elle en avait l'occasion, elle la ferait passer à Cyn.

Elle passa dans la pièce suivante, une longue galerie à l'arrière de la maison qui servait de salle de bal. Un trio de musiciens ivres jouait tant bien que mal. Les danseurs aussi étaient ivres.

Là, Chastity put enfin mettre des noms sur sa liste. Lady Jane Treese, la commère la plus malveillante du royaume. Meg Cordingly, Susan Fellows et Letty

Proud. Celle-ci, à la chevelure flamboyante, ferait un peu moins la fière si on apprenait dans la bonne société qu'elle était passée de main en main, les jupes relevées.

À Londres, Chastity avait entendu des gens se demander si Letty était une vraie rousse. Désormais, le monde entier connaissait la réponse. Loin de triompher cependant, elle éprouvait de la tristesse. Il serait impossible de révéler ces noms sans causer du tort à beaucoup d'entre eux.

Au fond, elle enviait ces fêtards. Leur comportement était peut-être honteux, mais durant ces quelques heures, ils étaient heureux. Elle se rappelait à peine ce que ce mot signifiait.

Un homme lui agrippa la taille et l'entraîna sur la piste avec entrain. Horrifiée, elle reconnut Fort.

— Allons, ma jolie, n'ayez pas l'air aussi choquée. Quel est votre nom ?

Il était vraiment beau, avec ses yeux bleus, ses cheveux bruns bouclés et ses dents régulières. Son sourire était enjôleur. Depuis quand ne lui avait-il pas souri ainsi ? Une éternité.

— Vous êtes incognito ? Donnez-moi un faux nom, ma belle. Cela m'est égal.

— Chloé, répondit-elle, songeant à la sœur aînée de son père, qui était sèche et guindée.

Fort éclata de rire.

— Ce n'est pas le nom que je préfère, mais peu importe.

Il l'attira contre lui et l'embrassa. Chastity se figea. C'était un terrible péché, n'est-ce pas ?

Il la repoussa, mécontent.

— Qu'y a-t-il ? Je ne te plais pas ?

— Je suis désolée, monsieur, souffla-t-elle. Je... je ne me sens pas bien. Je crois que je vais vomir !

— Ah ! s'exclama-t-il en la guidant vers la porte. Remonte ce couloir et tu seras dehors. Bonne chance !

Il retourna danser et Chastity sourit tristement. Fort était dur, il se mettait facilement en colère, mais il n'était pas méchant.

Chastity s'attarda dans le couloir. Son frère était-il là pour la fête ou faisait-il partie de leurs poursuivants ? Il avait beau être inquiet pour Verity, cela ne l'empêchait pas de saisir une occasion de s'amuser. Il trouva une partenaire et quitta la salle avec elle. Rassemblant son courage, Chastity regagna la salle de bal à la recherche d'autres preuves.

Heatherington apparut, sa maîtresse à son bras, et Chastity se rapprocha d'eux, l'air de rien. C'était sûrement Nerissa. Cette démarche chancelante, et cette habitude de porter la main à son cou comme pour en chasser les rides...

Un homme se campa devant Chastity, lui barrant le chemin.

— Seule ? Sûrement pas. Plus maintenant, en tout cas.

Le capitaine Gresham lui tendit la main pour l'inviter à danser. Il avait gardé son uniforme, mais son gilet était ouvert, sa cravate avait disparu et le col de sa chemise était déboutonné. Il avait aussi perdu sa perruque, révélant des cheveux bruns coupés court.

Chastity accepta. Seule, elle serait sans cesse accostée. Et pourquoi ne pas s'accorder un moment de plaisir ?

Ils dansèrent pendant un temps normalement, puis il la souleva pour la faire tournoyer. Chastity poussa un petit cri aigu, craignant de perdre sa perruque. La taille et la force de cet homme la terrifiaient, elle avait l'impression d'être une enfant entre ses bras. C'était la première fois qu'elle allait dans le monde sans la protection de son père, de son frère ou de Cyn. Il n'y avait personne pour la protéger de ce géant.

Il la ramena doucement contre lui, et elle lâcha un soupir de soulagement quand ses pieds touchèrent le sol. Puis elle se rendit compte que son jupon était relevé devant, laissant voir une bonne partie de ses jambes.

Gresham poussa un grognement moqueur et l'embrassa.

Chastity était totalement impuissante. Un bras solide la maintenait en place. De son autre main, il lui tenait la tête. Sa bouche chaude se posa sur la sienne, et quand elle résista, il glissa le pouce entre ses lèvres pour l'obliger à ouvrir la bouche. Sa langue toucha la sienne. Cela ne lui était encore jamais arrivé.

Elle se sentit envahie, désemparée, mais fut consciente de céder. Ce qui l'effraya plus que tout.

Il s'écarta lentement.

— Eh bien, ma jolie, que se passe-t-il ? Vous avez quelqu'un ici ?

— Oui, répondit-elle vivement.

— Dommage.

Sa grosse main se posa sur son sein. La pression était trop forte, il lui fit mal. Une vague de terreur la submergea. Elle allait être violée, ici, dans cette pièce. Personne ne l'avait jamais tripotée ainsi, pas même Henry Vernham.

Elle recula, essayant désespérément de s'échapper, mais Grisham en profita pour lui mordre le cou.

— Dommage, en effet, murmura-t-elle. Mais je l'ai abandonné parce que j'avais faim. Je vous assure, monsieur, je suis affamée, et… et je ne peux penser à rien d'autre tant que mon estomac crie famine.

L'homme éclata de rire et lui lutina les seins.

— Je meurs de faim également, et vous avez beau être délicieuse, je ne vais pas vous manger ! Il doit y avoir un buffet quelque part, et nous avons besoin de prendre des forces, pas vrai ?

Chastity lui sourit, immensément soulagée.

— Surtout moi, monsieur. Vous êtes si imposant.

— Vous n'en croirez pas vos yeux, ma jolie, je vous assure.

Il lui attrapa la main et la plaqua contre son sexe. Chastity se figea, incrédule. Il était énorme.

— Vous êtes sûre que vous voulez manger ? reprit-il. Vous pourriez me manger, moi, et je vous promets que vous serez rassasiée.

— Oui, j'en suis sûre, répondit-elle, effarée.

Tout ce qu'elle voulait, c'était se débarrasser de lui et regagner sa chambre. Ses nerfs ne tiendraient plus très longtemps.

Lui entourant la taille de son bras, Gresham l'entraîna dans une autre pièce. Elle se sentait à la fois protégée et prisonnière. Se libérer était presque impossible, et si elle y parvenait, il la rattraperait en un clin d'œil. Et si elle criait, elle serait démasquée.

À cette pensée, elle crut s'évanouir.

Elle devait le convaincre qu'elle était aussi pressée que lui de coucher avec lui. Peut-être devait-elle s'éloigner pour aller lui remplir une assiette ?

La salle était pleine à craquer. Elle sursauta soudain comme la foule rugissait.

— Que se passe-t-il ? s'écria-t-elle.

— Vous n'avez pas encore vu le théâtre, mon cœur ?

Il la hissa sur son épaule comme un petit enfant.

Chastity comprit qu'ils se trouvaient dans le « théâtre » de Heatherington. Une estrade avait été dressée au bout de la salle et des chaises accueillaient les spectateurs. Elles étaient toutes occupées et des gens se tenaient debout autour de la salle. Le spectacle n'était pas du tout musical.

Un couple se trouvait sur la scène, entièrement nu, des masques dissimulant complètement leurs traits. Ils grognaient et se contorsionnaient dans les positions les plus extraordinaires.

Chastity voulut redescendre.

— Cela ne vous plaît pas ? s'enquit Gresham, surpris.

— Euh... c'est trop stimulant ! Je préfère me contrôler tant que je n'ai pas mangé.

Il s'adossa au mur en riant et l'attira contre lui.

— Tu es chaude, pas vrai ? C'est dommage de ne pas en profiter...

Il lui souleva l'arrière de ses jupes et lui caressa les cuisses.

Chastity tenta de se dégager, mais cela parut l'encourager. Quelqu'un passa et lui heurta le dos si fort qu'elle en eut le souffle coupé. Le coup fit lâcher prise à Gresham.

— Pardon, murmura l'homme.

Chastity reconnut la voix de Cyn. Elle fut partagée entre l'envie de se cacher et celle d'appeler à l'aide. Gresham la fit pivoter entre ses bras.

— Je vous présente lord Cyn, ma jolie, dit-il en posant les mains sur sa poitrine d'un geste possessif.

Chastity pria pour que la terre l'engloutisse. Cyn était étonnamment impeccable pour quelqu'un qui déambulait dans cette cohue depuis une heure. De toute évidence, il ne la reconnaissait pas. Il lui sourit et s'inclina.

— Enchanté, ma chère.

Chastity ne voulait pas qu'il la reconnaisse, mais elle ne voulait pas non plus qu'il la laisse entre les mains de ce géant. S'il le fallait, elle lui révélerait son identité.

— De même, répondit-elle en changeant sa voix. Je n'ai rien contre m'occuper de deux beaux hommes.

Les doigts de Gresham se crispèrent sur ses seins.

— Hé, pas de ça !

— Ce n'est pas à mon goût non plus, ma jolie, dit Cyn en souriant. Si vous voulez me voir en privé, plus tard...

Gresham ricana.

— Plus tard elle sera épuisée, mon ami. À ta place, je chercherais une autre partenaire.

— Oh, très bien, mais pouvons-nous manger d'abord ? riposta Chastity.

— D'accord, d'accord, dit Gresham. Je vais chercher une assiette. Cette petite a un appétit féroce, ajouta-t-il à l'adresse de Cyn.

— Ça vaut mieux, répliqua Cyn. Je sais où se trouve le buffet. Suivez-moi.

La salle voisine était presque vide, et les personnes présentes semblaient se contenter de discuter. Malheureusement, une de ces personnes était Rothgar. Il offrait une prise au comte de Bute, confident et mentor du jeune roi, et amant de la mère du roi ! Ce lieu montrait-il donc le vrai visage de la haute société ? Se pouvait-il que le roi lui-même soit présent ?

Cyn ne semblait pas avoir remarqué son frère, qui leur tournait le dos. Où était passée la voluptueuse Sable ?

Ils entrèrent dans une autre salle, où deux tables étaient chargées de plats et de boissons. Une douzaine d'invités mangeaient debout en riant bizarrement.

Ce n'est qu'en approchant de la table que Chastity comprit la raison de leur hilarité. Décidément, lord Heatherington ne manquait pas d'imagination.

Au centre de chaque table, la nourriture imitait la forme d'un corps. Un homme sur l'une, une femme sur l'autre. La silhouette de femme suscitait beaucoup d'intérêt. Un bouquet de persil était niché entre ses cuisses en blanc-manger. Des cerises glacées étaient posées sur les moitiés de melon qui constituaient ses seins. Chastity regarda l'autre table et ne fut pas étonnée d'y voir un concombre. Elle prit une tranche de pain et un morceau de fromage, songeant qu'elle ne pourrait plus jamais manger de concombre. Gresham s'approcha de la table pour attraper une cerise entre ses lèvres. C'était l'occasion ou jamais de s'esquiver, mais Cyn était resté à côté d'elle.

Que ferait-il si elle s'éclipsait ? Cela ne le concernait pas, après tout. Cela étant, c'était le moment de le prévenir que son frère était là.

Elle hésita. Il fallait qu'elle s'échappe, mais elle pouvait le mettre en garde avant. Comme il se penchait pour prendre une cuisse de poulet, elle sortit le message de son décolleté et le glissa dans sa poche.

Il se retourna vivement, les sourcils froncés.

— Qu'y a-t-il, milord ? demanda-t-elle, nerveuse.

— Rien, répondit-il en la dévisageant comme s'il la voyait pour la première fois.

Elle jeta un coup d'œil à Gresham qui lui sourit et s'inclina pour saisir une autre cerise avec les dents.

— Il faut que j'aille soulager un besoin naturel, dit-elle.

Cyn jeta à son tour un coup d'œil à Gresham, puis lui prit le poignet.

— Je vais vous montrer où aller.

Il l'entraîna hors de la salle. Gresham poussa un cri furieux, mais déjà Cyn l'entraînait dans un couloir. Il ouvrit une porte et ils se retrouvèrent dehors.

— Que faites-vous ? s'écria Chastity en frissonnant.

— Je cherche un endroit pour vous soulager, ma jolie. C'est ce que vous vouliez, non ? Ou est-ce que Gresham vous fait peur ?

Il ne ressemblait pas du tout au Cyn qu'elle connaissait. Il avait l'air dur et semblait en colère.

— Mais il fait trop froid !

Cyn enleva son manteau et le lui drapa sur les épaules. Puis, en agrippant les revers, il l'attira à lui.

— Monsieur !

Ses lèvres la réduisirent au silence. Elles étaient dures, impitoyables, pourtant Chastity se sentit fondre. Elle en avait envie depuis si longtemps. Peu importait qu'il ne sache pas qui elle était, elle chérirait ce moment à jamais.

Maintenant qu'elle avait cédé, elle était perdue. L'enlaçant, elle se pressa contre son torse, accueillit sa langue chaude dans sa bouche...

Soudain, il se dégagea et l'emmena plus loin, derrière des buissons, l'obligeant à s'accroupir. Il paraissait hors d'haleine. Elle-même était étourdie.

Puis elle entendit Gresham.

— Où diable est-elle passée ? Bon sang, Malloren, espèce de canaille, sors de là, et rends-la-moi !

Après avoir lâché quelques jurons, le géant regagna la maison et claqua la porte.

Cyn se redressa et l'aida à en faire autant.

— Vous voulez le rejoindre ?

Chastity secoua la tête. Elle voulait rester ici avec Cyn, pour toujours en sécurité dans ses bras. Et au diable, le reste du monde !

Il lui souleva le menton.

— Que voulez-vous ? demanda-t-il d'une voix tranchante.

— Vous, chuchota-t-elle.

— Je me demande pourquoi...

Il n'y avait pas de réponse à cette question.

Il fit courir sa main le long de son cou et sur son épaule, glissa les doigts à l'intérieur de son corsage et caressa la pointe d'un sein. Perturbée par cette soirée trop agitée, Chastity s'adossa au mur de brique et s'offrit sans résistance.

Il taquina doucement son mamelon, lui arrachant un frisson. Lorsqu'il pressa les hanches contre elle, elle ne put s'empêcher de se cambrer en réponse.

— Tu as envie de moi, n'est-ce pas ? Eh bien, ma petite dévergondée, moi aussi, j'ai envie de toi.

Il lui reprit la main et la précéda dans une allée longeant la maison.

— Où allons-nous ?

— Nous allons passer par les cuisines. Je n'ai pas envie de me battre en duel avec mon ami à cause de toi. Tu n'en vaux pas la peine, n'est-ce pas ?

Chastity frémit, mal à l'aise. Il ne savait pas qui elle était, se rappela-t-elle. Il la prenait pour une catin, ou pour une dame de la noblesse aux mœurs légères.

Mais voulait-elle vraiment être traitée ainsi ?

Si ce n'était pas ce dont elle avait rêvé, ce serait leur seule chance d'être ensemble.

Elle le suivit.

11

Ils pénétrèrent dans la cuisine bruyante et suffocante. Chastity tituba, se demanda comment la maison n'était pas encore en feu. Les domestiques étaient ivres, mais ils s'efforçaient de monter les plats et les boissons aux convives. Certains avaient renoncé. Un gigot se consumait sur le feu, une femme ronflait, affalée dans un coin.

Personne ne fit attention à Cyn quand il prit un panier et qu'il y déposa quelques tranches de viande froide, des tartes aux fruits et un pot de crème.

Ils traversèrent le cellier, prirent deux verres et une bouteille de vin déjà débouchée qu'ils glissèrent prestement dans le panier. Chastity risqua une protestation.

— Tu te plaignais d'avoir faim, ma jolie. Je tiens à te satisfaire dans tous les domaines.

Il souriait, cependant elle décelait une froideur derrière ce sourire. Et au fond, elle préférait cela. Elle n'avait pas envie qu'il soit trop gentil avec une traînée rencontrée par hasard.

Ils empruntèrent une série d'escaliers de service dans lesquels ils trouvèrent des bougies. Cyn en alluma une et la tendit à Chastity.

Il n'aurait su dire ce qu'il ressentait. Finalement, c'était bel et bien une dévergondée. Il l'avait laissée en sécurité dans la chambre et l'avait retrouvée en train de jouer les catins. Elle se montrait sous son vrai jour. Quelle raison avait-elle de rejoindre cette compagnie, sinon pour trouver un homme ?

Il en aurait pleuré de rage.

D'un autre côté, il allait la posséder. Si elle croyait pouvoir le rouler comme elle avait roulé Gresham, elle se trompait. Elle s'était montrée consentante, elle l'avait suivi sans protester. Il allait enfin pouvoir assouvir le désir qui le taraudait depuis des jours. Ce baiser avait suffi à lui embraser les reins.

Sacrebleu, il ferait en sorte qu'elle se souvienne de lui. Elle était peut-être passée dans le lit de la moitié des hommes d'Angleterre, mais elle n'oublierait jamais Cyn Malloren.

Ils gravirent encore deux volées de marches et il ouvrit une porte cachée derrière un rideau, dans un passage poussiéreux.

— C'est bien ce que je pensais. L'aile de la nursery. Inutilisée depuis des années.

Rien de ce qui se passait en bas n'arrivait jusqu'ici. Le silence était complet. Il faisait froid, cependant, et malgré le manteau de Cyn, Chastity frissonna. Ce dernier inspecta les quatre chambres et lui en indiqua une. C'était sans doute celle de la gouvernante, car elle contenait un lit étroit recouvert d'une couverture et d'un édredon.

Cyn posa le panier par terre et s'approcha de la cheminée.

— Il y a de quoi allumer un feu et il reste du charbon dans le seau. Nous allons pouvoir nous réchauffer.

Chastity posa la bougie au sol et se pelotonna dans le manteau, respirant la délicieuse odeur de Cyn. Elle commençait toutefois à avoir des doutes. Que faisait lady Chastity Ware dans cette chambre poussiéreuse avec un homme ? Comment avait-elle pu se retrouver ici ?

Cyn prit de vieux livres grignotés par les souris et les déchira pour allumer le feu. Des flammes s'élevèrent, puis les brindilles sèches se mirent à crépiter. Instinctivement, Chastity se rapprocha du feu.

— Il devrait prendre, dit Cyn. Et la cheminée me paraît en bon état. Il faudra cependant un peu de temps pour que la chaleur se répande.

— Au moins, nous avons de la lumière.

La chambre semblait déjà plus douillette. Il souleva le matelas avec la couverture et l'édredon, déposa le tout par terre et s'inclina devant elle.

— Madame, votre couche est prête.

Une fois assise sur ce matelas, son sort serait scellé. Elle s'y laissa pourtant tomber dans un tourbillon de soie parfumée. Et de poussière.

Cyn récupéra le panier avant de s'asseoir près d'elle et de ramener la couverture sur leurs jambes.

— Vous n'avez pas froid ? demanda-t-elle en resserrant le manteau sur elle.

— Pas du tout.

Chastity détourna les yeux. Le regard qu'il lui avait lancé avait fait monter la température de plusieurs degrés.

Il remplit un verre de vin, le lui tendit. Elle en but une gorgée et une douce chaleur se répandit en elle. La tête lui tournait déjà.

— J'ai vraiment besoin de manger, dit-elle en hâte.

— Sinon tu seras ivre ? murmura-t-il. C'est peut-être ce que je veux, ma jolie.

Elle lui jeta un coup d'œil et posa son verre.

— Vous croyez avoir besoin de m'enivrer pour parvenir à vos fins, milord ?

— Non. Ce serait ridicule, n'est-ce pas ?

Il sourit, lui attrapa la main et la pressa contre son entrejambe.

— Qu'en dis-tu ?

Chastity se figea. Mais elle était censée être une femme de mauvaise vie et devait se comporter comme telle. Elle parvint à sourire. Les hommes étaient-ils tous aussi imposants à cet endroit ?

— Mangeons, suggéra-t-il.

Elle se sentait incapable d'avaler quoi que ce soit, mais elle n'avait pas le choix. Elle s'humecta les lèvres, prit le morceau de viande qu'il lui tendait et mordit dedans. Le sexe de Cyn tressauta sous sa main comme si c'était lui qu'elle avait mordu. Que ferait une vraie catin à présent ?

Elle voulut retirer sa main, mais il la retint.

— Je voudrais du vin, dit-elle.

Il se servit de sa main libre pour attraper son verre et le porter à ses lèvres. Quand elle eut fini de boire, il se pencha pour lécher les gouttes sur ses lèvres. De nouveau, elle sentit son sexe bouger sous sa main tel un animal vivant.

— Mangez, ordonna-t-il d'une voix douce. Vous aurez besoin de toutes vos forces.

Chastity était dans un état second. Elle s'était attendue à être empoignée, embrassée, caressée et pénétrée. Elle n'était pas sûre d'aimer cela, mais il fallait en passer par là, supposait-elle. Elle ne s'attendait certes pas à devoir faire autre chose que se soumettre.

De toute évidence, il était prêt à la posséder. Alors, qu'attendait-il ?

— J'en ai assez, dit-elle en posant le morceau de viande entamé.

— Pourtant, vous êtes une femme à l'appétit féroce. Vous préférerez les douceurs ?

Il lui lâcha la main pour prendre les tartes et la crème, et elle en profita pour s'écarter. La clé cachée dans son corsage s'enfonça dans ses côtes. Elle la récupéra subrepticement et la cacha sous le matelas.

Cyn contemplait pensivement les tartelettes, et Chastity devina ce qui allait suivre. La nourriture comme moyen de séduction avait sa faveur, se souvint-elle. Il mordit dans la tarte et un jus rouge en jaillit.

— De la cerise, dit-il en souriant. Cela tombe bien.

Il changea la tarte de main, et tendit celle qui était tachée de jus. Obéissant à l'ordre silencieux, Chastity lécha le jus doux et âpre sur ses doigts. Il retira sa main et lui mit la tarte sous le nez.

— Mangez.

Chastity mordit dans la pâtisserie, le jus jaillit de nouveau. Il inclina la tarte et le jus coula sur ses seins. Poussant un petit cri, elle leva les mains pour protéger sa robe, mais il les captura et la fit basculer en arrière.

Du bout de la langue, il effaça toute trace de sirop. Elle demeura immobile, prisonnière de son désir.

D'un geste habile, il dégrafa la robe, dénoua les lacets de la pièce d'estomac qu'il jeta de côté. Chastity se retrouva en chemise de soie et jupon, la robe grande ouverte. Elle s'inquiéta à l'idée qu'il soit déçu par ce qu'il voyait.

Un seul regard suffit à la rassurer. Le visage empourpré, le regard assombri par le désir, il suivit du bout des doigts le renflement de ses seins.

— Je vous plais, milord ? murmura-t-elle.

— Tu es belle, et tu le sais.

Il posa les doigts sur les liens de son masque, mais elle l'arrêta.

— Non ! Je le garde.

— Ta réputation est donc si précieuse ?

— Pour moi, oui.

Il lui caressa la joue au ras du velours noir.

— Acceptes-tu de me dire ton nom ?

— Non. Mais vous pouvez m'appeler Chloé.

— Chloé ? « Embrasse-moi, ma chérie, avant que je meure, cita-t-il à mi-voix. Embrasse-moi une fois et soulage ma douleur. »

Ses lèvres se posèrent sur les siennes. Bonté divine, elle donnerait tout pour soulager sa douleur. Les larmes perlèrent sous ses paupières.

Il se redressa soudain et s'empara du pot de crème. Le sourire aux lèvres, il prit un peu de crème sur son doigt et la laissa tomber sur son décolleté avant d'en badigeonner le haut de ses seins. Il tira la chemise et continua d'étaler la crème sur sa peau.

Tendant un doigt devant elle, il ordonna :

— Mange. Tu as faim.

Chastity lécha la crème parfumée à la liqueur d'orange.

— C'est bon, chuchota-t-elle. Il ne faut pas la gaspiller.

— Il n'en est pas question.

Il se lécha les doigts et recommença son manège.

— Prends tout dans ta bouche, douce Chloé. Tout.

Chastity obéit et aspira son doigt entre ses lèvres, savourant la crème onctueuse. Quand elle voulut le relâcher, il insista :

— Non. Garde-le. Lèche-le, lentement…

Penchant la tête, il lécha un brin de crème sur ses seins. Elle retint son souffle quand elle sentit sa langue sur un mamelon, puis sur l'autre. Il prit une pointe dans sa bouche, la taquina de la langue. Un délicieux frisson traversa Chastity, et elle fit la même chose sur son doigt.

— C'est bien, mon ange. Montre-moi ce que tu veux.

Elle hésita, puis lui lécha le doigt. Il lécha son mamelon. Elle accentua ses mouvements, et il l'imita. C'était comme si elle se donnait elle-même du plaisir. Une vague chaude se répandit dans tout son corps.

Cela palpitait entre ses cuisses et elle commença à se tortiller. Elle entendit des gémissements, réalisa que c'étaient les siens. Et ils ne s'étaient même pas encore déshabillés !

Cyn s'allongea sur elle, ondula pour la soulager. C'était mieux, mais pas suffisant.

— Bon sang, Chloé, à ce rythme nous allons devenir fous ! Aide-moi à me déshabiller.

Il se leva et attendit qu'elle s'exécute. Elle ne bougea pas, se disant qu'il finirait par changer d'avis. N'était-il pas en proie à un désir aussi fort que le sien ?

Apparemment, pas. Étourdie, elle se leva en chancelant. Les pans de sa robe étaient écartés et sa poitrine était barbouillée de crème. Elle remonta sa chemise sur ses seins, puis entreprit de déboutonner son long gilet. Ses nerfs étaient à vif, ses doigts malhabiles. Elle finit par plaquer les mains sur son torse et le regarda pour réclamer de l'aide.

— Plus vite tu auras fini, ma jolie, plus vite nous passerons à l'étape suivante.

Quel était ce jeu ? S'amusait-il à la torturer ? Ne feraient-ils jamais l'amour ?

Elle finit de faire sauter les boutons. Quand elle arriva au dernier tout en bas, elle sentit son sexe dur sous le tissu. Cela la rassura un peu. Il avait besoin d'une femme – besoin d'elle. Après une courte hésitation, elle pressa la main contre sa virilité et la caressa.

Il inspira brusquement.

— Tu veux que cela aille très vite ou que nous prenions notre temps, Chloé ?

Désemparée, elle laissa retomber sa main.

— Ah, fit-il en expirant lentement. Une connaisseuse. Je m'en doutais.

Les choses ne se passaient pas du tout comme Chastity s'y attendait. Elle tira sur sa chemise pour la sortir de son pantalon, et la fit remonter sur son torse, s'interrompant pour caresser les muscles saillants. Cyn fit passer la chemise par-dessus sa tête.

— Comment vous êtes-vous fait cela ? demanda-t-elle en laissant courir son index sur la cicatrice qui lui barrait la poitrine.

N'importe quelle femme aurait posé la question.

— Un coup de sabre, au Québec.

— Vous avez dû beaucoup saigner.

— Comme une outre de vin percée. Mon plus bel uniforme a été ruiné.

Elle baissa les yeux sur ses seins nus enduits de crème, puis en prit un peu sur ses doigts et l'étala doucement sur la cicatrice, avant de la lécher. Il était immobile, mais sa respiration était hachée.

Son sexe se pressa contre son ventre.

— Allons, Chloé, si nous traînons davantage, tu auras tout perdu, dit-il d'un ton sec.

Chastity tressaillit et défit rapidement les boutons de son pantalon et de son caleçon. Rassemblant son courage, elle fit descendre les deux, libérant son sexe. Elle le prit à deux mains.

Pourquoi avait-elle fait cela ? Peut-être pour le contrôler. Sauf que maintenant, elle ne savait plus quoi faire.

— Embrasse-le, dit Cyn. Il te remerciera.

Elle le regarda, les yeux écarquillés. Secouant la tête, il écarta ses doigts, finit rapidement de se dévêtir, et se tint nu et splendide devant elle.

Chastity le contempla. La douceur de Cyn Malloren n'était qu'apparente. Il était tout en muscles. La réalité s'effaça. Son déguisement, son passé, son futur, tout se fondit dans l'obscurité. Il n'y avait plus que Cyn et elle.

Elle retint un cri quand il lui prit le menton pour l'obliger à le regarder.

— Je veux la vérité, Chloé. Tu n'es pas aussi expérimentée que tu feins de l'être, n'est-ce pas ?

Chastity voulait mentir, craignant qu'il ne la repousse pour aller chercher une femme comme Sable, mais il exigeait la vérité.

— Non, je ne le suis pas, admit-elle.

— À présent, je vais te demander quelque chose de très important. Et tu n'as pas intérêt à mentir. Est-ce que tu es vierge ?

Chastity hésita. Si elle répondait par l'affirmative, tout s'arrêterait, et son désir ne serait jamais satisfait. D'autre part, elle n'était pas physiquement vierge, donc, il ne saurait jamais.

Après la scène lamentable avec Vernham, Chastity avait fait demander son médecin pour qu'il l'examine et certifie qu'elle était toujours pure. Son père l'avait su et avait fait venir une femme. Celle-ci prétendait être sage-femme, mais Chastity la soupçonnait de tenir un bordel. L'affreux homme de main de son père, Lindle, l'avait maintenue allongée tandis que la femme forçait son hymen, éliminant la seule preuve de sa vertu.

Quand le Dr Marsden était arrivé, elle avait voulu le renvoyer, mais son père l'avait obligée à subir l'examen médical en la menaçant.

— Eh bien ? insista Cyn. La question n'est pas si compliquée.

— Non. Non, je ne suis pas vierge.

Il la scruta.

— C'est bien vrai ? Si tu m'as menti, je le saurai.

Chastity soutint son regard.

— Vous ne me ferez pas saigner, milord, je vous assure. J'ai déjà eu un homme dans mon lit.

Ces deux affirmations étaient vraies. Cyn lui lâcha le menton.

— Très bien.

Il repoussa sa robe de ses épaules et la laissa glisser au sol. Puis il la fit pivoter pour dénouer les cordons de son jupon.

Le contact de ses doigts la fit frissonner. Quand le jupon tomba à ses pieds, il fit courir ses mains le long de son dos. Elle s'abandonna contre lui et il lui mordilla la nuque.

Avant d'éternuer.

— Pourquoi diable as-tu mis de la poudre ? s'exclama-t-il en la tournant face à lui.

— Je suis désolée. Comme vous l'avez deviné, je ne suis pas très expérimentée.

Il prit ses seins au creux de ses paumes.

— Ce n'est pas une question d'expérience. Je connais des femmes délurées qui ne se rendent pas compte que leurs crèmes et leurs coiffures sont une gêne.

De ses pouces, il lui caressa la pointe des seins à travers la soie. Le désir de Chastity resurgit, plus violent que jamais. Elle fit mine d'ôter sa chemise, mais il l'en empêcha.

— Non, ma chère. Je ne suis pas sûr d'être encore prêt.

Il la souleva dans ses bras et la déposa sur le matelas.

— Moi, je suis prête, dit-elle.

— Vraiment ? Voyons voir.

Il s'agenouilla entre ses jambes, posa les mains sur ses chevilles et les fit remonter lentement. Chastity s'ouvrit spontanément à lui, mais ses doigts s'immobilisèrent sur ses cuisses, ses pouces effleurèrent sa féminité.

— Seigneur, que faites-vous ? murmura-t-elle.

Elle sentit sa tête là, entre ses jambes, puis ses lèvres.

— Que...

— Ne pose pas autant de questions. Est-ce que c'est bon ?

Ses doigts s'introduisirent en elle. Chastity s'abandonna avec un gémissement rauque et arqua le dos. Il se redressa alors, prit la pointe d'un sein entre ses lèvres tout en la caressant de la main.

Éperdue, elle eut conscience de crier de plaisir, de s'étirer et de se cambrer pour aller à sa rencontre.

Alors, il cessa ses caresses et son sexe se pressa contre elle. Il entra en elle doucement, presque timidement. Elle gémit et creusa les reins pour mieux le prendre. Il l'écartelait et pourtant c'était délicieux.

Elle crut l'entendre soupirer lorsqu'il fut entièrement en elle. Puis il se retira.

Affolée, elle voulut le retenir. Mais il revint en elle et elle frissonna de plaisir.

— Ne crains rien, Chloé, dit-il tendrement en lui caressant la joue, je ne te priverai pas de plaisir. Viens, rejoins-moi.

D'abord lents, ses coups de reins s'accélérèrent, les menant à l'explosion finale qui fit voler Chastity en éclats.

Elle émergea des ténèbres, consciente qu'elle ne serait plus jamais la même. Elle était à la fois hébétée et plus vivante qu'elle ne l'avait jamais été.

Allongé sur elle, Cyn haletait. Il était brûlant et en nage. Quand ils se séparèrent, un air froid caressa le corps de Chastity qui rit de plaisir.

Cyn se pencha sur elle. Son regard était sombre et mystérieux, mais il souriait.

— Une chose est sûre, ma Chloé, ceux qui sont passés dans ton lit avant moi étaient de pauvres lourdauds. Pourquoi avoir perdu ton temps avec eux ?

Elle aurait aimé lui dire la vérité, mais cela aurait gâché ce moment merveilleux.

— J'étais une pauvre ignorante.

— Et maintenant ?

— Maintenant je sais.

— Que vas-tu faire de ce savoir ?

S'il ne pensait pas avoir été le premier, il savait qu'il était le premier à l'avoir emmenée au septième ciel, elle en était sûre. Et il se sentait responsable d'elle, comme s'il lui avait pris sa virginité. Essayait-il d'aider tous les malheureux qui croisaient son chemin ? Il avait déjà Verity, William et Charles sur les bras ; il n'avait pas besoin d'une Chloé délurée à protéger.

Elle devait le libérer.

— À partir de maintenant, je saurai, dit-elle en s'asseyant. Je n'accorderai plus mes faveurs à la légère.

— C'est une promesse ?

Elle hocha la tête. Elle aurait désespérément voulu lui ouvrir son cœur. Lui dire qu'elle l'aimait et qu'elle n'imaginait pas partager une telle intimité avec un autre. Elle aurait tellement voulu qu'ils puissent se montrer honnêtes l'un envers l'autre. Juste une fois.

Mais ils n'auraient que cette soirée.

Et la nuit n'était pas finie.

Elle regarda pensivement son sexe flasque sur sa cuisse.

— Bientôt, dit-il en riant. J'en suis sûr.

Il s'assit, lui ôta sa chemise froissée et drapa l'édredon sur eux. Se blottir contre lui était un bonheur inattendu auquel elle n'aurait renoncé pour rien au monde.

Il remplit les verres de vin.

— Parle-moi de toi.

— Vous voulez donc connaître mes mystères ?

— Oui, je veux voir ton âme.

— Pourquoi ne pas me révéler vos secrets le premier, milord ?

— Mes secrets…, murmura-t-il en fixant les flammes. J'ai souvent peur avant la bataille. Est-ce un secret ? Ce n'en est pas un pour mes camarades, car c'est un sentiment que nous partageons. Il faudrait être fou pour ne pas avoir peur. Je ne crains pas la mort. J'ai peur d'être blessé.

Chastity crispa les doigts sur son verre. La mort était bien la dernière chose dont elle avait envie de parler.

— Vous n'avez pas de secrets qui ne soient pas militaires ?

— Tu veux la liste de mes maîtresses ?

— C'est tout ce qui vous intéresse ? L'amour et la guerre ?

— Peut-être. Combien de temps faut-il pour connaître quelqu'un ? Pour tomber amoureux ?

— Un instant, ou l'éternité.

— C'est vrai. Et maintenant, tu me dois un secret.

— Je ne suis faite que de secrets et de mystères. Si j'en révèle un seul, je m'effondrerai.

Il se leva brusquement et l'entraîna vers un petit miroir tacheté accroché au mur. Leur reflet paraissait étrange à la lueur de la flamme vacillante. Il y avait Cyn, ses cheveux lui frôlant les épaules. Et elle, qui était un mystère pour elle-même. Cette femme avec ses cheveux sombres couverts de poudre, son masque et ses lèvres gonflées était une inconnue.

— Regarde, dit-il, je vais te montrer des mystères.

Il la toucha sans la quitter des yeux. Et elle regarda cette femme étrange et délurée fondre de plaisir sous ses caresses expertes. Elle laissa sa tête retomber sur son épaule. Ses lèvres s'entrouvrirent. Son souffle se fit erratique. Elle l'observa dans le miroir. Il était terriblement attentif à ses réactions.

— Je n'aime pas cela, murmura-t-elle.

— Menteuse, riposta-t-il avant de lui mordiller l'épaule. Je peux découvrir tous les secrets de ton corps et m'en servir pour briser ton mystère, mais tu ne t'effondreras pas. Tu n'en seras que plus forte.

Lorsqu'elle essaya de résister à ses caresses, il accentua la pression de ses mains entre ses cuisses et sa volonté fut anéantie.

— Révèle-moi tes secrets.

Une vague de désir déferla en elle, et elle ferma les yeux.

— Que voulez-vous ?

— Que tu me fasses confiance.

— J'ai confiance, dit-elle en écartant les jambes, offerte.

— Non. Pas seulement pour cela.

— Je n'ai rien à vous donner, Cyn Malloren.

Elle se dégagea et courut ramasser ses vêtements. Il la fit basculer sur le matelas, la maintint prisonnière de son corps.

— Ce n'est pas fini.

— Je vous ai dit que je n'avais rien d'autre pour vous.

— Je te veux tout entière. Je veux tes secrets.

— Vous êtes fou ! s'écria-t-elle en se débattant.

— Oui, je suis fou. Tu ne sens donc pas ce qu'il y a dans cette chambre, bon sang ? Après cela, tu pourras encore te donner à un autre ?

— Il n'y aura pas d'autre homme !

— Fais-moi confiance !

Il l'embrassa passionnément. Elle lui rendit son baiser en pleurant. Les larmes roulèrent sur ses joues et il les cueillit de ses lèvres.

— Pleure, Chloé, pleure pour nous. Quoi qu'il arrive, tu n'oublieras jamais ce qui vient de se passer.

Il lui fit l'amour de nouveau. Au début, elle lutta contre la passion qui la submergeait, redoutant son intensité, la violence de son désir. Puis elle capitula.

Deux fois, il l'amena au bord du précipice, et s'arrêta, en dépit de ses supplications, lui offrant du vin et de la crème. Furieuse, elle l'insulta, voulut le frapper.

Il la fit pivoter et lui massa doucement le dos. Lorsqu'elle se fut calmée, il insinua la main entre ses cuisses et la caressa jusqu'à ce qu'elle crie de désir.

— Soyez maudit, Cyn Malloren, si vous m'abandonnez encore une fois !

Il rit et s'allongea près d'elle.

— Prends l'initiative, Chloé, dit-il. Chevauche-moi.

Elle grimpa sur lui, le prit en elle avidement et le regarda se dissoudre tandis qu'elle le faisait coulisser en elle. Mais elle avait appris la leçon. Au prix d'un effort surhumain, elle s'immobilisa et se pencha sur lui.

Il ouvrit les yeux, les poings serrés.

— Oh... espèce de petite dévergondée, je vais donc devoir te supplier ?

— Oui.

— Je t'en prie, chuchota-t-il, les pupilles dilatées.

Chastity céda, et ils s'envolèrent ensemble.

Ils s'endormirent. Elle se réveilla, à demi allongée sur lui, l'édredon les recouvrant vaguement. Le feu était éteint et la lumière grise qui filtrait à travers les vitres poussiéreuses suggérait que l'aube était là. Chastity se leva avec précaution, mais Cyn ne bougea pas.

C'est à peine si elle le distinguait dans la pénombre. Elle tendit la main pour le toucher, puis se ravisa. C'était fini, songea-t-elle la gorge nouée. Elle devait fuir.

Le souffle court, elle enfila la chemise, le jupon et la robe. Il était peu probable qu'elle croise quelqu'un à cette heure, et si c'était le cas, les vêtements qu'elle avait enfilés feraient l'affaire.

Elle récupéra la clé sous le matelas et ouvrit la porte. Le grincement la fit grimacer. Cyn ne bougeait toujours pas. Elle se glissa dans le couloir, redescendit l'escalier étroit, et regagna la chambre de lord Heatherington.

Dès qu'elle fut sortie, Cyn ouvrit les yeux. C'était sans doute la plus sinistre des conclusions à la nuit la plus enfiévrée de sa vie. Refermant les paupières, il en revécut la plus grande partie.

Une chose était certaine : il ne pouvait vivre sans elle. Et il ne pouvait la laisser vivre sans lui.

Il avait éprouvé une souffrance presque physique en reconnaissant le parfum que portait la catin de

Gresham. La vie avait perdu tout intérêt parce que sa demoiselle en détresse était en réalité une traînée. Et non un ange condamné à tort. C'était pour se venger, plus que pour le plaisir, qu'il l'avait volée à son ami.

Alors qu'il s'attendait à être dégoûté par les ficelles d'une femme de mauvaise vie, il avait été séduit par sa charmante ignorance. Il s'attendait sincèrement qu'elle avoue être vierge et s'était préparé à ce qu'elle le demeure, quoi qu'il lui en coûtât. Même lorsqu'il l'avait pénétrée, il avait espéré avoir la preuve qu'elle mentait.

Or elle avait dit vrai.

Cela étant, il n'en fallait pas beaucoup pour perdre sa virginité, et il était évident qu'elle n'avait pas l'expérience d'une gourgandine. Peut-être n'y avait-il eu que Vernham…

Il secoua la tête et sourit. Elle était certainement en train de se retransformer en Charles. Il jouerait le jeu tant qu'il n'aurait pas décidé de ce qu'il devait faire. L'avenir ne s'annonçait pas facile. Le monde serait étonné de voir un Malloren épouser une femme dont la réputation était en lambeaux. Rothgar ferait son possible pour l'en dissuader.

Mais malgré le monde, malgré Rothgar, malgré tout le reste, il la ferait sienne.

Cyn se leva et s'étira avec l'impression d'être le roi du monde. Il s'habilla en sifflotant et remit de l'ordre dans leur petit nid d'amour.

12

Chastity ne connaissait que deux façons de rejoindre la chambre de Heatherington : soit passer par l'extérieur, soit traverser le hall. Quand elle ouvrit la porte donnant sur le jardin, un brouillard glacial la transperça. Frissonnante, elle referma la porte et rebroussa chemin. La maison était silencieuse. Ramenant les pans de sa robe sur sa poitrine, elle hâta le pas.

Un faible bruit de voix lui parvint de la salle de jeu. Décidant que ces joueurs invétérés n'étaient pas dangereux, elle se glissa dans le hall.

Une seule lampe brûlait encore. L'air était chargé d'odeurs de transpiration et d'alcool, mais le hall était désert. Quelques vêtements étaient éparpillés par terre, et une tache sombre sur les marches de chêne laissait penser qu'on avait renversé quelque chose. Cela ne pouvait pas être du sang. Car si quelqu'un en avait perdu une telle quantité, il y aurait eu du remue-ménage.

Quoique, si un massacre avait été commis pendant la nuit, Cyn et elle auraient-ils pu s'en rendre compte ?

Malgré sa tristesse, elle ne put s'empêcher de sourire en se remémorant leur nuit. Elle n'aurait jamais cru connaître cela. La passion les avait unis comme du métal dans une forge. Ils n'avaient pas d'avenir, mais cette unique nuit valait toutes les souffrances à venir.

À condition que Cyn ne découvre jamais la véritable identité de Chloé. Il fallait qu'elle parte avant qu'il se réveille. Empoignant ses jupes, elle gravit l'escalier. Son pied heurta une bouteille vide qui dévala les marches et heurta le bas de la rampe.

— Qu'avons-nous là ?

Chastity fit volte-face et découvrit le marquis de Rothgar sur le pas d'une porte, dans le halo de lumière projeté par un chandelier. Il posa ce dernier sur une table et vint vers elle.

Chastity commença à monter l'escalier en courant, mais il fut plus rapide qu'elle et lui attrapa le bras.

— Je vous en prie, monsieur, dit-elle avec un accent campagnard, en détournant le visage, laissez-moi partir.

Il lui prit le menton, ramenant son visage vers lui.

— Ce n'est pas très malin de vous faire passer pour une campagnarde, ma chère. Seules les dames de qualité sont masquées, ici.

Chastity resserra le devant de sa robe – elle avait l'impression d'être à moitié nue.

— Je veux peut-être me faire passer pour une dame de qualité, monsieur.

— Je me demande pourquoi. Elles ne sont pas payées.

Il l'avait fait pivoter et se tenait maintenant entre l'escalier et elle. Son cœur se mit à cogner de peur.

Il la considéra avec un petit sourire, mais ses yeux étaient dans l'ombre et elle n'aurait su dire si son sourire s'y reflétait. Ses jambes se mirent à trembler. Au nom du ciel, que voulait-il ?

Il était aussi impeccable qu'au début de la soirée, et ne semblait pas manquer de sommeil. Était-il humain ? Était-il venu à Rood House par hasard, ou parce qu'il traquait Cyn ? Il était impossible qu'il fasse le lien entre Cyn et elle, même s'il savait que son frère était arrivé en compagnie d'un jeune homme.

Il sortit une bourse de sa poche, l'ouvrit et fit tomber quelques guinées au creux de sa main.

— J'ai passé la soirée aux tables de jeu. Je vous offre ceci pour finir la nuit avec vous.

Chastity serra désespérément les doigts sur sa robe.

— La nuit... est presque terminée.

— C'est vrai.

— Je suis trop fatiguée, monsieur.

Il haussa les sourcils.

— Encore une erreur. Une catin n'est jamais trop fatiguée. Qu'êtes-vous donc ? Une dame ou une prostituée ?

Chastity tenta de le contourner, mais il lui barra le passage.

— Je vais crier.

— Vous croyez vraiment que cela servira à quelque chose ?

Il était monté sur une marche, la dominant davantage. Chastity dut se tordre le cou pour croiser son regard.

— Que voulez-vous, monsieur ?

— Milord, rectifia-t-il doucement. Je me demande où vous avez passé la nuit.

— Avec un amant.

— C'est ce que je pensais. Et il vous a laissée trop fatiguée pour un autre. Est-ce un exploit ? Je me le demande.

Une fois de plus, Chastity essaya de le contourner, et il l'en empêcha de nouveau. Elle n'était pas de taille à affronter cette situation. Elle n'allait pas tarder à fondre en larmes.

Il tira une épingle de sa cravate de dentelle – une perle baroque montée sur une barrette en or – et l'agita sous son nez.

— Cette épingle contre un baiser.

Chastity regarda l'épingle et la tête lui tourna.

— Et ensuite vous me laisserez partir ?

— Ce n'est pas très flatteur, mon petit. Mais oui, je vous laisserai partir. Si vous en avez encore envie.

Chastity en savait un peu plus sur les baisers que la dernière fois que Rothgar l'avait embrassée. Cette perspective l'effrayait, mais après tout, ce n'était qu'un baiser. Cyn pouvait se réveiller et la chercher d'un moment à l'autre.

— Très bien, milord.

Il lui prit la taille à deux mains et la souleva sans effort pour la déposer sur la marche supérieure afin qu'elle soit à son niveau. Dans le mouvement, sa robe s'ouvrit, et elle voulut en rattraper les pans. Il la devança, les ramena devant elle et les fixa à l'aide de l'épingle.

Puis il la regarda.

Chastity demeura très calme, prête à payer le prix demandé avec dignité.

— Vous auriez dû exiger que je définisse le mot « baiser » avant d'accepter le marché, dit-il.

— Un baiser est un baiser.

— Dans ce cas, qu'est-ce qu'un baiser ?

Il posa les mains sur ses épaules, lui effleurant le cou de ses pouces. Ce n'était pas déplaisant, sauf que Cyn pouvait les surprendre à tout moment. Non seulement les deux frères se retrouveraient face à face, mais ils se chamailleraient au sujet de ce baiser et elle perdrait toute chance de s'enfuir.

— Juste votre bouche sur la mienne, dit-elle avec brusquerie.

— Quelle pauvre définition, ma chère, s'esclaffa-t-il. Fort bien, donc, juste votre bouche sur la mienne.

Il se pencha pour caresser ses lèvres des siennes, la taquinant jusqu'à ce qu'elle se détende. Elle éprouva l'étrange besoin de lui agripper les épaules pour ne pas tomber, mais crispa les doigts sur son corsage. Elle aurait dû fixer une limite à la durée de ce baiser.

Il insinua la langue entre ses lèvres, et elle s'adoucit davantage. Il était habile, devait-elle admettre, même si elle souhaitait en finir. Elle redoutait d'entendre les pas de Cyn dans le hall. À moins qu'il ne passe par le jardin ? Il était peut-être déjà dans la chambre de Heatherington !

La langue de Rothgar s'aventura dans sa bouche. Instinctivement, elle le repoussa. Puis elle ouvrit les yeux, redoutant sa colère.

Il affichait un sourire un peu penaud.

— C'était un pauvre petit baiser, dit-il en reculant. Filez, charmant oiseau.

Lorsque Chastity voulut lui rendre l'épingle, il leva la main.

— Gardez-la. J'ai trouvé cette rencontre des plus instructive. Vous pourriez toutefois répondre à une question si vous avez des scrupules à garder mon épingle.

— Oui ? dit-elle, méfiante.

— Les baisers que vous avez reçus pendant la nuit vous ont-ils plu davantage que les miens ?

— Oh, oui !

Elle se rendit compte qu'elle souriait, et sans doute rougissait-elle aussi. Il s'inclina avec élégance.

— Dans ce cas, puissiez-vous en avoir encore de la même source.

Déconcertée, Chastity pivota et s'enfuit.

Devant la porte de la chambre, elle hésita. Cyn était peut-être déjà là. S'il n'y était pas, leur hôte pouvait avoir décidé de dormir dans son lit. Il devait avoir un double de la clé. Elle tourna la poignée et poussa doucement le battant. La chambre était vide.

Le lit aussi. Elle alluma la bougie sur la table de chevet. Apparemment, personne n'était entré en son absence.

Elle se laissa tomber sur le lit, tremblant de tous ses membres. Elle aurait voulu se cacher au fond d'un trou assez longtemps pour rassembler les morceaux éparpillés d'elle-même et trouver le courage d'aller de l'avant. Mais elle n'avait pas le temps. Il fallait qu'elle redevienne Charles et qu'elle parte.

Elle commença par ôter l'épingle de sa robe. Ce n'était pas facile, Rothgar l'avait enfoncée dans la partie la plus épaisse de la soie. Levant les yeux, elle aperçut son reflet dans le miroir. Bonté divine, elle était affreuse.

Sa perruque était de guingois, ses lèvres gonflées par les baisers. La poudre rose s'était répandue sur le masque de velours noir et sur les manches de sa robe. Celle-ci était à peine décente, et ses seins étaient visibles à travers la soie de sa chemise.

Était-ce ce qui avait attiré Rothgar ?

Sûrement pas.

Alors, que voulait-il ? se demanda-t-elle, soucieuse, en se déshabillant. Si elle l'avait pris au mot et avait accepté de lui vendre son corps pour quelques heures, il serait allé jusqu'au bout. Mais son invitation n'était pas vraiment sérieuse. Pourtant, il ne l'avait pas laissée partir tout de suite, et ce baiser lui avait coûté cher.

Elle ne comprenait pas ce qu'il voulait, et cela lui faisait peur. Quand elle était encore lady Chastity Ware, à Londres, Rothgar ne lui faisait pas peur. Maintenant qu'elle n'était plus qu'une fugitive, dont les liens avec son frère ne lui plairaient sûrement pas, il l'inquiétait. Il fallait qu'elle parte d'ici au plus vite.

Elle versa l'eau du pichet dans la cuvette de porcelaine pour faire disparaître les traces de crème et de maquillage. Puis elle passa un linge mouillé entre ses cuisses. Avant de se figer. Et si elle était enceinte ?

Seigneur, que ferait-elle ? Ce qu'elle avait fait était pure folie ! À coup sûr, son père la tuerait. Elle pressa d'instinct les mains sur son ventre, comme si elle pouvait percevoir un changement. Puis elle les laissa retomber. Elle affronterait ce désastre le moment venu.

Malgré son appréhension, elle s'attendrit à la pensée de porter l'enfant de Cyn. Mais cela lui donnait une raison supplémentaire de fuir.

Il avait fait l'amour à une jeune fille de bonne famille, et même s'il ne la croyait pas vierge, il se sentirait obligé de l'épouser. Un enfant scellerait son destin. Elle ne pouvait le piéger dans un mariage qui ruinerait sa carrière et le couperait définitivement de sa famille.

Elle fit disparaître en hâte toutes les traces de sa mascarade. Elle fourra la perruque dans le bagage de Cyn, puis se rendit compte qu'il comprendrait en la trouvant à qui il avait eu affaire. Elle la récupéra et la jeta au fond de l'armoire de Heatherington – avec un peu de chance, Cyn oublierait son existence. Les vêtements et le masque la rejoignirent.

Que faire de l'épingle de Rothgar ? Elle fut tentée de la laisser dans la chambre, mais Rothgar la lui avait offerte spontanément. Que signifiait sa question sur les baisers qu'elle avait reçus au cours de la nuit ? Venant d'un autre homme, cela aurait pu être une pique suscitée par la jalousie. Pas avec lui.

Là encore, elle ne comprenait pas. Elle fixa toutefois l'épingle à l'intérieur de sa veste. Si un jour elle en arrivait aux pires extrémités, ce bijou lui permettrait peut-être de s'acheter un repas ou deux.

Elle remit sa perruque et son chapeau. Une fois de plus, Charles apparut dans le miroir. Son visage de la nuit, adouci par la passion, se superposa à l'image et elle imagina Cyn derrière elle, ses mains sur son corps…

Repoussant ces rêveries, elle fouilla dans les poches de l'uniforme de Cyn et y trouva de l'argent. Elle en prit la moitié.

Dans un moment de faiblesse, elle s'empara de sa veste et inhala son parfum. Seigneur, comment pouvait-elle le quitter ?

Et comment aurait-elle pu rester ?

Continuer cette comédie était impossible, de même qu'elle n'imaginait pas lui révéler la vérité. Elle aurait l'impression de le piéger après l'avoir trompé.

Peut-être s'était-il attaché à la femme mystérieuse avec laquelle il avait fait l'amour. Peut-être se lancerait-il à la recherche de Chloé...

Eh bien, Chloé aurait disparu, tout comme Charles.

Chastity se figea.

S'ils disparaissaient tous les deux, Cyn ferait-il le lien entre eux ? Sûrement. Elle enfouit le visage entre ses mains tremblantes.

Devait-elle rester ou fuir ? Et soudain, elle sut. Il fallait rester. Pour le bien de Cyn, elle devait prolonger cette mascarade.

Après avoir remis l'argent dans sa poche, elle s'examina dans le miroir afin de s'assurer qu'elle avait fait disparaître toute trace de Chloé. Mis à part ses lèvres encore rouges et gonflées, elle était redevenue Charles.

Elle glissa la main entre ses jambes. Elle avait découvert la nuit dernière que le sexe masculin était visible sous les vêtements. C'était une chance qu'elle n'ait jamais été démasquée. Certes, personne ne la soupçonnait et les deux couches de vêtements l'avaient aidée. Elle alla prendre les pelotes de laine dans le bagage de Cyn et façonna la laine pour en faire un rouleau qu'elle glissa dans son pantalon. Elle étudia son reflet dans le miroir. L'illusion était subtile, mais si quelqu'un s'interrogeait à son sujet, ses doutes s'envoleraient dès qu'il jetterait un coup d'œil à son entrejambe. Elle espérait que cela s'appliquerait aussi à Cyn.

Elle vérifia minutieusement qu'il ne restait plus rien de Chloé. Puis elle mit le lit en désordre pour faire croire qu'elle avait dormi dedans, et attendit.

Peu après, on frappa discrètement à la porte. Elle ouvrit et fit entrer Cyn. La regardait-il avec une attention particulière, ou était-ce son imagination ? Elle était à cran et mourait d'envie de se jeter dans ses bras.

— J'espère que vous avez bien dormi, mon petit Charles.

— Assez bien. Pas vous, apparemment.

Il la regarda, les paupières lourdes.

— Qu'est-ce qui vous fait croire cela ?

— Vous n'êtes pas revenu. Vous avez dû trouver un autre lit, dans lequel vous n'avez pas dormi.

Il commença à ôter ses vêtements pour endosser son uniforme.

— Oh, j'ai un peu dormi ! Mais si je m'assoupis en route, je compte sur vous pour me guider jusqu'à Maidenhead.

Sans prendre la peine de répondre, Chastity s'empara de son habit pour le ranger dans le sac. Elle sentit le papier dans sa poche. Il n'avait donc pas trouvé son message ? Que faire ? Rothgar l'inquiétait. S'ils tombaient sur lui, il les retarderait.

— Vous avez besoin de ce papier ? demanda-t-elle en le sortant de la poche.

Surpris, il l'attrapa et lut le message.

— Sacrebleu, Rothgar est ici !

— C'est un message de votre frère ?

— Pas du tout. Quelqu'un a voulu m'avertir. Mais qui ?

— Il risque de nous arrêter ?

— Non. Mais il n'y a qu'une explication à sa présence dans un lieu tel que celui-ci : il me cherche. Je crains qu'il ne soit à nos trousses.

— Pourquoi vous poursuivrait-il ?

— Parce qu'il se mêle de tout, rétorqua Cyn en bouclant son sac d'un air irrité. Vous êtes prêt ?

Chastity acquiesça, se coulant dans le rôle de Charles avec une facilité déconcertante, et elle franchit la porte derrière lui.

Il se dirigea droit vers l'escalier. Craignant de tomber sur Rothgar, elle le retint par la manche.

— Il... il doit y avoir un escalier de service au bout du couloir.

— Nous ne sommes pas des fugitifs. Nous étions invités.

— Mais votre frère ?

— Je ne vais quand même pas me faufiler dans l'escalier de service comme un domestique pour éviter Rothgar !

— Très bien. Prenez le chemin de l'enfer.

Après une hésitation, il renonça à l'escalier principal. Au bas du petit escalier, il s'engouffra dans un passage débouchant dans l'aile des domestiques.

La cuisine était froide et déserte dans la lumière grise du petit matin. Trois valets enveloppés dans des couvertures étaient assoupis près du feu. Cyn secoua la tête et sourit.

— Quand Heatherington fait une fête, le monde entier a mal au crâne. Cette soirée restera dans les annales.

Il trouva le garde-manger et y prit une tourte, un morceau de pain, du fromage et quelques pommes. Il remplit deux verres de bière et en tendit un à Chastity.

— Nous ne prendrons pas le petit déjeuner à l'auberge ?

— Non, nous n'y retournerons pas. Si Rothgar est là, il sait sûrement que nous y avons laissé les chevaux ; il doit la faire surveiller. Nous allons voir s'il est possible d'emprunter des chevaux à Heather sans faire d'histoires.

— Je croyais que vous ne vouliez pas vous cacher à cause de votre frère ?

Il lui coula un regard noir.

— Je veux juste éviter une confrontation si je le peux. Venez.

Dehors, la pluie glacée les transperça. Chastity frissonna. Il leur fallut un certain temps pour dénicher l'écurie dans la grisaille. Un vieil homme vint vers eux en boitillant.

— Vous avez besoin de vos chevaux, messieurs ? s'enquit-il, soupçonneux. Je pensais pas que quelqu'un se lèverait aussi tôt ce matin.

— Nous devons être les seuls debout. Je suis lord Cynric Malloren, envoyé du gouvernement. Lord Heatherington m'a promis de mettre deux chevaux à ma disposition.

L'homme semblait sceptique, mais il ne chercha pas à discuter. Il alla seller deux pur-sang. Quand ils enfourchèrent leurs montures, Cyn demanda d'un air détaché :

— Je crois que mon frère, le marquis de Rothgar, est ici. Vous ne l'avez pas vu ?

— J'ai encore vu personne à part vous, milord.

— Ah. Si jamais vous le voyez, dites-lui que je suis désolé de l'avoir manqué.

Sur ce, ils sortirent de la cour et s'engagèrent dans l'allée menant à la route.

— Vous n'auriez pas mieux fait de le payer pour qu'il se taise ?

— Rothgar lui aurait donné davantage pour le faire parler.

— C'est donc un défi que vous lui lancez ?

— Quand il se sera enfin levé et aura pris son petit déjeuner, nous serons déjà à Maidenhead. Il pourra essayer de nous rattraper si ça lui chante.

Son agressivité à l'endroit de son frère pouvait les conduire au désastre, songea Chastity. Mais elle ne pouvait le prévenir que Rothgar était déjà levé sans révéler son secret.

Ils finirent par trouver une borne qui les aida vaguement à se repérer.

— Le problème, c'est que je n'ai pas vu la route que nous avons empruntée en voiture.

— Distrait par vos charmantes chansons, sans doute, rétorqua Chastity.

— Mon petit Charles, vous allez devenir diablement ennuyeux si vous n'apprenez pas à vous divertir.

— Je sais me divertir quand les circonstances me plaisent, croyez-moi.

— J'espère voir cela un jour.

Chastity dissimula un sourire. Cyn également. Elle n'avait pas perdu son esprit de repartie, songea-t-il.

Le ciel était gris, et le soleil luttait pour se faire une place au milieu des nuages.

— Nous devons nous diriger vers le nord. Nous finirons bien par croiser une route qui va vers Londres.

Au bout d'une heure, la pluie cessa, et le brouillard finit par se dissiper. Ils s'arrêtèrent et partagèrent la tourte. Cyn bâilla, et Chastity dut faire un effort pour ne pas l'imiter.

Ils n'avaient pas dû dormir plus de trois ou quatre heures.

— Fatigué, milord ?

— Un peu. Et vous, mon petit Charles ? Vous avez l'air un peu raide. Vous n'avez pas l'habitude de... monter autant.

Chastity garda les yeux baissés. Il ne croyait pas si bien dire. Le voyage de la veille l'avait fatiguée, mais elle était tout endolorie d'avoir fait l'amour.

— Ne vous en inquiétez pas, dit-il en lui flanquant une claque dans le dos. Il ne doit pas nous rester plus de dix kilomètres à parcourir.

Ils retrouvèrent la route d'Oxford et découvrirent, en s'arrêtant dans un relais de diligence, que Maidenhead n'était qu'à cinq kilomètres à l'est. Ils continuèrent leur voyage et croisèrent un grand nombre de voitures.

Soudain, Chastity étouffa un cri et tira sur les rênes.

— Le carrosse de mon père vient de passer !

— Dans quelle direction allait-il ?

— Vers l'est. Vers Maidenhead.

— Du calme, dit-il en posant brièvement sa main sur la sienne. Nous savions qu'il serait dans les parages. Ainsi que Henry Vernham, sans doute. Ils ne cherchent pas deux cavaliers.

La vue du carrosse avait ravivé la terreur de Chastity.

— Cyn…

— Oui ?

— Le plus important est de transmettre le message au major Frazer. Si par hasard mon père me reconnaît, il faudra me laisser et poursuivre notre mission.

— Et vous laisser affronter sa colère ? répliqua-t-il en fronçant les sourcils.

L'estomac de Chastity se noua à la pensée de la colère de son père.

— J'aurai droit à une correction, mais ce n'est pas grave.

— Verity semble redouter votre père. Pourquoi ne veut-elle pas lui demander de l'aide ?

— Parce qu'il l'empêchera d'épouser Nathaniel.

— Sinon, elle se sentirait en sécurité chez lui ?

— Oui. Pourquoi cette question ?

— Je me demandais.

— C'est un homme sévère qui pense avoir le droit de diriger la vie de ses filles. C'est tout.

— Et celle de son fils ?

— Je suis encore en pension, je dois lui obéir.

— Il vous battra.

— Probablement. Je n'en mourrai pas.

Cyn hocha la tête et ils poursuivirent leur route.

À vrai dire, elle ignorait ce que ferait le comte s'il l'attrapait. Jamais elle n'avait rien fait d'aussi scandaleux. Après tout, son père savait qu'elle n'avait pas invité Vernham dans son lit. Il l'avait fouettée pour l'obliger à accepter le mariage et s'était attendu à ce qu'elle cède.

Il ne l'avait jamais frappée au point de lui laisser des marques. Une seule fois, sa résistance l'avait rendu fou de rage. C'était à ce moment-là qu'elle avait commencé à s'interroger sur sa santé mentale et avait craint pour sa vie. Dieu merci, il était parvenu à se contrôler avant de commettre le pire.

Son frère Fort, en revanche, aurait été capable de lui briser le cou. Il s'emportait facilement et était persuadé qu'elle avait souillé l'honneur de la famille.

— Nous sommes presque arrivés, annonça Cyn. Gardez la tête et les yeux baissés.

Ils atteignirent les premiers cottages de Maidenhead alors que la cloche de l'église sonnait cinq coups. Ils n'avaient vu aucun signe de la présence du comte, mais celui-ci avait dû s'arrêter dans l'une des nombreuses auberges. Des carrosses et des malles-poste encombraient la rue, et les trottoirs étaient bondés.

Cyn mit pied à terre et fit signe à Chastity de l'imiter.

— La première chose à faire est de vous trouver un endroit sûr. Après quoi, je partirai à la recherche de Frazer. Il n'y a pas de caserne ici, il doit donc loger chez l'habitant.

Chastity aurait aimé l'accompagner, mais ce n'était pas prudent. Elle l'aurait mis en danger.

— Si seulement nous savions dans quelle auberge père est descendu…

Cyn s'arrêta devant une auberge et s'adressa à un valet devant la porte.

— Bonjour, savez-vous si le comte de Walgrave est descendu ici ?

— Non, capitaine. Il doit être à l'auberge de l'Ours.

Cyn lui lança un penny et continua son chemin.

— Donc, nous devons éviter l'auberge de l'Ours. Il doit faire surveiller toutes les tavernes, mais il ne me cherche pas, et vous non plus.

Ils s'arrêtèrent à la Tête de Sarrasin. Chastity rabattit le bord de son chapeau sur son front avant de guider son cheval dans la cour. Des valets vinrent prendre leurs montures et ils pénétrèrent dans la salle. Cyn demanda une salle privée et engagea la conversation avec l'aubergiste. Il évoqua la présence des militaires en ville, puis il aborda le cas étrange de la pauvre lady Vernham, dont le portrait était affiché partout.

Quand ils montèrent dans leurs chambres, ils savaient que le comte de Walgrave avait sillonné la route de Bath à la recherche de sa fille, qu'une compagnie d'infanterie se préparait à partir pour le continent sous le commandement du major Frazer, que celui-ci était logé à Cross House, près de la rivière, et qu'on pensait que la pauvre dame était morte. Des recherches avaient lieu le long de la rivière pour retrouver son corps et celui de son bébé.

Cyn installa Chastity dans une chambre avec tout ce dont elle avait besoin.

— Vous devez rester ici.

— Entendu. Essayez de ne pas vous absenter trop longtemps.

— Je ne serai pas long. Vous devriez réfléchir à ce que nous ferons si Frazer refuse de suivre notre plan de crainte de mettre sa carrière en danger.

— Il ne trahira pas Verity. Vous feriez passer votre carrière avant votre amour, vous ?

— Non, admit-il doucement. Cela dit, j'ai des revenus en dehors de ma paie de soldat, et une famille pour me soutenir. Qu'en est-il de Frazer ?

— Il possède un petit domaine, mais sa famille n'a rien à voir avec la vôtre.

— Ma foi, nous verrons ce qu'il dira. Ne bougez pas d'ici, répéta-t-il. Et fermez la porte à clé.

— Bien sûr, je ne suis pas idiot, répliqua-t-elle, agacée. Allez-y, plus vite vous l'aurez vu, mieux cela vaudra.

Dès qu'il fut parti, elle tourna la clé dans la serrure. Elle n'avait pas l'intention de sortir de la chambre cette nuit. Elle s'assit près de la fenêtre et regarda l'animation dans la rue. Les yeux dans le vague, elle songea à son futur.

Si elle retrouvait la mégère qui avait rompu son hymen, peut-être pourrait-elle l'obliger à avouer la vérité. Si Nerissa Trelyn refusait de changer sa version des faits, elle pourrait la menacer de révéler sa présence à l'orgie et prendre d'autres femmes à témoin. Tout cela était assez vague. Si les femmes l'accusaient de bluffer, qui la croirait ? Et pour raconter son histoire, elle devrait reconnaître qu'elle-même était présente à cette soirée.

Sa seule vraie preuve était la lettre. Elle la sortit et la relut. Elle était scandaleuse, et après avoir passé la nuit avec Cyn, Chastity comprenait beaucoup mieux de quoi il était question.

Je rêve de vous, mon Hercule, quand je suis allongée dans le lit conjugal si froid. J'imagine votre sexe dur pénétrant dans mon fourreau soyeux, et Weak T. croit que je soupire pour lui. La semaine dernière, quand nous nous sommes vus au théâtre, je portais votre mouchoir entre mes cuisses. Il était trempé de mon désir. Je recommencerai, aussi pensez-y quand nous nous reverrons, votre désir en sera exacerbé.

En ferez-vous autant pour moi ? Je glisse dans cette lettre le ruban de ma chemise – le rose dont vous vous souvenez. Enroulez-le autour de votre sexe, mais pas trop serré, mon noble étalon, vous pourriez en mourir.

Mon cœur palpite de désir tandis que je vous écris. Je viendrai. Je vous le promets. Je prendrai tous les risques pour vous...

À sa première lecture, Chastity avait été scandalisée. À présent, elle éprouvait de l'envie. L'écriture était à coup sûr celle de lady Trelyn et cette lettre pouvait détruire sa réputation. Mais serait-elle capable de faire endurer à une autre le rejet dont elle-même avait souffert ?

Après tout, Nerissa Trelyn n'avait fait que dire la vérité. Elle avait découvert Chastity Ware au lit avec un homme. Fallait-il lui demander de mentir ?

Elle cala le menton sur sa main. Il fallait qu'elle trouve un endroit où se réfugier. Sa gouvernante avait épousé un vicaire à Westmorland. Cette ville lui semblait suffisamment éloignée...

Soudain, elle tressaillit et recula dans l'ombre. Un homme la regardait, de l'autre côté de la rue, et il venait de s'éclipser. Il ne pouvait pas l'avoir reconnue, et cependant il y avait quelque chose de sournois dans ses manières...

Quelle idiote ! Elle n'aurait pas dû s'asseoir à la fenêtre.

Elle se leva d'un bond. Que faire ?

Malgré sa promesse à Cyn de ne pas sortir, elle ne pouvait pas rester dans cette chambre, tel un lapin pris au piège dans son terrier. Elle prit un peu d'argent dans son sac, sortit en courant et dévala l'escalier.

Personne de suspect ne rôdait dans l'entrée. Elle s'engouffra dans un corridor menant à la cuisine, et trouva l'aubergiste en train de dîner. Il se leva en faisant grise mine.

— Vous voulez quelque chose, monsieur ? Vous auriez dû sonner.

Chastity avait préparé une histoire. Celle-ci n'était pas très crédible, mais l'aubergiste se laisserait peut-être acheter. Elle lui sourit d'un air innocent.

— Je dois vous avouer quelque chose, monsieur. Je me suis sauvé de chez moi pour m'engager dans l'armée, mais mon père n'est pas d'accord. Il me trouve trop jeune. Le capitaine Malloren a eu la gentillesse de m'aider et il va me faire intégrer son régiment. Malheureusement, je viens de voir mon père passer dans la rue et je crains qu'il ne comprenne pas le rôle qu'a joué le capitaine dans cette affaire. C'est un homme important, et il pourrait lui causer des ennuis. Aussi, je voudrais me cacher jusqu'au retour du capitaine. Pourriez-vous ne pas dire à mon père que je suis ici ?

Elle déposa trois guinées sur la table. L'aubergiste regarda les pièces, puis les empocha.

— Par exemple, jeune homme ! Il refuse que son fils aille servir Sa Majesté ? Où va le monde ? Allez à l'écurie avec les chevaux. Vous y serez en sécurité et j'avertirai le capitaine à son retour.

Chastity le remercia d'un grand sourire et sortit en courant. Une voiture se trouvait dans la cour, mais personne ne fit attention à elle. Elle s'engouffra dans l'écurie.

À peine entrée, quelqu'un surgit dans son dos. Une main se plaqua sur sa bouche, une autre entre ses cuisses – qui s'écarta vivement comme si quelque chose l'avait piquée. Chastity fut libérée.

— Que diable... ? cria-t-elle en pivotant.

Les deux hommes maigres échangèrent un regard embarrassé. De parfaits inconnus, constata-t-elle avec soulagement.

— Désolé, gamin, on est à la recherche d'une jeune dame qui s'est sauvée de chez elle. On t'a pris pour elle.

Chastity écarta les jambes et posa les poings sur ses hanches, adoptant la posture d'un jeune valet effronté.

— Une *dame* ? La peste vous emporte ! J'ai l'air d'une jeune dame ?

— Non, mon gars. Et parle pas trop fort. Si elle t'entend, elle va se sauver.

— Je me demande ce que vous manigancez, dit Chastity en les toisant.

Elle choisit un cheval au hasard et fit mine de s'en occuper. Son cœur battait à tout rompre. Elle avait été bien inspirée de rembourrer son pantalon ! La veille seulement, ils l'auraient démasquée. Elle dut faire un effort pour ne pas avoir l'air pressée, allant et venant devant les deux hommes, puis elle passa dans la cour encombrée. Que faire maintenant ? Il fallait qu'elle reste à distance de Cyn.

Elle s'engagea dans la rue.

C'était l'heure du dîner, et il y avait moins de monde dehors. Où pourrait-elle se réfugier ? Dans l'église.

Imitant le pas nonchalant des autres passants, elle se dirigea vers l'église en question, s'arrêtant de temps à autre devant une devanture pour vérifier qu'elle n'était pas suivie. Elle regardait un service en porcelaine quand une main la saisit au collet.

— Par tous les diables, quand père me l'a dit, je n'ai pas voulu le croire !

Chastity vit la silhouette de son frère Fort se refléter dans la vitrine.

13

Son frère tirait si violemment sur son foulard qu'elle pouvait à peine respirer. Puis il décida soudain de ne pas faire de scène et la lâcha. Elle n'avait cependant aucune chance de lui échapper, car il referma la main sur son bras.

— Suis-moi.

Appeler à l'aide aurait été inutile. Fort dirait qu'elle était un valet ou un écolier en fugue, et on le croirait. Elle chercha Cyn du regard, en vain. Dans l'intérêt de Verity, elle devait laisser sa famille dans l'ignorance de leur plan. Quoique malade à l'idée d'affronter son père, elle laissa donc son frère l'entraîner dans la grande rue.

Pourrait-elle le gagner à sa cause ? Pour l'heure, il était furieux. Et certes, n'importe quel homme serait furieux de voir sa sœur déambuler en ville déguisée en valet. Avait-elle la moindre chance de le convaincre que les projets de leur père n'étaient pas bons pour Verity ?

Elle songea au Fort de la veille, qui s'était montré si gentil à sa façon. Et au grand frère indulgent d'autrefois. Elle cessa de résister, et il se détendit un peu.

— Où m'emmènes-tu ?

— Père a loué une maison dans ce quartier.

Elle voulut se libérer et y parvint presque. Il lâcha un juron.

— Fort, je t'en supplie, laisse-moi partir !

— Pourquoi diable ferais-je une chose pareille ? Pour que tu te comportes comme une traînée ? Je ne vois pas d'autre raison pour se promener dans ce déguisement.

Chastity faillit protester, mais la nuit dernière, elle s'était conduite comme une catin.

— Je retournerai directement chez Nana, promit-elle, au désespoir.

— C'est certain. Père y veillera, à moins qu'il ne veuille te surveiller d'encore plus près.

— Fort, ma réputation est détruite ! Quel intérêt aurait-il à me garder près de lui ? Laisse-moi partir !

Son frère lui agrippa les épaules et la secoua.

— Tu as déjà déshonoré notre nom ! Et tu voudrais que je te laisse faire pire encore ? Plutôt te tuer !

Il l'entraîna dans une rue perpendiculaire et la fit passer sous un porche. Quatre maisons qui semblaient abandonnées entouraient un square minuscule formant une enclave coupée du monde. Ici, tout pouvait arriver sans que personne s'en doute.

Chastity frémit et refusa d'avancer.

— Fort, non. Tu ne sais pas de quoi père est capable !

— Je le sais, et j'espère qu'il te donnera une bonne correction.

Il s'approcha d'une porte laquée de noir et frappa. Chastity perdit tout espoir quand George Lindle leur ouvrit.

Officiellement, l'homme était le secrétaire de leur père, en réalité, c'était un autre employé très discret qui se chargeait des papiers du comte. Lindle était plutôt un homme de main sous son apparence suave et élégante. Un grand sourire apparut sur son visage rond.

— Dieu soit loué. Nous avons retrouvé un des agneaux égarés.

Comme toujours, son regard était froid et inexpressif. Lindle l'avait maintenue ou attachée quand son père la frappait, sans jamais cesser de sourire. C'était à croire qu'il aimait voir les autres souffrir.

— Oui, Lindle, dit Fort, et j'espère que nous retrouverons bientôt l'autre. Je l'emmène en haut, prévenez mon père.

— Le comte est allé voir le colonel de la milice à Slough, milord. Je vais lui envoyer un message sur-le-champ, mais il ne sera pas là avant plusieurs heures.

Chastity remercia intérieurement le ciel.

— Ne devrions-nous pas prendre des mesures de notre côté pour retrouver lady Verity et son fils, milord ? Il ne faudrait pas qu'il leur arrive malheur…

— En effet. Où sont-ils, Chastity ?

— Pourquoi cette question ? Et pourquoi crois-tu que je suis là ? ajouta-t-elle sur une inspiration. Je les cherche.

— Pourquoi ici ?

— Pour la même raison que toi : Nathaniel. Tu veux dire que personne n'a retrouvé sa trace ? enchaîna-t-elle, feignant l'inquiétude. Oh, mon Dieu, elle s'est peut-être jetée dans la rivière ! Mais pourquoi ? Pourquoi ? Personne ne me fera croire que la mort de sir William l'a plongée dans un tel désespoir !

Elle parvint à les tromper, ou du moins à les intriguer, car les deux hommes échangèrent un regard inquiet.

— Je l'emmène en haut, répéta Fort. Envoyez ce message à mon père.

Il emmena Chastity dans une pièce vide. Dès qu'elle la vit, tous ses espoirs d'évasion s'évanouirent. La pièce était visiblement destinée à garder un prisonnier, et son père et Lindle ne faisaient jamais d'erreur dans ce domaine.

La pièce avait dû être une chambre, mais elle n'était plus qu'une coquille vide, dépouillée de tout ce qui aurait pu faciliter une évasion. L'unique fenêtre n'avait pas de rideaux, et elle était certaine qu'il était impossible de l'ouvrir.

On pouvait toutefois briser les vitres.

Il y avait une cheminée, mais pas de feu. Dommage, car Chastity n'aurait pas hésité à déclencher un incendie. Il n'y avait pas de cendres non plus, et elle se demanda s'il était possible de grimper à l'intérieur du conduit. Elle en doutait, mais elle y réfléchirait. Elle était prête à tout pour sortir d'ici avant le retour de son père.

Son seul espoir était de gagner Fort à sa cause. Le comte se contiendrait devant son fils. Après tout, le comte de Walgrave était un modèle de dignité, de noblesse et de justice. L'Incorruptible.

Si Chastity n'avait jamais éprouvé d'affection pour lui, elle avait longtemps cru à son image publique.

Fort soupira.

— Je me demande comment tu as pu en arriver là, Chastity. Tu ignores vraiment où se trouve Verity ?

Il semblait sincèrement inquiet. Chastity n'avait pas envie de lui mentir, elle répondit pourtant :

— Oui. J'espérais qu'elle serait à Maidenhead avec Nathaniel. En sécurité.

— Elle était en sécurité chez elle. Je ne comprends pas pourquoi elle s'est enfuie. Pour aller retrouver un homme, qui plus est. Sais-tu ce que les gens diront ?

— Elle devait être désespérée, Fort. Elle pensait sûrement qu'elle était en danger.

— Dans ce cas, elle aurait dû revenir auprès de sa famille. Son fils et elle auraient été en sécurité avec père.

— Sans doute, répondit prudemment Chastity. Cela dit, elle aime Nathaniel depuis toujours. Elle a donc pensé tout de suite à lui.

— S'enfuir en plein mois de novembre avec un bébé, et uniquement les vêtements qu'elle avait sur le dos, pour aller retrouver un homme qu'elle a connu il y a des années ? Non, je crains qu'elle n'ait perdu la tête.

— Fort, tu ne vois pas qu'elle devait avoir une bonne raison ? Et Henry Vernham ? Il a été nommé tuteur de l'enfant, n'est-ce pas ? C'est peut-être lui qui l'a poussée à cette extrémité.

— Ce crétin est capable de tout, mais je ne pense pas qu'il ferait du mal à une Ware. Les Vernham ont beau être des gens répugnants, ils ne sont pas stupides à ce point.

— Répugnants ? Alors pourquoi ne t'es-tu pas opposé au mariage de Verity avec William ?

— Pourquoi l'aurais-je fait ? C'était le choix de Verity.

— Jamais de la vie. C'était le choix de père.

— De père ? répéta Fort d'un ton moqueur. Dieu sait que j'ai eu le plus grand mal à trouver une femme d'assez noble famille pour son goût. Pourquoi aurait-il encouragé une alliance avec quelqu'un comme sir William ?

— Et pourquoi Verity aurait-elle voulu épouser cet homme-là ? Fort, tu sais qu'elle a toujours voulu se marier avec Nathaniel.

— Elle ne serait pas la première à décider qu'un titre, même insignifiant, et qu'une fortune, même mal acquise, valent mieux qu'un physique attrayant. Nathaniel Frazer ne possède quasiment rien.

Chastity eut envie de le frapper. Il ne comprenait donc pas ?

— Crois-moi, Fort, Verity ne voulait pas épouser sir William. Elle aurait préféré mille fois se marier avec Nathaniel. Tu la connais. Elle ne s'est jamais intéressée aux titres de noblesse ni à l'argent.

Fort parut troublé, mais il s'entêta pourtant :

— Raison de plus pour que père n'encourage pas cette union.

— Il a pourtant favorisé une union entre Henry Vernham et moi.

— Uniquement après l'avoir découvert nu dans ton lit !

Chastity en resta bouche bée. Il le croyait vraiment ? Apparemment, oui. Elle renonça à le détromper. C'eût été aussi vain que d'essayer de déplacer une montagne. Et il aurait d'abord fallu le convaincre que leur père n'était pas aussi noble qu'il voulait le faire croire.

Elle abandonna la discussion et repensa à ce que Fort venait de dire. Elle avait cru que ce qui lui était arrivé était un malheureux coup du sort, mais il devenait clair que tout cela avait été préparé. S'il était trop tard pour sauver sa réputation, elle pouvait encore sauver Verity.

— Que voulais-tu dire, au sujet de la fortune de sir William ? Elle aurait été mal acquise ?

Mais Fort examinait ses vêtements d'un air désolé.

— Il faut te trouver des vêtements décents ou père va t'étriper.

Il alla à la porte pour appeler Lindle, mais un valet lui apprit qu'il était sorti.

— Peu importe, Fort, dit-elle. Cela ne fera pas une grande différence. Qu'en est-il de la fortune de Vernham ?

— Il est de notoriété publique qu'il a considérablement augmenté sa fortune après la rébellion jacobite de 1745. Il a été nommé enquêteur pour examiner les dossiers de sympathisants jacobites. Tout le monde sait que certains des partisans des Stuarts étaient prêts à payer cher pour faire oublier leurs activités.

Verity lui avait fait la même remarque. Elle alla à la fenêtre. Celle-ci donnait sur un petit jardin abrité des autres maisons par une rangée d'arbres. Un garde se tenait dans le jardin. Pas d'évasion possible de ce côté-là.

— Comment se fait-il que tu sois ici ? demanda-t-elle.

— Où veux-tu que je sois ? En train de me prélasser dans un café ? Je suis à la recherche de Verity. Je pensais qu'elle était avec toi et relativement en sécurité. Maintenant, je suis beaucoup plus inquiet. Tu me jures que tu ignores où elle se trouve, Chastity ?

Chastity se dit qu'elle ne savait pas exactement où était sa sœur. Elle pouvait se trouver dans n'importe quelle pièce de la maison de Mme Garnet, ou dans le jardin, ou même dans la rue à condition d'être déguisée.

— Je te le jure, répondit-elle d'un ton ferme.

Fort accepta sa réponse et se mit à arpenter la pièce.

— Je suis sûr que Frazer disait la vérité quand nous l'avons interrogé.

— Quelle a été sa réaction ?

— Il était très inquiet. Il voulait se lancer à sa recherche, mais nous l'avons persuadé de rester ici au cas où Verity lui demanderait de l'aide. Encore que j'ignore pourquoi elle irait vers lui plutôt que vers nous ! Je ne comprends pas davantage pourquoi tu n'es pas restée là où tu étais, ni pourquoi tu as accueilli ce rat de Vernham dans ton lit...

— Je ne l'ai pas accueilli !

— Alors pourquoi y était-il ? hurla Fort.

— Comment diable veux-tu que je le sache ?

Son frère la gifla.

— Surveille ton langage.

Chastity posa la main sur sa joue en feu, les larmes aux yeux. Depuis qu'elle se déguisait en homme, elle avait pris l'habitude de s'exprimer comme aucune jeune fille ne devrait le faire.

— Je suis désolée. Je suis folle d'inquiétude, Fort. Je n'ai pas invité Henry Vernham dans mon lit, je te le jure. Je déteste cet homme. Il a essayé de me violer !

— C'est ce que tu as dit à l'époque, sauf que personne ne t'a entendue crier, avant qu'on vous découvre.

— Je dormais quand vous avez tous fait irruption dans ma chambre !

— Tu veux me faire croire qu'un homme nu est entré dans ton lit et t'a à demi déshabillée sans que tu te réveilles ?

— Oui, Fort. Et tu sais mieux que quiconque que j'ai toujours eu le sommeil lourd. Tu te rappelles le jour où tu m'as emportée, endormie dans le corridor, et que tu m'as déposée sous la statue du dragon ? J'ai tellement hurlé en me réveillant que j'ai alerté toute la maison.

Fort esquissa un sourire.

— C'est vrai, admit-il. Mais tu n'avais que dix ans.

— Je n'ai pas changé.

— Mais Henry Vernham ne pouvait pas le savoir. Si tu ne l'as pas invité, il aurait dû s'attendre que tu hurles. Écoute, Chastity, tu as sans doute commis une erreur de jugement. Personne ne te condamnerait pour cela, et Vernham n'est pas vilain, pour qui aime ce genre. Il n'empêche que tu aurais dû l'épouser. Tu n'avais pas d'autre choix.

— Même s'il s'était introduit dans mon lit en ayant ce plan en tête ?

— Comment pouvait-il savoir que père ferait irruption dans ta chambre et exigerait réparation ?

Il le savait parce que leur père avait tout manigancé, faillit hurler Chastity. Mais son frère ne la croirait jamais.

— Il avait demandé ma main et père a accepté.

— Parce que tu le voulais.

— Qui t'a dit cela ?

— Père.

— Père a... il s'est trompé. Oh, Fort, je t'en supplie, crois-moi ! Pourquoi aurais-je voulu épouser Vernham ? Je ne le trouve pas séduisant et il n'avait même pas de titre ou de fortune pour compenser.

Fort se rembrunit et elle crut l'avoir enfin convaincu.

— Tu veux dire que tu es encore vierge ?

Elle faillit acquiescer, puis se ravisa.

— Non, murmura-t-elle.

— Mais ce n'est pas Vernham qui t'a déflorée ? Tu as été très occupée, dis-moi. Qui a donc eu cet honneur ? Donne-moi un nom et je le tuerai.

— Je ne peux pas.

Il lui agrippa le bras.

— Un nom !

Comme elle ne répondait pas, il la secoua, puis la projeta au sol.

— Tu t'es donnée à un inconnu ? Combien d'hommes as-tu connus ? Seigneur, tu me dégoûtes !

Il se tenait au-dessus d'elle, le visage rouge de colère, les poings serrés. Elle crut qu'il allait la frapper. Soudain, il tourna les talons et quitta la pièce en claquant la porte. La clé tourna dans la serrure. Elle enfouit la tête entre ses mains.

À moins que leur père ne révèle lui-même la vérité, Fort ne la croirait jamais. Personne ne la croirait, du reste. L'histoire était trop incroyable. Elle-même doutait presque.

Et maintenant, elle était inquiète pour Cyn. Si son rôle dans cette affaire venait à être connu, Fort le mettrait en pièces.

Il fallait à tout prix qu'elle s'échappe. Elle ne pensait pas être capable de tenir tête à son père, et le nom de Cyn ne devait pas franchir ses lèvres. Elle alla jeter un coup d'œil à la cheminée, mais, comme prévu, le conduit était trop étroit. Avec peu d'espoir, elle examina la porte. La clé était restée dans la serrure, mais cela ne lui servirait à rien. Elle frappa à la porte.

— Oui, madame ? répondit une voix d'homme, confirmant ce dont elle se doutait, à savoir qu'un garde était posté devant la porte.

— Je voudrais boire quelque chose.

— Bien, dit-il, mais il ne quitta pas son poste. Holà, Jacky ! Lady Chastity a soif.

Quelques minutes plus tard, on lui apportait un broc d'eau en bois et des biscuits. Pas d'assiette. Rien qui aurait pu lui être utile.

Elle grignota un biscuit en pensant à Cyn Malloren et cela lui fit du bien. Elle n'était plus la jeune fille perdue, prisonnière de son père. L'expérience l'avait endurcie, et Cyn Malloren lui avait ouvert les yeux. Elle savait désormais qu'elle avait le droit d'être forte, et d'être en colère.

Malheureusement, cela ne l'empêchait pas d'avoir peur. Son père était un homme redoutable. En refusant d'épouser Vernham, elle avait découvert l'étendue de sa cruauté. Elle avait survécu, mais elle tremblait à l'idée d'être de nouveau soumise à son pouvoir.

Elle se mit à arpenter la pièce vide et se rappela soudain la lettre de lady Trelyn. Il ne fallait surtout pas qu'on la trouve sur elle !

Elle chercha désespérément une cachette. En vain. Elle commençait à envisager de manger le papier lorsqu'elle remarqua que le manteau de la cheminée n'était pas collé au mur. Avec un soupir de soulagement, elle glissa la lettre dans l'interstice.

Elle reviendrait la chercher si elle le pouvait, sinon, la lettre resterait là, provoquant sans doute la perplexité d'un prochain propriétaire dans quelques années.

Elle était malade de peur à l'idée que Fort reconnaisse en elle sa cavalière de la veille. Cela signerait son arrêt de mort. Comment expliquer sa présence dans ce qui avait dû être l'orgie de la décennie ?

Elle fouilla une fois de plus dans ses poches pour s'assurer qu'elles ne contenaient plus rien de compromettant. Puis elle s'assit par terre et appuya la tête contre le mur. Il faisait froid et elle était contente d'avoir deux couches de vêtements. Dans le profond silence, elle entendit les cloches d'une église lointaine sonner deux coups.

Avec un peu de chance, Cyn et Nathaniel étaient déjà en route. Mais elle devrait garder le silence aussi longtemps que possible. En dépit de sa peur, le manque de sommeil eut raison d'elle et elle s'endormit.

— Bon sang, Chastity, réveille-toi ! Tu as vraiment le sommeil lourd.

Elle ouvrit les yeux. Fort la secouait, l'air plus inquiet qu'en colère. Commençait-il à croire à son histoire ? Elle n'eut pas le temps de réfléchir. Son père était là, ainsi que Lindle. Elle se leva maladroitement.

À soixante ans passés, le comte de Walgrave était un homme robuste et imposant, avec des yeux bleus perçants, un nez fort et un visage large. Il portait un costume de voyage de velours brun et une perruque grise, mais la simplicité de sa mise ne le rendait pas moins impressionnant. Il avait à la main une canne de bambou à pommeau d'or. Chastity connaissait cette canne.

— Merci, Thornhill, dit le comte. Tu peux sortir.

Chastity adressa un regard suppliant à son frère.

— J'aimerais rester, monsieur. Si, comme vous le pensez, elle sait où se trouve Verity, je veux être le premier à l'apprendre. Dieu seul sait quels dangers menacent ma pauvre sœur.

— Dieu, et n'importe quel homme d'expérience, ajouta le comte d'une voix suave.

Il paraissait calme, mais Chastity savait qu'il était furieux. Son instinct ne l'avait pas trompée, Fort restait malgré tout sa seule protection.

Le comte la rejoignit en deux grandes enjambées et se campa devant elle, les mains sur le pommeau de sa canne.

— Tu m'attristes, ma fille. Je suis perplexe. Te voir là, dans ces habits misérables, fuyant la protection de ta famille... Je crains que ta méchanceté n'ait contaminé ta sœur. Tu l'as emmenée ici pour me défier.

Si Chastity était terrifiée, elle n'était plus paralysée comme autrefois. Son esprit fonctionnait. Elle espérait obliger son père à révéler quelque chose de compromettant devant Fort.

— Pourquoi amener Verity ici serait vous défier, père ?

Il étrécit les yeux, notant visiblement le changement en elle.

— Que ma fille bien-aimée aille demander de l'aide à d'autres que moi me blesse. Vernham l'a peut-être fait fuir, mais elle aurait dû venir à Walgrave Towers solliciter mon aide. C'est toi, misérable créature, qui l'as poussée à cette folie. Qu'espérais-tu y gagner ?

Chastity ne tomba pas dans le piège.

— Je suis venue à Maidenhead parce que je savais que si Verity n'allait pas à Walgrave Towers, elle viendrait ici retrouver l'homme qu'elle aime depuis toujours. Peut-être pensait-elle que vous l'empêcheriez à nouveau de l'épouser.

— L'empêcher ? Elle avait choisi librement sir William.

— Librement ? Vous l'avez obligée à se marier, hypocrite ! Comme vous avez tenté de m'obliger à épouser son frère !

Le comte secoua tristement la tête.

— Approche et tends la main droite, paume vers le haut.

Chastity frémit. Elle était allée trop loin. Avant qu'elle se déguise en homme, avant qu'elle rencontre Cyn Malloren, elle n'aurait jamais parlé à son père sur ce ton. Mais elle savait que tôt ou tard il ferait usage de sa canne.

— Père, protesta Fort.

— Mon cher garçon, elle est déchaînée. Je ne peux tolérer cela. J'éprouve de la peine à la frapper, mais tu as pu constater que la douceur ne servait à rien. Obéis ! ordonna-t-il en se tournant vers Chastity.

— Très bien, père. Vous m'avez appris les règles quand vous me frappiez pour m'obliger à épouser votre ami Henry Vernham. Je n'ai pas oublié.

Elle fit un pas en avant et tendit la main, incapable d'en réprimer le tremblement. La canne s'abattit et la douleur fusa le long de son bras. Elle pressa sa main endolorie contre sa poitrine, luttant contre les larmes.

— Espérons que tu cesseras de te montrer insolente. Tu n'as pas à remettre ma droiture en question. Jamais. À présent, dis-moi où se trouve Verity.

— Je l'ignore.

Il lui souleva le menton à l'aide du pommeau de sa canne.

— Dis-moi où elle était la dernière fois que tu l'as vue.

Elle hésita et il s'en aperçut.

— C'était à Pâques, à Walgrave Towers.

— Elle ment, dit le comte à son fils.

— Pour l'amour du ciel, Chastity, pourquoi fais-tu cela ? s'écria ce dernier. Verity et son fils sont en danger. Nous devons les protéger.

— Je répondrai uniquement si père promet de la laisser épouser Nathaniel.

— Ridicule ! s'exclama le comte. Il n'est pas question de mariage tant que sa période de deuil n'est pas écoulée.

— Promettez-moi qu'alors vous permettrez ce mariage.

Le comte s'empourpra.

— Je ne promettrai rien. Tu oses marchander avec moi, drôlesse ? Tu dois obéir et me dire où est ta sœur, et me faire confiance pour veiller sur elle.

— Comme lorsque vous l'avez mariée à Vernham ?

— Tends la main droite.

Chastity obéit en tremblant. La canne s'abattit de nouveau et elle ne put retenir un cri.

Le comte ne dit rien. Elle attendit en serrant sa main brûlante contre sa poitrine. Combien de temps tiendrait-elle ? Elle lança un coup d'œil à Fort, mais elle avait perdu son soutien lorsqu'elle avait admis savoir où était Verity.

Pourquoi leur père tenait-il tant à la retrouver ? Juste pour avoir le contrôle sur elle ? Son instinct lui soufflait que ce n'était pas tout. Cette recherche désespérée cachait quelque chose.

Vernham devait avoir une emprise sur le comte.

Mais laquelle ?

Fort s'approcha, lui prit doucement la main et l'attira à l'écart.

— Cela doit faire un mal de chien, n'est-ce pas ? Tu veux dire qu'il a fait la même chose pour t'obliger à épouser Vernham ?

Du coin de l'œil, elle vit le comte s'entretenir avec Lindle. Ce qui n'augurait rien de bon.

— Fort, quelque chose ne va pas. Cela n'a pas de sens...

— Peut-être. Il n'empêche que nous devons retrouver Verity.

— Elle est en sécurité. Avec une famille très convenable.

Lindle quitta la pièce et Walgrave vint vers eux.

— Elle a parlé ? Un peu de gentillesse après un traitement dur fait souvent des merveilles.

— Elle dit que Verity est en sécurité chez des gens convenables.

— Vraiment ? En tant que père, je suis rassuré. Mais je ne le serai réellement que lorsque je pourrai serrer ma fille et mon petit-fils contre mon cœur. L'adresse, s'il te plaît.

Chastity secoua la tête.

— Pourquoi tiens-tu à m'empêcher de voir Verity ?

C'était bien sûr impossible de répondre à cette question. Rassemblant son courage, Chastity tendit sa main meurtrie.

Le comte souleva sa canne, mais se contenta d'en effleurer sa main tremblante.

— Je crains que tu ne sois possédée par le démon. Il nous faudra du temps pour te libérer de son emprise. N'aie crainte, je m'y efforcerai le moment venu... Mais ma douce Verity ? Pourquoi n'a-t-elle pas confiance en son propre père ? Hein ? Comment as-tu fait pour la monter contre moi ?

— Je n'en ai pas eu besoin. Elle est venue directement au cottage. Elle n'avait aucune envie de vous demander votre aide.

Le coup ne venait toujours pas. Elle connaissait cette méthode. Cette attente était presque pire que la douleur.

— Et pourquoi ne voulait-elle pas de mon aide ?

C'était la façon dont il avait traité Chastity qui avait incité Verity à s'éloigner de son père, et, accessoirement, parce qu'il s'opposait à son mariage avec Nathaniel. Chastity pourrait le lui dire, mais quelque chose dans les manières du comte l'intriguait. Pourquoi cette question était-elle aussi importante ? Allait-il dire quelque chose qui l'incriminerait ?

Il lui tapota sa main de sa canne.

— À cause de la façon dont vous m'avez traitée.

Il la scruta un instant, puis repoussa sa main avec la canne et s'éloigna. Chastity sentit ses jambes se dérober et elle lutta pour rester debout. Ce n'était pas fini.

La maison était isolée, aucun son ne lui parvenait de l'extérieur. Dans la pièce, tout le monde retenait son souffle, lui semblait-il. Chastity commença à compter. C'était le seul moyen qu'elle avait trouvé pour résister au silence de son père.

Elle en était à soixante-cinq quand il se tourna vers elle.

— Une raison mesquine de risquer sa vie et celle de son enfant. Cela ne ressemble pas à Verity. Je crains que tu ne lui aies raconté des mensonges. Ma foi, tout s'éclaircira quand nous l'aurons retrouvée.

La porte s'ouvrit sur Lindle.

— Lindle est allé te chercher des vêtements plus appropriés, expliqua le comte. Nous reprendrons cette conversation quand tu te seras changée.

Chastity nota que Fort répugnait à la laisser seule. Il fut fermement poussé dans le couloir. La clé tourna dans la serrure et elle se retrouva seule. Elle se laissa tomber au sol et souffla sur sa main meurtrie.

Cette punition n'était rien. Son père avait juste réagi à son manque de respect. C'était une façon de la préparer à ce qui allait suivre. De lui rappeler la dernière fois, quand Lindle avait dû lui tenir les mains car elle était sans force.

Cette fois, ce serait pire, parce que son père était hors de lui, et aux abois. Cette fois, il n'hésiterait pas à lui laisser des cicatrices ou à l'estropier.

14

Chastity se releva. Autant se changer. Elle ne voyait pas d'inconvénient à redevenir une femme.

Où était Cyn ? se demanda-t-elle en se déshabillant. L'espace d'un instant, elle pria pour qu'il soit dans les parages et vienne à son secours. Et elle chassa cette pensée. Il fallait qu'il soit en route pour Winchester. Elle lui avait dit de ne pas se soucier d'elle et d'aller secourir Verity.

Elle enfila les vêtements : une chemise de soie, un jupon de taffetas, et un corsage à manches longues. Lindle n'avait sans doute pas eu le temps de lui trouver des vêtements de pauvre, mais où diable avait-il déniché ceux-ci ? Les couleurs n'allaient pas ensemble. La chemise était rose, le jupon rouge coquelicot, et le corsage vert avec des rayures jaunes.

Elle eut du mal à l'agrafer. Non seulement il était trop petit, mais le décolleté était indécent. Il couvrait à peine ses mamelons, et au moindre mouvement ses seins apparaissaient, couverts par la chemise presque transparente.

Elle se regarda, horrifiée. L'ensemble était de mauvais goût et le jupon laissait voir ses chevilles. Ce n'était pas par hasard que son père avait choisi cette tenue. Il voulait qu'elle ressemble à une catin.

Elle faillit remettre ses vêtements masculins, mais ils lui seraient retirés par l'odieux Lindle, elle le savait. Son père et lui ne reviendraient pas avant de s'être débarrassés de Fort.

Comme il n'y avait pas de chaussures, elle remit ses bas et ses bottes. C'était ridicule, mais au moins elle aurait chaud et serait plus décente. Dans la foulée, elle drapa son manteau sur ses épaules. Quelque chose lui piqua les doigts.

L'épingle de Rothgar ! Impossible de la cacher derrière la cheminée avec la lettre, la fente n'était pas assez large. Finalement, elle la fixa sur l'envers de son jupon. S'ils la trouvaient, elle dirait qu'elle ne lui appartenait pas, qu'elle était restée accrochée aux vêtements de celle qui les avait portés avant elle – son parfum s'y attardait encore.

Elle se mit à tourner en rond dans la pièce.

Si elle avait toujours cru que Fort participait à la conspiration contre elle, elle se rendait maintenant compte qu'il était aussi, sans le savoir, la victime de leur père. Pouvait-elle lui ouvrir les yeux ?

Il ne protesterait sans doute pas si on la fouettait, en revanche, il n'approuverait pas que leur père se montre cruel à dessein. Hélas, ce dernier trouverait sûrement un moyen de l'écarter avant de s'attaquer à elle.

Chastity entendait la cloche de l'église sonner les heures au loin. Le jour baissait. Par quatre fois quelqu'un passa devant la porte, mais personne n'entra.

Puis la clé tourna dans la serrure, et elle rassembla son courage. La clé tourna de nouveau, dans l'autre sens. C'était une ruse. Elle réprima des larmes de rage.

Elle se força à réfléchir. Si elle poussait son père à bout au point de lui faire perdre le contrôle, peut-être révélerait-il quelque chose. Sauf qu'il y aurait à coup sûr des représailles, et elle frémit rien que d'y penser.

Il faisait nuit à présent. La cloche avait sonné huit coups quand la clé tourna de nouveau. La porte s'ouvrit et son père entra avec Lindle, qui posa un chandelier près de l'entrée. Fort n'était pas avec eux.

— Ton frère s'est rendu chez le major Frazer. Il sera là dans un moment. Cette veste n'est pas assortie à ta tenue. Enlève-la.

Chastity obéit. Se battre pour des futilités était inutile.

— Tu peux garder les bottes. Il ne faudrait pas que tu attrapes froid. Cette robe te va très bien, ma chère. Lindle, je vous félicite.

— Merci, milord.

— Emportez ces vieux vêtements, et jetez-les.

Désespérée, Chastity regarda Lindle emporter ses habits. Elle voulut ajuster son corsage, et se ravisa. Cela ne ferait qu'amuser davantage le comte.

— Tu me connais, ma fille, je n'aime pas qu'on conteste mon autorité.

— Et pourtant, je l'ai fait.

Il se rembrunit, contrarié.

— Tu crois avoir gagné ?

— Non. Mais vous n'avez pas gagné non plus.

Il souleva sa canne, se contenta de lui toucher la tête.

— Tes cheveux ont presque repoussé. Je crains de devoir les raser de nouveau avant de nous séparer.

Chastity ferma les yeux, s'obligeant à ne pas supplier.

— Mais il ne faut pas trop m'en vouloir, ma chère. Regarde !

Elle ouvrit les yeux. Lindle était revenu avec une perruque couleur miel qui ressemblait beaucoup à sa chevelure naturelle.

— Oui, ce sont tes cheveux, reprit le comte en récupérant la perruque. Dis-moi où est Verity et elle est à toi. Essaie-la donc. Lindle, un miroir !

Le comte posa doucement la perruque sur son crâne. Lindle approcha avec un long miroir qu'il appuya contre le mur. Pour la première fois depuis des mois, elle se vit telle qu'elle avait été. D'épaisses boucles brillantes lui encadraient le visage, comme si toute cette horreur n'avait jamais eu lieu...

La perruque fut brutalement arrachée. Elle redevint monstrueuse. Et indécente. Plaquant les mains sur sa poitrine, elle se détourna.

Son père lui saisit les mains et l'obligea à se tenir devant le miroir. Il lui tenait les bras en arrière si bien que ses seins s'échappèrent de son corsage.

— Le rouge, Lindle.

Ce dernier tira sur la chemise et lui barbouilla les aréoles de rouge.

— Comment pouvez-vous laisser ce... cette créature me toucher ?

Walgrave finit par la lâcher.

— Tu es seule responsable de ce qui t'arrive, déclara-t-il en s'écartant. Tu n'as aucun sens du devoir, ni envers ta famille ni envers moi. Tu vois à présent ce qu'il t'en coûte. Ce rouge ne partira pas, même en te lavant. Mais tu t'en accommoderas.

Chastity se tourna lentement pour lui faire face. Que diable avait-il en tête ? Il sortit sa montre de gousset et l'ouvrit.

— Il est 8 h 15. Si à 9 heures tu m'as dit où se trouvait Verity, tu seras libre. Sinon, tu seras livrée à un bordel près de la rivière. La patronne t'attend avec impatience. Elle m'a promis de choisir pour toi les clients les plus intéressants. Tu sais ce que cela signifie ?

— Vous ne pouvez pas faire cela !

— Oh que si ! Tu ne m'es plus d'aucune utilité.

Sa froideur frappa de plein fouet, et cependant, elle était soulagée. Son père tenait toujours parole, il la libérerait si elle lui révélait où se cachait Verity. Elle le ferait, juste avant 9 heures. Elle serait libre, et quand Walgrave arriverait à Winchester, Verity serait déjà partie. Grâce au ciel, le comte ignorait qu'elles avaient un allié.

— Si tu obéis, tu pourras emporter la perruque.

Sur ce, il se dirigea vers la porte. La main sur la poignée, il se retourna.

— Qu'ai-je oublié, Lindle ?

Ce dernier ne répondit pas. La question était purement rhétorique.

— Ah, oui, la punition ! Pour commencer, tu as quitté la maison sans permission, enchaîna-t-il en comptant sur ses doigts. Deuxièmement, tu as porté des vêtements indécents. Troisièmement, tu as voyagé à travers le pays et même gagné de l'argent. Je peux savoir comment ? Non ? Peu importe. Quatrièmement, tu as mis ta sœur et son fils en danger. Cinquièmement, tu as été insolente. Et enfin, tu ne te repens pas. À genoux !

— Jamais ! Soyez maudit ! cria Chastity en cherchant des yeux quelque chose pour se défendre.

En vain.

— Lindle.

Le serviteur avança, implacable. Cette fois, même si la situation était désespérée, elle ne se soumettrait pas. En plus d'être cruel, son père n'agissait que par esprit de vengeance.

Elle se débattit, parvint même à mordre Lindle, qui finit toutefois par lui agripper les mains et les ramener brutalement dans son dos.

Il lui retroussa ses jupes, et elle sentit l'air froid sur ses cuisses. Elle poussa un hurlement de rage.

Lindle enroula le bras autour de son cou et serra à l'étouffer. La canne s'abattit avec un sifflement, et la douleur explosa en elle.

— Tu dois apprendre, diablesse ! cria son père en abattant de nouveau sa canne. Personne ne me défie. Personne !

Un troisième coup lui arracha un cri étranglé.

— Seigneur, père, que faites-vous ? cria Fort en faisant irruption dans la chambre.

Chastity fut relâchée, et s'effondra à terre.

— Je lui apprends la discipline, aboya son père. Tu me contestes ce droit ?

— Non, répondit Fort, pâle comme un mort. Mais ce que vous faites n'est pas convenable, ni approprié.

Le comte s'empourpra et parut sur le point de perdre son sang-froid. Il gagna toutefois la lutte contre lui-même et se ressaisit.

— Tu as peut-être raison, mon garçon. Mais elle a mis ma patience à l'épreuve avec son égoïsme et son insolence. Elle refuse toujours de nous aider à retrouver sa sœur.

Fort s'approcha et aida Chastity à se relever.

— Tu dois nous dire où elle se trouve. Frazer a quitté son poste sous prétexte d'une affaire familiale urgente, je doute toutefois que ce soit vrai.

Il écarquilla les yeux en découvrant les vêtements que portait sa sœur.

— Il est allé retrouver Verity, Fort. Elle sera en sécurité.

Fort se tourna vers son père.

— Je suppose que c'est vrai, père. Frazer la protégera.

— Est-ce que toute ma famille est devenue folle ? rugit le comte. Suis-je censé laisser ma fille aînée s'enfuir avec un officier et ne *rien* faire ? Cette garce a déjà traîné notre nom dans la boue, hurla-t-il en assenant un coup de canne à Chastity. Que diront les gens ? Que Verity a tué son mari pour épouser son amant ! La légitimité de son fils sera mise en doute.

Horrifié, Fort avait poussé Chastity derrière lui pour la protéger ; elle le contourna. Son père était sur le point de se montrer sous son vrai jour, c'était le moment de le pousser à bout.

— Vous avez ruiné ma réputation, mais je ne vous laisserai pas détruire Verity ! cria-t-elle.

Le comte voulut abattre sa canne sur son visage, mais elle para le coup avec son bras.

— Assez ! hurla Fort.

Il s'empara de la canne, la brisa et jeta les morceaux par terre.

— Lindle ! aboya le comte. Faites sortir ce traître !

Sans cesser de sourire, le secrétaire fonça sur Fort. Le comte bavait de rage. Tout le monde semblait avoir oublié Chastity. Elle ne pouvait rien faire pour son frère, et il n'était pas en danger comme elle-même l'était. C'était l'occasion ou jamais. Ramassant la perruque au passage, elle s'enfuit.

— Arrêtez-la ! hurla le comte

Mais elle dévalait déjà l'escalier. Un des hommes de son père se trouvait dans le hall. Le prenant par surprise, elle le fit tomber.

Elle courut comme une folle dans la rue déserte. Il faisait nuit et elle trébucha contre un baril oublié devant une porte.

Elle se releva en tremblant et s'obligea à ralentir l'allure. Des voix s'élevèrent derrière elle, mais la poursuite n'était pas encore organisée.

Cachant ses seins dans son corsage, elle s'engouffra dans une ruelle, puis dans une autre, et encore une autre, dans l'espoir de semer ses poursuivants. Elle ne savait pas où aller, ni où chercher de l'aide.

Fort serait-il en état de l'aider ?

Si seulement Cyn était là. Elle ravala un sanglot. Ces quelques jours avec lui, ç'avait été comme vivre une autre vie.

Elle s'engagea dans une ruelle tellement étroite qu'elle s'érafla le bras contre un mur. Elle était essoufflée, perdue. Tournait-elle en rond ?

Soudain, elle se retrouva sur les quais. De petits bateaux se balançaient sur l'eau et des chants s'échappaient d'une taverne. L'espace d'un instant, cela la réconforta, puis elle se rappela qu'il y avait un bordel au bord de la rivière. Frissonnante, elle se recroquevilla dans l'ombre d'un mur.

Elle s'efforça de retrouver son souffle et de dominer sa panique. C'était trop. Elle avait mal, elle était terrifiée. À présent, elle était une proie cherchant un trou où se cacher. Elle tendit l'oreille, guettant le bruit d'une poursuite.

Que faire ? Elle était seule, en pleine nuit, sans un sou et presque nue dans une ville inconnue. Dans ce quartier, avec sa tenue, elle n'avait aucun espoir de trouver de l'aide.

Elle se rendit compte que sa perruque était toujours dans sa main et la coiffa en hâte. Elle aurait l'air un peu moins étrange.

Rester à l'abri dans l'ombre était tentant, mais elle devait bouger. Elle serait plus en sécurité dans la partie plus animée de la ville. Peut-être pourrait-elle se cacher dans un jardin en attendant le lever du jour. Ce qu'elle ferait ensuite, elle n'en avait pas la moindre idée.

Des voix approchaient et elle se pétrifia. Quatre hommes passèrent en discutant. Ils entrèrent dans la taverne, le volume des chants s'amplifia, puis fut de nouveau assourdi quand la porte se referma. Chastity poussa un soupir de soulagement et sortit prudemment de sa cachette.

La lanterne de la taverne donnait un peu de lumière et elle vit que la rue était déserte. À l'exception de deux gros rats qui passèrent en courant.

Réprimant un gémissement, elle se dirigea vers une autre ruelle, encore plus sombre. Elle glissait sur le sol boueux, et la puanteur lui soulevait le cœur.

Elle remercia le ciel de ne pas voir à quoi ressemblait l'étroit passage, mais redoutait ce qui l'attendait. Elle se rappela la ruelle de Shaftesbury et le chat mort. À cet instant, elle posa le pied sur un matou bien vivant, qui la griffa et s'enfuit en miaulant.

Seigneur, lui restait-il une parcelle de peau qui n'était pas meurtrie ? Posant la main contre un mur, elle avança en chancelant. Il faisait aussi noir que dans un four. En levant les yeux, elle apercevait un peu de gris – le ciel encombré de nuages.

Elle commençait à croire qu'elle ne reverrait plus jamais la lumière du jour lorsqu'elle repéra une lueur droit devant. Elle se dirigea vers elle comme si c'était la porte du paradis. La ruelle s'élargit un peu. Elle était bordée de vieilles maisons étroites et une torche brillait devant l'une d'elles.

Elle eut l'impression que ce monde fou redevenait normal.

Il n'y avait toutefois pas d'endroit où se cacher ici. Elle s'engagea dans une rue plus large, pressée qu'elle était de s'éloigner de la rivière.

Des voix résonnèrent non loin, et elle se plaqua contre un mur en priant le ciel pour que ce ne soit pas ses poursuivants.

Un garçon apparut alors, une lanterne à la main pour éclairer le chemin de deux officiers en uniforme rouge. S'ils étaient visiblement éméchés, ils ne titubaient pas.

Chastity se dirigea vers une porte en espérant qu'ils passeraient sans faire attention à elle. Son espoir fut déçu. Ils s'arrêtèrent. L'un d'eux leva un lorgnon et sourit. L'air lubrique, ils la rejoignirent.

— Bonsoir, ma jolie, lança gaiement le plus corpulent des deux.

Se comportant comme une dame le ferait en la circonstance, Chastity détourna la tête. Son menton fut agrippé par des doigts solides. L'homme le plus maigre lui lança un regard haineux.

— Tu as oublié tes bonnes manières, la catin ?

Chastity était épuisée. Elle vacilla et les larmes jaillirent.

— Messieurs, je ne suis pas ce que vous croyez.

Son accent élégant les prit visiblement de court et elle enchaîna :

— Je suis une dame. J'ai été enlevée et vendue à un bordel. Aidez-moi, je vous en prie.

Les deux hommes échangèrent un regard et l'examinèrent. Le plus maigre afficha une expression répugnante. Elle couvrit ses seins de sa main. L'autre se tourna vers son compère.

— Qu'en penses-tu ? C'est une lady ou une catin ?

— D'après moi, c'est une catin, capitaine.

— C'est aussi mon avis. Ton histoire est peut-être vraie, chérie, mais il est clair que tu n'es pas nouvelle dans le métier. Tu ne vas pas refuser quelques guinées ?

— Je vous supplie de me croire, messieurs. Je me suis échappée à peine arrivée.

— Alors, nous avons de la chance. Mme Kelly prend dix guinées pour une vierge. Tiens-la, Pog, on va tirer à pile ou face.

Le gros homme enroula ses bras épais autour de Chastity. Lorsqu'elle voulut crier, il plaqua la main sur sa bouche. Elle tenta de lui donner des coups de pied, mais il s'esclaffa. Son compagnon sortit une couronne de sa poche et la lança en l'air. Il la posa sur le dos de son autre main et la couvrit avant d'adresser un regard interrogateur à son ami.

— Face, dit ce dernier.

L'autre regarda la pièce.

— Bon sang, tu as gagné ! Peu importe, tu me la prépareras.

— Viens ici, ma jolie ! dit celui qui la tenait.

Il pressa sa bouche humide sur la sienne. Chastity lui mordit la langue et se débattit. Il la lâcha en jurant.

Elle voulut le frapper au visage, mais il lui flanqua un coup sur la tête et elle s'effondra. Elle demeura un instant étourdie, puis elle se releva maladroitement. Il tenta de l'attraper, mais son ami eut la même idée, et ils s'affalèrent ensemble par terre.

Alors que Chastity s'élançait en avant, une main la retint par sa jupe. Elle donna des coups de pied et de poing à l'aveuglette et parvint presque à se libérer lorsqu'un nouvel assaillant surgit derrière elle et l'agrippa. Elle lui assena un coup de coude et l'entendit étouffer un cri.

— Tout va bien, dit une voix familière. Je ne vous ferai pas de mal.

Chastity se figea, puis fit volte-face.

— Cyn…

Il écarquilla les yeux, incrédule. Et elle se jeta dans ses bras.

Cyn était sous le choc. Cette belle catin débraillée et blessée était sa demoiselle en détresse ? Nom de nom, que lui était-il arrivé ? Il la cherchait à travers toute la ville depuis des heures.

— Attendez votre tour, elle est à nous !

Les deux officiers s'étaient relevés, l'air querelleurs.

— Il y en aura assez pour trois, dit le plus maigre, mais on l'a jouée à pile ou face et Pog a gagné.

Cyn avait envie de les tuer.

— Malheureusement, Pog a perdu, maintenant, déclara-t-il en souriant.

— Morbleu ! Vous ne pouvez pas faire ça !

— Oh que si ! Viens, ma chérie.

Il se détournait quand le bruit d'une épée quittant son fourreau l'alerta. Il pivota, poussa Chastity derrière lui et dégaina. Il ne rencontra pas de vraie résistance. L'homme n'était pas très habile, et il était ivre. Cyn aurait pu le transpercer, mais il n'osa pas. Déjà, des rideaux s'écartaient, des portes s'ouvraient, des gens pointaient le nez dehors. Les gardes n'allaient pas tarder à apparaître. Il devait persuader son adversaire d'abandonner la partie sans qu'il y ait de sang versé.

Au début, Chastity regarda, étourdie, les lames luire et siffler dans la pénombre. Puis elle perçut un mouvement sur le côté. Pog s'approchait d'elle, les yeux brillants. Elle s'empara de la torche du garçon qui les escortait et la projeta vers l'homme, qui recula en titubant.

— Attention de ne pas le brûler, l'avertit Cyn en reculant vers elle sans cesser de se battre.

Il parvint même à lui sourire, comme s'il trouvait la situation amusante.

— Écoutez, dit-il à son adversaire, je suis meilleur que vous et parfaitement sobre. Je n'ai pas envie de verser du sang, et je suis pressé. Qu'en pensez-vous ?

Comme pour prouver ses dires, il fit sauter avec sa lame un bouton de l'uniforme de l'officier et l'envoya dans le caniveau.

— Bon sang ! cracha ce dernier en repoussant son épée.

Cyn revint à la charge et fit sauter un autre bouton.

— Oh, c'est bon, Stu ! grommela Pog. Le jeu n'en vaut pas la chandelle.

— Tu as raison, ce n'est qu'une vieille peau, grommela Stu en rengainant son épée. On trouvera mieux. Mais ne me cherchez pas de nouveau, monsieur. Je n'oublierai pas ce qui s'est passé ce soir.

Ils s'éloignèrent, et Chastity se retrouva seule avec Cyn. Elle réalisa alors qu'il n'avait pas été étonné de découvrir qu'elle était une femme.

— Vous saviez !

Il remit l'épée dans son fourreau et la gratifia d'un sourire penaud.

— Oui, mais ce n'est ni le moment ni l'endroit pour s'expliquer. Filons.

Il l'entoura de son bras et l'entraîna vers la grande rue.

Chastity avait des milliers de questions à lui poser, mais le temps pressait.

Depuis quand savait-il ?

Elle n'était plus seule.

Il devait aussi savoir qu'elle était Chastity Ware.

Le pire était peut-être derrière elle.

Était-il au courant, la veille ? L'avait-elle piégé, en fin de compte ?

Elle était à bout de forces. Ses jambes ne la portaient plus et la tête lui tournait. Seul son bras puissant lui permettait d'avancer.

15

Cyn la portait presque quand ils arrivèrent dans une écurie qui n'était pas celle de l'auberge. Il la souleva dans ses bras et alla la déposer dans la paille. Il n'y avait qu'une demi-douzaine de chevaux. Une lanterne était suspendue devant la porte. Cyn alla la chercher et la fixa à un crochet.

— J'ai emmené nos chevaux ici de crainte que la Tête de Sarrasin ne soit surveillée.

Il se tourna et son sourire s'évanouit. Il s'accroupit près d'elle.

— Seigneur, que vous est-il arrivé ?

Chastity essaya de remonter son corsage, mais ses mains tremblaient. Elle se mit à pleurer. Il l'enveloppa dans son manteau et la prit dans ses bras.

— Là, ma chérie, tout va bien. Je ne laisserai plus personne vous faire du mal.

Elle rit, l'air un peu égarée. Jurant tout bas, il approcha un flacon de ses lèvres. Le brandy lui brûla la gorge et l'aida à reprendre ses esprits, pourtant elle continuait de pleurer. Il la garda contre lui jusqu'à ce que ses larmes se tarissent.

Il l'écarta un peu de lui et lui caressa doucement la joue.

— Nous devons partir, dit-il. Pouvez-vous monter à cheval ?

Chastity aurait voulu se reposer, et même mourir, mais elle se ressaisit. Il n'était pas question que son père et son frère mettent la main sur Cyn.

— Je pense que oui, mais...

Elle jeta un regard désolé à ses vêtements. Il se redressa et récupéra son bagage.

— Ce sera toujours mieux que ce que vous portez, dit-il en sortant ses habits de rechange.

Elle se glissa dans une stalle et se débarrassa de ses hardes. Elle les aurait volontiers brûlées, mais elle les rangea dans le sac afin de ne laisser aucune preuve de leur passage.

Quoique trop grands, elle parvint à ajuster les vêtements. Alors qu'elle nouait une cravate autour de son cou, elle s'aperçut qu'elle portait encore sa perruque. Elle l'ôta à regret et la fourra dans le sac. Carrant les épaules, elle alla retrouver Cyn.

— Content de vous revoir, Charles, dit-il doucement.

Il avait sellé les chevaux et fit avancer le sien.

Il lui caressa les cheveux.

— Cela faisait longtemps que j'en avais envie, avoua-t-il. Si la perruque est jolie, vos cheveux courts le sont tout autant.

— Vous ne pensez pas ce que vous dites.

Son geste était si doux et affectueux qu'elle en frissonna.

— Si. Votre visage n'a nul besoin d'ornements ni de colifichets. Cela fait aussi longtemps que j'ai envie de ceci...

Ses lèvres étaient douces et fermes. Chastity savait qu'elle aurait dû protester, mais c'était leur premier vrai baiser. Il insinua sa langue dans sa bouche et elle bascula dans un océan de sensualité.

Il s'écarta avec un rire tremblant.

— Bonté divine, mon ange, quel dommage que ce ne soit pas le moment… N'ayez pas cet air apeuré, ajouta-t-il en lui caressant la joue. Tout ira bien, faites-moi confiance.

— Rien ne pourra aller bien. Je suis Chastity Ware.

— Je suis Cyn Malloren. Faites-moi confiance, répéta-t-il.

— Même un Malloren ne peut pas changer le monde.

— Nous verrons bien, répliqua-t-il avec ce sourire nonchalant qui la faisait fondre. Venez.

Il l'aida à enfourcher sa monture, et elle renonça à discuter. Ce ne fut que lorsqu'elle posa le pied sur ses mains croisées qu'elle réalisa qu'elle allait souffrir. Elle serra les dents et ne dit rien, mais les larmes jaillirent.

Cyn grimpa en selle et elle s'efforça de se ressaisir. Elle ignorait combien de temps elle tiendrait, pour autant, elle n'avait pas le choix. Si elle parlait de ses blessures à Cyn, ils resteraient ici et seraient piégés. Son père était redoutable en temps normal, et à présent, elle n'était pas sûre qu'il soit encore sain d'esprit. S'il était capable de lever la main sur son héritier, que ferait-il à un étranger ?

Elle saisit les rênes de la main gauche, en espérant que Cyn ne remarquerait rien. Ils s'engagèrent côte à côte dans la rue obscure.

— J'ai exploré les lieux, dit-il. Cette route conduit au village de Woodlands Green. Je ne pense pas qu'elle soit surveillée. Elle est régulière et bordée de haies. Si nous avançons lentement, nous ne devrions pas avoir de difficultés, même dans l'obscurité.

Chastity adressa une prière de remerciement au ciel. Chaque mouvement du cheval la faisait souffrir, mais à cette allure la souffrance était tolérable.

— Racontez-moi ce qui s'est passé, demanda-t-elle.

— Je pourrais vous demander la même chose. J'ai trouvé Frazer facilement. Il est de notre côté. Il semble ne pas avoir une bonne opinion de votre père, ce qui se comprend vu qu'il lui a refusé la main de Verity. Il est en route pour Winchester et pourrait atteindre sa destination vers minuit.

— Que fera-t-il en arrivant ?

— Il compte emmener Verity à Long Knotwell, où son frère Tom est pasteur. Par chance, Frazer y a séjourné récemment pour se remettre d'une blessure. Il est résident du village et ils pourront donc se marier sans problème.

— Et où se trouve Long Knotwell ?

— Pas loin de Fleet. Comme le temps presse, il demandera une dispense de bans.

— Comment obtient-on ce genre de choses ?

— Auprès d'un évêque. Celui de Londres, puisque Long Knotwell fait partie de son diocèse. Je vais essayer de me procurer la dispense avec une lettre de Frazer pendant que ce dernier emmène Verity à Long Knotwell. Le révérend Frazer les mariera de toute façon, cependant, l'évêque en question étant l'oncle de ma mère, j'espère que cela simplifiera l'affaire.

— Encore le pouvoir des Malloren. Mais vous ne devriez pas être à Londres à l'heure qu'il est ?

— Je voulais vous savoir en sécurité.

— Pourquoi ? Le temps presse, vous l'avez dit vous-même. Mon père veut désespérément mettre la main sur Verity. Je vous avais dit de ne pas vous occuper de moi !

— Vous ne faites jamais ce qu'on vous demande, pourquoi le ferais-je, moi ? répliqua-t-il d'un ton léger. Mais racontez-moi plutôt votre histoire, et expliquez-moi pourquoi vous avez quitté l'auberge.

Une chouette passa au-dessus de leur tête dans un bruissement d'ailes.

— Quelqu'un m'a vue à la fenêtre, avoua Chastity à contrecœur. Je ne voulais pas qu'on me trouve dans cette chambre, car cela aurait établi un lien entre nous. Alors je suis partie. J'ai soudoyé l'aubergiste pour qu'il ne dise à personne que j'étais avec vous. Pour trois guinées, il s'est montré très coopératif.

— Pour autant que je sache, son silence ne valait pas plus de trois guinées. Et ensuite ?

— Je voulais vous attendre dans l'écurie, mais les hommes de père étaient déjà en embuscade. Je leur ai échappé de justesse en fuyant dans la rue. Et là, Fort m'a attrapée.

— Votre frère ? Il a donc pris le parti de votre père ?

— Plus maintenant. J'ai pu m'échapper grâce à lui.

— Vous échapper d'où ?

C'était l'officier qui l'interrogeait.

— Mon père a loué une maison et Fort m'y a conduite. Ils m'ont enfermée. J'ai réussi à convaincre mon frère que j'ignorais où se trouvait Verity et que j'étais venue à Maidenhead pour la chercher. Père est arrivé peu après et il ne s'est pas laissé berner. Il m'a obligée à me changer. Et il m'a menacée de me vendre à un bordel si je ne lui disais pas tout.

— *Quoi ?*

— Il ne l'a pas fait. Il savait que je céderais avant d'en arriver là.

Elle n'essayait pas de défendre son père, elle protégeait Cyn. Si elle lui révélait toute la vérité, il insisterait pour faire demi-tour et en découdre avec le comte.

Il mourrait.

— Comment vous êtes-vous échappée ? demanda-t-il d'une voix vibrant d'une colère rentrée.

— Fort s'est interposé.

— Tant mieux pour lui, dit Cyn d'une voix tranchante.

— Il n'a pas supporté que père puisse se montrer aussi cruel. Ils se sont querellés et j'en ai profité pour m'enfuir. Mais je n'avais nulle part où aller.

— Et vous aviez l'allure d'une catin. Doux Jésus, je remercie le ciel de vous avoir mise sur mon chemin !

— Sauf que vous auriez dû partir plus tôt pour vous rendre à Londres afin d'obtenir cette dispense de bans. Est-ce là que nous nous rendons ?

— Je ne suis pas sûr que vous soyez en état de voyager.

Chastity n'en était pas sûre non plus. Elle savait toutefois qu'il ne l'abandonnerait pas, et elle ne voulait pas qu'ils soient en retard par sa faute.

— Ça va, assura-t-elle. J'ai même réussi à dormir cet après-midi.

Elle se força à penser à tous les martyrs de l'histoire et se dit que ses blessures n'étaient rien comparées aux leurs.

Il devait y avoir trente kilomètres jusqu'à Londres, et autant jusqu'à Long Knotwell. Les humains avaient certes d'incroyables forces en réserve, mais elle craignait d'avoir épuisé les siennes. Quand ils devraient se mettre au trot le lendemain, elle avait peur de ne pas pouvoir suivre.

Ils arrivèrent à Woodlands Green alors que dix coups sonnaient au clocher l'église et traversèrent tranquillement le bourg endormi.

— Où allons-nous maintenant ?

— Vers le sud, j'espère, répondit-il.

Il avait retrouvé son ton désinvolte et il lui sembla que rien de mal ne pouvait lui arriver tant que Cyn Malloren serait à ses côtés.

— Pourquoi le sud ? Nous n'allons pas à Londres ?

— Il doit y avoir des guetteurs sur la route de Bath qui traverse Maidenhead. Au sud, nous devrions retrouver la route de Southampton. Fatiguée ?

— Un peu.

Combien de kilomètres ce détour allait-il ajouter à leur périple ?

— Je devrais sans doute vous déposer quelque part… sauf que chaque fois que je fais cela, vous finissez par vous mettre dans le pétrin.

Chastity s'interrogea : cela signifiait-il qu'il savait qu'elle était Chloé ?

— Que voulez-vous dire ? demanda-t-elle prudemment.

— Ce matin, je vous ai laissée à l'auberge, et ce soir, je vous ai retrouvée à moitié nue dans les bras d'un homme.

— Ce n'était pas de mon fait, et il ne faut pas en faire une généralité.

— C'est peut-être le destin. Si vous devez finir dans les bras d'un homme, je préférerais que ce soit dans les miens.

Cyn coula un regard à sa silhouette sombre. Beaucoup de choses n'allaient pas et il ne savait pas tout. Elle semblait aussi fragile que du cristal, prête à se briser au moindre choc. Que lui avaient-ils fait ? Elle ne lui avait pas tout dit.

S'était-elle échappée du bordel ?

Avait-elle été violée ?

Il avait envie d'envoyer Verity et son major au diable et d'emmener Chastity là où il pourrait panser ses plaies. Il répugnait à la laisser où que ce soit, fût-ce une forteresse. Pourquoi diable avait-il l'impression qu'elle pleurait ? Maudite soit cette obscurité !

— Tout va bien ? demanda-t-il doucement.

— Naturellement.

Il fit taire ses inquiétudes. Il ne pouvait rien faire pour le moment.

— Le chemin est difficile. Je vais guider mon cheval par la bride.

Il mit pied à terre. Chastity l'imita, les dents serrées.

— Vous n'êtes pas obligée de faire de même.

— Je préfère.

Les douleurs étaient plus supportables quand elle marchait.

Ils devaient avancer prudemment, car le chemin était creusé d'ornières et semé de flaques profondes. Ils ne purent toutes les éviter.

Ils traversèrent deux villages endormis. Chaque fois, elle fut tentée de le supplier d'arrêter et de trouver un abri pour la nuit. Encore un kilomètre, juste un…

Elle trébucha, et Cyn lui prit la main. Elle étouffa un cri.

— Qu'y a-t-il ? demanda-t-il en sentant sa paume meurtrie sous ses doigts. Vous êtes blessée ?

— Ce n'est rien.

— Que vous est-il arrivé ?

— Je me suis éraflée contre un mur, dit-elle en libérant sa main.

Ils poursuivirent leur route. Chastity avait les larmes aux yeux, mélange de douleur et d'épuisement. Cyn s'arrêta soudain.

— Je crois qu'il y a une grange sur notre droite, assez loin de la ferme. Nous avons besoin de repos.

— Je me sens bien. Nous sommes pressés.

— Il vaut mieux nous reposer et repartir à bonne allure un peu plus tard. Venez par ici, il y a un trou dans la haie.

Chastity n'eut d'autre choix que de le suivre. En vérité, la perspective de se reposer la tentait beaucoup.

La grange était délabrée, mais il y avait du foin. Cyn en donna aux chevaux, puis fit une paillasse avec le reste et la recouvrit de son manteau.

— Allons, soldat. Il est temps de faire halte.

Chastity s'assit avec soulagement, et il prit place à côté d'elle. Si elle distinguait à peine ses traits, sa présence la rassurait.

Il s'allongea et lui toucha doucement l'épaule.

— Appuyez-vous contre moi, ce sera plus confortable.
— Et vous ?
— Je n'imagine rien de plus délicieux.
Chastity hésita.
— Je n'essaie pas de vous séduire, dit-il calmement. Vous avez ma parole. Nous avons tous les deux besoin de dormir.
Elle s'allongea un peu gauchement et cala la tête au creux de son épaule. Il posa un bras en travers de son corps, tel un bouclier, et la chaleur de son corps la réchauffa. La fatigue eut raison de ses réticences, ses paupières s'abaissèrent, ses idées se brouillèrent.
— Ce n'est pas dangereux de dormir ? souffla-t-elle.
— Il faudrait que votre père soit un sorcier pour nous dénicher ici. Dormez, lady Chastity.
— Cela ne vous ennuie pas ?
— Quoi ?
— Que je sois Chastity Ware.
— Ce qui m'ennuie, c'est ce qu'on vous a fait, mon amour.
— Vous ne pouvez pas m'aimer.
— Ne me donnez pas d'ordre. Je fais ce que je veux. Dormez.

Chastity sentit sa main sur son visage.
Elle ouvrit les paupières. Une lumière pâle pénétrait dans la grange entre les planches disjointes. Ses yeux la brûlaient, elle avait mal à la tête. Elle avait mal partout. Ces quelques heures de sommeil n'avaient pas suffi.
— Ce salaud vous a frappé, dit-il d'une voix sobre. J'aurais dû le tuer.
— Si vous voulez me défendre, Cyn Malloren, vous devrez affronter le monde entier.
— Et pourquoi pas ? J'aime les défis, figurez-vous.

Elle ferma les yeux et s'obligea à les rouvrir de peur de s'endormir de nouveau. Cyn déposa un baiser sur ses lèvres.

— C'est la première fois que je vous embrasse le matin. J'espère que j'aurai bien d'autres occasions de le faire.

— C'est peu probable.

— Pourquoi ?

— Une fois que nous aurons la dispense de bans et que Verity sera mariée, vous reprendrez le cours de votre vie.

— Mmm, fit-il en la regardant, les paupières mi-closes.

Elle fit mine de s'écarter, mais il la retint.

— J'ai promis de ne pas vous séduire, Chastity. Je tiens toujours parole. Vous me croyez ?

— Oui.

— Alors, sachez que ce baiser n'était qu'un baiser et non le prélude à autre chose, dit-il en lui caressant la joue. Oubliez le passé. Oubliez tout. Vous êtes une dame obligée de se cacher avec un gredin. Un gredin fasciné par votre charme, qui vous vole un baiser, mais ne prendra rien de plus. Détendez-vous.

Il s'inclina sur elle et l'embrassa doucement. Son baiser se prolongea, il prit possession de ses lèvres avec une délicatesse enivrante. L'esprit de Chastity s'envola loin des réalités glaçantes.

Quand Cyn s'écarta, elle ne put s'empêcher de sourire.

— Embrassez d'autres jeunes filles ainsi, monsieur, et vous n'échapperez pas au mariage.

— Je n'en ai peut-être pas envie.

Il lui prit la main pour déposer un baiser sur sa paume et se figea.

— Que diable... ? Ce ne sont pas des égratignures !

Elle voulut le libérer, mais il l'en empêcha.

— Qui vous a frappée ? Votre père ? Pourquoi ?

Il s'empara de son autre main, l'inspecta et la relâcha.

— J'ai été insolente, il en avait le droit. Je l'ai traité d'hypocrite.

— Il est vraiment très strict, commenta-t-il en secouant la tête. Quel âge avez-vous ?

— Dix-neuf ans.

— Vous êtes trop courageuse et trop audacieuse pour votre âge, mais ce n'est pas une raison pour vous frapper. Il ignore donc qu'il possède un trésor ?

Cyn n'avait visiblement pas idée de qui était son père. Elle-même ne comprenait pas comment il en était arrivé à être ce qu'il était devenu. Un jour peut-être réussirait-elle à comprendre ?

— Il voudrait que je sois douce et soumise comme Verity, expliqua-t-elle. Nous devons nous remettre en route, ajouta-t-elle à regret.

Ni l'un ni l'autre n'avait envie de quitter ce petit sanctuaire, mais le devoir les appelait. Il l'aida à se lever et elle parvint à ne pas crier de douleur.

— Qu'avez-vous ? s'enquit Cyn à qui rien n'échappait.

— Je suis juste un peu raide. Je me suis fait mal en tombant sur les pavés. Je meurs de faim, enchaîna-t-elle très vite. Je n'ai rien mangé depuis hier matin.

— Seigneur, vraiment ? En route, dans ce cas. Notre priorité sera de vous trouver quelque chose à manger.

16

Ils atteignirent un village du nom de Wickford et s'arrêtèrent à l'auberge de la Vache Brune. C'était un modeste bâtiment au toit de chaume qui ne servait pas de relais de diligence. L'aubergiste proposa toutefois de leur servir le petit déjeuner dans la salle commune. L'heure étant matinale, la pièce était vide, mais un bon feu la réchauffait. Chastity s'assit avec soulagement et tendit les mains vers les flammes.

À l'autre bout de la cheminée, Cyn l'observait pensivement.

— Vous êtes vraiment à bout de forces, n'est-ce pas ?

— J'irai mieux une fois que j'aurai mangé.

Que dire d'autre ? Il refuserait de la laisser seule ici. Il ne répondit pas, mais elle vit qu'il ne la croyait pas.

— Nous ne pouvons pas abandonner si près du but, ajouta-t-elle.

— Non, en effet, reconnut-il d'un air sombre.

Une servante entra et dressa le couvert. Elle sortit et revint avec une miche de pain chaud, du beurre et du café. L'estomac de Chastity gargouilla.

— Mangeons sans attendre, déclara Cyn en riant.

Il coupa une épaisse tranche de pain qu'il tartina de beurre et lui servit du café.

— Sucre ? Crème ?

Elle acquiesça, la bouche pleine. Le café la réconforta et elle se sentit de revenir à la vie. Elle sourit à Cyn, qui lui rendit son sourire.

Le menton dans la main, il l'observait. Jamais elle n'avait été aussi troublée. Elle regrettait désespérément le temps où ils étaient encore Cyn et Charles. Il parut lire dans ses pensées.

— Je suis content que la vérité soit enfin rétablie entre nous, dit-il à mi-voix.

— Depuis quand savez-vous ? demanda-t-elle sans lever les yeux.

— Depuis le début.

— Quoi ?

— Vous auriez pu faire illusion, mais j'ai remarqué qu'il vous manquait… certains attributs.

Chastity sentit ses joues s'enflammer. À ce moment-là, la servante et l'aubergiste entrèrent avec des œufs brouillés, des saucisses et du jambon. Lorsqu'ils ressortirent, Chastity ne savait plus quoi dire. Elle se servit, mais elle ne toucha pas à son assiette.

— Pourquoi n'avez-vous rien dit ?

Cyn reposa ses couverts, incapable de manger.

— J'ai compris, bien avant de connaître vos problèmes, que vous aviez besoin de ce déguisement. Je ne voulais pas vous forcer à révéler la vérité. J'avais besoin de mieux vous connaître. Qu'auriez-vous fait si je vous avais provoquée dès le premier jour ?

— Je ne sais pas. Je serais sans doute partie en vous laissant attaché au lit.

— Et on vous aurait rattrapée avant la fin de la journée.

— Oui.

Elle commença à manger tout en réfléchissant. Seigneur, cela faisait-il seulement cinq jours à peine qu'ils s'étaient rencontrés ? Elle se rappela toutes ses taquineries : les jarretelles, le biscuit de Shaftesbury, ses blagues à l'adresse du pauvre Charles si naïf, les cordons du jupon…

— Monstre… Vous… vous…

Il afficha un grand sourire. Bon sang, il se moquait d'elle ! Chastity s'empara de l'assiette de beurre et la lui lança. Elle atterrit sur son bel uniforme. La miche de pain et le contenu du pot de lait suivirent.

Cyn bondit sur ses pieds.

— La peste soit de vous ! s'écria-t-il en l'écartant de la table comme elle regardait autour d'elle à la recherche d'autres munitions.

— Espèce de porc rampant ! hurla-t-elle.

— Serpent.

— Quoi ?

— Ce sont les serpents qui rampent, pas les porcs, rétorqua-t-il, moqueur.

— Je rêve ! Vous m'avez menti, tourmentée, mise dans des situations terribles, et maintenant vous osez me reprendre quand je parle ?

— Et vous, vous m'avez enlevé, vous avez pris mes biens, vous m'avez ligoté, menacé. Et pour ce qui est de tourmenter un homme, ma petite mégère dévergondée, vous pourriez donner des leçons.

Chastity se sentit blêmir.

— Oh, mon Dieu !

Il fit un pas vers elle et elle recula.

— Nous sommes de la même trempe, Chastity Ware, continua-t-il en lui agrippant les épaules. Je ne pouvais pas ne pas reconnaître Chloé.

Lorsqu'elle voulut se dégager, il la prit dans ses bras.

— Je suis désolé si je vous ai blessée. Mais par Dieu, je ne regrette pas un seul instant de cette étreinte.

Il dit cela en souriant, et elle ne put s'empêcher de rire.

— Vous n'êtes donc jamais sérieux ?

— Pas si je peux l'éviter, répondit-il avant de l'embrasser sur le bout du nez.

Puis, de façon assez déconcertante, il afficha une expression grave.

— Pour autant, je ne suis pas un imbécile ni une tête de linotte, Chastity. Je suis un homme, un soldat. J'ai vu des choses que vous ne verrez jamais, j'espère.

Il hésita, les sourcils froncés, et elle l'entoura de ses bras.

— Je me souviens d'une bataille. Il faisait un temps de chien, il neigeait. À la nuit tombée, après le combat, nous nous sommes retrouvés en plein air, sans abri. Nous avons empilé les morts pour nous en faire un rempart contre le froid, et nous avons dormi ainsi… Voilà ce qu'est ma vie. Pourriez-vous la partager ?

— Et dormir au milieu des cadavres ?

— En fait, ils sont moins gênants que les rats et les puces, avoua-t-il avec un rire bref. Mais non, nous n'irons pas jusque-là, je pense. Je vous demande de m'épouser.

— Vous ne pouvez pas épouser Chastity Ware.

— Nous avons déjà eu cette conversation. Personne ne peut m'empêcher de faire ce que je veux.

— Même pas Rothgar ?

— Même pas lui. Je suis majeur, et mes revenus, bien que limités, échappent à son contrôle.

— Vous me prévenez que vous êtes pauvre ?

— Un Malloren pauvre, dit-il, amusé. Le ciel nous en préserve ! Nous aurons une vie confortable quand la guerre nous permettra d'en profiter. Épousez-moi, mon ange.

— Vous n'êtes pas obligé de faire cela. Ma réputation était ruinée bien avant notre rencontre. Je ressemble à un monstre…

Il la fit taire d'un baiser passionné, auquel elle répondit avec la même fougue. Quand il s'écarta, tous deux étaient haletants.

— Vous n'êtes pas un monstre, Chastity Ware, vous êtes unique. Vos cheveux repousseront, mais je les aime tels qu'ils sont. Ce n'est pas par sens du devoir que je demande votre main. Vous êtes belle, plus belle à mes yeux que n'importe quelle autre femme. Vous êtes courageuse, vous avez de l'esprit et la langue bien pendue. Vous suscitez en moi un désir qui m'effraie autant qu'il m'émerveille. Vous vous rappelez le premier jour ?

Elle le revit, attaché sur le lit, et hocha la tête.

— Même à ce moment-là, mon corps savait.

— Ce n'est que du désir, dit-elle en se libérant de son étreinte. Cela passera.

— Je suppose que tout passe avec le temps, mais mon désir pour vous n'est pas près de s'évanouir.

— Savez-vous depuis combien de temps nous nous connaissons ?

— Je vous connais depuis toujours.

— Cinq jours.

— Je suis né le jour où je vous ai rencontrée.

— Cela vous arrive d'être sérieux ?

— Non. J'ai essayé. Je préfère vous taquiner pour vous convaincre de m'épouser.

— Je ne vous épouserai pas.

— Nous verrons, riposta-t-il en haussant les épaules.

Il la vit jeter un coup d'œil au pot de confiture et la coinça derrière la table en riant.

— Allons-nous toujours nous battre ou nous aimer avec la nourriture ? Dans ce cas, je suggère de remplacer le beurre par du miel.

Chastity était partagée entre l'envie de l'assommer et celle de passer sa vie dans cette insouciance.

— À cause de vous, mes habits sont sales, il vaudrait mieux que je remette le costume que vous portez. Il est temps que vous redeveniez une femme.

— Je refuse de porter ces vêtements indécents.

— Nous devrions réussir à vous acheter une robe.

— Mais je suis censée être un homme.

— Il n'y a plus de raison de vous déguiser. Je veux voyager avec vous en tant que femme. Si vous devez me congédier, accordez-moi au moins quelques heures avec vous avant de nous séparer.

— Comment monterai-je à cheval ?

— Comme un homme. C'est ce que font les femmes de la campagne. Ou nous pouvons essayer de dénicher une selle pour monter en amazone.

Chastity se demanda si ses plaies la feraient moins souffrir en jupe. Elle jeta un coup d'œil à Cyn ; visiblement, il avait deviné ses pensées. Il lui prit la main droite et l'examina.

— Il est temps de me raconter ce qui vous est arrivé, Chastity.

Elle voulut se dégager, mais il l'en empêcha.

— Ce n'est pas important, rétorqua-t-elle. Nous devons partir. Verity et Nathaniel doivent nous attendre.

— C'est important. Monter à cheval est douloureux, n'est-ce pas ?

— Je n'ai pas l'habitude de rester en selle aussi longtemps.

— Ni de… faire l'amour. C'est cela ?

Rougissante, elle tenta de libérer sa main.

— Pourquoi me tourmentez-vous ainsi ? Je peux monter à cheval.

Il la lâcha et elle se dirigea vers la porte. Il lui barra le passage.

— Vous mentez.

Il était terriblement sérieux tout à coup. Chastity se détourna, refusant de parler. Elle détestait penser à ce que lui avaient fait Lindle et son père.

Les mains de Cyn se posèrent sur ses épaules, avec douceur.

— Vous devez me le dire. Faites-moi confiance, Chastity.

— Il m'a donné des coups de canne… sur les jambes. Cela me fait mal.

Ses doigts se crispèrent. Il la scruta.

— C'est la vérité ?

— Je ne suis pas très douée pour vous mentir, apparemment.

Il se mit à rire, et elle perçut son soulagement.

— Que pensiez-vous qu'il m'était arrivé ? demanda-t-elle.

— Cela n'a pas d'importance.

— Cyn Malloren, vous m'avez obligée à dire la vérité. À votre tour. Que pensiez-vous ?

— Je pensais que vous vous étiez peut-être évadée du bordel.

— Mais… pourquoi pensiez-vous…

Il secoua la tête avec une expression attendrie.

— Vous êtes une innocente, ma chérie. Je m'en réjouis et préfère m'en tenir là.

— Oh, non ! protesta-t-elle en agrippant les revers de sa veste. Expliquez-moi.

— Si vous aviez été utilisée dans ce bordel, ou violée ailleurs, vous auriez eu mal. Vos chairs seraient peut-être déchirées.

— Déchirées ? répéta-t-elle sans comprendre.

— Vous comprenez pourquoi je ne peux vous laisser sans protection dans ce monde cruel, ma chérie. Vous êtes trop innocente.

Le baiser dont il la gratifia disait sa peur et son besoin de la protéger. Les boutons de son gilet ne résistèrent pas à ses doigts habiles, qui lui caressèrent les seins.

Un toussotement les fit se séparer. L'aubergiste se tenait sur le seuil. Si Chastity fut horrifiée, Cyn sourit sans la moindre gêne.

— Ah, nous voilà découverts ! C'est bien ce que vous pensez, mon brave, nous sommes des amoureux en fuite. Puis-je demander votre indulgence pour les victimes de Cupidon ?

La demande fut accompagnée d'une guinée. La pièce disparut et l'aubergiste hocha la tête, les yeux écarquillés.

— Ma fiancée s'est déguisée pour échapper à ses parents tyranniques, mais elle serait plus à l'aise en robe. En auriez-vous une à vendre ?

Cyn brandit une autre guinée.

— Oui, milord, je m'en occupe tout de suite, acquiesça l'homme.

— Nous voudrions aussi une chambre pour nous changer. Comme vous pouvez le constater, j'ai eu un petit accident.

L'homme vit le beurre et le lait répandus, et arrondit davantage les yeux.

— Bien sûr, milord.

— Et si par hasard quelqu'un vous pose des questions, vous ne nous avez jamais vus.

Ce conseil ne fut pas accompagné d'une pièce. Le ton suffisait. C'était un ordre d'un Malloren et il ne faisait aucun doute qu'il reviendrait se venger si l'aubergiste leur causait des ennuis.

On les installa rapidement dans une chambre, avec de l'eau chaude pour se laver et une robe bleue pour Chastity. C'était probablement la plus jolie robe d'une servante, car elle était brodée et ornée de ruchés, mais elle n'en était pas moins usée. Cyn la tint devant elle.

— Elle devrait vous aller. Mais j'aimerais vous voir bientôt dans de beaux habits qui vous appartiennent, mon ange. Et je compte vous les enlever lentement, ajouta-t-il avec un sourire.

Chastity rougit et ne put s'empêcher de lancer un coup d'œil au lit.

— Oui, dit-il en commençant de se déshabiller.

Elle se demandait si elle avait mal compris lorsqu'il entreprit de se débarrasser de son pantalon.

— Je veux vous faire l'amour honnêtement, au grand jour. Sans masque ni déguisement.

Son désir était évident, pourtant il ne fit pas un geste vers elle. Elle savait que si elle se dérobait, il n'insisterait pas. Elle savait aussi que c'était peut-être la seule occasion qu'ils auraient...

Elle n'eut pas la force de résister. Il ne pourrait jamais l'épouser, et elle ne pourrait pas vivre avec un homme dans le péché. Le lendemain, ils se sépareraient pour toujours, or elle le désirait de toute son âme...

Les mains tremblantes, elle se débarrassa de ses vêtements, ne gardant que le caleçon de coton tel un bouclier. Elle l'entendit soupirer.

— Savez-vous que vous n'avez rien d'un garçon ?

Chastity sentit la rougeur envahir son corps. Elle ne savait pas quoi faire.

— Venez à moi librement, ma chérie.

Elle leva enfin les yeux, et la tendresse dans le regard de Cyn eut raison de son appréhension. Ravalant un sanglot, elle se jeta dans ses bras, et il la serra contre lui, vibrant d'émotion.

— Ma chérie... mon cœur... ne pleurez pas.

Il l'embrassa, la souleva dans ses bras et l'emporta vers le lit. Il l'y déposa à plat ventre, et la maintint dans cette position quand elle fit mine de se retourner. Il demeura un instant silencieux, puis ses mains et sa bouche frôlèrent ses plaies.

— Quel genre d'homme est votre père ?

— C'est un homme dangereux. Il ne faut pas le contrarier, Cyn.

— Je le tuerai si j'en ai l'occasion.

Il la libéra, et elle roula sur le dos.

— Vous n'en aurez pas l'occasion.

Mais elle n'en était pas sûre. Elle ne l'avait jamais vu ainsi.

— Je la provoquerai.

— Non. Il a le droit de me châtier.

— Il n'a pas le droit de vous terroriser.

— Cyn, donnez-moi votre parole que vous ne vous attaquerez pas à mon père. Sinon, je quitte ce lit et je me rhabille, ajouta-t-elle en voyant son visage se durcir.

— Allez-y, dit-il en s'écartant et en se levant.

Elle se sentit abandonnée.

— Je peux contrôler mon désir pour vous. Votre père mérite de mourir, et pas seulement parce qu'il vous a frappée, qu'il vous a obligée à porter cette immonde tenue et vous a menacée de vous vendre à un bordel. Il n'y a pas que cela, n'est-ce pas ?

Sa détermination l'effraya. Elle redoutait ce qui arriverait s'il s'en prenait à son père. Le plus douloureux cependant, c'était qu'il l'abandonne. Au fond, il ne la désirait pas autant qu'elle le désirait, lui.

Il la regarda et prit conscience de sa détresse. Laissant tomber les vêtements qu'il avait ramassés, il revint vers elle, se pencha et l'embrassa.

— Je suis fou de toi.

Et il se redressa. Elle bondit, lui entoura la taille de ses bras.

— Alors fais-moi l'amour. S'il te plaît.

Il baissa les yeux sur elle et cessa de résister en frémissant. Son baiser fut étourdissant.

Ce fut un tumulte charnel, mais d'une extrême douceur, comme s'il voulait panser toutes ses plaies, prendre soin d'elle.

— Tu ne me feras pas mal, souffla-t-elle. Viens. Viens en moi.

Leur étreinte ouvrit la porte d'un paradis où ils étaient seuls au monde, où le scandale, le devoir, le chagrin n'existaient plus.

Inévitablement cependant, la triste réalité reprit ses droits. Ce n'était qu'un moment dans une vie qu'elle devrait continuer de vivre sans lui. Chastity posa le bras en travers de ses yeux, luttant contre les larmes.

— Chastity...

Elle laissa retomber son bras et croisa son regard.

— Il faut que je sache. Tu n'étais pas vierge, l'autre nuit. Qui était-ce ? Où ? Comment ?

— Combien ? ajouta-t-elle avec amertume.

— Non, Chastity, je ne t'accuse pas. J'ai juste besoin de savoir. Je veux tout savoir sur toi.

— Je n'ai pas droit au secret ?

— Nous avons déjà eu cette conversation, non ? Je ne veux pas de secrets entre nous. Je te parlerai de toutes mes maîtresses si tu me parles de tes amants.

— Je suis étonnée que tu te souviennes de toutes ces femmes.

Il l'embrassa.

— Ne tire pas de conclusions hâtives. Je n'ai jamais fait l'amour à la légère, et je ne couche pas avec les cantinières du régiment. Raconte-moi ce qui t'est arrivé.

Chastity n'en avait pas du tout envie. Cela le rendrait encore plus furieux contre son père. Quelle serait sa réaction en apprenant qu'en fait Chloé était vierge ?

— Tu n'as pas confiance en moi ? Je te donne ma parole que rien de ce que tu diras ne me fera t'aimer moins. Si tu avais couché avec tout un régiment, je ne t'en estimerais pas moins. Fais-moi confiance, Chastity. Je t'en prie.

Alors, elle lui raconta tout. La demande en mariage de Henry Vernham, l'insistance de son père pour qu'elle l'épouse. Puis la façon dont il s'était introduit dans son lit, la brutalité de son père. Et enfin, la tenancière de bordel qui avait déchiré son hymen.

— Il mourra, déclara Cyn. Vernham aussi.

— Non ! N'y pense plus, Cyn. Cela n'y changerait rien.

— Je trouverai un moyen de te venger. Je le ferai pour toi, Chastity, pas pour moi. Je t'aime, et mon amour est plus grand encore maintenant que je sais ce que tu as enduré.

Les larmes jaillirent.

— Ne pleure pas, mon ange, murmura-t-il en la prenant dans ses bras. C'est fini. Tu ne seras plus jamais seule, tu n'auras plus à avoir peur. Je te le promets, et je tiens toujours parole.

Elle voulait le croire, mais elle avait appris que la vie était cruelle.

— Comment ? souffla-t-elle. Tu as beau être un homme merveilleux, tu n'en es pas moins qu'un homme. Tu ne peux pas changer le monde. Mon père t'écrasera.

Il eut un sourire amusé.

— Ma chère, aurais-tu oublié que je suis un Malloren ?

Il descendit du lit et l'aida à se lever.

— Habille-toi, ordonna-t-il avant de lui donner une tape sur les fesses. Voilà pour m'avoir menti en me disant que tu n'étais pas vierge.

Il enfila ses vêtements, et elle l'imita, un peu étourdie. Elle remit l'affreuse chemise rose, le vilain jupon, et ajouta la robe bleue par-dessus. Sans qu'elle ait besoin de le lui demander, il vint l'aider à la boutonner dans le dos.

Puis elle s'approcha du miroir et posa la perruque sur sa tête. La robe était modeste mais décente, et elle lui allait assez bien. La perruque fit disparaître des mois de chagrin. « Si tant est que quoi que ce soit puisse accomplir un tel miracle », songea-t-elle, narquoise.

Cyn se campa derrière elle et posa les mains sur sa taille.

— Pas de corset. C'est bien. Sache que si tu en portes un jour, je te le retirerai.

— Idiot ! Comment pourrais-je porter une robe à la mode, sans corset ?

— Ah ! s'exclama-t-il, triomphant. Tu acceptes donc l'idée d'avoir de nouveau une vie mondaine !

— Non. C'est impossible.

— Rien n'est impossible.

Chastity renonça à discuter. Il comprendrait bien assez tôt. Il suffirait que Rothgar ait vent de leur relation. Il était clair comme de l'eau de roche que Chastity Ware ne serait plus jamais admise dans la bonne société.

— Il faut partir, dit-elle. Nous n'avons que trop tardé.

— Seulement vingt minutes, dit-il en sortant sa montre.

— Pas plus ?

— Combien de temps cela doit-il durer selon toi ? la taquina-t-il. Ne t'inquiète pas, nous aurons de longues nuits d'amour, mais pense à tous les intermèdes de vingt minutes, ou même moins, qui nous attendent.

Il rouvrit sa montre et la fit basculer sur le lit. Avant qu'elle ait pu protester, il déboutonna son pantalon, lui souleva sa jupe et la pénétra.

— Cyn !

— C'est délicieux, dit-il, les yeux brillants de malice.

Il entra plus profondément en elle, lui caressa les seins. Puis il glissa une main entre eux. Chastity ferma les yeux et se laissa emporter dans une spirale sensuelle. Elle s'entendit vaguement crier, entendit le cri de Cyn, plus rauque, quand il bascula dans la jouissance.

Un instant plus tard, il se relevait et l'aidait à en faire autant.

— Quatre minutes, annonça-t-il en consultant sa montre. Tu vois, les possibilités sont infinies.

— Tu es fou, dit-elle en s'appuyant sur son bras.

— Fou de toi, mon ange. En avant ! ajouta-t-il en drapant sa cape sur les épaules de Chastity.

Elle se retrouva dans l'escalier avant d'avoir repris ses esprits. Cyn demanda les chevaux et régla l'aubergiste. Chastity s'efforçait d'ignorer les regards ahuris des domestiques, qui semblaient tous avoir trouvé une excuse pour traverser le hall.

Elle vit quelques guinées disparaître dans la poche de l'aubergiste.

— Pour votre coopération, dit Cyn. Et sachez que je n'oublie jamais ceux qui m'ont trahi. Au fait, mon nom est Malloren.

Il prononça ces mots avec une morgue digne de Rothgar, et le pauvre aubergiste ouvrit des yeux ronds.

— Est-ce que le nom de Malloren engendre la peur dans tout le pays ? murmura Chastity lorsqu'ils sortirent.

— J'en doute. Mais ici, il fait son petit effet.

— Pourquoi ?

— Nous ne sommes qu'à une dizaine de kilomètres de Rothgar Abbey. Tu es sûre de pouvoir monter à cheval ?

C'était le moment d'être franche. De toute façon, elle n'avait plus rien à cacher.

— Oui, mais je ne sais pas combien de temps je pourrai tenir, dit-elle en arrangeant ses jupes.

— Nous n'allons pas très loin. Je t'emmène à Rothgar.

— Quoi ? Nous n'avons pas le temps de faire un détour, Cyn. Et pourquoi aller à Rothgar ? Tu évites ton frère depuis des jours.

— J'espère qu'il n'est pas là. Tu seras en sécurité à Rothgar Abbey. Je n'ai de toute façon pas besoin de toi pour obtenir la dispense de bans, et tu me ralentirais.

Que répondre à cela ? Néanmoins, elle frémit à l'idée d'être introduite dans sa famille non pas seulement en tant que Chastity Ware, mais comme la maîtresse de Cyn. Car son statut serait évident pour tout le monde.

Son inquiétude augmenta quand elle se rendit compte que ce plan ne plaisait pas davantage à Cyn. Lorsqu'ils traversèrent le village, sa tension était palpable.

— Tu n'es pas obligé de m'emmener chez toi, risqua-t-elle. Tu pourrais me laisser ici.

— Non. Tu seras à l'abri au château.

Chastity soupira.

— Quitte à m'emmener à Rothgar, pourquoi ne pas y amener aussi Verity.

— C'est ce que j'aurais dû faire.

— Pourquoi ne l'as-tu pas fait ?

Il lui coula un regard oblique et un nerf tressauta sur sa joue.

— Parce que cela aurait gâché le jeu, avoua-t-il.

— Pourquoi le faire maintenant ? Laisse-moi plutôt ici.

Il arrêta son cheval et lui prit la main.

— Non, Chastity. Le temps des bêtises est fini.

— Je t'en prie, Cyn. Je ne crois pas avoir la force de supporter la réalité en ce moment.

— Que veux-tu dire ?

— Je suis Chastity Ware, ta maîtresse. Je ne peux pas être reçue par ta famille.

— Tu es Chastity Ware, ma future femme, rectifia-t-il. Si ma famille ne t'accueille pas les bras ouverts, je leur tournerai définitivement le dos.

— Cyn, non !

— En route ! déclara-t-il en donnant une claque sur la croupe de son cheval.

Très vite, il se bifurqua en direction d'un portail dans une haie et l'ouvrit. Chastity le suivit, pleine d'appréhension, mais ils se retrouvèrent dans un simple pré.

— Les terres du domaine, annonça-t-il. Il reste encore quelques kilomètres à parcourir. Comment te sens-tu ?

— Bien. Mais j'aimerais autant t'attendre dans un cottage.

— Pas question, répliqua-t-il avant de lancer sa monture au trot.

Chastity retint son cheval et attendit. Cyn rebroussa chemin, les lèvres pincées.

— S'il le faut, je t'attacherai et je te porterai, Chastity. Cela fera un sacré spectacle.

Vu son humeur, il en était capable.

— Cyn, je viendrai, mais à une condition.

— Laquelle ?

— Que tu me promettes de ne faire aucun reproche à ta famille pour ce qui va se passer.

— Pourquoi es-tu aussi sûre qu'ils te rejetteront ? Diable ! Aucun de nous n'est aussi pur que des anges – à l'exception peut-être de ma sœur.

— Je suis sûre que ta sœur est vertueuse. Si elle est là, elle sera obligée de me tourner le dos. Sinon, sa réputation serait souillée.

— Bon sang, cesse de parler ainsi !

— C'est la vérité et tu ne peux rien y changer.

— Je peux faire ce que je veux. Si je te présente à ma famille comme une dame vertueuse, ils ont intérêt à te traiter comme telle.

— Vertueuse ? Je suis ta maîtresse !

— Je n'aurais jamais dû te toucher, n'est-ce pas ? Je n'aurais pas dû te faire l'amour ce matin. J'ai blessé ton orgueil.

— Cyn, non !

Il baissa les yeux sur les rênes, l'air amer.

— Avant cette nuit à Rood House, tu savais que tu étais pure, quoi qu'en disent les gens. Cela te donnait la force que j'admirais tant. Je t'ai ôté cette force.

— Es-tu en train de dire que je suis faible ?

— Tu l'es davantage, oui.

— Merci.

— C'est la vérité. Je t'ai pris ton honneur.

— Tu ne m'as rien pris du tout. Je t'ai tout donné, et avec joie.

— J'aurais dû attendre que nous soyons mariés.

— Cela n'arrivera jamais.

— Tu te trompes. J'ai l'intention de demander aussi une dispense de bans pour nous.

— C'est impossible. Je suis mineure, et père ne donnera jamais son consentement.

— Par tous les diables, je n'avais pas pensé à cela ! Nous trouverons une solution. Sinon, nous attendrons que tu sois majeure. Quand le seras-tu ?

— L'année prochaine, en avril.

— C'est encore loin. Tu resteras avec ma famille.

— Oh, Cyn ! Tu ne m'as même pas encore présenté et tu voudrais que je vive sous leur toit ?

— Oui, dit-il en lui caressant la main. Je sais que ton expérience t'a rendu méfiante, mais j'aimerais que tu me fasses confiance. Au moins cette fois. Ma famille ne te rejettera pas. J'en suis sûr.

— Même pas ta sœur ?

— Même pas. Elf sera étonnée, et elle pensera que tu n'es pas assez bien pour moi. Mais elle penserait cela de n'importe quelle femme.

— Et Rothgar ?

— Même chose.

Chastity n'en croyait pas un mot.

— Alors, pourquoi te prépares-tu à une bataille ?

Il élargit les yeux de surprise, puis éclata de rire.

— Je t'ai déjà confié un secret : tous les soldats ont peur avant la bataille. J'ai peur, ma chérie.

— De quoi ?

— « Peur » n'est peut-être pas le bon terme… Disons plutôt que je n'ai pas envie de revenir sur ma position. J'ai dit un jour à Rothgar que je n'accepterais rien de lui et que je ferais ma vie en ne comptant que sur mes mérites personnels. Et maintenant, je vais devoir faire machine arrière.

— En lui demandant de me recevoir ?

— Non. Il le fera spontanément. Mais le monde de la haute société n'est pas le mien. Si nous voulons éclaircir notre situation, nous aurons besoin de son aide.

— Quoi ? Mais Rothgar lui-même ne peut pas laver ma réputation ?

Le sourire familier éclaira ses traits.

— C'est un Malloren. Lui aussi adore relever les défis. Allons, viens.

Elle ne bougea pas.

— Tu n'as toujours pas promis. Si ta famille ne m'accepte pas, tu ne dois pas leur en vouloir.

— Très bien, je te le promets. Mais cela n'arrivera pas. Fais-moi confiance.

17

Ils rejoignirent la maison par une allée latérale et entrèrent directement dans les écuries. Vu sous cet angle, Rothgar Abbey était une solide maison élisabéthaine. En revanche, la façade de style palladien était plus moderne. Des paons déambulaient dans les jardins impeccablement entretenus, tandis que des chevreuils broutaient dans les prairies qui s'étendaient à l'arrière de la demeure.

Le château offrait une image d'ordre et de prospérité qui n'était pas sans rappeler Walgrave Towers. Ce n'était pas ainsi qu'elle avait imaginé la maison de celui qu'on surnommait le Sombre Marquis.

Ils laissèrent les chevaux à un valet interloqué, et Cyn la conduisit vers une porte de côté. Il était tendu, et Chastity avait les nerfs à fleur de peau. Elle aurait préféré ne pas être là et regrettait de devoir se présenter dans des vêtements de servante.

Conscient de sa morosité, Cyn s'arrêta pour l'embrasser.

— Fais-moi confiance, Chastity.

Que répondre à cela ? Elle se rassura en se disant qu'au moins elle avait des cheveux.

La porte donnait sur un corridor desservant des celliers, et ils avancèrent un moment sans rencontrer âme qui vive. Puis une servante apparut et s'immobilisa.

— Bienvenue, milord, dit-elle en s'inclinant avant de s'effacer pour les laisser passer.

Malgré l'étrangeté de la situation, elle se comporta parfaitement et lança à peine un regard à Chastity.

— Merci, répondit Cyn. Qui est à la maison ?

— Toute la famille, milord.

Il hocha la tête, et la servante s'éclipsa.

La sœur de Cyn serait horrifiée de se retrouver en présence de Chastity Ware, songea celle-ci. Et Rothgar risquait de reconnaître la catin de Rood House.

— Cyn, chuchota-t-elle, tu n'es pas obligé de faire cela. Tu vas les mettre dans une situation impossible. Tu n'as pas besoin de l'aide de Rothgar. Je serai ta maîtresse, et je me moque de ma réputation.

— Moi, je ne m'en moque pas, et tu ne seras pas ma maîtresse.

Il soutint son regard et poursuivit :

— En fait, je te donne ma parole, Chastity. Je ne coucherai plus avec toi tant que tu ne seras pas ma femme. Allons-y, ajouta-t-il en l'entraînant dans son sillage.

Ils émergèrent dans un superbe hall tout de marbre et de dorures. Deux valets en livrée se tenaient là et, bien qu'expérimentés, ils ne purent s'empêcher de les dévisager avec stupeur.

— Où est le marquis ? s'enquit Cyn.

— Dans le salon des tapisseries, milord, répondit l'un des deux hommes avant de se précipiter pour ouvrir une porte.

Deux personnes se trouvaient dans la petite pièce ; une femme aux cheveux roux en robe de soie blanche était assise dans un fauteuil, et le marquis de Rothgar se tenait devant la cheminée. Tous deux tournèrent la tête en entendant la porte s'ouvrir.

— Cyn ! s'écria la jeune femme, qui se leva et courut vers lui. Tu nous as fait une belle frayeur, scélérat !

Cyn étreignit sa sœur et Chastity se rappela qu'ils étaient jumeaux. Ils ne se ressemblaient pas vraiment, lady Elf, qu'elle avait déjà rencontrée à Londres, étant rousse aux yeux bleus.

Cyn lâcha sa sœur et reprit la main de Chastity.

— Elf, voici lady Chastity Ware. Chastity, je vous présente ma sœur, lady Elfled – que nous appelons Elf entre nous. Notre père ayant réussi à apporter la preuve que nous avons du sang normand, il nous a donné des prénoms de héros et d'héroïnes anglo-saxons.

Chastity eut l'impression que Cyn parlait un peu trop – pour retarder le moment où il devrait dire la vérité, devinait-elle.

Sa sœur avait élargi les yeux lorsqu'il lui avait présenté Chastity, et elle s'était brièvement tournée vers leur frère aîné, avant de se ressaisir.

— Elfled était la Dame des Merciens, expliqua-t-elle. Elle a régné sur l'Angleterre pendant de nombreuses années. Cynric était un roi mineur. Ce pauvre Rothgar porte le nom de Beowulf, qui est un héros mythique.

Elle évita ainsi de souhaiter la bienvenue à Chastity, et reporta son attention sur Rothgar, qui n'avait pas bougé. Chastity déglutit. Allaient-ils la rejeter ?

Elle croisa le regard de Rothgar. Celui-ci l'observait, affichant une expression indéchiffrable.

Ils s'approchèrent tous de Rothgar. Beowulf. Elle ne s'était jamais demandé quel était son nom de baptême. Elle n'était pas sûre que celui-ci lui convenait, mais Wolf signifiait « loup ». Un animal auquel il ressemblait.

Il avait beau ne porter qu'une simple veste campagnarde et un pantalon de daim, il n'était pas moins impressionnant qu'en brocart et dentelle.

— Rothgar, je pense que tu connais lady Chastity, dit Cyn. Je l'ai emmenée ici, car elle va devenir ma femme.

Lady Elf étouffa un cri. Chastity leva le menton et soutint le regard froid de Rothgar, attendant l'explosion. Celle-ci ne vint pas. Il s'inclina.

— Nous sommes honorés de cette visite, lady Chastity. Voulez-vous vous asseoir ? À moins que vous ne préfériez qu'Elf vous conduise directement à votre chambre ?

Était-ce une façon de lui demander de le laisser en tête à tête avec Cyn ? Chastity prit place dans un fauteuil.

— Voulez-vous une tasse de thé, lady Chastity ? s'enquit lady Elf, nerveuse. Ou un autre rafraîchissement ?

— Non, merci, répondit-elle sans pouvoir détacher les yeux de Rothgar et de Cyn.

— Nous sommes contents de te voir, dit le marquis à son frère. En bonne santé, j'espère ?

— Je vais très bien, merci.

— Et – pardonne-moi de poser la question – mon carrosse ? J'ai entendu parler de bandits de grands chemins…

— Une farce. La voiture et Hoskins sont en sécurité à Winchester.

— Ah, me voilà soulagé ! Winchester…, répéta Rothgar, pensif. Tu as éprouvé un intérêt soudain pour les vieilles pierres ?

— Plutôt une envie soudaine d'éviter les brigands. En fait, cette aventure n'est pas terminée et je dois me remettre en route. Je veux juste que tu me donnes ta parole de traiter Chastity avec tous les égards dus à ma future épouse. Et que tu me promettes de ne la livrer à son père sous aucun prétexte.

— Walgrave ? Tu as ma parole. Nous ne nous aimons pas beaucoup.

— Et pour le reste ?

— Mon cher garçon, en tant qu'invitée sous mon toit, tous les égards sont dus à lady Chastity. Quelle que soit sa situation future.

C'était un pas de côté, et Cyn pinça les lèvres. Cependant, Rothgar avait donné sa parole, c'était là l'essentiel. Cyn se tourna vers Chastity.

— Vous serez en sécurité. Je reviendrai aussi vite que possible. Peut-être aujourd'hui même. Promettez-moi que vous m'attendrez ici.

Elle aurait préféré repartir avec lui.

— Comment puis-je vous faire une telle promesse ? Imaginez que la maison brûle ?

— Ne plaisantez pas.

— C'est vous qui me dites cela ! s'exclama-t-elle. Ai-je le droit de me promener dans les jardins ?

— Seulement sous bonne escorte.

— Cyn, vraiment...

— Promettez-moi.

— Très bien. Et maintenant, je vous en prie, allez chercher cette dispense de bans pour Verity.

Elle vit le regard de Cyn s'assombrir et se mordit la lèvre. Il ne voulait pas parler de Verity.

— Tu es donc mêlé à cette affaire, intervint Rogarth. Je suis content de savoir que lady Verity et son enfant vont bien. Ils sont à Winchester, peut-être ?

— Non, lâcha Cyn froidement. J'espère qu'ils sont arrivés à Long Knotwell où ils attendant cette dispense de bans.

Rothgar accueillit cette réponse sans ciller.

— Tu as besoin d'aide pour te la procurer ?

— Non, merci.

Chastity vit Cyn hésiter. L'atmosphère était pesante. Il ne fallait pas perdre de temps à demander de l'aide à Rothgar pour elle, dont la cause était perdue d'avance. Elle se leva.

— Cyn, partez, je vous en prie. Une fois Verity hors de danger, nous aurons le temps de penser au reste.

Il lui agrippa les épaules et la gratifia d'un baiser aussi rapide qu'inconvenant. Troublée, Chastity évita le regard de leur hôte.

Cyn se dirigea vers la porte. Au même instant, celle-ci s'ouvrit, et un homme entra. Aussi grand que Rothgar et aussi roux que lady Elfled. Un autre Malloren. Lord Brand, devina-t-elle.

— Bonjour, petit frère ! Tu es enfin rentré au nid.

— Pas pour très longtemps.

— Je pense qu'il serait plus sage que Brand t'accompagne, Cyn, déclara Rothgar d'un ton remarquablement conciliant.

— Que la peste vous emporte ! Je suis assez grand pour aller à Londres sans une nounou pour veiller sur moi !

— Je l'espère. Mais les voyages sont toujours hasardeux, les routes mal fréquentées et, apparemment, ta mission est importante. Un compagnon pourrait t'être utile, et il ne te ralentira pas.

Un silence suivit.

— Très bien, concéda Cyn à contrecœur. Si Brand est d'accord.

— Rien ne me ferait plus plaisir. J'ai déjà mon habit de cavalier, je récupère ma cape et nous y allons.

Il sortit. Cyn prit une profonde inspiration et s'approcha de son frère.

— Je vais voir l'évêque de Londres. Oncle Cuthbert sera peut-être rassuré si tu lui envoies un message.

La requête était assez simple. Mais Cyn avait dit qu'il refusait toute aide de Rothgar et ce devait être vrai. L'expression de lady Elfled et de Rothgar était éloquente.

— Existe-t-il un quelconque obstacle à ce mariage ? s'enquit calmement le marquis.

— Pas à ma connaissance, répondit Cyn avant de se tourner vers Chastity.

— Aucun, confirma-t-elle. En dehors de l'opposition de notre père. Verity étant majeure, ce n'est légalement pas un obstacle.

Rothgar alla à son bureau, traça quelques mots sur une feuille qu'il replia et scella avant de la remettre à Cyn.

— Tu apporteras la dispense de bans directement à Long Knotwell ?

— Cela vaudrait mieux.

— Nous devrions peut-être te rejoindre là-bas. Ainsi, lady Chastity assistera au mariage de sa sœur. Et il serait prudent d'avoir des témoins influents.

Cyn se rembrunit.

— Elle est fatiguée…

— Je me sens très bien, le coupa Chastity. Je préfère être présente et m'assurer que tout se passe bien.

— Prenez une voiture dans ce cas, conseilla Cyn.

— Naturellement, dit son frère. Ce ne sera que mon second carrosse, malheureusement.

— Cela suffira, répliqua Cyn avec un rire bref. Et comme j'ai l'intention d'épouser Chastity au plus vite, je te serais reconnaissant de trouver un moyen de laver sa réputation et d'obtenir l'accord de son père.

Brand, qui venait d'entrer, poussa une exclamation en entendant cette requête. Rothgar lui-même parut un instant à court de mots.

— Avec plaisir, dit-il enfin d'un ton qui semblait contenir une foule de sous-entendus.

Cyn hocha la tête et sortit avec son frère.

Chastity demeura seule avec le marquis et lady Elfled. Le regard de Rothgar la mit mal à l'aise.

— Nous devons nous préparer, dit-il. Mais je suppose que vous avez été éprouvée, lady Chastity. Pourquoi ne pas laisser Elf prendre soin de vous pendant que je lance la machine ?

— C'est inutile, milord. Je sais que notre mariage est impossible, et Cyn finira par l'admettre lui aussi.

Le marquis haussa les sourcils.

— Ma chère, rien n'est impossible pour un Malloren !

Et sur ses paroles arrogantes, il sortit.

— Oh, mon Dieu ! souffla lady Elfled en venant s'asseoir près de Chastity.

— Je suis désolée. Je ne voulais pas cela.

— Ne vous inquiétez pas, lady Chastity, vous n'y êtes pour rien. Les Malloren sont exaspérants ; ils semblent incapables de faire les choses simplement. Vous avez toutefois réussi à briser la glace entre Cyn et Rothgar, ce qui est une bénédiction.

— Je suis sûre qu'ils seraient parvenus à s'entendre sans mon intervention.

— Sauf que cela ne s'était pas produit depuis six ans.

— Ils sont en froid depuis six ans ? s'exclama Chastity, éberluée.

— « En froid » n'est pas le mot. Cyn est venu me voir lorsqu'il était en permission, car il ne coupera jamais les ponts avec moi. Il n'y a jamais eu d'échange tendu entre eux, mais il y avait des barrières. Cyn n'a jamais accepté aucune aide. Or, quand Rothgar a voulu l'empêcher de rejoindre l'armée, il a laissé entendre qu'il ne pourrait survivre sans aide.

— C'était une absurdité. Cyn est remarquablement habile.

— N'est-ce pas ? À vrai dire, personne ne s'en serait douté quand il était jeune, nous étions tous deux très maladroits. Rothgar est très fier de lui à présent, mais vous connaissez les hommes, ils ont tendance à camper sur leurs positions. C'est comme s'ils étaient chacun d'un côté d'un gouffre sans possibilité de le franchir. Ma chère, vous êtes le pont dont nous avions besoin.

Lady Elfled Malloren était charmante et elle semblait sincère. Chastity se demanda pourquoi cette si jolie jeune femme n'était pas encore mariée à vingt-quatre ans.

— Je suis contente de pouvoir vous aider, et je ne creuserai pas de nouveau fossé dans votre famille. Je n'épouserai pas Cyn.

— Vous le lui avez dit ?

— Oui.

— Qu'a-t-il répondu ?

— Il ne m'a pas crue, mais il finira par se rendre compte que c'est impossible.

Lady Elfled se mit à rire.

— Ma chère, vous avez encore beaucoup à apprendre sur les Malloren. Pour Rothgar, rien n'est impossible, et Cyn ne se laisse jamais détourner de ses objectifs. Et comme nous allons être sœurs, vous devez m'appeler Elf, et je vous appellerai Chastity.

N'ayant aucune raison de refuser, Chastity accepta.

— Parfait. Je suis ravie de vous avoir ici. Vous n'imaginez pas combien se retrouver seule avec ses frères peut être pénible. Les hommes n'ont aucune sensibilité.

Comme Chastity ne disait rien, elle reprit en riant :

— Ne me dites pas que Cyn est la sensibilité incarnée ? Ce doit être le pouvoir de l'amour, car je ne m'en étais jamais aperçue. Et maintenant, enchaîna-t-elle abruptement, je suppose que vous mourez d'envie de prendre un bain et de changer de vêtements.

Chastity rougit à la pensée du triste spectacle qu'elle devait offrir.

— Oui, en effet.

— Allons-y, dans ce cas.

Des ordres furent lancés, et elle monta dans la chambre de lady Elfled, où un feu avait été allumé.

— Nous sommes à peu près de la même taille, dit son hôtesse en ouvrant l'armoire. Choisissez ce qui vous plaît.

Une femme de chambre entra.

— Ah, Chantal, vous allez aider lady Chastity ! Puis-je rester avec vous, ma chère ?

Chastity songea à ses plaies, ses ecchymoses et ses seins barbouillés de rouge.

— Je préfère prendre mon bain en privé.

C'était une étrange décision pour une femme qui avait grandi entourée de servantes. Elf parut étonnée, mais elle n'insista pas.

Deux autres servantes entrèrent avec un plateau et une collation. Les deux femmes grignotèrent tout en choisissant des vêtements parmi ceux que Chantal leur présentait.

— Pour le mariage, dans la mesure où vous voyagerez, il vous faut quelque chose d'élégant mais de pas trop fragile, décréta Elf. Quelles sont vos couleurs préférées ?

En dépit de sa décision de rompre, Chastity eut envie d'apparaître devant Cyn vêtue de ces beaux atours et de redevenir au moins une fois la belle Chastity Ware.

— J'ai toujours aimé le rose foncé. Je ne crois toutefois pas...

Elf frappa dans ses mains.

— Chantal ! *La langue de la reine*[1] *!* Cette couleur était très à la mode l'année dernière, mais elle n'allait pas du tout avec mes cheveux !

Chantal sortit une magnifique robe d'une autre armoire et l'étala sur le lit. La soie était couleur framboise et ornée de ruchés. Un jupon crème et une pièce d'estomac brodée de perles furent sortis d'un tiroir.

— Seigneur, je suis amoureuse de cette toilette, soupira Elf. Mais faites-moi plaisir, prenez-la. Chantal sera enchantée !

— En effet, confirma la femme de chambre en riant. Une ou deux fois par mois, lady Elfled me demande

1. En français dans le texte.

de sortir cette robe, et je crois chaque fois mourir d'angoisse à l'idée qu'elle la porte.

Il était évident que cette couleur aurait un effet désastreux sur une rousse. Chastity accepta donc la robe avec joie.

Des sous-vêtements de soie lui furent présentés, et on annonça que le bain était prêt dans le cabinet de toilette.

Chastity prit les bas et la chemise, puis elle alla prendre son bain, seule. Elle se déshabilla et découvrit à la lumière du jour des hématomes et des éraflures qu'elle n'avait pas remarqués. Les zébrures sur ses cuisses étaient rouge foncé. Elle avait de sombres marques de doigts sur les bras et un bleu à la tempe. Sans parler du rouge sur ses seins.

L'espace d'un instant, elle eut envie de disparaître dans un trou de souris. Puis elle se rappela que Cyn ne l'avait jamais vue bien apprêtée. Il la verrait enfin. Juste cette fois-ci.

Elle s'enfonça dans l'eau chaude avec un soupir de bien-être. Un savon délicatement parfumé et un linge étaient posés sur un tabouret près du tub. Elle retrouvait la vie à laquelle elle était habituée.

Elle ôta sa perruque pour se laver ses cheveux, les frotta avec une serviette et se laissa aller dans le tub.

Alors seulement, elle se força à penser à son avenir. Le cottage de Nana lui était désormais interdit. Son père l'avait totalement rejetée et elle ne pouvait s'accrocher à Cyn. Elle devrait subvenir à ses propres besoins.

Cette pensée la terrifia.

Pourrait-elle devenir actrice ? Elle n'avait pas de talent particulier, et on disait des actrices que la plupart étaient des prostituées. Elle refusait d'être une catin.

Elle songea à la requête que Cyn avait présentée à Rothgar : laver sa réputation, obtenir le consentement de son père. C'était un rêve irréalisable.

Elle sortit du bain avant de céder aux larmes, puis elle recoiffa sa perruque. La chemise de soie glissa sur elle, la couvrant jusqu'aux mollets. Fine mais opaque, elle dissimulait ses ecchymoses. Des broderies blanches ornaient le col, et une ravissante dentelle de soie soulignait les poignets.

Elle se sentit belle.

Elle enfila les bas de soie blanche semés de boutons de rose brodés, ajusta les jarretières roses et sourit tristement au souvenir de celles que Cyn avait achetées à Shaftesbury.

La peur revint la titiller, sournoise. Et si elle était enceinte ? Elle ne laisserait pas cet obstacle l'arrêter. Elle devait trouver un moyen de libérer Cyn. Elle réglerait les autres problèmes le moment venu.

Quand elle retourna dans la chambre, lady Elfled lui sourit.

— Habillez-vous vite. J'ai hâte de voir cette robe sur vous. Je suis sûre qu'elle vous ira à ravir.

Chantal aida Chastity à attacher les paniers. Le jupon de soie était aussi léger qu'une plume et la pièce d'estomac parfaitement adaptée à son buste.

Chastity regarda la transformation magique dans le miroir et elle se sentit revigorée. C'était comme endosser une armure – une fragile armure de soie et de dentelle qui la protégeait. Elle se sentait femme, et puissante.

— Vous avez une jolie silhouette, remarqua Elf. Votre taille est plus fine que la mienne.

Chantal l'aida à enfiler la robe et murmura :

— C'est parfait.

— En effet, renchérit Elf. Le rose est votre couleur.

Chastity sourit à son reflet dans le miroir. Le rose foncé s'harmonisait avec son teint. La pièce d'estomac mettait ses seins en valeur sans la moindre indécence, et la soie opaque de la chemise couvrait son décolleté d'un nuage vaporeux.

La soie de la jupe bruissait à chaque mouvement. Elle tournoya sur elle-même et fit une élégante révérence, ravie d'être de nouveau une femme.

Elf s'écria :

— Oh, j'aimerais avoir ce que vous avez !

— Et qu'ai-je donc ?

— Un pouvoir sur les hommes.

Chastity rougit.

— Je n'en ai pas... et si c'est le cas, il m'a porté malheur.

— Vraiment ? s'étonna Elf. Mais vous avez Cyn et il est prêt à combattre les dragons pour vous.

Chastity ne comprenait pas pourquoi la jeune femme avait l'air si mélancolique. Avec son rang, sa dot, sa beauté et sa nature charmante, elle avait dû attirer l'attention de beaucoup d'hommes.

— Je suis sûre que n'importe quel homme serait prêt à affronter les dragons pour vous aussi, Elf.

— Peut-être... Venez, ajouta-t-elle vivement. Chantal va appliquer un peu de maquillage pour cacher cet hématome, et nous allons voir ce que mon auguste frère a prévu.

— Je ne veux pas être trop maquillée, dit Chastity à la femme de chambre.

— Bien sûr que non, répondit celle-ci. Juste un peu de crème sur les meurtrissures, et du rouge sur les joues et les lèvres...

Quand elle eut terminé, l'hématome était à peine visible.

— Vous êtes merveilleuse, Chantal.

— Je sais, milady. Je vais choisir d'autres vêtements pour vous, ajouta-t-elle avec un sourire malicieux. Soyez tranquille, ce sont ceux que lady Elf ne portera jamais.

— Monstre ! lança Elf en souriant. Mais elle a raison, vous me rendrez service, je ne serai pas tentée de les porter. Chantal, débarrassez-nous de ces vieilles hardes.

La servante ramassa les habits de Chastity et poussa un petit cri.

— Je me suis piquée ! s'exclama-t-elle en sortant l'épingle des habits. Ceci vous appartient, milady ?

Chastity songea à nier, mais Elf avait visiblement reconnu le bijou.

— Oui, dit-elle en s'emparant de l'épingle.

Elle était lasse des mensonges et des tromperies. Elle la fixa à son corsage et regarda Elf, qui avait pâli.

— Rothgar n'est pas mon amant.

— Oh... tant mieux ! Vraiment, je ne sais pas ce qui se passerait si mes deux frères se battaient pour la même femme. Vous êtes prête à descendre ?

Chastity se regarda dans le miroir, tremblante à l'idée d'affronter Rothgar.

— Je crois... je crois qu'il me faudrait un éventail.

Il ne fallut que quelques secondes pour lui présenter un éventail de parchemin ivoire, qu'elle s'exerça à ouvrir et à refermer.

— Je suis prête, annonça-t-elle.

Rothgar contemplait les flammes dans la cheminée dans le salon des tapisseries. Il se retourna à leur entrée et Chastity vit une lueur admirative dans ses yeux. Il s'inclina.

— Lady Chastity, je comprends pourquoi mon frère est ensorcelé.

Chastity fit une profonde révérence, et le regarda, protégée par son éventail.

— Votre frère, lord Rothgar, ne m'a jamais vue ainsi.

— Dans ce cas, je me réjouis encore davantage pour lui, dit-il en lui tendant la main.

Ses yeux se posèrent sur l'épingle et il ne manifesta aucune surprise. Il avait donc deviné qu'elle était la femme à demi dévêtue croisée dans l'escalier de Rood House. Depuis quand le savait-il ?

Elf les contemplait d'un air anxieux et Rothgar lui adressa un sourire affectueux.

— Si cette robe était dans ta garde-robe, ma chère, je suis heureux que lady Chastity soit venue pour t'en délester.

— Tu es horrible ! Certaines rousses peuvent porter du rose.

— Certaines, mais pas toi, je le crains. Nous pouvons partir du principe que Cyn apportera la dispense de bans à Long Knotwell aujourd'hui même, enchaîna-t-il. Nous devrions y être en une heure et demie avec la voiture. Nous partirons dans une heure. Nous y passerons la nuit si nécessaire, nous trouverons sûrement un logement.

— Dois-je venir aussi ? s'enquit Elf.

— Assurément. Je dois accompagner Chastity, et tu nous serviras de chaperon.

Elf jeta un coup d'œil à l'épingle et Rothgar soupira.

— Tu as l'esprit mal tourné, ma chère. Lady Chastity n'a rien fait de répréhensible pour avoir cette babiole. Vous trouverez une explication pour Cyn, ajouta-t-il à l'adresse de Chastity. Elf, prépare quelques bagages pour lady Chastity, au cas où nous passerions la nuit là-bas. Si sa sœur est aussi pauvrement vêtue qu'elle, elle appréciera sûrement que tu sacrifies quelques pièces de ta garde-robe, surtout s'il s'y trouve une tenue adaptée à un mariage.

Elf se leva aussitôt. Elle hésita devant la porte et haussa les sourcils.

— Je croyais que je devais vous chaperonner, mon cher frère ?

— Je t'assure que je n'ai jamais séduit les fiancées de mes frères.

— Aucun de tes frères n'a encore eu de fiancée, lui rappela-t-elle avant de sortir en secouant la tête.

Chastity ôta l'épingle de son corsage et la tendit à Rothgar.

— Il vaut mieux que vous la repreniez, milord. Pas à cause de Cyn, mais parce que je n'en veux pas.

— Elle vous va pourtant très bien. Et vous l'avez gagnée.

Comme il ne faisait pas mine de la prendre, elle la laissa tomber sur le tapis.

— Quand nous nous sommes embrassés à Londres, dit-il, ignorant le bijou, je vous ai trouvée fascinante. Comme toujours, mon instinct ne m'a pas trompé.

Le cœur de Chastity s'emballa. Seigneur, non, plus de complications.

Elle s'éventa rapidement, geste censé faire comprendre à un gentleman que le sujet lui déplaisait.

— Êtes-vous en train de dire que vous m'aimez ?

— Oh, non ! Si je vous aimais, rien de tout cela ne serait arrivé, n'est-ce pas ? Mais vous m'intéressiez...

Chastity eut l'impression d'être entraînée dans une joute oratoire et de ne pas être à la hauteur. Elle referma l'éventail d'un mouvement sec.

— J'étais avec Cyn à Rood House.

— Naturellement.

— J'ai l'intention de l'épouser.

— Naturellement, répondit-il avec la nonchalance d'un maître d'escrime jouant avec un novice.

— Pourquoi « naturellement » ?

— Parce que si vous ne le faisiez pas, vous seriez la catin qu'on vous accuse d'être.

Touchée en plein cœur, elle baissa les yeux sur son éventail.

— Je le suis peut-être, chuchota-t-elle.

— Je ne pourrais permettre à mon frère d'épouser une telle femme.

Chastity sentit cet espoir, qu'elle s'était pourtant refusé, s'envoler. Elle leva le menton.

— Vous ne pourriez peut-être pas l'en empêcher.

Le regard de Rothgar se perdit dans les flammes.

— Vous avez raison. Et je n'oserais pas contrarier Cyn une fois de plus.

Il semblait admettre sa défaite. C'était incroyable. Chastity ouvrit l'éventail et l'éleva devant ses yeux, lui transmettant inconsciemment un message de sympathie.

— Pourquoi ?

— J'ai tendance à me montrer autoritaire, dit-il d'un ton égal. Quand Cyn a voulu entrer dans l'armée, cela m'a paru inacceptable. Il n'avait pas dix-huit ans et paraissait encore plus jeune. Si la moindre pensée sérieuse lui avait alors traversé l'esprit, cela m'avait échappé. D'autre part, je l'avais déjà sorti d'un certain nombre de situations difficiles qui auraient pu avoir de graves conséquences. Or, l'armée punit durement les fautes, même quand elles sont commises par des officiers…

Il la regarda dans les yeux, et son éventail ne put la protéger.

— Les hommes sont fouettés pour ne pas avoir pris soin de leur équipement. Un officier peut être fusillé pour une faute grave. Souvenez-vous de l'amiral Bing exécuté « pour encourager les autres[1] », comme l'a dit M. Voltaire. J'ai mal jugé Cyn, bien sûr. C'était l'ennui qui le poussait à faire des bêtises. Il a lui-même ordonné et supervisé plusieurs flagellations, et deux pendaisons. Je suis magistrat, et je sais combien ce genre de décisions n'est pas facile à prendre.

1. *Candide ou l'Optimisme* (1759). *(N.d.T.)*

Chastity essaya d'imaginer Cyn dans cette situation. Sans succès. Son amant si insouciant était-il capable d'une telle dureté ? Le connaissait-elle vraiment ? Comment l'aurait-elle pu après seulement une semaine ?

— Pourquoi me racontez-vous cela ?

— Je réponds à votre question. Vous m'avez demandé pourquoi je ne voulais pas contrarier Cyn. Quand j'ai refusé de l'aider à entrer dans l'armée, il s'est enfui et s'y est engagé. Je l'ai ramené à la maison, bien sûr. Il était toutefois clair que rien ne l'arrêterait. J'ai dû céder, mais mes objections ont eu des conséquences déplaisantes.

— C'est-à-dire ? Il semble heureux.

— En un sens, oui. Il n'empêche que j'ai érigé des barrières entre sa famille et lui. Et que mes interventions ont failli le tuer.

— Ce n'est pas votre faute s'il est tombé malade.

— Vous croyez ? Un autre que lui aurait admis qu'il était malade et aurait cherché de l'aide. Cyn a constamment l'impression de devoir prouver qu'il n'a besoin de personne.

Chastity ne sut pas quoi dire. Elle craignait que Rothgar n'ait raison. Elle savait aussi que se montrer d'une telle honnêteté lui avait coûté. Elle ne pouvait l'être moins.

— Je n'ai pas l'intention de l'épouser, dit-elle.

— Vraiment ? Je dois pourtant insister.

— Je vous demande pardon ?

— En dehors de ce qu'il désire, et qui est très important à mes yeux, je me souviens de Rood House. Si vous ne l'épousez pas, vous ne valez pas mieux que ce qu'on dit de vous. Je refuse de croire que je me suis trompé à ce point.

— Et ce que je souhaite, moi, cela ne compte donc pas ? s'écria-t-elle, exaspérée.

Rothgar arqua les sourcils.

— Vous ne souhaitez pas l'épouser ? Vous vouliez juste coucher avec lui ?

Le visage de Chastity s'enflamma. Elle voulait répondre par l'affirmative, mais les mots ne voulaient pas sortir. Le marquis lui agrippa les épaules, et elle tressaillit.

— Ne craignez rien, ma chère, pour une fois, mes intentions sont honorables. Vous ne pouvez pas refuser ce mariage à Cyn. Pas plus que je n'ai pu l'empêcher de mener la vie qu'il voulait. Si vous essayez, vous risquez de le pousser au désastre, comme je l'ai fait.

— Il ne peut y avoir de pire désastre pour lui que de m'épouser.

— Il y a pire, et je vous assure qu'il le trouvera.

Vaincue, Chastity appuya la tête contre son épaule et se mit à pleurer de désespoir. C'était la première fois qu'un homme, à part Cyn, lui offrait un peu de réconfort depuis que Henry Vernham s'était glissé dans son lit. Rothgar ne dit rien, mais ses bras se révélèrent solides et rassurants.

Quand ses larmes se furent taries, il l'invita à s'asseoir et lui tendit un mouchoir.

— Ce n'est pas possible, lord Rothgar. Vous croyez que j'ai envie de le forcer à évoluer dans des cercles où tout le monde me tournera le dos ?

— Certes non. Il nous faudra faire taire ces malheureuses rumeurs.

— Ces « malheureuses rumeurs » ! répéta-t-elle. Ma réputation est ruinée, milord. Aucune dame de la noblesse n'accepterait de se retrouver dans la même pièce que moi.

— Elf ne vous a pas tourné le dos. Vous remettez sa noblesse en question ?

— Bien sûr que non. Elle m'a accueillie par amour pour son frère.

— Il faut donc espérer que Cyn est très aimé.

— Vous êtes ridicule, répliqua-t-elle, choquée par sa propre insolence. Je suis sûre que Cyn serait chassé de son régiment s'il m'épousait.

Rothgar haussa ses beaux sourcils sombres.

— Dans ce cas, je lui en achèterai un autre. De toute façon, il devrait être colonel.

Chastity ne trouva rien à dire.

Le marquis s'assit en face d'elle et étendit ses longues jambes.

— À présent, expliquez-moi pourquoi Henry Vernham se trouvait dans votre lit.

18

Chastity secoua la tête. Elle n'avait pas envie de revenir sur cette histoire. Rothgar ne la croirait pas, et elle n'y pourrait rien.

— Vous ne voulez pas éclaircir ce mystère ?

— C'est impossible.

— Essayons tout de même.

La volonté du marquis était plus forte que la sienne. Elle lui raconta toute l'histoire, sans omettre le rôle de son père.

— Walgrave a fait cela pour vous obliger à épouser Vernham ?

— Oui.

— Pourquoi ?

— Je l'ignore.

— Cela vous paraît-il raisonnable ? Vous attendiez-vous à cela de la part de votre père ?

— À l'époque, non. Maintenant, je ne sais plus. Je crois qu'il est fou.

— Pourquoi dites-vous cela ? Qu'a-t-il fait depuis ?

— Lord Rothgar, cette discussion est inutile. Il n'y a rien à faire.

— Il y a toujours quelque chose à faire, mais je dois connaître les faits. Vous n'avez pas envie de reprendre la place qui vous revient dans la société, de laver votre réputation, d'épouser Cyn, d'être heureuse ?

— C'est impossible, s'entêta-t-elle, les larmes aux yeux.

— Rien n'est impossible pour un Malloren, lui rappela-t-il une fois de plus. Je vous écoute.

Chastity soupira.

— D'abord, père a voulu me forcer à épouser Vernham, ce qui n'a pas de sens. Et ce qui est tout aussi étrange, c'est qu'il pourchasse si désespérément Verity. Il prétend que c'est de l'inquiétude paternelle, mais il y a autre chose. Je ne sais pas quoi, cependant.

— Quand a-t-il dit cela ?

— Il m'a attrapée à Maidenhead. Je pensais qu'il serait furieux de me voir déguisée en homme. Je porte des vêtements masculins depuis des mois, précisa-t-elle avec un regard de défi.

— Cela explique une certaine brusquerie dans vos manières. Aviez-vous une raison de faire cela ?

Chastity n'avait pas non plus envie de parler de cela. Pourtant, après une courte hésitation, elle ôta sa perruque.

— Ah… Votre père ?

Elle hocha la tête et remit sa perruque.

— Une punition pour une fille égarée, je suppose. C'est tout ce qu'il vous a fait ?

Elle expliqua que Walgrave l'avait fouettée davantage pour l'inciter à épouser Vernham que pour la punir.

— Il m'a aussi obligée à porter des vêtements qui venaient d'une maison de correction.

— Et vous préfériez porter autre chose. Ce que je comprends, ma chère. Donc, que voulait votre père lorsqu'il vous a rattrapée à Maidenhead ?

— Il pensait que je savais où se trouvait Verity et il voulait à tout prix la retrouver. Il était convaincu que c'était moi qui l'avais encouragée à fuir. Je sais qu'il considère ses filles comme des pions à utiliser, mais ses manières ne correspondaient pas à la situation.

Rothgar renversa la tête en arrière et contempla le plafond.

— Lady Verity s'est donc enfuie... Pourquoi ?

— Parce qu'elle n'avait pas confiance en Henry Vernham. Il a été nommé tuteur du petit William et elle craignait qu'il ne lui fasse du mal.

Une horloge sonna quelque part dans la maison. Une bûche tomba dans l'âtre, faisant jaillir une gerbe d'étincelles. Le silence se prolongea quelques secondes, puis :

— Pourquoi votre père a-t-il marié votre sœur à sir William, qui n'était rien ?

— Je ne sais pas. Cela n'a aucun sens. Mais ce qui est fait est fait. Si Verity est enfin en sécurité et heureuse, je serai contente.

— Mais cela ne réglera pas le problème de Cyn. Et je crains que le bonheur de votre sœur ne soit en danger. Votre père pourrait rendre la vie extrêmement difficile à ce jeune couple.

— Et que puis-je faire ?

— Aidez-moi à découvrir ce que cela cache. Il y a quelque chose, je le sens. Dites-moi tout. Sans omettre le moindre détail.

Chastity aurait fait n'importe quoi pour sa sœur. Elle rapporta chaque confrontation avec son père, citant ses paroles du mieux qu'elle put et décrivant ce qu'il lui avait fait subir.

Si son histoire attrista le marquis, il n'en laissa rien paraître.

— Donc, votre père voulait savoir pourquoi Verity ne s'était pas réfugiée chez lui ?

— Oui. Je crois que, malgré tout, il pense être un bon père.

— De quoi a-t-il peur ?

— Peur ?

— Oui, peur. Vous m'avez décrit un homme aux abois. Il doit penser que Verity l'évite parce qu'elle sait quelque chose qui peut lui nuire.

— Elle sait qu'il m'a maltraitée.

— Et cela aurait pu l'inquiéter ?

Elle secoua la tête.

— Je crois que cette affaire tourne autour de la mort de sir William, suggéra Rothgar.

— C'est impossible. Il est mort d'une attaque, et sa mort est survenue après mes problèmes avec mon père.

— Tout est sans doute lié. Existait-il des liens entre sir William et votre père avant le mariage de Verity ?

— Non.

— Réfléchissez.

— Je vous dis qu'il n'y avait aucun lien. Sir William n'était un qu'un modeste esquire, avec plus d'argent que d'éducation.

— Il était riche ?

— Pas selon vos critères, ou ceux de mon père, mais plus riche que les autres esquires. Fort dit qu'il a fait fortune après 1745 en volant des objets de valeur, ou en demandant des pots-de-vin pour dissimuler des preuves de trahison. C'était un être méprisable.

— Et pourtant, quand il a demandé la main de Verity, on la lui a accordée. Il devait avoir une emprise sur votre père. Savez-vous laquelle ?

— Non. Père est surnommé l'Incorruptible. Il ne joue pas, il boit peu, je n'ai jamais entendu de rumeurs concernant des femmes...

— La trahison, peut-être ?

— Quoi ?

— Votre père serait-il capable de sacrifier ses filles pour sauver sa tête ?

— Père ? Trahir son roi ?

Rothgar se leva et se mit à arpenter le salon tel un prédateur sur une piste.

— La trahison, répéta-t-il. Cela me paraît plausible. Une chose est sûre, le comte de Walgrave est ambitieux. Imaginez qu'il ait eu peur en 1745 et qu'il ait cru que Bonnie Prince Charlie serait victorieux ?

— Mais il a toujours été farouchement contre les jacobites !

— Les mots ne coûtent rien. Son amitié avec le prince Frederick le liait aux Hanovre. Cependant, quand il a vu la famille royale faire ses bagages et les jacobites marcher sur Londres, il a pu craindre de tout perdre. Ce ne serait pas surprenant que votre père ait pris discrètement contact avec les jacobites.

Chastity était sous le choc. Le marquis poursuivit :

— Imaginons qu'une preuve soit tombée entre les mains de l'enquêteur, sir William Vernham, et que ce dernier ait eu l'intelligence de la cacher afin que le comte ne puisse pas le tuer pour s'en sortir ? Vous savez, ces enquêteurs ne gagnaient pas énormément. Les coupables n'avaient la plupart du temps pas grand-chose à offrir. Le comte de Walgrave, en revanche…

Il sourit.

— Vernham a dû recevoir de l'argent du comte pendant une quinzaine d'années.

— Et Verity ?

— Sir William voulait peut-être renforcer son emprise sur le comte. Il se peut aussi qu'il ait désiré votre sœur. Il ne faut pas non plus oublier qu'elle avait une dot conséquente. C'était peut-être aussi un simple abus de pouvoir, il narguait votre père comme il l'aurait fait avec un lion enchaîné. C'était un jeu très dangereux. Je me demande si ce n'est pas cela qui a rendu fou votre père. Pour des gens de notre rang, l'argent ne compte pas. En revanche, être contraint de faire entrer dans sa famille une telle vermine...

— Et la demande s'est répétée avec moi... Mais alors, pourquoi a-t-il essayé de m'obliger à accepter de façon si cruelle ?

— Parce que sir William tenait encore le fouet. Peut-être le tient-il toujours, même dans la mort, suggéra-t-il, pensif.

— Que voulez-vous dire ?

— S'il existe une preuve, où se trouve-t-elle ? Votre père est désespéré, car il l'ignore, et il ne sait pas de quel côté viendra l'attaque.

— Et Henry Vernham ?

— Il n'aurait pas cherché à prendre l'enfant s'il avait eu une meilleure source de revenus entre les mains.

Chastity prit une brève inspiration

— À moins qu'il ne cherche pas l'enfant pour l'éliminer, mais qu'il cherche ce qu'avait son frère. Il doit penser que Verity détient la clé... Lord Rothgar ! Ma sœur transporte un document. Sir William lui avait demandé de le remettre au lord juge en chef à Londres s'il mourait. Elle pensait que cela concernait l'héritage, et elle l'a donc pris avant de partir...

— Où se trouve ce document à présent ?

— Elle l'a gardé. Mais même si vos déductions sont justes, et que père a trahi, nous ne pourrons pas nous en servir ! Cela nous détruirait tous. La Couronne saisirait nos biens... et Fort n'aurait plus...

— Nous n'en arriverons pas là. Cependant, s'il est incriminant, ce document est une arme puissante. Cela obligera le comte à accepter votre mariage et celui de Verity.

— Cela l'empêchera aussi de détruire Nathaniel. Et cela fera de vous le pire ennemi de mon père, je le crains.

— Je suis capable de me défendre, croyez-moi. Le destin est fourbe, n'est-ce pas ? Sir William avait prévu de dénoncer votre père au cas où celui-ci tenterait de le tuer, mais il ne pensait pas mourir si vite. Une attaque dans les bras de sa maîtresse et tout bascule. Devinant que Verity détenait la clé de son problème, votre père s'est lancé à ses trousses. Et il vous a trouvée en travers de son chemin. Pas étonnant qu'il ait été fou de rage.

— Lord Rogarth, je vous ferais remarquer que cela ne rendra pas mon mariage avec Cyn plus facile. Je vous le répète, je ne détruirai pas sa vie. Plutôt me tuer.

— Ne soyez pas mélodramatique. Vous ne croyez pas qu'être la cause de votre mort le détruirait ?

— Où que je me tourne, je ne vois pas d'espoir, soupira Chastity.

— Alors que moi, je commence à voir la lumière.

Il sonna et un valet apparut presque aussitôt. Rothgar écrivit un mot, le scella et le lui remit.

— Un messager doit porter ceci à Henry Vernham. Il a été vu à Salisbury, et sur la route de Southampton où il espérait trouver sa belle-sœur avec son bébé.

Le valet sortit et Chastity considéra Rothgar avec stupeur. Se prenait-il pour Dieu ?

— Vernham peut être n'importe où. Que dit votre message ?

— Mes hommes sont bien entraînés, ils le trouveront tôt ou tard. Le message l'informe du mariage de sa belle-sœur et l'invite à la cérémonie. J'ai déjà invité votre frère...

— *Ici ?*

— Assurément. Nous avons prévu une cérémonie discrète, à cause du récent veuvage de votre sœur.

— Mais Fort risque d'avertir père !

— Je l'espère. Cela dit, j'ai déjà fait parvenir une invitation à votre père.

— Quoi ? s'écria-t-elle en bondissant sur ses pieds, l'instinct la poussant à fuir.

Rothgar la retint par la main. Il la retourna et examina ses paumes.

— Il ne vous fera plus jamais de mal, ma chère.

— Il empêchera le mariage de Verity, s'écria-t-elle. Il viendra avec Henry Vernham pour lui arracher son bébé. Vous, et votre arrogance de Malloren, vous allez tout gâcher !

— J'en doute, répondit-il en souriant, et elle reconnut la lueur dans son regard.

— Seigneur, Cyn avait raison lorsqu'il a dit que vous adoriez les défis ! Vous ne vous souciez ni des gens ni des conséquences. Je ne sais pas lequel de vous deux est le pire.

— C'est moi ! déclara le marquis tranquillement en allant ramasser l'épingle sur le tapis pour la fixer à son corsage. Le pauvre garçon n'est qu'un amateur.

— Quelque chose de terrible va se produire, le prévint-elle en frissonnant. Je le sais.

— Des choses terribles sont arrivées, notamment à vous. Nous allons y mettre un terme. Vous êtes une combattante, Chastity Ware. Ne fuyez pas maintenant.

— J'ai peur.

— Tout le monde a peur avant la bataille.

— C'est ce que prétend Cyn.

— Et il est bien placé pour le savoir.

Ils se mirent en route pour Long Knotwell. Le carrosse n'était pas le plus beau de ceux que possédait le marquis, mais il était confortable et les armoiries étaient bien visibles sur les portières.

Rothgar les accompagnait à cheval avec Bryght, son autre frère.

— Arcenbryght, chuchota Elf quand on le présenta à Chastity. Avec un nom pareil, c'est dommage qu'il soit aussi maussade.

Bryght Malloren était aussi grand et fort que son frère aîné. Il portait une perruque brune et ses yeux étaient du même vert doré que ceux de Cyn, la chaleur en moins. Il donnait l'impression d'avoir mieux à faire.

— Ne faites pas attention à Bryght, dit Elf quand elles furent installées. Il est comme cela avec tout le monde ces temps-ci. Peine de cœur. Je vous expliquerai une autre fois.

En plus des deux frères, elles étaient escortées par une douzaine d'hommes armés. Cela parut un peu excessif à Chastity, qui s'en ouvrit à Elf.

— Rothgar s'attend à avoir des problèmes, répondit cette dernière sans montrer une grande inquiétude.

— Cela pourrait mal se terminer.

— Je ne pense pas, non. Il veut juste s'assurer que votre père ne fera pas de grabuge.

Elles passèrent une partie du trajet à bavarder de choses et d'autres, et Chastity savoura cette impression de normalité après les événements chaotiques de ces derniers jours, quand bien même elle savait que c'était temporaire.

— Je parle, je parle, mais vous avez dû vivre de telles aventures ! déclara soudain Elf. Je vous envie.

— Ce que j'ai vécu n'était pas particulièrement drôle.

— Je m'en doute... Il n'empêche que je vous envie. Comment pourrais-je rencontrer un homme qui combat les dragons si je ne m'approche pas des dragons ?

— Vous avez une sœur aînée qui a trouvé un homme qui lui plaisait.

— Certes. Mais Hilda a toujours été si placide. Elle est tombée tranquillement amoureuse de lord Steen et l'a épousé tranquillement. Ils mènent une vie tranquille dans le Dorset et ont des bébés tout aussi tranquilles. Je préfère les hommes qui ont du caractère, malheureusement, mes frères les écartent par principe. Ils voudraient que j'épouse un autre lord Steen.

— Alors que vous voudriez un Rothgar…

— Ou un Brand, ou un Bryght, ou un Cyn ! s'esclaffa Elf. Un homme qui ne craindrait pas de défier le diable. Hélas, je crois que je vais finir vieille fille.

Ils atteignirent Long Knotwell dans l'après-midi. Leur arrivée causa une grande effervescence. Les enfants couraient à côté du carrosse en essayant de regarder à l'intérieur et des gens sortaient sur leur perron.

Ils s'arrêtèrent devant le presbytère et Rothgar vint leur ouvrir la portière. Le révérend Thomas Frazer les accueillit dans sa modeste demeure.

— Lady Chastity, je suis content de vous voir. Votre sœur et mon frère sont en haut, nous n'attendons plus que la dispense de bans.

Peu après, Verity dévalait l'escalier et serrait Chastity dans ses bras.

— J'ai eu si peur qu'il t'arrive malheur !

— Tout va bien, la rassura Chastity. Cyn ne devrait pas tarder. Je te présente lady Elfled Malloren, la sœur de Cyn. Elle t'a apporté des vêtements pour la cérémonie.

Verity sourit, les larmes aux yeux, et remercia Elf.

Chastity salua Nathaniel, qui les avait rejoints. C'était un bel homme aux traits réguliers et aux yeux perçants.

— Je vous remercie, Chastity. Je sais que vous êtes le cerveau de toute cette opération. J'adore Verity, mais sans vous je ne crois pas qu'elle aurait eu le cran de s'attaquer à un carrosse.

— C'était peut-être une idée stupide, admit-elle en souriant. Nathaniel, je dois vous avertir, Rothgar veut que Verity et vous veniez au château avec nous après la cérémonie. Il a invité mon père et mon frère. Il les a aussi avertis que le mariage aurait lieu ici. Avec un peu de chance, ils n'arriveront pas à temps pour faire du grabuge, mais...

Nathaniel jeta un regard noir au marquis, qui avait fière allure dans son costume de velours gris.

— Qu'a-t-il en tête ?

— Qui sait ? Je crois toutefois que ses intentions sont bonnes. Ne dites rien à Verity, elle se trouverait mal.

Les trois femmes gagnèrent l'étage pour explorer le contenu des malles que Chantal était en train de déballer. La femme de chambre examina Verity et hocha la tête.

— La robe bleue. Elle va bien à lady Elf, mais si c'est pour un mariage...

— Prenez-la, dit Elf à Verity. J'en ai une douzaine d'autres.

La robe de soie bleu ciel était ornée de ganse blanche. Le décolleté profond mettait la poitrine de Verity en valeur. Un tour de cou de soie bleue brodé de perles accompagnait la toilette.

Avec ses cheveux coiffés en un chignon haut, la jeune femme avait tout d'une grande dame. On frappa à la porte et la servante du révérend passa la tête dans l'entrebâillement.

— Tout est prêt en bas, mesdames, annonça-t-elle.

Chastity frémit. Cela signifiait que Cyn était arrivé. Comme elle lissait sa jupe d'un geste nerveux, sa sœur lui prit la main.

— Tu es très belle, ma chérie. Plus qu'avant. Au printemps, tu étais une jolie jeune fille. Aujourd'hui, tu es une femme ravissante.

Le salon du presbytère était plein à craquer. Cyn leva les yeux quand la porte s'ouvrit et regarda Chastity comme s'il ne la reconnaissait pas. Instinctivement, elle déploya son éventail pour se protéger de ce regard ardent.

Elle entendit Nathaniel faire des compliments à Verity, et Rothgar arranger certains détails avec le vicaire.

Cyn s'approcha d'elle.

— Si je vous avais vue ainsi, je n'aurais pas osé avoir de telles aspirations, murmura-t-il. Quand Rothgar aura réglé la situation, ne vous sentez pas obligée de m'épouser. Vous pouvez prétendre à un bien meilleur parti qu'un simple militaire.

Il remarqua soudain l'épingle de Rothgar accrochée à son corsage et arrondit les yeux.

— Peut-être avez-vous déjà trouvé.

— Cyn, franchement…

Mais déjà le révérend les invitait à gagner l'église. Cyn escorta Chastity, mais un mur semblait les séparer. Et le moment était mal choisi pour évoquer des problèmes personnels. Elle lui confia toutefois que Rothgar avait invité son père, son frère et Vernham au château.

— Intéressant, dit-il froidement. Il doit avoir ses raisons. Et comme nous lui avons demandé son aide, nous ne devons pas chipoter.

Le mariage se déroula normalement, et Verity prononça ses vœux avec ferveur en regardant Nathaniel dans les yeux. Chastity ravala ses larmes et parvint à ne pas regarder Cyn une seule fois durant la cérémonie.

— À présent, vous devez venir tous au château où vous serez en sécurité, annonça Rothgar quand ce fut fini. Nous avons préparé une fête et, si nous partons tout de suite, nous arriverons avant la nuit.

Sachant que Walgrave pouvait faire irruption, personne n'eut besoin d'autres encouragements. Le révérend Frazer fut persuadé de se joindre à eux. Officiellement pour fêter le mariage de son frère, en réalité pour éviter qu'il ne fasse les frais de la colère de Walgrave.

Verity monta dans le carrosse avec son bébé, et les hommes les suivirent à cheval. Nathaniel resta près de la voiture, comme s'il ne supportait pas de s'éloigner de Verity.

— Un autre pourfendeur de dragons, soupira Elf.

Cyn était en grande conversation avec Rothgar, qui lui rapportait sans doute leurs soupçons au sujet du comte. Chastity se garda d'aborder le sujet avec Verity. L'idée que leur père était compromis gâcherait son bonheur.

Chastity avait décidé d'attendre d'être au château pour lui parler du fameux document que son défunt mari lui avait confié.

Ils atteignirent Rothgar Abbey au coucher du soleil. Les chambres étaient prêtes et une nourrice était là pour s'occuper du bébé. Un dîner de fête allait être servi.

Quand Chastity songea à demander le document à sa sœur, celle-ci avait disparu dans sa chambre avec son époux. Elle jeta un coup d'œil au marquis, mais celui-ci ne manifestait aucune impatience.

Si elle surprit Cyn en train de la regarder, il ne fit pas mine de venir lui parler. Son cœur se serra.

Elle se réfugia alors dans sa chambre, se demandant comment libérer Cyn de sa promesse. Elle en était là de ses réflexions quand Verity entra, radieuse.

— Je n'arrive pas à le croire, Chastity ! Nous avons réussi ! Le marquis nous a assuré que la carrière de Nathaniel n'en souffrirait pas. Nathaniel était prêt à m'emmener à l'étranger pour m'épouser s'il le fallait.

— Je suis si heureuse pour toi, Verity, déclara Chastity. Cela va te paraître étrange, enchaîna-t-elle, mais nous en sommes venus à penser, Rothgar et moi, que sir William devait posséder un document reliant père aux Stuarts.

— Père aurait trahi ? Voilà qui expliquerait beaucoup de choses.

— Il se pourrait que le document que tu transportes contienne une preuve. Pourrais-tu le donner à Rothgar pour vérifier ce qu'il en est ?

— Bien sûr, acquiesça Verity, avant de pâlir. Oh... mon Dieu !

— Quoi ?

— Il était dans la poche de ma robe de servante.

— Qu'est-il devenu ? Tu ne l'as pas jeté, quand même ?

— Non, je l'ai laissé chez Mary Garnet. Dans ma joie de revoir Nathaniel, je n'y ai plus pensé. Ciel ! Je lui ai dit qu'elle pouvait donner ces habits aux pauvres.

Chastity empoigna ses jupes et se rua dans le couloir. Un valet l'informa que Rothgar était dans son bureau.

— Que se passe-t-il ? s'enquit-il lorsqu'elle entra en trombe.

Elle lui expliqua la situation en quelques mots.

— Il n'y a pas de temps à perdre, dit-il. Je vais envoyer Cyn chercher le document puisque les Garnet le connaissent.

— Il vient de passer deux jours à cheval.

— C'est un soldat, et il m'a assuré qu'il allait bien.

— J'ai pensé à autre chose, risqua-t-elle.

Elle lui parla de la lettre de Nerissa Trelyn qu'elle avait trouvée à Rood House. Une lueur d'intérêt s'alluma dans les yeux de Rothgar.

— La lettre était explicite, dites-vous ? Vous vous souvenez de son contenu ?

Chastity rougit, et le lui résuma, évoquant les détails les plus salaces sans oser le regarder.

— Je vois, murmura-t-il. Et vous avez caché cette lettre derrière la cheminée ? Dites-moi comment retrouver cette maison.

Elle lui donna toutes les indications possibles et il les nota. Quelques minutes plus tard, Bryght Malloren fut chargé d'aller récupérer la lettre.

— Je ne veux pas nuire à lady Trelyn, précisa Chastity. Elle n'a fait que confirmer qu'elle m'avait vue dans un lit avec un homme nu.

— Vous avez du cœur. Nerissa Trelyn ruinerait n'importe qui dans la seconde si cela lui était utile. Mais je doute que nous puissions entacher sa réputation. Tout le monde sait que c'est une traînée, mais trouve amusant de prétendre le contraire. De même, la plupart des gens savaient que vous étiez une victime innocente, mais trouvaient amusant de vous traîner dans la boue. De temps à autre, il faut sacrifier une victime sur l'autel de la bienséance. Cela en rassure certains. Ce n'est pas très joli. Pour ma part, je m'interdis de faire du mal à des innocents.

Il s'avança vers elle, lui prit le menton et l'embrassa sur les lèvres.

— J'envie presque mon frère…

Un sixième sens prévint Chastity que Cyn venait d'entrer. Elle se libéra et pivota.

— C'est donc ainsi que votre réputation sera lavée ? demanda-t-il d'un ton glacial. Personne n'osera mettre en doute l'honneur de l'épouse de Rothgar.

— Du moins, pas devant moi, rétorqua le marquis posément. En revanche, nous nous soucions de ce que les gens disent dans notre dos.

Chastity eut l'impression d'être un agneau entre deux loups qui s'affrontaient. La façon dont Rothgar dévisageait son frère lui arracha un frisson.

— Si tu doutes une seconde de la vertu de lady Chastity à cause de ce baiser, Cyn, tu n'es pas digne d'elle. J'ai une mission pour toi, mais cela attendra quelques minutes.

Sur ce, il sortit, laissant Cyn et Chastity en tête à tête.

— Que diable se passe-t-il entre vous deux ? s'exclama Cyn.

— Il n'y a rien entre nous.

— Alors pourquoi portez-vous cette épingle de cravate ?

Elle avait oublié le bijou et fit un geste comme pour le cacher.

— Il me l'a donnée à Rood House.

— Pourquoi ?

— Vous ne devez pas y attacher d'importance, Cyn, répondit-elle en s'approchant pour se glisser entre ses bras.

Il la repoussa.

— Pourquoi ?

Déconcertée, elle lui caressa la joue, mais il chassa sa main.

— Chastity, pourquoi Rothgar vous a-t-il donné cette épingle ?

— Pour services rendus ! s'exclama-t-elle en reculant. Vous êtes l'homme le plus stupide que je connaisse.

— C'est certain. Je suis stupéfait que vous lui ayez mis le grappin dessus.

— Cyn Malloren, vous êtes fou ! Il m'a juste demandé un baiser.

— Et il vous a payé avec cette perle, ricana-t-il en lui empoignant le bras. Vous me prenez pour un imbécile ?

— Lâchez-moi, monsieur ! Je ne dirai rien de plus tant que vous ne serez pas redevenu raisonnable.

Il ne la lâcha que pour la prendre aussitôt dans ses bras.

— Bon sang, Chastity, vous me faites perdre la tête. Je ne sais plus quoi penser. Vous feriez une splendide marquise. Je vous en prie, ne laissez plus Rothgar vous embrasser.

— Vous pensez vraiment que je pourrais m'intéresser à lui ?

— Naturellement. Une fois que votre réputation sera lavée, vous n'aurez plus besoin de moi. Vous aurez une foule de soupirants, parmi lesquels Rothgar, à coup sûr. Il n'embrasse jamais une femme sans raison.

— Très bien, dit-elle en se forçant à quitter ses bras. J'épouserai peut-être Rothgar finalement.

— Bien. Toutefois, si votre réputation n'est pas lavée, nous devrons nous marier. J'ai profité de vous...

— J'étais consentante !

Avec un grondement sourd, il la ramena vers lui pour l'embrasser. Puis ses lèvres explorèrent la courbe d'un sein...

— Vous êtes délicieuse, vous me faites penser à une framboise dans un bol de crème.

— Encore de la crème ? murmura-t-elle.

Un coup bref fut frappé à la porte et ils eurent tout juste le temps de se séparer avant que Rothgar entre. Il leur jeta un bref coup d'œil.

— Cyn, il y a une affaire urgente à régler à Winchester. Tu peux t'en charger ?

Cyn n'avait visiblement aucune envie de quitter Chastity, mais il accepta.

Rothgar lui expliqua la situation en deux mots.

— J'envoie deux valets avec toi, mais il vaut mieux que tu sois là pour transmettre la requête de l'épouse de ton ami. Si Mme Garnet s'est débarrassée de la robe, tu devras la retrouver.

— Quoi ? Aller fouiller dans les poches de pauvres gens ?

— Fais le nécessaire. Une fois que tu auras retrouvé le document, prends le temps de te reposer dans un lieu sûr et assure-toi que les valets montent la garde.

Chastity blêmit. Cyn allait devenir une cible.

Henry Vernham tuerait pour se procurer le document, et le comte détruirait la moitié du monde pour le faire disparaître.

Elle prit la main de Cyn et l'embrassa.

— Faites attention à vous, je vous en supplie.

19

Le dîner de mariage fut assez étrange. Verity et Nathaniel n'avaient d'yeux que l'un pour l'autre. Elf semblait mélancolique. Brand et Rothgar parlaient politique. Chastity était inquiète pour Cyn.

Elle se rendit compte que Rothgar et Brand discutaient de la guerre. Cela l'intéressait, bien sûr, à cause de Cyn.

— Vous pensez vraiment que la guerre sera bientôt finie ?

— Certainement, répondit Rothgar. Vous n'aurez pas à craindre de voir Cyn rejoindre un champ de bataille.

— Il pourrait peut-être revenir quelque temps à la maison, hasarda Elf, pleine d'espoir. Nous l'avons peu vu ces dernières années, et nous venons à peine de faire connaissance, ma chère sœur.

Chastity aurait dû protester, mais ce rêve d'un avenir avec Cyn était trop délicieux pour y renoncer. Elle se plongea dans ses pensées tandis qu'Elf rêvait déjà de futurs neveux.

On porta un toast aux jeunes mariés puis, alors qu'Elf se levait pour précéder les dames au salon, Nathaniel se leva à son tour et annonça, aussi rouge que sa jeune épouse, qu'ils se retiraient pour la nuit. Impassible, Rothgar leur souhaita une bonne nuit.

Elf conduisit Chastity dans son boudoir pour boire un thé.

— Ce sera bientôt votre tour, dit-elle.

— Je m'autorise à rêver, mais honnêtement, je ne vois pas comment cela serait possible.

— Rothgar trouvera une solution. Et Cyn ne se laissera pas décourager par une simple question de réputation. J'espère toutefois que la vôtre sera lavée, ce qui rendra la situation plus confortable. En parlant de confort, je vais ôter ce corset sans plus attendre. Je suis sûre que Chantal l'a serré au maximum pour que j'aie la taille aussi fine que vous.

La servante leur apporta de ravissants négligés et elles bavardèrent tranquillement en prenant le thé.

— Parlez-moi de votre famille, Elf.

— Volontiers. Comme vous le savez, nous sommes six à porter de drôles de noms. La mère de Rothgar n'y étant pas opposée, le pli a été pris.

— Vous avez des mères différentes ?

— Vous l'ignoriez ? La mère de Rothgar est morte quand il avait cinq ans. Père s'est remarié peu après. Je me souviens à peine de ma mère, car mes parents sont morts tous les deux lorsque j'avais sept ans. Il paraît que Cyn lui ressemble plus que moi, le misérable !

— Lord Rothgar devait être très jeune quand il a hérité du titre ?

— Il avait dix-neuf ans, et la responsabilité de cinq frères et sœurs, dont des jumeaux insupportables. Il a pris ses responsabilités très au sérieux.

— Il semble très attaché à sa famille.

— Oui. Il devrait se marier, et j'espère qu'il commence à y songer, mais les choses pourraient changer à présent.

— Pourquoi ?

— Il espérait qu'un des garçons se marierait pour perpétuer la lignée. Les projets de Bryght sont tombés à l'eau, en revanche, si Cyn se marie, je crains que Rothgar ne renonce à trouver une épouse.

— Je ne vois pas pourquoi le marquis attendrait de ses frères qu'ils le remplacent. C'est son devoir à lui d'avoir un héritier.

— Ma foi, c'est un scandale familial, mais puisque vous allez faire partie de la famille… C'est sa mère, voyez-vous.

— La mère de Rothgar ?

— Ce n'était pas une personne très agréable.

— Il se souvient d'elle ?

— Il en a gardé un seul souvenir. Elle a porté un deuxième enfant, une fille. Elle a tué le bébé.

Chastity tressaillit et renversa un peu de thé.

— Quoi ?

— Le bébé n'avait que quelques jours quand elle l'a étranglée. Rothgar était présent, mais il était trop petit pour l'en empêcher. Il avait beau n'avoir que quatre ans, il s'en souvient. C'est pourquoi il est si protecteur avec nous, j'imagine. Il essaie toujours de protéger sa petite sœur.

Chastity posa sa tasse, les mains tremblantes.

— Pourquoi a-t-elle fait une chose pareille ?

— Nul ne le sait. J'ai entendu dire que certaines femmes devenaient folles après une naissance. Elle a été enfermée, bien sûr, et n'a plus eu le droit de s'approcher de son fils. Elle est tombée malade et elle est morte.

— C'est une terrible histoire. Mais pourquoi le marquis ne souhaite-t-il pas se marier ?

— Il craint d'avoir la maladie de sa mère dans le sang. Il s'est toujours efforcé de ne jamais perdre son calme.

— Il ne devrait pas tenir compte de ce qui s'est passé.

— Certaines caractéristiques sont tout de même transmises aux enfants. La couleur des cheveux et des yeux. Un don pour l'art ou pour la musique. Mais cela ne doit pas vous détourner de vos projets, Chastity. À votre tour de me parler de votre famille. Vous avez d'autres sœurs que Verity ?

— Non, juste deux frères. Fortitude et Victor. Fort est l'aîné, c'est lord Thornhill. Victor n'a que dix-huit ans.

— Comment sont-ils ?

— Fort aime monter à cheval et chasser. Et il pratique ce nouveau sport : la boxe. Malgré tout, il est très gentil. Mais pas très sensible.

— Un homme, en somme, conclut Elf en riant.

— Quant à Victor, nous nous chamaillons depuis qu'il est né. J'espère qu'il s'améliorera en grandissant.

Elle étouffa un bâillement et rougit. Elf posa aussitôt sa tasse.

— Oh, pardonnez-moi ! Vous devez être exténuée.

— Je l'avoue, j'ai peu dormi ces deux dernières nuits.

Elf s'empourpra en en devinant la raison. Avec un sourire contraint, Chastity lui souhaita bonne nuit et se retira dans sa chambre.

Elle n'était décidément pas faite pour le scandale, songea-t-elle en soupirant. S'ils ne pouvaient pas se marier, Cyn et elle, il faudrait qu'ils se séparent car elle ne supporterait pas la honte de n'être qu'une maîtresse.

Le lendemain matin, Chastity fut réveillée avec une tasse de chocolat. On l'informa que son frère était arrivé et pressé de lui parler.

Elle sortit précipitamment de son lit, songea à se faire accompagner par Elf, puis y renonça. Elle était seule au monde et devait l'accepter.

Avec l'aide de la femme de chambre, elle choisit une tenue parmi les robes que lady Elf lui avait données. Elle opta pour une robe très sage en indienne fleurie dans les tons orangés.

Son frère l'attendait dans le salon des tapisseries.

— Bonjour, Fort, le salua-t-elle d'un ton digne et mesuré.

Il fit volte-face, et elle découvrit qu'il avait un œil au beurre noir et la lèvre fendue.

— Oh, Fort ! C'est père qui a fait cela ?

— Lindle, pour être précis. Je suis ravi de t'apprendre qu'il est dans un état pire que moi. Je lui ai cassé le nez.

— Merci ! Merci ! s'exclama-t-elle en riant. Je suis désolée de t'avoir abandonné…

— Bon sang, je suis content que tu aies eu la bonne idée de t'enfuir. Mais après avoir assommé Lindle et échappé à père, j'ai ratissé la ville pour te retrouver. J'ai pratiquement démonté deux bordels.

— Merci, dit-elle en s'approchant pour l'embrasser sur la joue. Cyn a fait comme toi.

— Cyn ?

Chastity se rappela soudain qu'il n'avait jamais entendu parler de Cyn Malloren. Elle n'avait pas songé à inventer une histoire pour expliquer sa présence ici.

— Lord Cynric Malloren. Il… euh, il nous a escortées jusqu'à Winchester, Verity et moi.

— Un Malloren, cracha Fort. Je me demandais comment tu avais échoué ici. Et que faisait-il à Maidenhead ?

— Il m'aidait à retrouver Nathaniel, voyons.

— Vous étiez seuls tous les deux sur la route ? Où est-il ? demanda-t-il en posant la main sur la poignée de son épée.

— Il n'est pas là, et tu ne dois pas lui faire de mal. Il veut m'épouser.

— Épouser Chastity Ware ? Tu es encore plus bête que je ne le pensais.

— Fort, je l'aime. Promets-moi de ne pas te battre avec lui.

— Je ne te promets rien. Je vais vous faire sortir de cet enfer, Verity et toi. *Personne* ne peut faire confiance à un Malloren. Ils voudront sans doute tous coucher avec toi. Si ce n'est déjà fait, ajouta-t-il en ricanant.

— Fort, assez !

— Cyn Malloren. Ce nom me disait quelque chose. Il était à... à un certain endroit.

Elle comprit qu'il parlait de Rood House.

— Tu as pris ton petit déjeuner ?

— J'ai entendu dire qu'il se battait pour une fille. Qu'en penses-tu, ma chère sœur ? Il y a trois nuits, ton honorable séducteur se battait pour une catin !

Il se mit à compter les jours, devina-t-elle à son regard.

— C'est la nuit que tu as passée sur la route avec lui pour gagner Maidenhead, réalisa-t-il, horrifié. Bonté divine...

Chastity se réfugia derrière un canapé. Avait-elle une chance d'atteindre la porte ?

— Il me semblait bien que cette Chloé avait une allure familière... Espèce de sale petite traînée ! rugit-il.

— Tu étais aussi à Rood House !

Il se rua vers elle. Chastity chercha une arme, n'en trouva pas, et s'empara d'un gros vase chinois.

Fort s'immobilisa.

La lame d'une épée était plaquée contre sa gorge. Rothgar venait d'apparaître comme par magie.

— Ah ! Un autre Malloren. Elle est donc la catin de toute la famille ?

— Mon cher Thornhill, Chastity fait désormais partie de la famille. Si vous l'offensez encore, je prendrai cela comme une insulte personnelle.

Fort se calma instantanément.

— Elle ne nie pas avoir été séduite par votre frère, déclara-t-il malgré tout. Je le provoquerai en duel.

— C'est un problème entre vous et lui. Mais celui qui a ruiné la réputation de votre sœur, c'est votre père. De quel côté êtes-vous ?

L'épée était toujours contre son cou. Fort ne quittait pas Chastity des yeux.

— Du côté de ma sœur, dit-il enfin.

Rothgar écarta son épée. Chastity se rendit compte alors que Brand et Elf étaient aussi dans le salon.

— Nous sommes donc tous du même côté, déclara Rothgar d'un ton suave. Laissez-moi vous parler de votre père...

Le temps s'écoulait lentement à Rothgar Abbey. Tout le monde attendait le résultat du plan du marquis. Personne ne savait exactement en quoi ce plan consistait, mais il donna des ordres pour la préparation d'un grand bal masqué qui aurait lieu cinq jours plus tard.

— Cinq jours, dit Elf calmement. Qui y assistera ?

— Tous ceux que j'ai invités.

Apparemment, Rothgar avait invité la petite noblesse des environs et une partie de l'aristocratie londonienne.

— Ne trouveront-ils pas étrange que l'invitation soit lancée si peu de temps avant l'événement ? risqua Chastity.

— Non, répondit Elf. C'est toujours ainsi avec Rothgar. Il organise des réceptions sur un coup de tête. Ils ont l'habitude.

Chastity fut entraînée dans un tourbillon d'activités. On fit venir de Londres du personnel supplémentaire. Des messages furent envoyés dans les autres domaines de Rothgar pour demander des provisions. Le personnel et les victuailles furent acheminés par les moyens les plus rapides sans se soucier du coût. Une douzaine de caisses d'oies arrivèrent par la malle-poste.

Fort demeura au château. Il semblait admettre que la trahison de son père était vraisemblable, mais il ne se radoucissait pas s'agissant des Malloren. Il gardait ses distances en attendant le retour de Cyn. Cyn, censé rapporter le document qui ruinerait toute la famille Ware. Cyn, qui avait séduit sa sœur.

Fort paraissait chercher quelqu'un à tuer.

— Quel horrible frère, commenta Elf. Il ne paraît pas du tout se soucier de vous.

— Peut-être se soucie-t-il trop de moi, au contraire, répondit Chastity. Que ferait Rothgar s'il vous trouvait au lit avec un homme ?

Elf écarquilla les yeux mais répliqua :

— Il ne s'en prendrait pas à moi.

Chastity ne la contredit pas. Elle la trouvait toutefois très optimiste et espérait que ses illusions ne voleraient pas en éclats un jour ou l'autre.

Bryght revint de Maidenhead le lendemain soir. Chastity et Elf étaient dans le salon avec Rothgar lorsqu'il y pénétra et remit la lettre à ce dernier.

— La maison était vide, Walgrave n'est plus à Maidenhead, annonça-t-il. Tu ne m'avais pas dit qui avait écrit cette lettre, ajouta-t-il.

— Je ne t'avais pas non plus dit de la lire, répliqua Rothgar avec un sourire en coin.

Rothgar faisait de l'humour. C'était généralement mauvais signe. Chastity vit un nerf tressauter sur la joue de Bryght. Celui-ci ne s'était pas rasé et semblait plus morose que jamais.

— Je voulais m'assurer que ce n'était pas une liste de lingère.

Rothgar parcourut la lettre parfumée et haussa les sourcils.

— Un coup d'œil aurait suffi pour t'en assurer.

— Un coup d'œil m'a suffi pour deviner qui l'avait écrite. J'ai reconnu l'écriture et le parfum.

— Ah ! commenta Rothgar avec un sourire quasiment béat.

— Tu m'as envoyé là-bas délibérément.

Rothgar ne chercha pas à nier.

— Tu n'as jamais voulu croire que cette femme était loin d'être parfaite.

— Je ne sais plus que croire. En serait-elle arrivée là si elle m'avait épousé ?

Horrifiée, Chastity comprit que l'amour perdu de Bryght était Nerissa Trelyn.

— Elle a librement choisi Trelyn, souligna Rothgar.

Bryght tourna les talons et sortit en claquant la porte.

— Comme vous pouvez le constater, dit Rothgar à Chastity, j'ai aussi de petites choses à régler avec Nerissa Trelyn. Pour autant, je ne détruirai pas sa réputation. À moins qu'elle n'insiste.

Chastity regarda Elf, qui se contenta de hausser les épaules, comme si ce genre d'affaire était courant sous leur toit. Vivre avec les Malloren, c'était comme vivre dans le repaire d'un dragon. Et Fort était un aigle qui avait envahi leur territoire.

Un autre jour passa sans que Cyn revienne. Chastity commençait à s'inquiéter. Elle songea à demander qu'on envoie des gens à sa recherche, mais Cyn serait vexé si tout allait bien. Et Rothgar serait mortellement offensé si elle suggérait qu'il y avait un problème dans son plan. Elle chassa donc ses inquiétudes et aida Elf à organiser le bal.

— Il nous faut un thème, déclara celle-ci.

— Des fleurs ?

— Pas au mois de novembre, et pas chez les Malloren. Le Moyen Âge ? Non, c'est trop tard. Venise ? C'est terriblement banal. Ah... je sais ! La Chine.

— La Chine ? répéta Chastity en suivant la jeune femme dans les profondeurs souterraines de la maison.

— Pourquoi n'y ai-je pas pensé plus tôt ? Venez, vous allez voir.

Chastity vit une pile de ballots. Un valet les ouvrit. Ils contenaient des mètres de soie rouge peinte à la main – provenant de Chine.

— Je vais suspendre ces panneaux dans la salle de bal !

— Elf, vous ne pouvez pas faire cela, s'écria Chastity. Ces tissus sont trop précieux !

— Pas pour un Malloren. Je ne sais pas quoi faire de cette soie, elle est trop exotique pour une robe. Du moins pour moi, ajouta-t-elle en jetant un coup d'œil à Chastity.

— Je n'assisterai pas au bal dans une robe qui aura l'air d'avoir été taillée dans des rideaux, la prévint celle-ci.

Finalement, sur les conseils de Chastity, Elf décida de fixer des panneaux de bois laqués en noir tout autour de la salle de bal – plutôt que de peindre directement les murs ! Aucun serviteur ne parut s'en offusquer.

Chez les Malloren, tout était possible.

Chastity était en train de superviser les domestiques chargés de suspendre les panneaux de soie quand Cyn entra.

— Cyn ! s'écria-t-elle

Sans réfléchir, elle se jeta dans ses bras sous le regard discret mais fasciné d'une vingtaine de domestiques.

Elle se ressaisit en hâte et s'écarta. Il l'entraîna sans attendre dans le corridor. Leurs bouches s'unirent passionnément.

Chastity sut à cet instant que la vie n'était pas possible sans lui. Lorsque leurs lèvres se séparèrent, ils demeurèrent enlacés.

— Vous m'avez tellement manqué, grommela-t-il contre sa joue.

— Vous aussi, vous m'avez manqué. J'étais si inquiète...

— Nous ne devons pas faire cela, dit-il en s'écartant. Votre réputation...

— Je m'en moque, assura-t-elle. Mais venez voir la salle de bal.

Elle le ramena dans la salle, et il contempla les murs.

— C'est remarquable... et à la lueur des bougies, ce sera splendide.

— Vous avez les documents ? demanda-t-elle abruptement.

— Oui. Un coup de chance. Mary avait donné les vêtements à sa servante, qui les avait passés à sa mère. Quand je suis arrivé, elle venait de les plonger dans une bassine d'eau savonneuse.

— Oh, mon Dieu, l'encre ?

— Elle avait sorti le document de la poche pour le rendre à Mary, mais elle l'avait posé sur la table, à côté d'un rôti de bœuf. La feuille a été tachée de sang. Et le chat a flairé un bon repas...

Chastity ferma les yeux.

— Je ne veux pas entendre la suite.

— Il l'a juste un peu mâchonnée.

— Vous avez remis les documents à Rothgar ?

— Je les ai remis à Verity puisqu'ils lui appartiennent. Je pense qu'elle va les donner à Rothgar.

Il lui prit la main et la porta à ses lèvres.

— J'ai hâte de savoir ce qu'ils contiennent, murmura-t-elle. Si ce ne sont que quelques directives sans importance, je risque de m'évanouir.

— Je voudrais bien voir cela !

Ils gagnèrent le bureau de Rothgar et s'immobilisèrent devant la porte.

— Vous semblez heureuse, fit remarquer Cyn.

Chastity se rendit compte, non sans surprise, qu'elle l'était. Depuis des jours. Heureuse d'être de nouveau une femme, dans une maison normale, avec une famille. Elle avait oublié ses malheurs des derniers mois et refusait d'envisager le futur.

— Cela vous ennuie ?

— Pas du tout. C'est ce que je veux pour vous. Si ce document se révèle inutile, nous trouverons autre chose. Les Malloren sont de votre côté.

— Je veux vous remercier de m'avoir emmenée ici, Cyn. Et d'avoir recruté Rothgar.

— Recruté ? C'est ce que j'ai fait ? Merveilleux !

Sur ces mots, Cyn poussa une Chastity éberluée dans le bureau.

Rothgar, Verity et Nathaniel s'y trouvaient. Rothgar leur tendit les documents tachés et mordillés. Ils commencèrent à les lire

— Mon Dieu, souffla Chastity.

Le document était très compromettant. Il était juste signé M. Ware. Le destinataire, quel qu'il soit, avait visiblement demandé des preuves afin de savoir à qui il avait affaire. En réponse, un grand nombre de détails avaient été donnés, désignant clairement lord Walgrave, pour qui le connaissait un tant soit peu. Les noms de ses quatre enfants y figuraient.

M. Ware promettait d'user de son influence auprès de personnes haut placées – à savoir le prince et la princesse de Galle –, pour inciter la famille royale à fuir lorsque l'armée jacobite ne serait plus qu'à une trentaine de kilomètres de Londres.

— Cette lettre met votre père dans une position très dangereuse, déclara Rothgar. Son image d'incorruptible va voler en éclats.

— Il faut en parler à Fort, intervint Verity. Il a son mot à dire.

— Naturellement.

Rothgar l'envoya chercher.

Fort entra dans le bureau, l'air suspicieux, et lança un regard noir à Cyn. Rothgar lui tendit la lettre. Fort la lut et se laissa tomber sur une chaise.

— Je n'aurais jamais cru… Il devait être fou.

— L'époque était troublée, commenta Rothgar sobrement. Vous êtes trop jeune pour vous en souvenir. J'étais un très jeune homme, mais je me rappelle que certains jours l'impossible semblait sur le point de se produire. C'était le règne du désordre et des rumeurs. Les Hanovre étaient prêts à plier bagage. Votre père a perdu son sang-froid.

— Mais j'aurais juré qu'il n'avait jamais eu de sympathie pour les jacobites. Bon sang ! Il est plus puritain que papiste. Ce n'est pas par hasard qu'il nous a donné ces prénoms.

— Mais son ambition dépassait ses convictions. En 1745, il était jeune. Il avait le même âge, me semble-t-il, que Frederick, le prince de Galles – trente-huit ans. Deux hommes ambitieux et pressés de prendre le pouvoir. Ils en étaient tout proches. Si seulement le roi était mort…

Rothgar eut un sourire de dérision.

— Ils ne pouvaient pas savoir que le vieux George II vivrait jusqu'en 1760. Et que par un curieux tour du destin, il survivrait à son fils. Si Walgrave luttait contre les jacobites, lorsqu'ils semblèrent sur le point de gagner, il hésita, craignant de voir tous ses rêves de puissance s'écrouler. Ils durent l'approcher, le tenter… Frederick n'était pas un personnage très inspirant, c'était un ivrogne et un libertin. Pardonnez ces suppositions, ajouta Rothgar en haussant les épaules. Le noble comte nous éclairera peut-être quand il sera là.

— Quand il sera là ? répéta Fort.

— Chastity ne vous l'a pas dit ? Je l'ai invité au bal.

— Je pourrais jeter cette lettre dans le feu, dit Fort.

— Possible.

— Vous nous tenez enfin à votre merci, pas vrai, Rothgar ? Cela doit vous plaire. Que comptez-vous faire ?

— Je vais m'assurer que mon frère puisse épouser votre sœur. C'est mon seul intérêt dans cette affaire. Cette lettre ne joue qu'un petit rôle, et uniquement pour avoir un ascendant sur votre père. Pour le reste, je vous laisse décider de ce qu'il convient de faire. Mais à votre place, je ne lui dirais que je suis en possession de ce document qu'après avoir pris toutes les précautions nécessaires.

Un silence s'abattit sur le petit groupe. Fort songea que son père le tuerait pour récupérer cette lettre. Il la rendit à Rothgar.

— Gardez cela. Je vous tiendrai informé de ma décision.

Il sortit du bureau. Verity se leva, fit signe à Chastity et les deux sœurs lui emboîtèrent le pas.

Elles le retrouvèrent dans sa chambre où il venait d'ouvrir une bouteille de brandy.

— Pas maintenant, Fort, conseilla Verity en s'emparant de la bouteille.

— Tout cela, c'est votre faute ! cria-t-il, rageur.

— Seigneur, quelle injustice ! protesta Chastity. Nous avons terriblement souffert toutes les deux, contrairement à toi.

— Si tu n'avais pas couché avec un Malloren, ce maudit Rothgar ne nous tiendrait pas en son pouvoir !

Chastity posa les poings sur ses hanches.

— Et si père n'avait pas trahi son roi, rien ne serait arrivé. L'aurais-tu oublié ?

Il enfouit la tête entre ses mains en gémissant.

— Si cette histoire vient à être connue, nous ne nous en remettrons pas.

— Fort, tu as entendu ce qu'a dit Rothgar. Cela ne sortira pas d'ici.

— Parce que tu as *confiance* en Rothgar ?

— Oui, répondit Chastity. Pas toi ?

— Il déteste les Ware.

— Et pourquoi cela, Fort ?

— Cela a un rapport avec un certain Russell, que père déteste. Je comprends mieux, à présent... Père déteste tous ceux qui lui barrent l'accès au pouvoir. Russell était commissaire général de l'armée. Il a été jugé pour corruption et condamné, mais Rothgar l'a soutenu du début à la fin. Père s'est vanté d'avoir aidé à traîner Russell en justice pour mettre fin au fait scandaleux que nos pauvres soldats ne disposaient que d'uniformes sordides et d'armes dérisoires... Et maintenant, je ne sais plus que penser.

— Rothgar veut se venger selon toi ? hasarda Verity.

— Je ne le crois pas, déclara fermement Chastity. Tu penses sans doute que l'amour m'aveugle, Fort, mais Rothgar veut par-dessus tout protéger sa famille. Exposer les fautes de père me mettrait dans une situation plus terrible encore, et il ne fera pas cela à Cyn.

— J'espère que tu as raison. Il n'empêche que le document est en sa possession, et qu'il sait... Je n'ai pas confiance en lui.

Chastity posa la main sur celle de son frère.

— Je ferai promettre à Rothgar de nous rendre le document et de garder le silence. Il tiendra parole.

Fort repoussa sa main.

— Je refuse de te voir ramper devant un Malloren. Qui sait ce qu'il te demandera en retour ?

— Fort ! s'écria Verity, choquée.

— Imbécile ! cria Chastity presque simultanément. Le marquis est comme un frère pour moi. Et ces derniers jours, il a été un meilleur frère que tu ne l'as jamais été.

Elle fit volte-face et sortit en claquant la porte. Fort jura, les dents serrées.

— Cette fille devient vraiment incontrôlable, lâcha-t-il. J'ai l'impression d'être pris dans une tempête. Chastity croit tout ce que les Malloren lui racontent. Je suis content que tu aies épousé Frazer, Verity, mais cela provoquera un autre scandale. Surtout quand Vernham voudra vous traîner en justice. Et maintenant, il y a ce problème avec père.

— Et toi, tu es blanc comme neige, je suppose.

— Non, admit-il d'un ton penaud. Mais je commence à croire que je le suis, comparé à ces Malloren.

Verity sourit.

— J'ai confiance en Rothgar. Et Nathaniel aussi.

— Vous êtes tous fous.

20

— Vous êtes tous fous, répéta Fort un peu plus tard dans le salon des tapisseries.

Seuls ceux qui n'étaient pas des Malloren parurent de son avis.

— Je ne pense pas, dit Rothgar. Il y a un certain nombre de rancœurs à évacuer. Cyn veut vous tuer parce que vous avez abandonné votre sœur. Vous voulez le tuer pour protéger votre sœur. Un duel s'impose.

— Mais je ne veux pas la mort d'aucun des deux ! s'exclama Chastity.

— Vous êtes une femme, vous ne connaissez rien à ce genre d'affaires.

Elle vit une lueur amusée dans ses yeux et fut rassurée. Elle savait cependant que les taquineries de Rothgar étaient rarement inoffensives.

— Dans ce cas, vous ne devriez pas évoquer ces problèmes devant une femme ignorante, répliqua-t-elle, non sans effronterie.

— Hélas, reconnut-il en s'inclinant, je me suis montré maladroit. Mais vous, ne trouvez-vous pas excitant que deux hommes se battent pour vous ?

— Non, rétorqua Chastity, consciente qu'elle mentait.

— Dites-moi, lord Thornhill, êtes-vous bon à l'épée ? s'enquit Rothgar.

— Très bon. Mais je n'ai pas l'intention de tuer lord Cynric. Cela ne ferait pas plaisir à ma famille.

— Mais cela ferait plaisir à votre père, souligna Rothgar. Puisque vous êtes très bon, vous pourriez vous battre *au naturel* avec Cyn sans courir de grands risques.

— Avec la lame nue ! s'exclama Nathaniel, choqué.

Cyn bondit sur ses pieds.

— C'est une merveilleuse idée. Il est temps que lord Thornhill récolte quelques blessures de guerre.

Chastity se leva à son tour.

— Ce n'est pas juste, Cyn. Fort a été blessé en me défendant.

— Il a été un peu lent pour faire son devoir. Pas vrai, Thornhill ?

— Et vous êtes allé un peu vite pour faire le vôtre, ricana Fort. Pas vrai ?

Les deux hommes sortirent.

— Si l'un des deux est blessé, ce sera votre faute, lança Chastity à Rothgar.

— Je tremble, répondit-il. Ils ont tous deux un certain nombre de ressentiments à évacuer, ma chère, et je veux qu'ils aient les idées claires demain, quand les réjouissances commenceront.

— Quelles réjouissances ?

Rothgar sortit sans lui répondre. Chastity lui emboîta le pas.

Le duel aurait lieu dans le hall, découvrit-elle. Cyn et Fort, en chemise, examinaient les rapières. Celles-ci semblaient presque fragiles, mais elles n'étaient pas mouchetées, et donc très dangereuses. Chastity rattrapa Rothgar.

— Ne faites pas cela, je vous en prie ! Un accident est toujours possible.

— Votre frère se vantait quand il a dit qu'il était très bon ?

— Je ne crois pas.

— Cyn est aussi très bon, peut-être meilleur. Si la lame atteint l'un ou l'autre, ce sera par accident, mais cela peut arriver. Seuls les imbéciles évitent l'aventure par peur des accidents.

Chastity rejoignit Elf en marmonnant :

— Votre famille est folle

— La vôtre aussi, répliqua Elf, tout excitée.

— Vous n'êtes pas du tout inquiète ?

— Bien sûr que non. Cyn est vraiment très doué. Personne n'a jamais réussi à le battre, pas même Rothgar.

Chastity regarda Cyn, étonnée. Pourquoi ne cessait-il de la surprendre ? Elle l'avait pourtant vu se battre à l'épée à Maidenhead, et se jouer de son adversaire. Elle connaissait sa valeur.

Dès que le duel commença, elle sut qu'il était excellent. Ce n'était pas le premier combat auquel elle assistait, et elle était capable d'apprécier l'agilité des deux hommes, leur souplesse, la force de leurs poignets. Fort gardait toujours l'équilibre et il était très solide. Plus grand que Cyn, il avait un avantage. Ce qui ne lui servait pas beaucoup.

La lame rapide de Cyn glissait autour de Fort sans efforts apparents. Cyn parait tous les coups, donnant au duel l'apparence d'un ballet à la chorégraphie harmonieuse.

Chastity comprit à l'expression concentrée de son frère que le ballet n'était pas de son fait. Ses gestes devinrent plus brutaux, moins gracieux et plus menaçants, visant Cyn directement au cœur. Mais de toute évidence, Cyn contrôlait le combat.

Fort sourit, recula et jeta son épée au sol.

— Diantre, vous êtes doué !

— Vous aussi, répondit Cyn, en baissant sa lame.

— Vous pourriez me désarmer, n'est-ce pas ?

— Peut-être, reconnut Cyn.

Fort le prit au mot.

— Prouvez-le-moi.

Comme Cyn hésitait, il insista :

— Prouvez-le-moi, et j'apporterai mon soutien à votre mariage avec ma sœur.

Cyn sourit et leva son épée en guise de salut.

Une fois de plus, les lames s'entrechoquèrent.

— Vous méritez une blessure, déclara Cyn.

Et, désinvolte, il effleura Fort de la pointe de son épée, faisant jaillir quelques gouttes de sang sur son menton. Fort jura et vacilla.

Cyn attendit qu'il se soit ressaisi puis, presque nonchalamment, en trois mouvements rapides, envoya l'épée de son adversaire tournoyer.

— Bonté divine, où avez-vous appris cela ? s'exclama Fort.

— Ici ou là. Principalement avec Rothgar, quand j'étais enfant. C'était un maître sévère.

— Je n'ai jamais eu l'intention de perdre un de mes frères, déclara Rothgar d'un ton glacial. Petit frère, j'aimerais tester mes capacités. Je parviendrai peut-être à te toucher.

Rothgar ôta sa veste et ramassa l'épée tombée au sol.

— C'est peut-être moi qui te toucherai, rétorqua Cyn, les yeux brillants.

Rothgar s'esclaffa.

— Essaie donc.

Les épées tintèrent de nouveau, mais il était évident cette fois que les combattants avaient le même style, et qu'ils se donnaient sans retenue. Ils évitèrent plusieurs fois l'estafilade. La lame de Rothgar glissa près du visage, et Cyn l'évita de justesse. Chastity avait les mains plaquées sur sa bouche.

Cela se reproduisit, mais Cyn détourna sans difficulté la pointe qui visait son œil.

— Je suis content que tu te rappelles cette botte, Cyn.

Le marquis étouffa un cri. La lame de Cyn venait de fendre sa chemise au niveau du cœur. Rothgar fit un pas en arrière, sourit et salua avec son épée.

— J'oublie mes propres leçons. Ne jamais se vanter.

Les deux frères s'étreignirent, Brand et Bryght s'approchèrent pour commenter le combat, puis Fort et Nathaniel se joignirent à eux.

Elf, Verity et Chastity levèrent les yeux au ciel.

Il n'empêche, le plan du marquis avait réussi. Fort était prêt à travailler avec les Malloren et avait promis de donner son approbation au mariage de Chastity avec Cyn.

Plus tard seulement, il se confia à sa sœur.

— Je ne m'opposerai pas à ton mariage, mais je ne suis toujours pas sûr de Rothgar. Son plan n'est pas du tout à notre avantage. Méfie-toi, ma chérie. Tu dois rester du côté des Ware.

Le jour du bal arriva, clair et ensoleillé quoique froid. Le temps était favorable aux déplacements et la lune était pleine. Les invités pourraient donc rentrer sans mal chez eux.

Chastity savait que Rothgar s'attendait que le comte vienne. Pourquoi, elle n'aurait su le dire. Walgrave devait être suspicieux. Personnellement, elle espérait qu'il ne viendrait pas, car elle n'avait pas envie de se retrouver face à lui.

En outre, c'était la première réception à laquelle elle assisterait depuis sa chute. Dieu merci, c'était un bal masqué, mais elle frémissait à l'idée de circuler parmi des gens qui la regarderaient de haut s'ils la reconnaissaient.

Elle savait aussi que le bal serait un moment charnière. L'intermède paisible était terminé. Après cette soirée, soit elle rentrerait en grâce, soit sa vie serait définitivement ruinée.

Elle évitait Cyn. Le seul fait de le voir, de l'effleurer en passant, allumait un brasier en elle. La raison lui soufflait qu'ils devraient bientôt se séparer et qu'elle devait s'y préparer.

Des lanternes de papier, arrivées de Londres, étaient suspendues un peu partout, ajoutant à l'atmosphère exotique. Une pagode illuminée avait été dressée, entourée de mandarins. Des garçons étaient chargés de remonter le mécanisme des automates, mais cela ressemblait presque à de la magie. À Rothgar Abbey, tous les miracles pouvaient se produire. Ou bien Rothgar était le maître des horloges.

Partagée entre ses craintes et ses espoirs, Chastity s'enveloppa dans une cape de fourrure et s'échappa sur la terrasse ouest pour admirer le soleil couchant. Cyn vint la retrouver. Elle frissonna, et ce n'était pas de froid

— Je sens que quelque chose se prépare, murmura-t-elle.

— L'excitation du bal.

— Non. Tout le monde est tendu. Vous pensez que mon père viendra, Cyn ?

— Oui, si Rothgar lui a envoyé le bon message.

— C'est-à-dire ?

— Je ne sais pas, mais Rothgar l'aura trouvé. Que porterez-vous ce soir ? demanda-t-il de but en blanc, en souriant.

— Un domino et un masque.

— Comme tout le monde. Donnez-moi un indice.

Chastity s'en garda bien.

— Peu importe, reprit Cyn. Si je ne vous trouve pas, Chloé, c'est que je ne vous mérite pas.

Il lui prit la main et elle fut incapable de résister. Alors qu'ils arpentaient la terrasse, elle mêla ses doigts aux siens et murmura :

— Vous ne m'aviez pas dit que vous étiez une fine lame.

— Ce n'est pas le genre de choses qu'on mentionne dans la conversation. J'ai la chance d'avoir un don, c'est tout.

— La chance ? Il faut s'entraîner énormément pour être aussi habile.

— J'aime manier l'épée, admit-il. J'ai souvent du mal à trouver un adversaire à mon niveau. Au Canada, il y avait un prisonnier français aussi doué que moi, et grâce à lui je me suis perfectionné.

— Vous vous êtes entraîné avec un *prisonnier* ?

— J'avais besoin d'exercice, répondit-il en portant une main à ses lèvres.

Chastity frissonna. Cet homme la faisait fondre. Elle n'imaginait pas vivre sans lui.

— De toute façon, l'escrime devient un art décoratif, reprit-il. Savoir manier l'épée est utile, mais s'il faut tuer son adversaire, un pistolet est plus sûr.

— Pourquoi les hommes finissent-ils toujours par se battre ?

— Les hommes font parfois autre chose, lui rappela-t-il en lui mordillant un doigt.

— Cyn, arrêtez, protesta-t-elle faiblement.

— Je pourrais peut-être vous apprendre à manier l'épée. Au cas où vous voudriez encore vous déguiser en homme.

— J'espère ne jamais en avoir besoin.

— Cette mascarade ne vous a procuré aucun plaisir ?

— Un peu. J'ai surtout aimé avoir un ami. Un certain Cyn.

— Jusqu'à ce que je gâche tout en vous séduisant, dit-il, le regard assombri par les regrets.

— Les choses changent, Cyn. Si seulement nous pouvions nous marier, ce serait parfait.

— Nous nous marierons, décréta-t-il. Je ne vous abandonnerai jamais à un autre homme.

Il glissa une main sous sa cape pour l'enlacer.

— Je ne peux pas vivre sans vous, Chastity. Mais ce n'est pas de votre corps que j'ai le plus besoin. Si vous le voulez, nous vivrons comme frère et sœur.

— Pourquoi souhaiterais-je une chose pareille ?

Elle se pressa spontanément contre lui. Un bruit la ramena à la réalité et toutes ses peurs resurgirent.

— J'entends une voiture !

Elle voulut s'écarter, mais il la retint.

— Du calme, ma chérie. Cela peut être n'importe qui.

— Il est trop tôt pour les invités. Ce doit être père.

Elle se mit à trembler.

— Vous êtes libre, lui rappela Cyn. Il ne vous fera plus jamais de mal. Venez, mon ange, ajouta-t-il en lui prenant la main. Même si c'est le diable en personne, nous l'affronterons avec courage.

Alors qu'ils entraient dans le hall, ils entendirent Vernham réclamer son neveu.

Lâchant un juron, Cyn fonça vers lui, mais Rothgar l'avait devancé.

— Ah, Vernham, vous voulez votre pupille ? dit-il en s'interposant entre Cyn et lui. Le jeune sir William. Vous souhaitez certes vous assurer qu'il est en sécurité, mais vous n'arracheriez pas un nourrisson à sa mère, j'imagine ?

Vernham regarda autour de lui, mal à l'aise, car Brand, Elf et Bryght étaient sortis de la bibliothèque. Si Vernham percevait leur animosité, il ne se doutait pas qu'ils savaient quoi que ce soit sur lui en dehors du fait qu'il était le tuteur de l'enfant. Il sortit sa tabatière et prit une pincée de tabac.

— Lady Vernham peut accompagner son enfant.

— Mais Verity est désormais lady Verity Frazer et les souhaits de son époux doivent être pris en compte. Venez donc vous rafraîchir, monsieur, enchaîna Rothgar avec une bonhomie propre à terrifier quiconque le connaissait. Si vous avez reçu mon invitation, vous savez qu'une réception aura lieu ce soir. Vous devez rester.

Malgré ses protestations, Vernham fut entraîné dans le salon des tapisseries et se retrouva assis, une tasse de thé à la main.

— J'exige de voir mon pupille ! aboya-t-il, puis il vit Chastity et blêmit.

Elle lui sourit.

— Mais bien sûr, vous allez voir votre pupille, déclara Rothgar.

Il envoya chercher Verity et son bébé. Quand ils arrivèrent, accompagnés par le major Frazer, Vernham se leva. C'est à peine s'il eut un regard pour l'enfant.

— Bien. Vous allez venir avec moi.

— Certainement pas, rétorqua Verity. Et vous n'emmènerez pas William. Vous devrez saisir les tribunaux, Henry, ce qui je crois prendra un certain temps.

Vernham balaya l'assemblée du regard. Tous les Malloren avaient beau sourire, cela ne parut pas le réconforter. Verity avait vu juste quand elle avait dit qu'il était rusé.

— Je suppose que c'est vrai, dit-il d'un air faussement détaché. Je ne peux rien faire pour le moment, si l'enfant va bien. Je ne vais donc pas vous faire perdre votre temps. Désolé de vous avoir dérangée, Verity, mais j'étais très inquiet pour vous. Vous auriez dû me laisser un message me disant où vous étiez.

— Mais c'est vous que je fuyais, monsieur, riposta simplement Verity.

— Au nom du ciel, pourquoi ? demanda-t-il, pris de court.

Nathaniel décida d'intervenir.

— Peut-être s'est-elle trompée, Vernham. Nous devons nous réjouir que tout se termine si bien. J'ai l'intention de déposer une demande pour devenir le tuteur de l'enfant et administrer ses biens.

Vernham lui lança un regard haineux, mais parvint à sourire.

— Je vous contesterai ce droit, comme vous vous en doutez. Je suis sûr que les tribunaux tiendront compte du testament de mon frère.

Il enfila ses gants, l'air toujours aussi mal à l'aise, comme s'il s'attendait qu'on l'empêche de partir.

— Ce qui me rappelle qu'il manque un document, lady Verity. Mon frère le gardait sous clé. L'auriez-vous emporté, par hasard ? Je crois que c'est un codicille à son testament qui devrait être remis aux notaires.

— Oh, cela ! dit Verity. Oui, je l'ai emporté. Je ne me rappelle plus où je l'ai mis. Il a dû rester dans une poche.

Chastity eut l'impression de voir Vernham grincer des dents. De toute évidence, Verity s'amusait beaucoup. Elle allait finir par se trahir. Elle n'avait jamais pu garder un secret.

— Vous pourriez aller le chercher ? demanda Vernham d'un ton crispé.

Fort choisit ce moment pour faire irruption dans le salon.

— C'est donc bien vous ! J'ai un compte à régler avec vous, espèce de misérable !

Il sauta à la gorge de Vernham, et il fallut trois Malloren pour lui faire lâcher prise.

— Il faudra attendre votre tour, Thornhill, lança Cyn.

Vernham porta les mains à sa gorge.

— J'ai proposé d'épouser cette traînée !

Fort l'assomma d'un coup de poing.

Rothgar sonna, et ordonna à un valet d'emporter le gentleman inconscient.

— J'avoue que je me demandais comment le persuader de rester dans le repaire du lion, marmonna le marquis. Félicitations, Thornhill.

— Je n'ai que faire de vos félicitations, cracha Fort. Je veux l'étriper !

— Plus tard, déclara Rothgar. Avant cela, je veux une confrontation entre Walgrave et lui. De préférence devant témoins.

Les premiers invités arrivèrent dans la soirée. En majorité des voisins enchantés de cette invitation à Rothgar Abbey. Les plus jeunes étaient déjà masqués. D'autres enfilèrent leur costume après s'être débarrassés de leur manteau. La plupart d'entre eux portaient un domino et ne cherchaient nullement à dissimuler leur identité.

Chastity, en revanche, avait fait son possible pour ne pas être reconnue. Elle se cachait sous un domino de soie rose et un masque orné de perles, et elle avait saupoudré sa perruque de poudre argentée.

Quand elle s'était regardée dans le miroir de sa chambre, elle s'était demandé si Cyn la reconnaîtrait. Les yeux de l'amour perceraient-ils son déguisement à jour ?

Tout en observant la foule, elle prêta l'oreille aux échanges entre invités. Les gens parlaient des enfants, des récoltes, et plus amusés que passionnés, de la dernière mode. Elle aurait tellement voulu avoir une vie ordinaire elle aussi. Ces gens s'intéressaient à la politique, mais ne tueraient jamais pour obtenir le pouvoir.

Elle entendit deux messieurs à la silhouette imposante grommeler au sujet de lord Bute et de l'influence des Écossais, mais même ce sujet ne suscitait pas de passion. Qu'importe que Whitehall disparaisse, tant que les esquires pouvaient continuer de gérer leurs terres.

Puis elle se rendit compte que le sujet avait été soulevé par la présence de lord Bute en personne. Son masque n'était pas conçu pour cacher les traits d'un des hommes les plus séduisants d'Angleterre. Il était accompagné par une femme en domino rouge dont le visage était entièrement masqué. Encore une dame de la haute société goûtant à l'aventure ?

Il accepta en souriant les attentions de la noblesse locale ravie de frayer avec les grands. Chastity secoua la tête. L'homme était beau, aimable et bien intentionné, mais il n'avait pas l'envergure nécessaire pour diriger l'Angleterre.

Elle se mit à guetter l'arrivée de son père. Elle le reconnaîtrait sûrement. Porterait-il un masque ? Ce n'était pas son genre.

Un gentleman vint s'incliner devant elle.

— Jolie rose, ferez-vous quelques pas avec moi ?

La voix et le costume de velours bleu éveillèrent un souvenir.

— J'attends quelqu'un, monsieur.

— N'attendez pas davantage, ma chère. Il est là !

Elle reconnut alors lord Heatherington. Que faisait-il là ? Elle lui donna un petit coup d'éventail sur le poignet.

— Misérable imposteur ! Il n'est pas aussi grand que vous.

— Dans ce cas, vous ne voulez pas de lui. Me permettrez-vous de vous prouver que j'ai davantage de charme que lui ?

Heatherington était séduisant, mais sachant ce qu'il avait fait, Chastity ne serait pas allée à l'écart avec lui pour un empire. Pas même pour sauver la Couronne d'Angleterre.

— Je crains que non, monsieur. Vous allez devoir trouver une autre rose.

Il accueillit ce refus de bonne grâce, s'inclina et s'éloigna.

Beaucoup de gens étaient arrivés entre-temps. Un gentleman portant un costume de soie doré et un masque passa à côté d'elle, se retourna et la dévisagea.

— Mon joli caméléon, murmura Cyn. Je vois que l'inquiétude a blanchi vos cheveux.

— Comment m'avez-vous reconnue ?

— Comment aurais-je pu ne pas vous reconnaître ? Venez, dit-il en lui tendant la main. Il faut que je trouve Rothgar.

— Pourquoi ?

— Pour lui dire que Brand a persuadé Vernham de se joindre à la foule.

Chastity ne put résister. Elle prit la main de Cyn, et ils partirent à la recherche du marquis.

— Comment Brand a-t-il fait ?

— Il lui a dit que c'était le seul moyen d'avoir à boire et à manger. Vernham aime boire. Il réclame du brandy depuis son arrivée.

— Rothgar vous a-t-il exposé son plan ?

— Non. Ne vous inquiétez pas, je ne laisserai personne vous faire de mal.

Rothgar n'était pas dans le hall et ils passèrent dans la première salle de réception. Chastity s'aperçut alors que Cyn portait une épée.

— Vous craignez des débordements ? chuchota-t-elle.

— Je l'espère.

Ils dénichèrent Rothgar dans la salle de jeu, occupé à installer Bute à une table. Il était particulièrement attentif à l'endroit de la partenaire masquée de Bute. Il devait s'agir d'Augusta, princesse de Galles et mère du roi George, devina Chastity.

Sa gorge se noua. Était-ce un hasard ou cela faisait-il partie du piège que Rothgar tissait autour d'eux comme une toile d'araignée ? La princesse Augusta et le comte de Walgrave étaient des ennemis mortels. Augusta avait toujours été jalouse de l'amitié qui unissait Walgrave à son mari, le prince de Galles. Quand le prince Frederick était mort, elle avait retourné son fils, le roi actuel, contre le comte.

Cyn avertit Rothgar que Vernham était là, et Rothgar hocha la tête. Ses cheveux étaient saupoudrés de blanc, mais hormis un mince loup noir, il n'était pas déguisé. Tout le monde le reconnaissait et savait qu'il était dangereux. Chastity s'était habituée à le voir en famille, détendu dans ses vêtements campagnards. À présent, avec son costume de satin bleu et argent, il l'effrayait de nouveau.

Fort avait-il raison ? Rothgar était-il capable de détruire un ennemi quel qu'en soit le prix ? Le marquis dut deviner ses pensées, car il lui prit la main et la porta à ses lèvres.

— Commencez à préparer votre mariage, ma mignonne. Tout se met merveilleusement en place.

Elle savait qu'il avait raison.

— Je n'enlèverai pas mon masque, déclara-t-elle fermement.

— Vous ferez ce qu'on vous dit de faire. Cyn, reste avec elle, et contrôle-la comme tout bon époux devrait le faire.

— Nous ne sommes pas encore mariés, répondit Cyn d'un ton égal. Et même si nous l'étions, je ne l'obligerais pas à enlever son masque.

Rothgar ne parut pas particulièrement contrarié.

— Reste au moins avec elle.

— Cela s'accorde parfaitement à mes désirs, confirma Cyn avant d'entraîner Chastity à l'écart.

— Je suis morte de peur, chuchota-t-elle. J'étais si heureuse, et tout est sur le point de voler en éclats.

— Afin d'ouvrir la porte à un bonheur plus grand encore. Je n'ai jamais vu Rothgar échouer.

Il l'emmena dans une salle plus tranquille, puis :

— Il a enfin admis que j'étais apte à retrouver mon régiment. Il ne m'en empêchera pas.

— Quand partirez-vous ?

— Après notre mariage. Ou peut-être jamais. Je ne suis pas sûr que vous aimerez la vie militaire.

— Cyn, vous ne pouvez pas renoncer à votre carrière pour moi !

— Mais je ne peux pas renoncer à vous pour ma carrière.

— Vous aimez l'armée.

— J'ai réfléchi, Chastity, dit-il en dénouant le cordon qui fermait le col de son domino. Je crois que j'aime davantage le voyage et l'aventure que l'armée.

Ses doigts s'aventurèrent sur ses seins sous le fourreau de soie.

— J'aime faire des choses importantes, continua-t-il à mi-voix. Mais si la guerre est finie, la vie à l'armée sera inintéressante. En revanche, il y aura du travail à effectuer au Canada : établir un gouvernement, explorer le pays. Qu'est-ce qu'un homme peut désirer de plus ?

Ses doigts s'insinuèrent entre ses seins et Chastity appuya le front contre son épaule.

— Ce n'est pas vraiment ce que vous voulez, souffla-t-elle.

En réponse, Cyn captura ses lèvres et insinua sa jambe entre les siennes. Elle s'agrippa à lui, le cœur battant à tout rompre. Une onde de chaleur la submergea, lui faisant presque perdre la raison.

Leurs lèvres se séparèrent, la main de Cyn quitta son sein pour partir à l'assaut de ses jupes. Il la caressa là où son corps le réclamait, l'emportant dans un tourbillon vertigineux.

— Cyn ! haleta-t-elle. Mon Dieu !

Frémissante, elle s'accrocha à ses épaules tandis que la jouissance déferlait, étouffant ses cris contre le velours du costume de Cyn. Puis le calme retomba.

La tête lui tournait, ses jambes étaient en coton. Il s'écarta et lui sourit, les yeux brûlants de passion.

— Je vous désire comme un fou, mais j'ai fait une promesse et j'ai l'intention de la tenir. J'espère juste qu'il ne me faudra pas attendre très longtemps.

— Oh, Cyn...

— Vous croyez que je suis un martyr ? Ma douce Chastity, nous explorerons ensemble le plus grand plaisir au monde en même temps qu'un nouveau pays. Êtes-vous d'accord, ma bien-aimée ?

— Vous voulez vraiment abandonner l'armée ?

— Oui.

— Et moi, que ferai-je ?

— Vous explorerez avec moi... dans le lit conjugal et en dehors, précisa-t-il en rajustant son domino. Nous pourrions nous installer dans une maison à Montréal. Ou à Halifax, en Acadie. Et quand vous pourrez, vous voyagerez avec moi.

Elle lui encadra le visage de ses mains et l'embrassa.

— Cela me paraît merveilleux. Je n'ai jamais trop aimé la vie mondaine, je l'avoue.

— Je sais. Je l'ai deviné dès notre première rencontre.

— Ce sont sans doute les pistolets qui vous ont mis sur la voie.

— À coup sûr. Donnez-moi votre main gauche, voleuse de cœur.

Chastity s'exécuta. Il glissa une bague à son annulaire, un anneau de promesse représentant deux mains jointes.

— Cyn...

Il en glissa une autre par-dessus, garnie de diamants.

— Le roi George vient de lancer cette mode en offrant une de ces bagues à son épouse. La bague de diamants cache la première, protégeant le couple. Savez-vous que le diamant est la pierre la plus dure qui existe ?

Chastity caressa les anneaux et les larmes jaillirent.

— Cyn, j'ai peur d'espérer, avoua-t-elle. Je suis toujours la tristement célèbre Chastity Ware.

Il déposa un baiser sur ses lèvres.

— Allons danser, mon ange, proposa-t-il. Je chasserai vos inquiétudes.

Chastity oublia ses soucis en dansant – pour la première fois – avec Cyn, jusqu'à ce qu'elle repère Nerissa Trelyn.

La coqueluche de la bonne société n'avait pas fait beaucoup d'efforts pour se déguiser. Ses beaux cheveux blonds n'étaient pas poudrés et son petit masque de plumes ne dissimulait pas ses traits. Elle portait une robe de soie blanche.

Elle aurait eu une allure virginale sans le profond décolleté qui mettait en valeur sa superbe silhouette. Et pour ôter le moindre doute sur son identité, elle portait les splendides diamants des Trelyn, offerts par son époux follement épris.

Lord Trelyn n'était pas vieux – il devait avoir l'âge de Rothgar –, mais il se comportait comme un homme de soixante ans, tout en se pavanant au bras de cette splendide créature.

Chastity éprouva un brin de compassion pour elle, puis se rappela que Nerissa avait voulu cette union et qu'elle avait rejeté Bryght Malloren pour épouser Trelyn. À présent, elle était la maîtresse de lord Heatherington.

Chastity recommença à chercher son père parmi les invités, mais la pénombre ne lui facilitait pas la tâche, de même que la fumée de l'encens qui brûlait dans des soucoupes.

La danse terminée, Cyn et elle allèrent boire un verre de vin.

— C'est une magnifique réception, d'autant qu'elle a été préparée dans l'urgence, déclara-t-elle.

— Les domestiques ont l'habitude. Ils font cela en un clin d'œil.

— Avec un surcroît de travail.

— Bien sûr. Rothgar est immensément riche. Il considère qu'il est de son devoir d'employer beaucoup de monde.

— Mon père est encore plus riche que lui, je crois. Pourtant, il compte les bougies et surveille les repas servis aux domestiques.

— Ayons une pensée pour lui, dit Cyn avec un clin d'œil. Durant toutes ces années, il a dû verser de l'argent au cupide Vernham.

Chastity frissonna.

— Quand va-t-il se passer quelque chose ?

— Quand ce sera le moment. Allons jeter un coup d'œil aux tables de jeu.

— Je croyais que vous n'aimiez pas jouer.

— Je n'aime pas jouer pour de l'argent. Je trouve cependant très amusant de voir des imbéciles jeter leur argent par les fenêtres.

Ils regardèrent Bute perdre calmement des milliers de livres et en regagner une partie. La princesse Augusta faillit perdre un bracelet de grande valeur. Chastity ne fut pas étonnée de voir la vieille lady Fanshaw penchée sur ses cartes tel un vautour. Elle avait sans doute été invitée, dans le cas contraire, elle serait quand même venue, attirée par la rumeur qu'on allait jouer comme un charognard attiré par l'odeur de la chair en décomposition.

Un valet remit un message à Cyn. Il le lut et le glissa dans sa poche.

— Le jardin d'hiver, dit-il.

Le cœur de Chastity se mit à battre la chamade tandis qu'il l'entraînait dans le couloir.

— Père ?

— Le message ne le dit pas.

Il s'arrêta pour l'embrasser.

— Soyez brave, Charles. Cette fois, vous n'êtes pas seule.

21

Le jardin d'hiver était un simple petit salon tapissé de papier peint représentant des plantes grimpantes en fleur. De larges baies vitrées donnaient sur la serre, qui elle-même menait à une terrasse et au labyrinthe de buis. À cette époque de l'année, les fenêtres étaient protégées par d'épais rideaux, et un feu réchauffait la pièce.

Cyn et Chastity y découvrirent Henry Vernham assis sous la garde de Brand. Vernham paraissait nerveux.

Cyn l'ignora, guida Chastity vers le sofa et prit place à côté d'elle.

— Monsieur Vernham, j'espère que vous avez tout ce que vous désirez ?

— Je suppose.

En dépit de son ébriété, l'homme parvenait à former ses mots correctement. Comme d'habitude, Rothgar avait vu juste. Vernham était un buveur invétéré.

— Cela dit, je suis étonné que vous vous souciiez de moi, reprit-il en ricanant. Votre grand frère tient les rênes serrées ?

Cyn sourit placidement.

— Le condamné a toujours droit à un bon repas.

Vernham blêmit et tenta de se relever. Brand le repoussa dans son fauteuil. La porte s'ouvrit et le comte de Walgrave entra en compagnie de Lindle et de deux robustes gardes du corps. Rothgar et Fort les suivaient. Malgré la présence de Cyn, Chastity sentit son cœur s'emballer.

Elle nota que son père avait une nouvelle canne d'ébène, ornée de dorures. Il n'affichait aucune nervosité. Son regard glissa sur elle comme si elle était une inconnue. Dans un geste de défi, elle ôta son masque et repoussa le capuchon de son domino.

— Eh bien, Rothgar ? s'enquit Walgrave. Puis-je connaître la raison de tout ceci ? Je suis fâché, très fâché que vous vous mêliez de mes affaires de famille.

Rothgar se campa devant le feu.

— Mais par bonheur, nos familles seront bientôt unies.

Le comte darda un regard noir sur Chastity.

— Cette traînée ? Vous pouvez la prendre, elle n'est plus ma fille.

La main de Cyn se referma sur celle de Chastity. Elle soutint le regard narquois de son père, qui détourna les yeux et les posa sur Henry Vernham.

Une expression de terreur déforma les traits de ce dernier. Chastity comprit que sans la preuve écrite, Vernham ne pouvait rien contre Walgrave. Toutefois, son père semblait sur ses gardes. Il n'était peut-être pas sûr que Vernham soit impuissant.

— Moi qui pensais vous rendre un service au nom de la famille, dit aimablement Rothgar en prenant une pincée de tabac dans sa tabatière. En fait, j'insiste. Parfois, je suis étonné par ma propre générosité. Je crois que M. Vernham possède quelque chose que vous aimeriez avoir.

— Je le crois, dit Walgrave avec un sourire mauvais. Dois-je comprendre que vous allez me permettre de le récupérer ?

— Je vous en prie, dit Rothgar avec un geste de la main.

— Morbleu ! cria Vernham, qui tenta à nouveau de se lever. Je n'ai rien. Rien !

— Je devrais peut-être me méfier des cadeaux offerts par les Malloren ? lança le comte à l'adresse de Rothgar.

Chastity se rendit compte que le nombre était en faveur de son père. Il y avait trois Malloren présents, et du côté de son père, quatre personnes. Quant à Fort, elle ne savait pas quel parti il prendrait quand l'avenir du titre serait dans la balance. Vernham, lui, ne penserait qu'à sauver sa peau.

S'il le fallait, elle jouerait son rôle, mais elle ne pèserait pas lourd face à une telle compagnie.

Rothgar prit une autre pincée de tabac et balaya un grain de poussière sur son habit.

— Il est toujours sage d'être prudent, Walgrave. Dans ce cas, toutefois, j'ai des raisons d'être généreux. Je ne peux pas laisser ma famille être souillée par votre fille.

Le comte laissa fuser un rire sec.

— Tudieu ! C'est un égout que vous laissez entrer chez vous !

— Père ! protesta Fort.

Cyn se leva d'un bond. Walgrave se tourna vers son fils.

— Tu es de leur côté, mon garçon ? Tu es un idiot dans ce cas. Si elle n'a pas été déshonorée par Vernham, alors elle l'a été par Malloren.

L'épée de Cyn sortit de son fourreau avec un sifflement, mais Rothgar leva la main. Cyn se figea, les yeux rivés sur le comte.

Rothgar s'adressa alors à Vernham :

— Mon cher monsieur, seriez-vous innocent finalement ? Avez-vous, oui ou non, obtenu les faveurs de lady Chastity ?

De toute évidence, Vernham était terrorisé. Il ne quittait pas des yeux l'épée de Cyn, qui n'était pourtant pas dirigée contre lui.

— Non ! Bien sûr que non ! Je ne l'ai même pas touchée.

— Ce devait donc être une farce qui a mal tourné. Et vous avez noblement proposé de l'épouser pour réparer le tort que vous aviez causé par inadvertance.

— Oui, oui. Si elle était vierge quand je suis entré dans son lit, elle l'était toujours quand j'en suis ressorti.

— Si ? répéta Cyn en pointant sa rapière vers lui.

— Oui, oui, elle l'était ! Son père a fait briser son hymen pour l'empêcher de prouver son innocence. Mais c'était plus tard.

Tous les regards se braquèrent sur Walgrave. Ce dernier demeura imperturbable.

— Balivernes. Si vous essayez de blanchir cette fille de cette manière, Rothgar, vous n'y parviendrez pas.

Il toisa Vernham et ajouta :

— Donnez-moi ce papier, misérable, et je vous laisserai en vie.

Vernham se recroquevilla.

— Je ne l'ai pas, je vous l'ai dit !

— Alors, nous allons vous démonter pièce par pièce pour être sûrs…

La porte s'ouvrit.

Tout le monde se retourna pour regarder la femme qui entrait. Cyn baissa son épée. Chastity étouffa un cri en reconnaissant la femme qui lui avait pris la preuve de sa vertu.

Elle était grande et belle, mais son regard était dur. Elle était vêtue aussi richement que les autres femmes présentes.

— Ah, Mirabelle ! dit Rothgar. Soyez la bienvenue.

Mirabelle jeta un regard circulaire.

— J'ai été payée par le comte de Walgrave, dit-elle d'une voix claire, pour rompre l'hymen de sa fille, lady Chastity. Il était évident qu'elle n'avait jamais été touchée par un homme.

Un petit sourire incurva ses lèvres fines.

— Mon métier consiste davantage à réparer ce qui a été inopportunément brisé…

— Et ce témoignage est censé peser dans la balance ? lança le comte. Une femme comme celle-là peut être achetée pour quelques guinées.

— Erreur, milord. Je ne casserais pas le nez d'un gentleman pour moins de vingt guinées.

Sur ce, elle adressa un signe de tête à Rothgar et sortit.

Rothgar s'adressa à Vernham :

— Puisque vous êtes innocent, donnez donc ce document au comte et vous serez libre.

— Je vous dis que je ne l'ai pas ! Verity l'a gardé dans une de ses poches !

— Nous allons donc envoyer chercher lady Verity et la lettre. Lord Thornhill, voudriez-vous me rendre ce service ?

Chastity vit son père tressaillir en entendant le mot « lettre ». Il venait de comprendre que Rothgar savait en quoi consistait le fameux document.

— Vas-y, Fort, dit le comte, puisque tu es le laquais de Rothgar.

Fort pinça les lèvres et quitta la pièce.

— En attendant, reprit Rothgar, dites-nous donc, monsieur Vernham, comment vous vous êtes retrouvé dans le lit de lady Chastity sans son consentement et sans qu'elle appelle à l'aide ? C'est une astuce dont je pourrai m'inspirer à l'occasion.

L'esprit visiblement embrumé par l'alcool et par la peur, Vernham se mit à rire.

— Elle dort comme un loir. Une armée pourrait passer dans son lit sans qu'elle se réveille. J'ai dû la pincer pour la réveiller quand les témoins sont arrivés.

— Vous n'avez tout de même pas compté sur le fait qu'elle avait le sommeil profond ? demanda doucement Rothgar.

— Walgrave me l'avait dit, répondit Vernham en jetant un coup d'œil nerveux à celui-ci.

Le comte ne pipa mot. Si Rothgar espérait l'obliger à avouer quelque chose, c'était raté. Chastity se demanda si elle pouvait encore une fois faire perdre son sang-froid à son père. Elle se leva.

— Et mon père, ce monstre, se moquait de ce qui m'arrivait. N'est-ce pas ?

Elle se campa avec insolence devant Walgrave et lui rit au nez.

— Vous pensiez que ce serait facile, mais j'ai contrarié vos plans ! Si j'avais épousé Henry Vernham, rien de tout cela ne serait arrivé, n'est-ce pas ? Mais j'ai refusé, alors vous avez décidé de me forcer. Vous avez donné à cet homme la clé de ma chambre et amené la crème de la bonne société pour vous servir de témoins. Vous auriez pu tout aussi bien me débaucher vous-même, sale hypocrite !

S'attendant qu'il abatte sa canne sur elle, elle recula. Cyn s'avança en brandissant son épée.

Le comte fit tourner la poignée de sa canne pour en faire jaillir une lame avant de la lancer à son homme de main.

— Lindle !

Cyn sourit.

— Ah, c'est donc vous, Lindle ! Si vous faites cela, vous risquez de le regretter.

Lindle vint vers lui et Cyn recula souplement.

— Vous n'êtes pas de taille. Vous allez payer de votre vie votre obéissance à cet homme. Le jeu en vaut-il la chandelle ?

L'expression de Lindle ne changea pas. Il affichait toujours son étrange sourire.

— Cessez de chanter, jeune coq, et battez-vous !

Les lames cliquetèrent et d'un geste presque nonchalant, Cyn fendit la joue de Lindle. Ce dernier poussa un cri et plaqua la main sur sa blessure. Le sang coula entre ses doigts.

La pointe de l'épée se pressa contre son cou.

— Votre sourire ne sera plus jamais le même, dit Cyn en le forçant à reculer jusqu'au mur. Maintenant, dites-nous, maîtresse Mirabelle a-t-elle brisé l'hymen de lady Chastity sur ordre du comte ?

Lindle devait avoir un problème à la bouche, car il continua de sourire tout en adressant un regard désespéré à son maître. Le comte l'ignora, comme si toute cette affaire ne le concernait pas.

— Oui, lâcha Lindle d'une voix étranglée.

— Vous étiez présent ?

— Oui.

Le sang dégoulinait sur ses doigts. La coupure était profonde, il semblait sur le point de s'évanouir.

— Le comte a-t-il tout arrangé pour que M. Vernham soit surpris dans le lit de sa fille ?

— Oui ! Je l'ai fait entrer sur les ordres du comte. Quand ce vermisseau a compris qu'elle dormait vraiment profondément, il en a profité pour la tripoter.

Chastity ravala une nausée. L'espace d'un instant, Cyn parut sur le point d'embrocher le misérable, puis il recula et abaissa son épée, avant de s'incliner brièvement devant son frère.

— Désolé d'avoir interrompu votre discussion.

— Mais je t'en prie, dit Rothgar. Walgrave ? Pourquoi ne pas avouer ? Vous aviez probablement vos raisons d'agir ainsi.

— Je nie tout. Je pensais Lindle plus courageux. Cette canaille crache les mensonges sur commande. Je me suis trompé sur son compte.

Verity choisit cet instant pour entrer, accompagnée de Nathaniel et de Fort. Elle poussa une exclamation en voyant Lindle couvert de sang.

— Lady Verity, dit Rothgar, avez-vous retrouvé le papier dont je vous ai parlé un peu plus tôt dans la journée ?

— Oui, monsieur.

Elle sortit le document plié et scellé, et s'approcha pour le remettre au marquis. Walgrave le lui arracha des mains, le jeta dans le feu et sortit un pistolet dans la foulée.

— Reculez ! Personne n'y touchera !

Ils regardèrent le papier noircir dans les flammes. Walgrave éclata de rire.

— Libre, enfin ! Ah, Rothgar, vous vous croyiez malin, mais vous m'avez libéré ! Vous pouvez garder toute ma famille. Puissent-ils faire de votre vie un enfer.

Rothgar contempla pensivement les cendres noires.

— Vous avez gagné, semble-t-il. Vous pourriez cependant faire preuve de noblesse dans la victoire et admettre que votre fille n'a pas couché avec Vernham.

— Certainement, déclara le comte, ivre de joie. Quoique je ne voie pas ce que vous avez à y gagner.

— Mettez-le par écrit, suggéra Rothgar en indiquant un bureau sur lequel étaient disposés de l'encre et du papier.

Le comte hésita, mais il continua de sourire, comme si la victoire lui faisait perdre la tête.

— Pourquoi pas ? Je préciserai toutefois que j'ai fait cela pour qu'elle accepte un mariage nécessaire. Cela ne change rien au fait que Vernham était dans son lit, et je nie avoir pris part à cela.

Chastity était accablée. Ils avaient échoué.

— Quoi ? s'écria Vernham en bondissant sur ses pieds. Vous ne ferez pas peser la faute sur moi ! C'était votre plan pour empêcher mon frère de faire usage de cette lettre. Elle a peut-être brûlé, mais je la connais par cœur. Je peux encore révéler au monde…

Walgrave se retourna et tira.

Le coup de feu résonna dans la petite pièce et Chastity plaqua les mains sur ses oreilles. Vernham retomba dans son fauteuil, l'air abasourdi. Une tache rouge s'étala lentement sur sa poitrine.

— Il l'a tué de sang-froid ! s'écria Chastity en balayant les autres du regard. Vous ne pouvez pas le laisser échapper aux conséquences !

Son père lui tendit ses aveux écrits.

— Prends ceci et tiens ta langue. Apprends à ne pas te mêler des affaires d'hommes.

— Des affaires d'hommes ? Ces affaires ont ruiné ma réputation ! Comment croyez-vous pouvoir servir l'Angleterre quand vous ne protégez même pas votre famille ?

— Ma famille est là pour me servir, rétorqua-t-il en se levant.

Chastity ramassa l'épée de Lindle et la pointa sur son père. Celui-ci la repoussa de son pistolet, mais la pointe déchira sa manche et lui entailla le bras. Avec un cri rageur, il dirigea le canon du pistolet vers la tête de sa fille.

Cyn bondit et la plaqua au sol.

— *Dans la noble maison des Stuarts, nous voyons la force morale et la vérité, accompagnées par la victorieuse chasteté, vertus consacrées au plus grand bien de l'Angleterre.*

Tout le monde se figea et pivota vers Rothgar, qui lisait un document. Une lettre tachée de sang et un peu mâchonnée.

— Non ! s'étrangla Walgrave.

— Vous auriez dû lire la lettre avant de la brûler, dit doucement Rothgar.

— Non ! hurla le comte.

Il brandit son pistolet et tira, mais il n'était pas chargé. Furieux, il lança le pistolet à la tête de Rothgar, et le manqua.

— Tuez-le ! ordonna-t-il à ses hommes de main.

Ces derniers échangèrent un regard, mais ils ne bougèrent pas. Comme le comte continuait de hurler, ils se tournèrent vers Rothgar, désemparés. Le marquis sourit.

— Vous êtes à ma merci, Walgrave.

— Jamais !

Le comte plongea la main dans la poche de son garde du corps et en sortit un pistolet. Le temps qu'il le brandisse, Brand et Rothgar avaient dégainé leur arme et la pointaient sur lui.

— La situation est intéressante, commenta Rothgar. Vous pourriez me tuer, mais vous mourriez aussitôt. Êtes-vous prêt à rencontrer notre Créateur ?

— Plutôt mourir que vous laisser la victoire, Rothgar, siffla le comte. Donnez-moi ce document et personne ne mourra.

— Pas question. En revanche, je vous donne ma parole de ne pas m'en servir tant que vous vivrez discrètement à Walgrave Towers, que vous ne vous mêlerez plus des affaires du gouvernement ni de celles de vos enfants.

— Quoi ? Vivre sous votre joug le reste de ma vie ? Jamais !

Il agita son pistolet, le braquant au hasard sur les personnes présentes, puis, avec un rire de dément, il gagna la porte à reculons.

— N'essayez pas de m'arrêter !

— Vous pouvez partir, déclara Rothgar posément. Réfléchissez à mes conditions. Contrairement à Vernham, je n'aurai rien à perdre en rendant public ce document.

Le comte ouvrit la porte et se rua dans le hall. Cyn se releva d'un bond.

— Il est fou. Il va tuer quelqu'un.

Il se précipita derrière Walgrave, suivi de tous les autres. Chastity entendit son père crier à la trahison et tenter d'incriminer Rothgar.

Elle courut dans le hall. Walgrave continuait d'agiter son arme en hurlant tandis que les invités se réfugiaient derrière les statues et les colonnes de marbre. Fort apparut à l'autre bout du hall et courut vers le comte pour tenter de le désarmer.

Tout se passa très vite.

Le regard dément du comte se riva sur une personne dans la salle de jeu.

— Vous ! hurla-t-il. Vous êtes responsable de tous mes malheurs !

— Père, non ! cria Fort en sortant son pistolet.

Le comte visa.

Fort tira sur lui.

Le bras du comte tressauta et la balle ricocha sur un pilier de marbre. Walgrave s'effondra. Chastity le rejoignit en courant. La balle l'avait atteint en plein cœur. Levant les yeux, elle découvrit la princesse Augusta évanouie dans son fauteuil, ses cartes répandues autour d'elle. C'était elle que le comte visait.

Pétrifié, Fort regardait le corps de son père. Le silence fit place à un brouhaha mêlé de pleurs. Verity et Nathaniel avaient rejoint Fort. Cyn prit Chastity dans ses bras et l'entraîna à l'écart.

Rothgar passait parmi les invités pour calmer leur inquiétude, mais il ne fit rien pour les empêcher de se rassembler dans le hall.

La nouvelle se répandit que la mystérieuse dame était la princesse et les invités se désintéressèrent du cadavre.

Cyn attira Chastity à l'arrière de la salle. Augusta était revenue à elle et Rothgar était penché sur elle, plein de sollicitude

— Je n'ai jamais aimé ce Walgrave, dit-elle. Il avait une mauvaise influence sur mon cher Frederick.

— Je crains qu'il n'ait perdu la raison, Votre Altesse.

— Il parlait de trahison. Je crois qu'il vous accusait, milord.

— Il disait que vous étiez un jacobite en 1745, ajouta lady Fanshaw. C'est ridicule, vous étiez encore en pension à l'époque.

— En effet, confirma la princesse. Et vous êtes si loyaux, vous, les Malloren.

Lord Bute s'était prudemment écarté. Il valait mieux que la si conventionnelle noblesse campagnarde ne sache pas que la mère du roi était là en compagnie d'un homme soupçonné d'être son amant.

— Parfaitement loyaux, déclara Rothgar en servant un verre de vin à la princesse. Je suis affreusement désolé pour ce qui vient de se passer, Votre Altesse. Il faut retrouver votre dame de compagnie. Où est lady Trelyn ? lança-t-il à la ronde.

Chastity savait que Nerissa Trelyn n'était pas venue avec la princesse ce soir, mais le suggérer sauvegarderait les convenances. Comment Rothgar comptait-il obliger les Trelyn à lui obéir ?

La princesse se détendit et sirota son vin.

— Je me demande ce qui a fait perdre la tête à ce malheureux comte.

— Je pense qu'il était dévoré par les remords, Votre Altesse. Il a découvert ce soir que sa fille, cette pauvre enfant qu'il avait reniée, était innocente.

— Vous voulez parler de Chastity Ware ?

— Oui. Henry Vernham s'était délibérément introduit dans sa chambre afin de la compromettre pour obtenir sa main et sa dot.

— Le scélérat, marmonna quelqu'un dans la foule. Faites-le fouetter.

— Je crains que ce ne soit impossible. Le comte l'a abattu.

Il y eut des murmures approbateurs, mais la princesse semblait sceptique.

— Quelle étrange histoire, milord.

— Très étrange, en effet. Le comte a toutefois insisté pour mettre les choses par écrit.

Rothgar lui remit l'écrit en question.

— C'est extraordinaire, commenta la princesse après l'avoir parcouru. Il est clair que la pauvre lady Chastity était plus vertueuse que nous ne l'avons cru.

— J'aimerais ajouter quelque chose, intervint Nerissa Trelyn en s'avançant vers eux.

Elle était aussi blanche que sa robe. Elle s'inclina en une profonde révérence devant la princesse.

— Qu'avez-vous donc à dire, lady Trelyn ? Ne faisiez-vous pas partie de ceux qui ont témoigné de la chute de lady Chastity ?

— Si, Votre Altesse. C'est pourquoi il est très important pour moi de rétablir la vérité. Lord Trelyn et moi-même...

Elle chercha son époux des yeux et il la rejoignit aussitôt.

— Nous hésitions à soutenir cette version, car nous pensions que lady Chastity était vertueuse. Mais quand elle a refusé d'exprimer le moindre regret, nous nous sommes sentis obligés de parler.

— Et maintenant, vous revenez sur votre version ?

— En effet. Quand Votre Altesse m'a si gentiment permis d'aller danser avec mon époux, j'ai été incommodée par la chaleur et les parfums dans la salle de bal. Je me trouve dans une condition intéressante, ajouta-t-elle en baissant modestement les yeux.

— Ah, dit Augusta. Bien sûr.

Trelyn se rengorgea.

— Je suis allée chercher un peu de fraîcheur dans la serre. Alors que j'étais là, des gens sont entrés dans le jardin d'hiver et j'ai bien malgré moi entendu leurs échanges. M. Vernham a admis ses affreuses manigances et reconnu qu'il n'avait pas souillé lady Chastity. Le comte était accablé à la pensée d'avoir si mal jugé sa fille.

Augusta n'était pas idiote, et Chastity voyait bien que quelque chose lui paraissait louche dans cette histoire. Elle n'avait toutefois rien à gagner à contredire Nerissa. D'autant que si l'on apprenait qu'elle était venue avec lord Bute, cela déclencherait un scandale.

— C'est triste. Qu'est devenue cette pauvre jeune fille ? Nous pourrions peut-être la retrouver et faire quelque chose pour rétablir son honneur. Un mariage respectable serait le bienvenu.

Cyn poussa Chastity en avant. Le cœur battant, elle s'approcha de Rothgar d'un pas incertain.

— Elle est là, Votre Altesse, dit-il. Permettez-moi de vous présenter lady Chastity Ware.

Augusta étudia longuement Chastity, puis sourit un peu froidement et tendit la main. Chastity fit une révérence et lui baisa les doigts.

— Vous semblez avoir été sévèrement traitée, ma chère. Pouvez-vous jurer devant témoins que vous êtes pure ?

Chastity se redressa en espérant que ses joues en feu seraient attribuées à son embarras.

— Je jure devant Dieu que j'étais vierge quand Henry Vernham s'est introduit dans mon lit, Votre Altesse, et que je ne l'ai pas invité à y entrer. La Divine Providence n'a pas voulu qu'il ait le temps de me souiller avant l'arrivée de mes sauveteurs.

Nerissa parvint à verser quelques larmes et étreignit Chastity.

— Pauvre chère innocente ! Votre Altesse, nous devons tout faire pour réparer cette injustice.

— Naturellement, répliqua la princesse d'un ton acerbe. Cet événement m'a causé un choc. Lord Rothgar, je resterai quelques jours ici pour me reposer, si c'est possible.

— Nous en serons honorés, Votre Altesse.

— Et comme lady Trelyn est dans une situation délicate, j'aurai besoin de nouvelles dames de compagnie. Lady Chastity et lady Elfled pourraient peut-être la remplacer temporairement.

— Ce sera un grand honneur, Votre Altesse, déclara Elf en s'inclinant, imitée par Chastity.

— Lady Chastity, cette expérience a dû vous marquer, mais il serait sage d'envisager un mariage qui vous tiendra quelque temps à l'écart de Londres, déclara la princesse.

Rothgar s'avança.

— Je crois que mon frère, le capitaine Cynric Malloren, serait prêt à épouser lady Chastity. Il a servi notre pays et aimerait continuer de le faire au Canada.

— Au Canada, répéta Augusta. Excellente idée, messieurs. À croire que tout a été planifié. La jeune femme étant endeuillée, il vaudrait mieux que le mariage ait lieu au plus vite, et en privé. Je suppose que cela ne présente pas de difficultés particulières ?

— Il en sera fait selon vos désirs, déclara Rothgar, impassible.

Ils échangèrent un regard et la princesse esquissa un sourire.

— Vaurien. Vous voudriez que je sois témoin de cette union, j'imagine. Pourquoi pas ? Je suis sûre que mon fils voudra également assister à la cérémonie.

Chastity était abasourdi, mais Rothgar accueillit la nouvelle avec le plus grand calme.

— Votre Altesse est comme toujours extrêmement généreuse.

— Il ne faudra pas l'oublier, milord. À présent, j'aimerais me retirer pour me reposer.

La reine se leva et quitta la salle de jeu, Elf et Chastity dans son sillage.

Les Malloren, les Frazer et les Ware se retrouvèrent plus tard pour revenir sur les derniers événements. Fort, qui veillait son père, n'était pas présent.

— Dans quelle mesure aviez-vous prévu que les choses se passeraient ainsi, milord ? demanda Chastity à Rothgar.

— Je n'ai pas de pouvoirs surnaturels, vous savez. L'astuce consiste à saisir l'occasion. J'espérais pousser votre père à faire des aveux complets, mais je ne m'attendais pas qu'il bascule dans la folie. Je suis désolé.

— Ne le soyez pas. Je savais qu'il était fou, même s'il le cachait bien. Il n'aurait jamais cessé de comploter pour atteindre son but, sans se soucier des autres. Vous imaginez, s'il avait pu accéder au pouvoir ?

— Certes.

— Et Henry Vernham ? demanda Verity.

— Je ne m'attendais pas non plus à une telle fin. À ce moment-là, j'ai pensé comme Chastity que le comte était trop dangereux pour le laisser libre.

— Et Fort a tué père, dit Chastity. Il ne s'en remet pas. Mais pourquoi aviez-vous invité la princesse ?

— La présence d'un membre de la royauté était essentielle pour que mes plans aboutissent. Je n'avais pas oublié, bien sûr, la profonde inimitié qui existait entre Augusta et Walgrave. J'espérais que la princesse nous soutiendrait pour le mettre en échec.

— Qu'est-ce qui a poussé Nerissa Trelyn à intervenir ? La lettre ?

— Bryght va tout vous expliquer.

Bryght Malloren eut un sourire narquois.

— Cette chère Nerissa était enchantée de pouvoir me séduire dans la serre. Je n'avais qu'à me laisser faire. Et comme je l'avais prévu, nous nous sommes retrouvés piégés. Elle était assez inquiète car son idiot de mari est jaloux de moi, nous avons donc écouté les échanges dans le jardin d'hiver. Elle n'a toutefois décidé de défendre Chastity que lorsque je lui ai montré la lettre. Je crains qu'elle ne nous en veuille à tous autant que nous sommes.

— La princesse aussi, risqua Verity.

— C'est vrai, mais elle est raisonnable, déclara Rothgar. Elle est agacée d'être mêlée à cette affaire, mais elle est aussi soulagée que j'aie jeté un voile de respectabilité sur tout cela.

Cyn prit la main de Chastity.

— Nous serons bientôt mariés et, je l'espère, à l'abri de tes manigances.

— Quelle ingratitude, soupira Rothgar, mais il souriait.

22

Le mariage fut magnifique.

Beaucoup d'invités étaient restés après le bal, et d'autres avaient été invités spécialement pour la cérémonie.

À la demande de la princesse Augusta, le roi et sa jeune épouse étaient venus de Londres pour prendre part aux festivités. Officiellement, George voulait s'assurer que sa mère s'était remise de l'épreuve qu'elle avait endurée, mais son épouse et lui étaient heureux de participer à l'événement de l'année.

La robe de mariée de Chastity était d'une blancheur immaculée. Les couturières n'ayant pas disposé de beaucoup de temps, elle était assez simple, mais coupée dans une superbe dentelle de Valenciennes, et ornée de perles et de diamants.

Rothgar l'avait commandée et Fort l'avait payée, ce qui ne renforçait pas les liens entre eux. L'attitude de Fort à l'égard des Malloren était glaciale. Par comparaison, Bryght, qui semblait enfin s'être remis de sa malheureuse aventure avec Nerissa Trelyn, semblait presque jovial.

Elf et Verity aidèrent Chastity à s'habiller, mais la mère et l'épouse du roi insistèrent pour assister à la toilette de la mariée. Chastity avait l'impression qu'Augusta espérait déceler des signes de dévergondage.

Son anxiété parut toutefois convaincre Augusta qu'elle était bel et bien une jeune mariée nerveuse. Avant de sortir, la princesse lui tapota la joue.

— Le mariage vous offrira une sécurité, ma chère. Quand vous ferez partie de la famille Malloren, plus personne n'osera vous offenser. Mon fils a nommé votre mari aide de camp du général Lawrence, gouverneur d'Acadie.

Avant de franchir la porte, la jeune reine se pencha vers Chastity et lui murmura avec son accent allemand :

— N'ayez pas peur, la nuit de noces n'a rien de... déplaisant !

Chastity fut touchée par cette tentative d'apaiser ses craintes. Si seulement quelqu'un avait pu la libérer de ses peurs les plus profondes ! Lui assurer qu'elle ne vivait pas un rêve, et que son père ne reviendrait pas la tourmenter.

Elle tremblait quand Fort la conduisit à la chapelle de Rothgar Abbey. Inquiet, son frère fronça les sourcils et demanda :

— Tu veux vraiment de ce mariage, Chastity ? Si tu le souhaites, je l'empêcherai. Et au diable Rothgar et tous les Malloren !

Chastity le rassura d'un sourire.

— Je le veux, Fort. Vraiment.

— Dans ce cas, finissons-en.

Cyn portait une veste de velours bronze, soulignée de galons. Dès qu'il vit Chastity, son regard s'illumina.

Fort hésita avant de placer la main de sa sœur dans la sienne.

— Je vous préviens, Malloren, si vous lui faites du mal, je vous détruirai.

Cyn haussa les sourcils.

— Le frère protecteur ? Un rôle nouveau pour vous.

Chastity s'interposa vivement entre eux, et Cyn porta une main à ses lèvres.

— Bonjour, Charles.

La cérémonie se déroula comme dans un rêve. Chastity, qui craignait à chaque seconde que quelqu'un ne fasse irruption pour l'interrompre, prononça ses vœux si machinalement qu'elle s'en voulut et demanda à les répéter, faisant rire l'assemblée.

Lorsqu'ils circulèrent ensuite parmi les invités, Chastity surprit quelques regards insistants, sur sa taille en particulier, mais personne ne lui tourna le dos.

Elle savait déjà que l'histoire de la pauvre Chastity Ware faisait le tour du pays, rendue encore plus sensationnelle par la mort scandaleuse de Henry Vernham et du comte de Walgrave.

À un moment, Cyn l'attira dans le hall, et elle jeta un coup d'œil vers l'escalier.

— Non, j'ai autre chose en tête, dit-il. Nos malles sont déjà dans la voiture. Veux-tu venir avec moi, mon épouse ? ajouta-t-il en allant chercher une superbe cape de velours blanc bordée d'hermine.

— Je te suivrais n'importe où, assura-t-elle tandis qu'il drapait la cape sur ses épaules.

Ils grimpèrent dans le carrosse dont les armoiries avaient été restaurées. Hoskins et un valet étaient perchés sur le banc. Une voiture plus simple suivait.

— Jérôme et ta nouvelle femme de chambre, expliqua Cyn. Nous sommes un respectable couple marié désormais, nous devons nous conduire comme tel.

Durant le trajet, ils se remémorèrent leurs aventures et s'assurèrent mutuellement qu'ils ne vivaient pas un rêve. Chastity ne prêta pas attention à la route jusqu'à ce qu'ils atteignent une ville animée.

— Mais c'est... Winchester ? s'exclama-t-elle.

Ils pénétrèrent dans la cour de l'auberge où ils étaient déjà descendus.

— Tu as réservé la même chambre ? demanda-t-elle.

— Oui. Je voulais que nous y passions notre nuit de noces.

L'aubergiste s'inclina profondément à leur entrée. À vrai dire, lord Cynric Malloren avait réservé toute l'auberge pour son usage personnel. On les conduisit dans leur petite chambre. Un vase de roses était posé devant la fenêtre, un feu crépitait dans la cheminée, et une collation était servie sur la table.

Chastity ôta sa cape et caressa la fourrure.

— Elle est magnifique. Elle a dû coûter une fortune.

— C'est le cadeau de mariage de Rothgar. Je n'aurais pas eu les moyens de l'acheter. Cela ne t'ennuie pas d'épouser le plus pauvre des Malloren ?

— Hélas, monsieur, je n'avais pas le choix !

Il lui tendit la main et elle se lova dans ses bras. Il l'embrassa et ses mains glissèrent sur sa taille.

— Des baleines et un corset, grommela-t-il. Je t'avais prévenue. Enlève-les.

— Tu m'avais menacée de le faire toi-même, lui rappela-t-elle.

— C'est vrai, admit-il.

Il s'attaqua à sa robe, qui tomba au sol comme une fleur. Les jupons suivirent, ainsi que le corset.

Chastity se tourna vers lui, uniquement vêtue de sa chemise et de ses bas, lui ôta sa veste, déboutonna son gilet de brocart. Elle parvint même à dénouer sa cravate.

— Allons manger, dit-il soudain.

— Cyn !

Il lui prit la main, alla s'asseoir à la table et l'attira sur ses genoux. Là, il dénoua ses jarretières et fit glisser ses bas de soie sur ses jambes. Puis il s'empara d'une tartelette aux pommes couverte de crème.

— Tu te souviens ?

— Seigneur, s'esclaffa-t-elle, allons-nous revivre ces instants les uns après les autres ?

— C'est une bonne idée ! Où pourrais-je trouver des biscuits de Shaftesbury ?

Chastity mordit dans la tartelette, et il lécha les miettes sur ses lèvres. Avant de l'embrasser passionnément.

Il sortit ensuite un petit flacon de parfum qu'elle connaissait et en versa quelques gouttes dans certains endroits secrets. L'odeur entêtante les enveloppa. Il la déposa alors sur la chaise et entreprit d'ôter lentement ses vêtements.

Chastity le contempla, fascinée. Puis elle se leva et s'avança vers lui. Ils basculèrent ensemble sur le lit.

— Je me rends ! dit-il. Fais de moi ce que tu voudras.

Sans hésiter, elle l'enfourcha et le prit en elle. Lorsqu'il la fit basculer sous lui, ils s'embrasèrent. Ils firent l'amour avec passion et atteignirent la jouissance ensemble.

En nage et pantelant, Cyn se hissa sur les coudes et la regarda en fronçant les sourcils.

— Je ne pensais pas que notre première fois ressemblerait à cela.

Le cœur de Chastity sombra. Elle aurait dû se douter que les gens mariés ne se comportaient pas ainsi.

— Je suis désolée…

Il la fit taire d'un baiser.

— Pas moi. Tu peux me séduire autant que tu veux. Mais là, c'est mon tour, ma chère épouse…

Le lendemain, Cyn et Chastity se promenèrent dans Winchester. Ils croisèrent un garçon qu'ils avaient déjà vu.

— Je vous reconnais, capitaine ! s'écria le gamin. Milord, rectifia-t-il.

Cyn lui lança une guinée en or en riant.

— Voilà pour ta mémoire, et pour fêter mon mariage.

Le garçon les salua.

— Tous mes vœux de bonheur.

Ils firent quelques pas et le sourire de Chastity s'effaça.

— Les gens ont de la mémoire, n'est-ce pas ? dit-elle en resserrant le col de sa cape.

Cyn lui jeta un coup d'œil et la fit bifurquer en direction d'un immeuble familier : la banque Darby.

Ils furent introduits dans le bureau de M. Darby, qui félicita Cyn pour son mariage, s'inclina sur la main de la jeune mariée et leur offrit un verre de sherry.

— Que puis-je pour vous, lord Cynric ? s'enquit le banquier une fois qu'ils furent assis.

— Je désire faire quelques arrangements afin que mon épouse puisse retirer des fonds tant que nous serons en Angleterre.

— Tu vois ? dit Cyn lorsqu'ils ressortirent quelques minutes plus tard. Chastity Ware a disparu. Désormais, tu es lady Cynric Malloren et tu n'as plus rien à craindre.

— Je suis née le jour où je t'ai rencontré, soufflat-elle, citant éhontément ses paroles.

Il l'enlaça au beau milieu de la rue.

— Tout ira bien, ma chérie. Nous deviendrons célèbres pour notre bonheur et notre fidélité. Et pour le temps infini que nous passerons en tête à tête. D'ailleurs, une adorable chambre nous attend…

Chastity éclata de rire tandis qu'ils regagnaient l'auberge.

Note de l'autrice

J'espère que vous avez aimé ce roman, qui est le premier de la série des Malloren. Quand j'ai commencé à l'écrire, je n'imaginais pas qu'il captiverait de si nombreux lecteurs. Pour ceux qui s'intéressent à la famille Malloren, quatre livres sont consacrés aux autres membres de la fratrie : Bryght, Elf, Brand et Rothgar.

Naturellement, j'ai écrit d'autres livres. Vous en trouverez la liste complète sur mon site web, www.jobev.com

AVENTURES & PASSIONS

3 mai

Eloisa James

Les débutantes — Le mariage, non jamais !

Inédit

Pour dissuader de potentiels prétendants et préserver son indépendance, Cleopatra Lewis a imaginé de se présenter aux différents bals dans des robes sans élégance. Pour cela, la jeune femme a commandé des tenues au « Costumes Quimby ». Elle y est abordée par un Américain, Jacob Astor, propriétaire de théâtres à Boston et fraîchement débarqué à Londres. Ce dernier convoite les mêmes costumes et demande à la jeune fille de lui céder son lot. Devant son refus, Jacob lui propose un étonnant marché. D'abord interloquée par l'audace de l'étranger, Cleopatra accepte, sans se douter que ce qu'elle prend pour une plaisanterie va devenir une affaire très, très sérieuse…

✦

Kate Bateman

Rivalités — Rendez-vous sous le cerisier

Inédit

Harriet Montgomery est cartographe. Elle réalise pour la marine royale des cartes erronées destinées à égarer les ennemis de la couronne. Depuis longtemps, Harriet est secrètement amoureuse de Morgan Davis, un homme dont elle est sans nouvelles depuis de longs mois. Quand elle apprend le retour du marin à Londres, son cœur s'emballe. Or, le capitaine Davis a découvert que c'est une carte établie par Harriet qui a fait échouer son bateau sur les côtes de la Martinique, où les Français l'ont capturé et emprisonné. Maintenant qu'il est de retour en Angleterre, Morgan a la ferme intention de faire payer à la jeune femme le prix de sa longue captivité.

Gaelen Folley

Les Knight — Au cœur de l'hiver

Inédit

Damien Knight, comte de Winterley, est un homme fier et distant, en proie aux tourments que lui infligent ses souvenirs de guerre. Malgré sa décision de vivre à l'écart du monde, il se voit nommé tuteur de Miranda, pupille d'un compagnon officier assassiné. Mais la frêle orpheline à laquelle il s'attendait se révèle être une forte tête, passionnée et éblouissante, qui l'oblige à quitter sa forteresse de solitude. Luttant pour préserver son honneur et sa santé mentale, Damien doit à présent faire face à une menace encore plus forte : son désir pour la jeune femme.

✦

Renee Ann Miller

Les fripouilles — Jolie Nina

Inédit

Nina, jeune et jolie héritière, voit en le duc de Fernbridge un futur époux idéal. Hélas, assailli qu'il est par les débutantes, il ne la remarquera jamais. Or, Nina doit faire oublier le scandale de ses fiançailles rompues l'année précédente. C'est alors qu'entre en scène Lord Eliott Havenford, séduisant baron dont l'héritage ne tient plus qu'à un fil. Il propose à la jeune femme de l'aider à conquérir le duc tout en espérant secrètement la séduire lui-même – et empocher au passage sa dot confortable. Malgré la culpabilité, c'est le seul moyen de sauver sa famille de la ruine. Mais lorsqu'il comprend qu'il a involontairement mis Nina en danger, Eliott n'a d'autre choix que de réagir.

Joanna Bourne

Services secrets — Le maître du jeu

Robert Grey exulte d'avoir enfin mis la main sur Annique Villiers, redoutable espionne française et comédienne hors pair capable de résister à la torture et d'assommer un homme. Autrement dit, il sait qu'il ne faut pas la sous-estimer. Toutefois, il ne peut pas la laisser croupir dans une cellule, car il doit la ramener en Angleterre depuis la France : la jeune femme détient des secrets d'une importance capitale qu'il doit lui soutirer… Commence alors un périple où tous les coups sont permis.

Regency

3 mai

Mary Balogh

La fulgurante ascension de Miss Downes

Inédit

Cora Downes a tout pour elle : la richesse, l'esprit, la beauté. Bien dotée, il lui manque toutefois le sésame pour un bonheur complet : un titre ! Un jour, elle sauve le neveu du duc de Bridgwater et, pour récompenser sa bravoure, la duchesse décide de l'introduire dans le cercle fermé de l'aristocratie et de lui trouver un mari. Or, Cora n'est pas très à l'aise dans ce monde de bals et de banquets où les snobs paradent comme des paons dans des tenues extravagantes. Mais, lorsque la jeune femme est surprise dans une situation délicate avec lord Kneller, un dandy enrubanné et hautain, les événements se précipitent et la conduisent directement au pied de l'autel !

✦

Amalie Howard

Les quatre amies – La duchesse en chaussons de satin

Inédit

Lysander Blackstone, comte de Montcroix, s'est réfugié dans la solitude et le travail après la trahison de sa fiancée. Il est devenu un homme d'affaires à la réputation impitoyable, ce qui pourrait bien lui jouer des tours. En effet, lord Bolden, le propriétaire des terres qu'il convoite, se méfie de son caractère taciturne et refuse de les lui céder. Ainsi, lorsque Lysander croise Nève, une jeune danseuse sans le sou aussi jolie qu'intelligente, dans les ruelles de Londres, un plan germe dans son esprit : l'engager pour qu'elle joue le rôle de son épouse et ainsi passer pour un homme respectable aux yeux de lord Bolden. Mais l'attirance qui apparaît entre les deux jeunes gens vient compliquer leur arrangement…

13759

Composition
FACOMPO

Achevé d'imprimer en Italie
par GRAFICA VENETA
le 5 mars 2023

Dépôt légal : avril 2023
EAN 9782290259658
L21EPSN002076-435745

ÉDITIONS J'AI LU
82, rue Saint-Lazare, 75009 Paris

Diffusion France et étranger : Flammarion